HISTOIRE
D'UNE GRANDE DAME
AU XVIIIᵉ SIÈCLE

LA PRINCESSE HÉLÈNE DE LIGNE

PAR

LUCIEN PEREY

DOUZIÈME ÉDITION

C L

PARIS

CALMANN LÉVY, ÉDITEUR

ANCIENNE MAISON MICHEL LÉVY FRÈRES

3, RUE AUBER, 3

1888

HISTOIRE

D'UNE GRANDE DAME

AU XVIIIᵉ SIÈCLE

CALMANN LÉVY, ÉDITEUR

Imprimeries réunies, B, rue Mignon, 2.

LA PRINCESSE HÉLÈNE DE LIGNE

Imp. Chardon & Sormani.

HISTOIRE

D'UNE GRANDE DAME

AU XVIIIᵉ SIÈCLE

LA PRINCESSE HÉLÈNE DE LIGNE

PAR

LUCIEN PEREY

DOUZIÈME ÉDITION

PARIS

CALMANN LÉVY, ÉDITEUR
ANCIENNE MAISON MICHEL LÉVY FRÈRES
3, RUE AUBER, 3

1888

INTRODUCTION

On a remarqué dès longtemps que l'un des
traits caractéristiques du XVIIIe siècle est l'importance du rôle que jouait la femme à cette époque.
Nous n'entendons pas parler ici des jeunes
femmes, au point de vue de l'amour et de la galanterie, mais bien des femmes d'âge mur, comme
mères, comme conseils et comme élément essentiel de la société.

Le vicomte de Ségur, dans son livre sur les
femmes, trace un tableau pris sur le vif de la
manière dont s'exerçait cette action féminine.
« La société, dit-il, était alors partagée en trois
classes : jeunes femmes, femmes d'un âge mûr,
recherchant la considération, femmes âgées recevant les égards, les respects, soutenant les

a

principes déjà établis et étant en quelque sorte
les arbitres du goût, du ton et de l'usage... Un
jeune homme entrant dans le monde y faisait ce
qu'on appelait un début. Il fallait réussir ou tomber, c'est-à-dire plaire ou déplaire, à ces trois
classes de femmes, qui décidaient sa réputation,
sa faveur à la cour, qui lui donnaient des places
et des grades et lui faisaient presque toujours
faire un mariage excellent. »

Aussi toute l'éducation était-elle dirigée vers ce
but. Le père se bornait à indiquer, au gouverneur
chargé de son fils, la marche à suivre pour lui
donner une teinture générale de toute chose, peu
approfondie, et qui cependant suffisait pour inspirer souvent à l'enfant le goût de telle ou telle
branche d'étude qu'il cultivait plus tard ; mais la
mère, la mère seule faisait acquérir à ce fils la
politesse, la grâce, l'amabilité qu'elle possédait
elle-même et auxquelles elle savait qu'on attachait tant de prix. Son amour-propre et sa tendresse maternelle étaient également engagés à la
réussite de ses soins. « Un jeune homme, dit
encore M. de Ségur, avait-il manqué à une attention pour une femme, à un égard pour un homme
plus âgé que lui, sa mère en était instruite le soir
même par ses amis et, le lendemain, le jeune

étourdi était sûr d'une réprimande. » De là venaient cette rare politesse, ce goût exquis, cette
mesure dans la discussion et dans la plaisanterie,
qui classaient ce qu'on appelait *la bonne compagnie.*

Après avoir constaté l'importance du rôle des
femmes à cette époque, la première question qui
se présente à l'esprit est celle-ci : quelle éducation avait si bien préparé les jeunes filles à
exercer, une fois mariées, une telle prépondé-
rance? où avaient-elles puisé cet art consommé
des usages et du bon ton, l'habitude de cette
conversation qui effleurait les sujets les plus
légers ou creusait les plus graves avec une aisance
et une bonne grâce, dont mesdames de Luxembourg, de Boufflers, de Sabran, la duchesse de
Choiseul, la princesse de Beauvau, la comtesse de
Ségur et tant d'autres étaient de parfaits modèles?
Cette question est d'autant plus difficile à résoudre,
que si les mères s'occupaient avec grand soin de
l'éducation de leurs fils, nous ne voyons point
qu'elles se mêlassent de celles de leurs filles. Cela
tenait à une cause fort simple : les jeunes filles,
à cette époque, et surtout dans la noblesse,
n'étaient jamais élevées dans la maison paternelle; mises au couvent dès l'âge de cinq ou six

ans elles n'en sortaient que pour se marier, l'influence de la mère était presque nulle ou ne s'exerçait que tardivement. Qu'était donc cette éducation de couvent qui donnait de si brillants
résultats? Nous croyons avoir trouvé une intéressante réponse à cette question dans les Mémoires
de la jeune princesse Massalska, qui forment la
première partie du livre que nous publions aujourd'hui. Ils nous diront, sans réticence aucune,
le fort et le faible de cette façon de préparer
les filles de qualité, futures grandes dames, à
jouer leur rôle sur cette scène du monde, où
tous les succès les attendaient, mais dont les
brillants décors devaient bientôt s'effondrer et
disparaître dans la tourmente qui s'avançait à
grands pas

Nous verrons également que, si cette éducation,
beaucoup plus complète que nous ne l'imaginons,
répondait sous certains rapports au but qu'elle se
proposait d'atteindre, elle ne pouvait cependant
remplacer celle que la jeune fille eût reçue dans
sa famille. Mais où trouver la vie de famille au
xvIIIᵉ siècle? peut-être dans la bourgeoisie et encore n'est-ce pas certain, car la bourgeoisie cherchait plus qu'on ne croit à imiter la haute classe
et dans les conditions d'existence de la noblesse

d'alors, la vie de famille telle que nous la comprenons aujourd'hui était impossible.

Tous les hommes portant un grand nom avaient une charge à la cour, ou un grade dans l'armée, et par conséquent vivaient fort peu chez eux. Un grand nombre de femmes étaient attachées à la reine ou aux princesses par des fonctions qui exigeaient leur présence à Versailles et absorbaient la moitié de leur temps ; l'autre était employée soit à faire leur cour, soit à cultiver des talents d'agrément qu'on poussait fort loin et auxquels on attachait grande importance ; il fallait enfin aussi lire les ouvrages nouveaux dont on devait parler le soir ; or, comme la toilette et la coiffure en particulier occupaient la plus grande partie de la matinée, on consacrait à cette lecture le temps qu'employait le coiffeur à construire les édifices compliqués qui écrasaient la tête des femmes.

Ajoutons que presque toutes les grandes maisons tenaient table ouverte, c'est-à-dire recevaient à dîner vingt ou vingt-cinq personnes chaque jour. La conversation n'était guère de nature à comporter la présence des jeunes filles ; on dînait à une heure, on se séparait à trois, à cinq heures on allait au spectacle lorsque les devoirs d'une

charge n'appelaient pas à Versailles, puis on rentrait souper en ramenant chez soi le plus grand
nombre d'amis possible. Comment réserver dans
cette journée si remplie, une place pour les enfants?
Les mères le sentaient bien, et en les mettant au
couvent, elles prenaient encore le meilleur parti;
seulement, nous verrons, par l'histoire même de
la jeune princesse, les inconvénients d'une éducation faite par des femmes qui, ignorant le
monde, ne pouvaient en rien prémunir leurs
élèves contre les tentations qui les attendaient.

Ces Mémoires commencés par une enfant à
l'âge de neuf ans et continués par elle jusqu'à
celui de quatorze, débutent par son entrée au
couvent et se terminent à la veille de son mariage.
Ils n'étaient point destinés à la publicité et dor-
maient depuis cent ans dans de vieux cartons
d'où nous avons eu le plaisir de les tirer, grâce à
l'obligeance de M. Adolphe Gaiffe, qui a bien
voulu nous permettre de fouiller dans ses mer
veilleuses bibliothèques du château d'Oron et de
Paris. C'est là, au milieu des trésors du xvi° siècle,
que les plus riches bibliothèques publiques peuvent envier, parmi les austères écrivains huguenots gravement revêtus de leurs robes de chagrin
noir ou de maroquin du Levant de couleur

sombre, c'est là, disons-nous, qu'étaient égarés
les cahiers fort peu huguenots de la petite princesse Massalska, dont les riantes couvertures
bleues, jaunes et rouges, contrastaient avec leurs
sévères voisines.

Leur caractère d'authenticité est incontestable,
leurs marges chargées de caricatures enfantines,
de plaisanteries griffonnées par elle ou par ses
amies, comme pourraient le faire des collégiens, le
vieux papier jauni, l'encre pâlie, les gros caractères tracés d'une main mal assurée au début
mais qui s'affermit peu à peu, le style négligé
et incorrect dans les premiers chapitres et devenant dans les derniers d'une élégance remarquable, tout se réunit pour prouver que ces Mémoires sont bien réellement ceux d'une enfant
précoce et intelligente dont on suit avec intérêt
le développement.

Nous avons dit qu'ils n'étaient point destinés à
la publicité. En effet, la princesse, morte quarante
ans après les avoir écrits, n'en parle que deux
fois dans sa correspondance et sans avoir l'air
d'y attacher de l'importance; elle dit simplement
qu'un jour, à Bel-Œil, chez le prince de Ligne son
beau-père, elle lut quelques fragments de Mémoires qu'elle avait écrits étant petite et qu'ils

amusèrent si fort son mari qu'il voulut en impri-
mer deux chapitres avec sa petite presse particulière; vingt ans plus tard, pendant un long hiver
passé en **Pologne**, elle les lut à sa fille la princesse
Sidonie et prit plaisir à retrouver ses souvenirs
d'enfant *si naïvement exprimés.*

Nos recherches nous ont permis de constater la
véracité de ces Mémoires. Nous avons pu *contrô-*
ler, aux archives de Genève, l'exactitude du récit
de la mort de mademoiselle de Montmorency; de
même, l'histoire romanesque de madame de
Choiseul-Stainville, contenue dans les *Mémoires*
de Lauzun, la *Correspondance* de madame du
Deffand, les *Mémoires* de Dufort de Cheverny,
confirme et explique la narration de la petite
princesse, qui l'écrivait quarante ou cinquante
ans avant que les *Mémoires ci-dessus* eussent
paru. Enfin elle raconte une prise de voile, dont
nous avons trouvé le procès-verbal *aux Archives*
nationales[1], portant à la suite de la signature de
l'abbesse, de la prieure, etc., celle de la petite princesse Massalska qui figurait à cette cérémonie
comme témoin.

Après avoir eu les preuves les plus convain-

---

1. Carton H. N° 3837. Abbaye-aux-Bois.

cantes de l'exactitude des faits contenus dans les
cahiers d'Hélène Massalska, il nous a paru intéressant de donner au public ce tableau fidèle
d'une éducation au XVIII° siècle. On y verra figurer le programme des études, les punitions, les
récompenses, les jeux, les portraits, souvent malicieux et toujours spirituels, des maîtresses et
des élèves, enfin l'existence complète d'une jeune
fille, au couvent, de 1772 à 1779. Il faut ajouter
que les bruits du monde ne venaient pas tous,
comme dans *la Favorite*, « mourir aux portes du
monastère »; on en recueillait de nombreux échos,
et la petite princesse n'a garde de les négliger.
Ce n'est pas un des côtés les moins curieux du
livre.

Après avoir lu ces pages intéressantes, il nous
coûtait d'en rester là et de quitter brusquement
cette aimable petite personne que nous venions
de suivre pas à pas pendant six ans. Nous avons
donc cherché à reconstruire l'histoire de sa vie
et nos recherches ont abouti à un résultat ines-
péré grâce à l'obligeance de nos amis et correspondants.

Quoique n'étant point une figure de premier
ordre, la princesse Massalska, plus tard princesse
de Ligne, est intéressante à étudier, car elle a

été mêlée, ainsi que son oncle l'évêque de Wilna et les princes de Ligne, son beau-père et son mari, à bon nombre d'événements historiques qu'ils racontent à merveille. De plus, il est difficile de trouver un roman plus romanesque que la simple histoire de sa vie. Nous avons cherché à faire marcher de front ces deux éléments divers et à les concilier dans notre récit. Mais nous avons été forcé, dans la seconde partie du livre, de prendre la parole beaucoup plus souvent que nous ne l'eussions désiré; la diversité de nos documents, la brièveté de certaines notes, ne nous permettaient pas de les intercaler textuellement comme nous l'avons fait pour les lettres; il a donc fallu les rédiger. Nous nous sommes efforcés de les fondre le mieux possible et d'éviter des transitions trop brusques de style, ou des disparates de langage qui eussent pu choquer le lecteur.

Il nous reste à remercier ici toutes les personnes qui ont bien voulu nous seconder, soit par leurs indications et informations particulières, soit en nous communiquant des lettres ou documents originaux. MM. Gaiffe, Deviller, archiviste de Mons, M. Hachez directeur général au ministère de la justice à Bruxelles, le comte de Kerchove, M. Hermann de Vilke, de Berlin, M. Albert Screl, M. Tardieu, bibliothécaire à l'Institut, le prince Czartoriski, M. Lafenestre, conservateur du Louvre, M. Ernest Lavisse, et les deux corres-dants qui ont eu l'obligeance de nous trans-mettre des lettres inédites du prince de Ligne et les détails sur l'évêque de Wilna contenus dans les papiers du résident de Saxe à Varsovie. Nous les prions de recevoir l'expression de notre sin-cère reconnaissance.

En dehors de ces renseignements particuliers, nous indiquerons sommairement les principales sources auxquelles nous avons puisé :

Archives nationales, papiers du séquestre : Ligne, carton T, 582, 1-4;

Papiers du séquestre, carton H. 3837. *Abbaye-aux-Bois;*

Collection d'autographes Stassart à Bruxelles;

Archives de Bruxelles; Archives de Mons;

Mercure suisse, historique, politique;

Gazette de Bruxelles, 1755 à 1759;

Gazette des Pays-Bas, 1761 à 1791;

Archives du nord de la France et du midi de la Belgique, publiées par Reiffemberg et A. Dinaux;

Fragments inédits des Mémoires du prince de Ligne, publiés par Albert Lacroix, (Bruxelles);

Les trente-quatre volumes des *Mémoires mili-*

taires et sentimentaires du prince de Ligne, traduction originale;

Ferrand, *Les démembrements de la Pologne;*

Kraszewski, *Polska, W. Czasie, Trzech, Rozbiorow;*

Rulhière, *Les Révolutions de Pologne;*

Journal encyclopédique;

Journal de Linguet;

Un écrivain grand seigneur, par Peetermans;

Correspondance de Catherine II, publiée par la Société d'histoire russe à Pétersbourg.

Nous ne mentionnerons pas les Mémoires du temps que nous n'avons pas négligé de consulter, mais dont la nomenclature serait fastidieuse.

L'ABBAYE-AUX-BOIS

I

Ignace Massalski, prince évêque de Wilna. — Les Radziwill et
les Massalski. — Les grands seigneurs polonais. — Les
troubles de la Pologne. — Le prince évêque en exil. — Son
arrivée à Paris avec sa nièce. — Lettres de madame Geoffrin.
— Réponse du roi Stanislas-Auguste. — L'Abbaye-aux-Bois.

Par un sombre jour de décembre de l'an de
grâce 1771, un carrosse s'arrêtait à la porte du
couvent de l'Abbaye-aux-Bois, rue de Sève[1]; trois
personnes en descendaient : une femme âgée,
fort simplement mise, un homme d'apparence
distinguée, dans lequel on reconnaissait facilement un étranger, et une petite fille pâle et délicate. Ces personnages n'étaient autres que la
célèbre madame Geoffrin, le prince Massalski,

1. La rue de Sève n'a pris le nom de rue de Sèvres, qu'elle
porte aujourd'hui, qu'après la Révolution.

1

évêque de Wilna, et la petite princesse Hélène, sa nièce, âgée de huit ans.

Le prince évêque, compromis dans la récente révolution de Pologne, avait eu à peine le temps de fuir pour éviter une arrestation. Il emmenait à Paris sa nièce et son neveu, orphelins confiés à sa tutelle. Il faut remonter un peu en arrière pour connaître l'enchaînement de circonstances qui amenait à Paris cette famille exilée.

L'évêque de Wilna était fils du prince Massalski, grand général de Lithuanie; parvenu très jeune à l'épiscopat[1], il jouissait d'une grande influence. Les témoignages contemporains le représentent comme un homme instruit, érudit, doué d'une intelligence qui saisissait toute chose vite et facilement, mais en même temps léger, inconstant et joignant, à une excessive timidité, un extrême empressement de se mêler à toutes les affaires. Précipité dans ses desseins et irrésolu après en avoir entrepris l'exécution, sa conduite était souvent en contradiction avec les principes qu'il proclamait. Le prince évêque était

---

1. Le prince Ignace Massalski était né le 18 juillet 1729, il fut sacré évêque de Wilna le 27 juin 1762. Son frère aîné, père de la princesse Hélène, avait épousé une Radziwill.

joueur, il avait en trois ans perdu plus de cent mille ducats et se trouvait dans de continuels embarras d'argent, quoique les Massalski possédassent une fortune territoriale immense.

Sa famille était une des premières de la Lithuanie, où deux maisons rivales se disputaient l'autorité, les Radziwill et les Massalski; ces derniers soutenaient la faction des Czartoryski et les aidaient de tout leur pouvoir à placer leur neveu Stanislas-Auguste sur le trône de Pologne, d'accord avec la Russie.

Les Radziwill, au contraire, ennemis jurés des Czartoryski, défendaient les anciennes formes de la République polonaise, et se montraient des plus hostiles à l'influence russe et à la nomination de Stanislas-Auguste.

Les grands feudataires polonais régnaient dans leurs provinces respectives en véritables souverains[1]. Ils avaient des chambellans, des grands veneurs, des écuyers semblables aux officiers de la couronne. Ils disposaient d'une garde du corps composée de dragons, de cosaques et de fantas·

---

1. Il faut, pour se former une idée exacte de l'existence des grands feudataires polonais, en lire la description dans le *Siécle de Frédéric le Grand* par Onken; les *Révolutions de Pologne par* Rulhières; Hermann, *Geschichte des russ. Staats*, t. VI, p. 110·

sins, et souvent d'une milice nombreuse dont les officiers avaient le même rang que ceux de l'armée royale[1].

On comprend que le roi devait compter avec cette noblesse plus puissante que lui-même, quoique divisée entre elle en factions redoutables. Elle jouissait de tous les privilèges de la féodalité, n'était disposée à en céder aucun, et se souciait peu de l'autorité de la couronne; mais chacun voulait posséder cet autorité tout entière dans son palatinat ou woivodie : aussi les *Diétines*[2] qui précédaient l'élection d'un roi ou d'une Diète étaient toujours meurtrières.

Au moment décisif de la réunion des Diétines pour l'élection de Stanislas-Auguste, les Massalski répandirent à propos des sommes considérables,

1. L'évêque de Wilna payait, de ses propres deniers, tous les frais de la légion Massalski, composée de 16 000 hommes. Le comte Potocki, palatin de Kiowie, fut contraint, précisément à cette époque, de licencier les 25 000 hommes que sa famille tenait sur pied depuis longtemps. Le prince Radziwill, oncle de la petite princesse Hélène, avait dix millions de revenu et entretenait 20 000 hommes de troupes régulières dans ses villes et châteaux.

2. On choisissait, dans les « Diétines », les députés à la Diète générale et on décidait également quels seraient les juges chargés de tenir les tribunaux au nom de la nation, pendant l'interrègne qui existait forcément entre l'expiration d'un règne et l'élection du monarque suivant. Ces cours de justice,

envoyèrent leurs troupes environner les Diétines dont ils se croyaient moins assurés, et, grâce
à ces procédés électoraux très efficaces, aucun des
gentilshommes proposés par les Radziwill ne fut
élu. En apprenant ce résultat, le prince Radziwill
quitta précipitamment son château, ou plutôt sa
forteresse, et accourut à Wilna, escorté des deux
cents gentilshommes qui formaient son cortège ordinaire et étaient la terreur du pays. Il força le palais de l'évêque, en chassa les juges nommés par
les Diétines, et, adressant au prélat une violente
apostrophe, il énuméra rapidement le nombre
des anciens évêques tués par des princes, pour
s'être mêlés des affaires publiques, et termina
ainsi : « Quand vous serez pris une seconde fois
de la même tentation, rappelez-vous que j'ai cent
mille ducats en réserve pour aller à Rome demander mon absolution[1]. »

L'évêque, au premier moment, fut consterné
par les insolentes menaces de Radziwill et le laissa
sortir sans résistance ; mais, reprenant tout à coup

qu'on nommait les tribunaux de deuil, avaient, pendant toute la
durée de l'interrègne, une grande influence. On comprend l'importance que les grandes familles attachaient à dominer dans
les Diétines,

1. Voir les *Révolutions de Pologne* de Rulhières, pour plus
amples détails.

ses esprits, il fit sonner le tocsin, arma le peuple, rappela les juges, barricada l'évêché et la cathédrale et chassa Radziwill de Wilna.

Cet incident peint bien la violence des mœurs polonaises d'alors.

Après avoir si chaudement appuyé l'élection de Stanislas-Auguste, on pouvait s'attendre à voir le prince évêque soutenir fermement l'autorité du roi : il n'en fut rien.

Le traité de paix signé à Varsovie en 1768, entre la Russie et la Pologne, avait excité un grand mécontentement parmi les chefs du clergé catholique, il accordait aux dissidents grecs, luthériens et calvinistes, les privilèges dont l'Église catholique romaine jouissait seule jusqu'alors[1]. La plupart des évêques refusèrent de se soumettre à ces conditions nouvelles. La part que les dissidents allaient pouvoir prendre aux affaires, les fonctions auxquelles il leur était désormais per-

---

1. La Confédération de Bar avait été proclamée une première fois en 1768. Ses principaux chefs étaient Putawski, Krasenski, l'évêque de Wilna et son père, grand général de Lithuanie; elle fut le signal des guerres intestines de la Pologne. Louis XV et la Turquie prêtaient alors secrètement leur appui aux patriotes polonais, mais la chute du duc de Choiseul et la défaite des Turcs amenèrent celle des confédérés. La Confédération se réorganisa en 1771.

mis de prétendre, exaspérèrent aussi la noblesse.
On vit alors s'organiser de toute part des confédé-
rations armées qui entrèrent en lutte avec le parti
de la cour et les Russes, dont les troupes, sous
prétexte de soutenir l'autorité du roi, occupaient
en Pologne des postes nombreux, et exerçaient
des violences inouïes.

L'évêque Massalski fut un des principaux pro-
moteurs de la Confédération de Bar, la plus célèbre
de toutes. Son père, grand général de Lithuanie,
venait de mourir, et le comte Oginski lui avait
succédé dans cette charge importante. Il ne fut
pas difficile à l'évêque de l'attirer dans la nouvelle Confédération [1].

Le 20 septembre, Oginski avait déjà attaqué et
battu les Russes, fait prisonnier la moitié d'un
régiment, et massacré l'autre ; mais, peu de temps
après, la fortune lui fut contraire. Vaincu par le
nombre, et dit-on par la trahison, il parvint à
grand'peine à s'enfuir jusqu'à Kœnigsberg, à travers mille dangers.

---

1. Oginski, possesseur de biens immenses en Lithuanie, avait
épousé la fille du prince Michel Czartoryski ; il était devenu,
par cette alliance, cousin germain du roi Stanislas-Auguste ;
mais dès leur enfance, ils furent rivaux et jaloux l'un de l'autre
(Voy. Rulhières, *Révolutions de Pologne*).

Sa défaite fut le signal de la dispersion des
confédérés. Le prince évêque avait quitté Varsovie
dès le mois de juin pour se rendre à Wilna et
aider Oginski de tout son pouvoir ; mais, apprenant la victoire des Russes et leur marche sur
Wilna, il partit secrètement et en toute hâte pour
la France, emmenant avec lui son neveu, le prince
Xavier, et sa nièce, la petite princesse Hélène, dont
la tutelle lui était confiée.

Les deux enfants, avec une complète insou-
ciance, se laissèrent entraîner par leur oncle, en-
chantés de quitter un pays où ils ne voyaient que
des soldats à mine farouche « dont l'aspect leur faisait peur ».

A peine eurent-ils franchi la frontière polonaise, que le prince pouvait lire dans les gazettes
de Hollande : « Le major Soltikoff, à la tête des
troupes russes, occupe Wilna et a fait mettre sous
séquestre tous les biens appartenant au siège
épiscopal. Tous les mobiliers faisant partie de ces
biens ont été immédiatement enlevés et transpor-
tés à la résidence. Quant aux biens personnels
et patrimoniaux du prince évêque, ils doivent
être saisis en justice par le castellan[1] de Novo-

1. Les castellans polonais avaient, à l'origine, notamment en
Lithuanie, la surveillance des châteaux, tant sous le rapport mi-

gorod et placés sous son administration[1]. »

Le premier soin de l'évêque, en arrivant à
Paris, fut de rendre visite à madame Geoffrin,
qu'il avait vue pendant son séjour récent en
Pologne. Il connaissait son influence sur le roi
et espérait obtenir par elle la fin de son exil et
la levée du séquestre de ses biens. Madame Geoffrin, malgré sa circonspection ordinaire et sa
crainte de se mêler des affaires d'autrui, prit
l'évêque sous sa protection et écrivit au roi[2] :

litaire que sous le rapport judiciaire ; mais, par la suite, ils ne
conservèrent que leurs fonctions judiciaires ; ils faisaient partie
du Sénat. On les divisait en castellans supérieurs et inférieurs,
il y en avait 33 supérieurs et 49 inférieurs, ils prenaient rang
après les woïvodes ou palatins.

1. Le prince Radziwill, l'ancien ennemi de l'évêque, fut exilé
en même temps que lui, et ses biens furent confisqués au profit
des Russes ; mais ses ancêtres, semblant prévoir les malheurs qui
attendaient leurs descendants, avaient fait faire les statues des
douze apôtres en or, chacune d'un pied et demi de haut. Elles
étaient placées dans leur église à Diewick. Lorsque le prince
Charles vit commencer la guerre, il fit emporter les douze
apôtres à Munich et il put vivre pendant quelques années du
produit de la fonte de ces précieuses statues et donner la plus
généreuse hospitalité à un grand nombre de ses compatriotes
exilés comme lui.

2. *Correspondance du roi Stanislas-Auguste Poniatowski
avec madame Geoffrin,* publiée par M. Charles de Mouy.

« 17 novembre 1771.

» L'évêque de Wilna est à Paris, où il compte passer du temps. Il m'a amené deux enfants, une nièce et un neveu, dont il m'a demandé en grâce de vouloir bien me charger. J'ai mis la fille au couvent et le garçon au collège... »

On voit que, dans cette première mention faite de l'évêque, madame Geoffrin, fidèle à son caractère prudent, ne se compromet pas; elle se contente d'indiquer qu'elle a vu l'évêque, puis elle attend de savoir comment le roi prendra cette visite. Il paraît qu'il n'en fut pas mécontent, car elle lui écrit plus hardiment :

« Ce 13 janvier 1772.

» Je supplie Votre Majesté de vouloir bien écrire un petit mot de douceur au pauvre évêque de Wilna; c'est un enfant, mais un bon enfant qui vous aime. Je vous assure qu'il ne fait pas un pas de condamnable depuis qu'il est à Paris. Il est le seul Polonais que je voie, il me craint comme le feu : réellement je lui ai défendu de parler des affaires de Pologne avec un seul de ses compatriotes, et je suis sûre de son obéissance. Il a deux

domestiques, que je lui ai donnés. L'abbé Baudeau
et le colonel Saint-Leu sont attachés à sa personne. »

Ce n'était pas seulement pour recevoir un mot
de douceur du roi que l'évêque employait l'influence de madame Geoffrin : il s'agissait avant
tout d'obtenir la levée du séquestre de ses terres.
Le roi le comprit bien, mais il était peu disposé
en sa faveur et se défiait de sa fidélité. Cependant
il répond à madame Geoffrin :

« Ma dernière lettre pour vous en contenait
une pour l'évêque de Wilna, telle que vous me
la demandez par votre lettre du 13 janvier. A ce
que je lui ai écrit et à vous, j'ajouterai seulement
ici que, par une lettre qu'il a écrite à l'abbé
Siestrzencewicz, je le vois dans la supposition que
c'est moi qui ai demandé aux Russes de séques-
trer ses terres. Rien n'est plus faux ; ni les siennes,
ni celles de personne ne l'ont été à ma demande ;
au contraire, je me suis donné les plus grands
mouvements pour les en préserver. Mais qu'on se
souvienne une fois pour toutes de la fable du
cheval, qui, pour dompter le cerf, dont il était
jaloux sans savoir pourquoi, appela l'homme, lui
prêta son dos et se laissa brider. Quand ils eurent

ensemble forcé le cerf, le cheval voulut secouer
l'homme; mais celui-ci était dessus, et, à
grands coups d'éperon, il réduisit le cheval à
souffrir qu'il y restât. L'application est aisée.
Les Polonais sentent très souvent l'éperon du
cavalier russe qu'ils ont appelé contre le roi, ou
contre quelqu'un de leurs égaux.

» L'évêque de Wilna sait très bien contre qui
il a voulu intriguer les Russes. Il a été puni par
où il a péché; mais encore une fois ce n'est pas
moi qui lui ai attiré le châtiment. Au contraire,
je me suis employé à l'alléger, en obtenant qu'on
lui laissât pourtant quelque partie de ses revenus, et rien ne prouve mieux que ce n'est pas
moi qui dispose de ces châtiments russes, que le
séquestre des terres de mes ministres, dont deux
sont mes proches parents, et qui a duré un an.

» Du reste, vous pouvez réitérer à l'évêque
l'assurance de ma part, que, du moment où il
y aura jour à l'aider, je le ferai. »

Le prince évêque eut l'air satisfait de cette
promesse, témoigna toute la reconnaissance
possible à madame Geoffrin, s'installa à Paris,
comme s'il voulait y séjourner longtemps, puis
s'occupa de placer son neveu et sa nièce dans

les meilleurs établissements d'éducation qu'il fût
possible de trouver. Nous avons vu qu'il choisit
l'Abbaye-aux-Bois pour la jeune princesse.

Deux couvents se disputaient alors le privilège
de l'éducation des filles de qualité, Penthemont
et l'Abbaye-aux-Bois. Saint-Cyr était passé de
mode, et, d'ailleurs, créée par madame de Main-
tenon pour élever gratuitement les filles nobles
et pauvres, cette institution ne remplissait qu'un
mandat très limité. Les deux couvents que nous
venons de citer étaient destinés, au contraire,
aux jeunes personnes appartenant aux familles
les plus riches et de la plus haute noblesse[1].

L'existence de l'Abbaye-aux-Bois remontait
fort haut : elle avait été fondée dans le diocèse de
Noyon, sous le règne de Louis le Gros, par Jean
de Nesle, et sa femme Anne d'Entragues ; elle
appartenait à l'ordre de Cîteaux[2].

1. Les princesses du sang, elles-mêmes, ne se dérobaient pas
à l'usage ; la duchesse de Bourbon, née princesse d'Orléans, fut
élevée à Penthemont.

2. Cîteaux, célèbre abbaye dans le diocèse de Châlon-sur-
Saône, à cinq lieues de Dijon, fondée en 1098 par saint Robert.
C'est en 1107 qu'ont été dressés les statuts de Cîteaux. Les
abbayes de La Ferté, de Pontigny, de Clairvaux et de Mori-
mond sont appelées les quatre filles de Cîteaux. Saint Bernard
abbé de Clairvaux, a donné son nom aux moines de Cîteaux,
qu'on appelle bernardins.

L'abbesse et les religieuses de l'Abbaye-aux-
Bois durent s'enfuir à la suite des troubles et
des dévastations qui désolèrent le Soissonnais en
1654; elles se réfugièrent à Paris, où elles ache-
tèrent le couvent des Dix-Vertus, situé **rue de
Sève**, et que venaient de quitter les Annon-
ciades de Bourges. Les Cisterciennes[1] obtinrent
du pape la translation du titre et des biens de
l'Abbaye-aux-Bois que le roi autorisa, par lettres
patentes d'août 1667. Le 8 juin 1718, Madame,
veuve de Philippe de France, frère de Louis XIV,
posa la première pierre de l'église de Notre-Dame-
aux-Bois[2], sans se douter que sa petite-fille, Louise-
Adélaïde d'Orléans, devait plus tard en devenir
abbesse.

A l'époque dont nous nous occupons, l'Abbaye-

---

1. Les religieuses cisterciennes sont aussi anciennes que les
moines. Sainte Hourbelle, mère de saint Bernard, et plusieurs
femmes de condition embrassèrent la règle de Cîteaux et se
distinguèrent par leurs vertus et leur austérité. Mais elles ne
conservèrent pas longtemps cette première ferveur. Elles
acquirent des biens temporels et, disent les annales de
l'ordre, « leur iniquité germa de leur graisse et de leur em-
bonpoint ». Elles possédaient de nombreuses abbayes sous le
nom de « bernardines ».

2. Dans cette pierre est encastrée une grande médaille d'or,
donnée par S. A. R. Madame, sur laquelle est, en bas-relief,
le portrait de cette princesse, qu'au revers, on voit assise sur

aux-Bois était gouvernée par madame Marie-Magdeleine de Chabrillan, qui succédait à madame de Richelieu, sœur du célèbre maréchal.

Toutes les dames chargées de l'éducation des pensionnaires appartenaient à la plus haute noblesse, les élèves elles-mêmes portaient les plus grands noms du royaume, et, chose étrange, leur éducation réunissait la pratique des devoirs domestiques les plus bourgeois aux leçons destinées à les former à l'usage du grand monde.

La musique, la danse, la peinture étaient cultivées avec grand soin. L'Abbaye possédait un beau théâtre, de nombreux décors, et des costumes dont l'élégance ne laissait rien à désirer. Molé et Larive enseignaient aux pensionnaires la déclamation et la lecture à haute voix; les ballets étaient dirigés par Noverre, Philippe et Dauberval, premiers danseurs de l'Opéra. Tous les professeurs étaient étrangers à l'Abbaye, sauf pour la botanique et l'histoire naturelle. Ces dames surveillaient seulement le travail des pensionnaires et assistaient aux leçons.

Mais elles jouaient un rôle plus actif dans l'é-

deux lions, tenant de sa main droite une médaille représentant le dessin de l'église. Autour de cette médaille, on lit : *Diis genita et genitrix Deum.*

ducation domestique que recevaient ces demoiselles après leur première communion, comme
nous le verrons plus tard[1].

1. Voir à l'appendice n° 1 les détails et document sur
l'Abbaye-aux-Bois.

II

Les mémoires d'Hélène Massalska. — Son entrée à l'Abbaye-aux-Bois. — Le dortoir des grandes demoiselles. — Maladie d'Hélène; sœur Bichon et le paradis. — La Grise et les punitions de la mère Quatre-Temps. — L'ordre de la Pure-Vérité. — Guerre des « bleues » et des « rouges ». — Les marmitons du comte de Beaumanoir. — Portrait de madame de Rochechouart.

Laissons maintenant la petite princesse raconter elle-même, dans son langage naïf et charmant, les détails de son entrée à l'Abbaye-aux-Bois. Elle décore pompeusement ses cahiers du titre que nous reproduisons fidèlement ci-après [1].

1. C'est en 1773 qu'Hélène a commencé à écrire ses *Mémoires* : elle était donc âgée de dix ans

2

MEMOIRES D'APPOLLINE-HÉLÈNE MASSALSKA
EN L'ABBAYE ROYALLE DE NOTRE-DAME-AUX-BOIS
RUE DE SÈVE, FAUBOURG SAINT-GERMAIN

« Je suis entrée à l'Abbaye-aux-Bois un jeudi ;
madame Geoffrin, l'amie de mon oncle, m'a
menée d'abord au parloir de madame l'abbesse,
qui est bien beau, car il est blanc et rayé en or ;
madame de Rochechouart est venue aussi au
parloir, et la mère Quatre-Temps aussi, car c'était
la première maîtresse de la petite classe, où
j'allais être.

» On a eu la bonté de dire que j'avais une
jolie physionomie et une jolie taille, et de beaux
cheveux ; *je ne répondais rien*, parce que j'avais
oublié le français en chemin, puisque j'ai fait un
voyage de si long cours, que j'ai traversé je ne
sais combien de villes, toujours avec la poste qui
jouait du cor de chasse. Je comprenais pourtant
tout ce que l'on disait ; alors on a dit qu'on allait
me faire rentrer pour me mettre l'habit de pensionnaire, et qu'après, on me ramènerait à la
grille, pour que madame Geoffrin me voie. On a
ouvert donc le guichet de la grille du parloir,

et on m'a passé par là, car j'étais petite. On m'a
amenée dans une chambre, à madame l'abbesse,
qui était toute en damas bleu et blanc, et sœur
Crinore m'a passé l'habit; mais, quand j'ai vu
qu'il était noir, je me mis si fort à pleurer, que
c'était pitié de me voir; mais, quand on m'a mis
les rubans bleus, cela m'a un peu consolée, et
puis la régente a apporté des confitures que j'ai
mangées, et on a dit que, tous les jours, on en
mangeait comme cela.

» On m'a bien caressée, toutes les grandes demoiselles de service à l'abbatiale venaient me
regarder, et j'entendais qu'on disait : « Pauvre
» petite, elle ne sait pas le français; faut lui faire
» parler polonais, pour voir quelle langue c'est ! »
Mais moi qui savais qu'on se moquerait de moi,
je n'ai pas voulu parler. On disait que j'étais bien
délicate. Là-dessus, on a dit que je venais d'un
pays bien loin, que c'était de la Pologne, et ou
disait : « Ah! que c'est drôle d'être une Polo-
» naise! »

» Cependant, mademoiselle de Montmorency
me prit sur ses genoux et me demanda si je
voulais qu'elle fût ma petite maman, et je fis
signe que oui, car je ne voulais pas absolument
parler que quand je parlerais comme tout le

monde; on m'a demandé si je trouvais cette demoiselle qui me tenait jolie, alors j'ai porté ma
main à mes yeux, pour dire qu'elle les avait beaux,
alors on s'est amusé à me faire dire son nom :
Montmorency.

» Cependant on dit que mon oncle venait
d'arriver au parloir, et qu'on voulait me voir en
uniforme ; je vins donc vêtue comme j'étais, on
trouva que cela m'allait fort bien, et, après m'avoir
bien recommandée à ces dames, mon oncle et
madame Geoffrin s'en allèrent. Alors madame l'abbesse et madame de Rochechouart voulurent me
faire parler, mais il n'y eut pas moyen ; alors
madame de Rochechouart appela mademoiselle de
Montmorency, et lui dit : «Mon cœur, je vous recom-
» mande cette enfant, c'est une petite étrangère,
» qui sait à peine le français ; vous avez le cœur
» bon, menez-la à la classe et faites qu'elle ne soit
» point tourmentée ; il vous sera aisé de la faire
» bien recevoir. » Mais, quand il fut question de
dire mon nom, madame de Rochechouart ne
put jamais s'en souvenir ; alors je le déclinai ;
mais, comme je vis qu'on trouvait ce nom
ridicule, je proposai bien de n'en plus parler
à l'avenir ; alors madame de Rochechouart me
demanda si je n'avais pas un nom de baptême,

je dis Hélène, ainsi mademoiselle de Montmorency dit qu'elle me présenterait sous le nom
d'Hélène.

» Nous partîmes donc, c'était l'heure de la
récréation; mademoiselle de Narbonne, qui m'avait
vue à l'abbatiale, m'avait déjà annoncée, elle avait
dit que j'étais une petite sauvage qui n'avait pas
voulu parler, mais que j'étais fort gentille. Comme
il pleuvait ce jour-là, on faisait la récréation
dans le cloître des Ames; dès que j'arrivai, tout le
monde vint à nous, mademoiselle de Montmorency me mena aux maîtresses, qui me firent
mille caresses; alors la classe m'entoura, on me
faisait mille questions saugrenues, auxquelles je
ne disais pas mot, de façon qu'il y en avait qui
me croyaient muette.

» Mademoiselle de Montmorency demanda à la
première maîtresse de la classe bleue la permission de me conduire dans toutes les obédiences de
la maison, la mère Quatre-Temps le lui permit;
alors elle me mena dans toute la maison, on me fit
bien goûter, toutes les religieuses et les pensionnaires rouges me caressèrent extrêmement, on
me donna des pelotes, des soufflets [1], des

1. Petite pelote en forme de soufflet dans laquelle on piquait
des aiguilles.

grimaces [1] en quantité, j'étais bien contente.

» A l'heure du souper, mademoiselle de Montmorency me ramena à la classe, la mère Quatre-
Temps me mena par la main au réfectoire ; on me
donna une place à côté de mademoiselle de Choiseul, qui était la dernière arrivée. Mademoiselle de
Choiseul me parla pendant le souper, et je hasar-
dai de lui répondre quelques mots, alors elle se
mit à crier : « La petite Polonaise parle français ! »
Après souper, je me liai beaucoup avec mademoiselle de Choiseul, qui était bien jolie.

» Elle me dit qu'il fallait demander le soir, à
l'appel, à madame de Rochechouart, un jour de
récréation, et donner à goûter, et qu'elle porterait
la parole. Ensuite on joua à des jeux, où il y
avait le massacre des innocents, et mille autres
choses. Quand l'heure de se coucher fut venue,
nous allâmes au dortoir des religieuses. Madame de Rochechouart fit l'appel, je fus appelée
la dernière, je m'avançai avec mademoiselle de
Choiseul, qui demanda, en mon nom, récréation.
Madame de Rochechouart s'informa à la mère
Quatre-Temps si on avait averti mon oncle de ce
qui était nécessaire, pour payer ce qu'on appelle

---

1. Boîte ronde et très bombée recouverte d'une pelote.

la bienvenue, car cela coûtait vingt-cinq louis,
pour donner un grand goûter à toutes les pensionnaires, et il fallait qu'il y ait des glaces. La
mère Quatre-Temps dit que oui, on fixa donc le
jour de récréation pour le samedi suivant. »

On peut juger d'après ce début que la petite
Polonaise va promptement s'habituer à sa nouvelle existence.

La classe Bleue, où allait entrer Hélène, se
composait d'enfants de sept à dix ans [1], il est intéressant de suivre, dès le début, le programme des
leçons, les heures de travail, le temps consacré
aux récréations. Le voici, tel qu'Hélène l'a écrit
de sa main.

« Les lundis, mercredis et vendredis :

» Se lever en été à sept heures, en hiver à sept
heures et demie. Être à huit heures aux classes
dans ses stalles, pour attendre madame de Rochechouart, qui entre à huit heures.

» Apprendre, dès qu'elle est sortie, son *Catéchisme de Montpellier* [2], et l'avoir répété ; à neuf

1. Les enfants de cinq à sept ans n'allaient pas en classe,
mais il y en avait un assez grand nombre à l'Abbaye-aux-Bois
dont le soin était confié aux jeunes religieuses.

2. Le *Catéchisme de Montpellier* était un catéchisme janséniste,
opinion hautement professée par les dames de l'Abbaye-aux-
Bois.

heures déjeuner, à neuf heures et demie la messe.
A dix heures, lire jusqu'à onze heures. De onze
heures à onze heures et demie, prendre sa leçon
de musique. A onze heures et demie jusqu'à midi,
dessiner. Depuis midi jusqu'à une heure prendre
la leçon de géographie et d'histoire. A une heure
dîner, récréation jusqu'à trois heures. A trois
heures, leçon d'écriture et de calcul, jusqu'à
quatre heures. A quatre heures, leçon de danse
jusqu'à cinq heures; goûter et récréation jusqu'à
six heures. A six heures jusqu'à sept, la harpe ou
le clavecin. A sept heures, souper. A neuf heures
et demi, au dortoir. »

Les autres jours de la semaine étaient arrangés de même; mais, au lieu de prendre des
leçons de maîtres étrangers au couvent, les enfants
travaillaient, sous la direction des dames de
l'Abbaye. Les dimanches et fêtes [1], on entrait aux
classes à huit heures, on lisait l'Évangile, on allait
à la messe à neuf heures. A onze heures, les jeunes
filles assistaient à une courte instruction faite par
des directeurs. A quatre heures, vêpres.

Hélène n'a pas oublié de nous laisser le portrait des maîtresses de la classe Bleue, tracé avec
une irrévérencieuse concision.

---

1. Ces dernières étaient très nombreuses.

» Madame de Montluc, dite la mère Quatre-Temps, bonne, douce, soigneuse, trop minutieuse et tatillon ;

» Madame de Montbourcher, dite Sainte-Macaire, bonne, bête, fort laide, croyant aux revenants ;

» Madame de Fresnes, dite Sainte-Balthide, laide, bonne, racontant beaucoup d'histoires. »

Quinze sœurs converses étaient attachées au service de la classe Bleue.

Quoique Hélène fît partie de la classe des petites, elle fut placée provisoirement dans un dortoir de grandes, ce qui leur déplut fort, comme on va le voir.

« Je commençais dans ce temps-là à être malade à cause de l'eau de Paris. M. Portal [1] m'avait ordonné des poudres, et, quand j'étais dans mon lit, madame de Sainte-Balthide, la troisième maî-

---

1. Le baron Antoine Portal, médecin consultant de Louis XV, et de tous les souverains qui lui ont succédé jusqu'à Charles X, professeur d'anatomie au Muséum, président de l'Académie de médecine, ami de Buffon et de Franklin. Sa longue carrière fut remplie par de remarquables travaux. Il fit un rapport en 1774, par ordre de l'Académie des sciences, sur l'effet des vapeurs méphitiques, entre autres celle du charbon, sur le corps de l'homme. Cet opuscule fut réimprimé un grand nombre de fois et publié dans quatre langues aux frais de l'Académie, et quoique infiniment moins important que ses autres ouvrages, il est le plus connu du public. Portal mourut en 1832, âgé de quatre-vingt-sept ans.

tresse de la classe Bleue, venait, avec une sœur
converse, me les faire prendre. Une fois, elle
oublia de me les donner; ce jour-là, les grandes
demoiselles devaient manger un pâté, et, quand
la porte de la chambre fut fermée, elles se relevèrent et se mirent à manger à la lueur d'un
reverbère. Moi, voyant que l'on mangeait, je dis
que j'en voulais et que je le dirais si l'on ne me
donnait pas du pâté. Alors mademoiselle d'Équilly
se détacha et vint m'apporter un gros morceau de
pâté et de croûte que je dévorai. Cependant madame de Sainte-Bathilde se souvint qu'elle ne
m'avait pas donné ma poudre, elle se releva donc
et vint me l'apporter. Dès que ces demoiselles en-
tendirent la clef dans la serrure, elles coururent
toutes à leur lit, et il y en eut une qui mit dans
le sien tout les débris du pâté. Alors la maîtresse
et la sœur Éloi vinrent à mon lit pour me faire
prendre ma poudre. Comme je n'osais rien dire
de peur de trahir ces demoiselles, je fus obligée
d'avaler la poudre, venant de manger un gros
morceau de croûte de pâté.

» Dès que madame de Sainte-Bathilde fut partie,
ces demoiselles se relevèrent, en grognant contre
moi ; elles disaient que c'était bien insupportable
d'avoir une sotte marmaille comme moi dans leur

chambre; puis elle se mirent à boire du cidre. Je
criai encore pour qu'on m'en donnât, elles ne le
voulaient pas parce que je venais de prendre une
poudre, et même mademoiselle de la Roche-Aymon
vint me donner des tapes; mais je me mis si fort
à pleurer, qu'à la fin elles furent obligées de me
donner un verre de cidre que j'avalai tout d'un
trait. Le lendemain matin, j'eus une fièvre de
cheval et l'on me porta à l'infirmerie; j'eus le délire dans la nuit, enfin j'eus une fièvre putride,
je fus à la mort, et je restai deux mois à l'infirmerie. »

A la suite de cette belle équipée, la santé de la
petite princesse fut jugée trop délicate pour
soutenir l'éducation générale, et son oncle
ayant écrit qu'il autorisait d'avance toutes les
dépenses nécessaires, il fut convenu qu'elle
aurait un appartement particulier, une bonne,
une femme de chambre et une *mie*.

« Ma bonne s'appelait mademoiselle Bathilde
Toutevoix et m'aima bientôt à la folie; on me donna
un très bel appartement et on m'assigna quatre
louis par mois pour mes menus plaisirs, et l'on
ne me refusait rien pour mon entretien et mes
maîtres. Mon banquier, M. Tourton, reçut l'ordre
de mon oncle de me fournir jusqu'à trente

mille livres par an [1], si c'était nécessaire.

» Ma bonne fut, en ce temps-là, bien en colère contre moi. Nous avions un chat qui aimait extrê-mement ma bonne, et même moi, car, quelle que chose que je lui aie faite, il ne m'a jamais griffée, quoi que je l'aie souvent assez mis en colère pour qu'il jurât comme un possédé. Ce chat s'appelait la Grise. Une fois, mademoiselle de Choiseul et moi mangions des noix au bout du petit corridor qui aboutit aux commodités du vieux bâtiment; nous nous étions assises sur des marches qui sont là; par malheur, la Grise vint à passer : je l'appelle, elle vient à nous, et, tout en la caressant, l'idée nous prend de lui attacher des coquilles de noix aux pattes. Mademoiselle de Choiseul avait de la faveur dans son carton de filet, nous exécutons ce projet, et la Grise était si drôle! car elle ne pouvait pas se tenir debout. Nous fîmes de si grands éclats de rire, que ma bonne et madame de Sainte-Monique nous en-tendirent de ma chambre; elles descendirent et

---

1. Il ne faut pas oublier qu'on élevait à l'Abbaye-aux-Bois d futures grandes dames; toute leur éducation était donc dirigée vers ce but-là, et ne devait ressembler en rien à celle d'une petite bourgeoise. Les castes étaient trop marquées, dans ce temps, pour qu'elles fussent confondues, même chez les enfants.

trouvèrent la Grise dans cet état. Ma bonne était prête à pleurer, elle me gronda beaucoup et me renvoya à la classe. Mais ce n'est pas tout. La Grise couchait toujours sur le pied de mon lit, parce que ma bonne disait que cela me tenait chaud; ce soir-là, quand ma bonne fut couchée, comme j'étais fâchée contre la Grise qui était cause que j'avais été grondée, je me mis à lui donner des coups de pied, tant, qu'elle descendit de mon lit. Alors elle fut se coucher dans la cheminée. Au bout d'un moment, je mis la tête hors de mes rideaux pour voir ce qu'elle faisait, comme je vis ses deux yeux briller dans la cheminée cela me fit peur, et je pensai que, si je me réveillais dans la nuit et que je visse ses yeux, je ne saurais ce que c'est. Je me levai donc, je fus la prendre et, ne sachant où la fourrer, j'ouvris tout doucement l'armoire et je la mis dedans.

» Alors la pauvre Grise se mit à miauler et à gémir si fort, que ma bonne se leva ne sachant ce que c'était; elle regarda partout et enfin trouva la Grise dans l'armoire. Je fus si bête, que je soutins que ce n'était pas moi qui l'avais mise là, et qu'apparemment elle y avait été toute seule.

» Ma bonne dit que, puisque c'était comme ça

que je haïssais la Grise, elle allait la donner dès le lendemain ; alors je me mis si fort à pleurer et à crier que mademoiselle de Choiseul, mesdemoi-selles de Conflans, ma femme de chambre et le leurs accoururent dans ma chambre, ne sachant ce qui arrivait ; je leur dis que j'étais la plus malheureuse du monde, que ma bonne voulait donner la Grise et que je ne pouvais pas vivre sans elle, que je voulais la Grise et qu'on me la donne et que j'allais lui demander pardon.

» Je n'eus plus de repos qu'on n'eût mis la Grise sur mon lit, je la pris dans mes bras, je l'embrassai, je lui baisai les pattes, je lui promis que je ne le ferais plus. Alors ma bonne dit qu'elle consentait à garder la Grise, mais que je n'aurais le lendemain que du pain sec à déjeuner.

» Je me trouvai trop heureuse d'en être quitte à si bon marché, chacun s'en retourna chez soi et je dormis tranquillement le reste de la nuit. »

Quelque temps après, on fit faire à Hélène une première confession. Malgré ses huit ans, elle suivit l'instruction pendant plusieurs jours et dom Phémines, le directeur des pensionnaires, lui fit faire une retraite et lui donna pour point de mé-ditation l'obéissance, sujet fort bon à méditer

pour une espiègle déterminée. Après sa retraite,
elle se confessa et malheureusement elle ne nous
raconte point ses aveux; elle rentra assez fati-
guée mais fort satisfaite de sa journée et se
croyant tout à fait grande personne; la suite de
son récit est d'une naïveté charmante.

« Le soir, sœur Bichon était venue voir ma
bonne et, pendant que mademoiselle Gioul, ma
femme de chambre, me déshabillait, sœur Bichon
me dit qu'elle se recommandait à mes prières
(car bien que je les fisse en commun à la classe,
cependant, avant de me mettre au lit, on me les
faisait encore dire). Je dis à sœur Bichon : « Que
» voulez-vous que je demande au bon Dieu pour
» vous? » Elle me dit : « Priez le bon Dieu qu'il rende
» mon âme aussi pure que la vôtre est dans ce
» moment. » Je dis donc tout haut à la fin de ma
prière : « Mon Dieu, accordez à sœur Bichon que
» son âme soit aussi blanche que la mienne devrait
» être à mon âge si j'avais profité des bonnes leçons
» qu'on m'a données. » Ma bonne fut enchantée
comme j'avais arrangé cette prière et m'embrassa
ainsi que sœur Bichon, mademoiselle Gioul et
mie Claudine. Quand je fus dans mon lit, je demandai si c'était un péché de prier pour la Grise.
Ma bonne et sœur Bichon dirent que oui et

qu'il ne fallait pas parler de la Grise au bon
Dieu.

» Ensuite comme je n'avais pas sommeil, sœur
Bichon vint auprès de mon lit et elle disait que, si
je mourais cette nuit, j'irais tout de suite en paradis; alors je lui demandai ce que l'on voyait en
paradis. Elle me dit : « Figurez-vous, ma petite
» poule, que le paradis est une grande chambre
» toute en diamants, rubis, émeraudes et autres
» pierres précieuses Le bon Dieu est assis sur un
» trône. Jésus-Christ est à sa droite et la bienheu-
» reuse Vierge à sa gauche, le Saint-Esprit est
» perché sur son épaule et tous les saints passent
» et repassent. » Pendant qu'elle me racontait
cela, je m'endormis. »

Il y a toujours un naturel et une vérité dans
les récits de la petite princesse qui leur donnent
beaucoup de charme; elle s'accuse ou se loue avec
une grande bonne foi et son caractère se dessine
au bout de quelques pages. L'éducation en commun et la sage direction de madame de Rochechouart eurent une influence excellente sur cette
enfant gâtée et habituée à tout voir céder devant
elle; mais elle eut à souffrir au début et elle raconte ses premières épreuves de la façon la plus
comique.

« J'avais alors, dit-elle, une aversion pour bien
écrire qui était terrible. M. Charme était bien
mécontent de moi et m'avait remis à ne faire que
des O, ce qui m'ennuyait beaucoup et aussi toute
la classe se moquait de moi, ou disait que je ne
saurais jamais signer mon nom. Ce n'est pas que
je haïsse l'écriture, au contraire, j'écrivais toute
la journée mes *mémoires*, comme c'était la mode
parmi les grandes demoiselles dans ce temps et
nous en avions voulu faire de même. Je barbouil-
lais donc du papier toute la journée, mais c'était
un griffonnage où il n'y avait que moi qui pût
comprendre quelque chose, et, bien loin de me
profiter, cela me gâtait la main. Mademoiselle de
Choiseul écrivait souvent pour moi ; mais, comme
on s'aperçut que ce n'était pas mon écriture,
M. Charme se plaignit à la mère Quatre-Temps.
Elle me demanda : « Mademoiselle, est-ce vous qui
avez écrit cela ? » Je dis : « Oui, Madame, en vérité,
c'est moi. » Elle dit : « Si c'est vous, faites devant
moi sur-le-champ une page pareille. » Alors je
fus bien embarrassée, j'aurais voulu me fourrer
dans un trou de souris ; ce que je savais le moins
faire, c'était des M et des N, et mon exemple était
« Massinissa, roi de Numidie ». Or, comme chacun sait, dans ce nom-là, il y a beaucoup de jam-

bages : voilà donc qu'ils allaient tous de travers,
l'un d'un côté, l'autre de l'autre, enfin l'on vit
bien que je n'étais pas capable d'un pareil ouvrage ;
alors la mère Quatre-Temps m'attacha des cornes
d'âne, et, parce que j'avais menti, la langue rouge
avec mon papier derrière le dos ; je me mis à dire
que j'avais mal écrit parce qu'on m'avait remué
la table, mais on dit que je calomniais et l'on
m'ajouta encore la langue noire ; le pis qu'il y
avait, c'est que madame de Rochechouart, à qui je
plaisais assez et qui commençait à avoir des bontés
pour moi, m'avait dit, en venant aux classes le
matin, d'aller à six heures du soir chez elle dans
sa cellule.

» Or donc l'heure approchait, comment paraître
dans l'état où j'étais ? J'aurais mieux aimé mourir. Étais-je présentable avec des cornes, deux
langues et un chiffon de barbouillage derrière le
dos. Aussi, quand la mère Quatre-Temps me dit
d'aller chez madame la maîtresse générale, je ne
voulus jamais remuer de ma place, je pleurais à
me faire sortir les yeux hors de la tête. Mademoiselle de Choiseul pleurait aussi, toute ma classe
me plaignait, et la classe blanche se moquait de
moi ; quand la mère Quatre-Temps vit que je ne
voulais pas obéir, elle m'ajouta encore par-dessus

le marché le cordon d'ignominie, elle fit chercher deux sœurs converses, sœur Éloi et sœur
Bichon, qui me prirent par le bras, me tirèrent
hors de ma stalle et me conduisirent jusqu'à la
porte de la cellule de madame de Rochechouart.
Quand j'y arrivai, j'étais si désolée que j'aurais
donné ma vie pour une épingle; dès que j'y entrai,
madame de Rochechouart fit un cri et me dit :
« Eh! mon Dieu, qu'est-ce qui vous arrive, vous
» avez l'air d'un carême-prenant[1]! et qu'avez-
» vous donc fait pour mériter qu'on vous ôtât la
» figure humaine? » Alors je me jetai à ses pieds
et je lui contai mes fautes; je voyais qu'elle avait
toutes les peines du monde à s'empêcher de rire;
cependant elle me dit avec un air sévère : « Vos
» fautes sont très grandes, et votre punition ne
» l'est point assez. » Alors elle fit entrer les deux
sœurs qui étaient à la porte et elle dit : « J'or-
» donne que mademoiselle soit ramenée à la
» classe et qu'elle soit huit jours sans dessert;
» que l'on dise à madame la première maîtresse
» de la classe bleue de venir me parler. » Madame
de Rochechouart demanda encore si je n'avais
rencontré personne en venant chez elle, je lui

1. Personne masquée pendant les jours gras et, figurément,
personne ridiculement vêtue.

dis que j'avais rencontré M. Bordeu, le médecin,
et madame la duchesse de Chatillon qui venait
voir une de ses filles qui était malade. On me
ramena à la classe, mais j'ai entendu dire, quelque temps après, à des demoiselles rouges, que
madame de Rochechouart avait dit que c'était une
bêtise de me fagoter comme cela et qu'elle avait
lavé la tête à la mère Quatre-Temps en la priant
de punir ses pensionnaires sans les défigurer;
qu'elle était entrée il y avait quelques jours à la
classe et qu'elle avait cru voir des idoles égyp-
tiennes, en voyant cinq ou six de nous avec des
cornes et des triples langues; que, comme la
maison était toujours remplie de personnes
étrangères, cela pouvait jeter du ridicule sur
l'éducation des pensionnaires. Aussi, depuis ce
temps, ces pénitences furent supprimées; on nous
faisait mettre à genoux au milieu du chœur, on
nous privait du dessert, ou on faisait manger du
pain sec à déjeuner et à goûter, ou on faisait
copier le *Privilège* du roi pendant la récréation,
ce qui était bien ennuyeux. »

Hélène n'était pas au bout de ses tribulations,
et son caractère emporté devait lui en attirer
encore un certain nombre.

« J'éprouvai dans ce temps-là de la part de toute

la classe une punition de corps dont je me promis bien de me souvenir longtemps. J'avais pris
l'habitude de redire à madame de Sainte-Euphra-
sie tout ce qui se passait dans la classe, et, comme
je voyais que cela avait du succès auprès d'elle,
j'écoutais tout ce que disaient les pensionnaires
pour aller le lui rendre; si bien que toutes les
classes m'avaient généralemeut prise en guignon.

» J'avais pour lors neuf ans, j'eus une dispute
avec mademoiselle de Nagu ; elle avait pris des
petites vies des saints avec des images, qui étaient
dans mon tiroir, et elle les lisait. Comme je ne
permettais qu'à mes amies intimes de fouiller dans
mon tiroir, je fus à elle et je lui dis de me rendre
mon livre. Elle me dit : « Moi, ce livre m'amuse,
vous n'avez pas envie de le lire à présent, je vous
le rendrai quand je l'aurai fini. » Je ne fus
point satisfaite de cela, je voulus lui arracher le
livre, mais, comme elle était plus forte que moi,
elle me donna un bon soufflet; alors, au lieu de le
lui rendre, je me mis à pleurer et fus me plaindre
à madame de Saint-Pierre, première maîtresse de
la classe blanche, car Nagu était de cette classe.
La maîtresse, voyant que j'étais tout en larmes et
que ma joue était rouge, appelle mademoiselle

de Nagu, lui ordonne de me rendre mon livre, de me faire des excuses et la condamne à n'avoir pas de dessert à souper.

» Tout le monde plaignit Nagu, d'autant plus que je n'étais point aimée, tout le monde m'appelait une *rapporton*, et l'on chantait à mes oreilles : « Rapporti, rapporta, va-t'en dire à » notre chat qu'il te garde une place pour le jour » de ton trépas. »

» Mais ce n'était pas tout : mademoiselle de Choiseul et mesdemoiselles de Conflans, mes trois amies, étaient absentes; on inoculait la première, et les autres étaient à la campagne, je n'avais donc aucun soutien. En sortant du réfectoire, c'est la coutume de courir au plus fort pour arriver à la classe, les maîtresses restent pour lors en arrière; j'eus la bêtise au lieu de rester près d'elles (car alors on n'aurait pu me rien faire) de courir une des premières; je me trouvai malheureusement près de Nagu, qui me dit: « Ah! je te tiens ! » et, en même temps, me donne un croc-en-jambes et me fait tomber sur le nez. Alors toutes ces demoiselles se mirent à sauter par-dessus mon corps, ce qui fait que j'attrappai tant de coups de pied que j'en étais moulue. Les maîtresses vinrent à moi; on me ramassa. Et ces demoiselles disaient :

« Mademoiselle, je vous demande bien des par-
» dons, je ne vous ai pas vue! » D'autres disaient
aux maîtresses qui les grondaient : « Moi! je ne
» l'ai pas pas fait exprès, elle était par terre, je ne
» l'ai pas vue. » On m'envoya coucher et, le lendemain, madame de Rochechouart vint me voir.
Je lui racontai mon histoire; elle me dit : « Si
» vos compagnes vous aimaient, pareille chose ne
» vous serait pas arrivée; il faut que vous ayez
» de grands défauts dans le caractère, pour que
» toutes les classes soient contre vous. » Depuis
ce jour-là, je n'ai jamais redit la moindre chose
à mes maîtresses, et je devins si bonne, que tout
le monde m'aimait, et Nagu même, avec qui je fus
depuis si bonne amie, que nous aurions été au feu
l'une pour l'autre.

» Mais c'est le moment de parler des jeux les
plus à la mode à l'Abbaye-aux-Bois. C'était la chasse;
mais il fallait un jour entier pour mettre ce jeu
à fin et on ne pouvait y jouer que dans le jardin.
C'était ordinairement la classe rouge qui mettait
ce jeu en train. Elles élisaient des piqueurs, des
valets de chien, ensuite on choisissait celles qui
devaient être les cerfs et on marquait un cerf de
meute; la petite classe était les chiens et elles
allaient demander avec beaucoup de politesse à

la classe bleue de vouloir bien être chiens. Quand on était mécontent de la classe rouge, on refusait, et même il est arrivé qu'au milieu du jeu, les bleues quittaient et se retiraient, ainsi on ne pouvait pas forcer le cerf.

» J'eus alors une aventure dont je me vengeai bien. Il y avait dans les grandes demoiselles de la classe rouge une demoiselle de Sivrac qui était d'une figure fort noble, mais sujette à des spasmes et un peu folle.

» Nous avions fait la récréation au jardin, et, en revenant à la classe, elle me dit : « J'ai oublié » mes gants au bout du jardin, je te prie, viens » les chercher. » Moi, bonnement, j'y vais avec elle ; quand nous sommes derrière les bosquets de lilas, elle se jette sur moi, me renverse, prend une branche de lilas et me fouette cruellement. Quand elle m'eut bien battue, elle s'enfuit en courant. Je me ramasse comme je peux et je reviens en pleurant à la classe.

» Je me dis : « Si je me plains aux maîtresses, » mademoiselle de Sivrac niera le fait, elle dira » qu'elle m'a donné seulement quelques tapes, et » je passerai encore pour une rapporteuse. » Que fis-je ? J'assemblai les plus résolues de la classe bleue et je leur racontai mon histoire, leur disant que, si l'on ne me vengeait pas, bientôt la classe bleue serait assommée par les grandes demoiselles; enfin, j'émus les esprits comme je pus, de manière que nous déclarâmes que nous ne voulions avoir aucun commerce avec la classe rouge, si mademoiselle de Sivrac ne me faisait pas des excuses.

» Le premier jour de récréation qui arriva, la classe rouge voulut jouer à la chasse, elles envoyèrent prier la classe bleue de donner quelques-unes d'elles pour faire les chiens; mais personne ne voulut y aller et, pour tous les autres jeux, ce fut la même chose. Alors elles demandèrent ce que cela signifiait que des marmottes comme nous fissent les bégueules.

» Mais dans le fond elles étaient désolées, car la classe rouge est la moins nombreuse, la classe blanche est tout occupée des exercices de la première communion, ainsi nous leur étions absolument nécessaires pour les jeux où il faut beaucoup de monde.

» Ce ne fut pas tout, nous forçâmes le tiroir et la stalle de mademoiselle de Sivrac; nous déchirâmes en petits morceaux tous les papiers qui y étaient, puis nous jetâmes dans le puits sa bourse, un portefeuille et une bonbonnière que

nous y trouvâmes aussi. Alors des demoiselles
rouges dirent à mesdemoiselles de Choiseul et de
Montsauge, qui étaient les plus acharnées parce
qu'elles étaient mes amies, que, si elles les
trouvaient seules, elles leur donneraient sur les
oreilles.

» Dès ce moment, il y eut un désordre affreux
dans la classe; tout ce que l'on trouvait appartenant à des demoiselles rouges était jeté dans
le puits ou déchiré par la classe bleue, et, quand les
rouges rencontraient des bleues dans des coins,
elles les tapaient comme des plâtres. Enfin cela
parvint à la connaissance des maîtresses, car à
tout moment on voyait les petites avec des pin-
çons ou des égratignures, et, quand on demandait :
« Qui vous a arrangé comme cela? » elles disaient :
« C'est les demoiselles rouges. » D'un autre côté,
les grandes demoiselles perdaient leurs livres,
trouvaient leurs cahiers déchirés, leurs bijoux
cassés.

» Les parents des unes et des autres en parlèrent à madame de Rochechouart, disant, les
uns, que leurs filles n'étaient que plaies et bosses,
les autres, que leurs filles perdaient et déchi-
raient tout. Alors, madame de Rochechouart vint
à la classe et demanda aux bleues et aux rouges

d'où venait cette haine. Mademoiselle de Choiseul s'avança et conta mon histoire avec mademoiselle de Sivrac.

» Madame de Rochechouart lui demanda pourquoi elle m'avait fouetté, elle ne put jamais en
dire la raison ; mais, sans que madame de Rochechouart lui en dit rien, elle vint à moi, me
demanda excuse et m'embrassa.

» Madame de Rochechouart dit que, si cela con-
tinuait, on séparerait totalement les deux classes
et elle nous ordonna de nous embrasser mutuellement. Depuis ce jour-là, la paix fut rétablie, et
l'on ne se fit plus tant de mal volontairement.

» Une fois, en courant dans le jardin, nous entendîmes une voix souterraine, nous regardâmes
d'où cela pouvait venir, enfin nous découvrîmes
que c'était par le trou d'un égout qui répondait
dans la cuisine du comte de Beaumanoir, dont
l'hôtel était contigu. Là-dessus, quelques-unes se
mirent en haie pour cacher aux maîtresses ce
que l'on faisait, et les autres se mirent à parler.
Nous entendîmes la voix d'un petit garçon, nous
lui demandâmes son nom, il nous dit qu'il s'appelait Jacquot et qu'il avait l'honneur de servir
dans les cuisines de M. le comte de Beaumanoir.
Nous lui dîmes que la récréation allait finir, mais

que nous reviendrions le lendemain à la même
heure.

» Le lendemain, il se mit à jouer de la flûte et
nous chantions; ensuite, à mesure qu'une parlait,
il demandait son nom, on le disait, et, au bout de
trois ou quatre jours, il en connaissait plusieurs
au son de la voix et il appelait : « Hé! d'Aumont,
» Damas, Mortemart. » Il demandait si on était
brune ou si on était blonde, ensuite il demandait ce que nous faisions dans le jardin. Nous
lui dîmes que c'était l'heure de notre goûter, et
il nous dit que, sans une grille de fer qui était
au milieu de l'égout, il nous donnerait de
bonnes choses; alors, nous lui dîmes qu'il fallait
qu'il tâchât de l'ôter; il nous promit qu'il allait y
travailler. Nous étions si occupées à la conversation que madame de Saint-Pierre, une des maîtresses, eut tout le temps de s'avancer, sans que
nous nous en aperçussions; dès que nous la vîmes
si près, nous nous sommes toutes enfuies et
Jacquot criait : « Choiseul! Damas! écoutez donc,
» la grille sera ôtée demain. »

» Madame de Saint-Pierre fut de suite chez madame de Rochechouart lui conter cela. Madame
de Rochechouart écrivit aussitôt à M. de Beaumanoir que l'on allait murer l'égout qui donnait

dans sa cuisine, parce que ses gens causaient
avec les pensionnaires. Il répondit sur-le-champ
qu'il était au désespoir de ce qui était arrivé et
qu'il allait renvoyer tous les gens de sa cuisine.
Madame de Rochechouart le pria de n'en rien
faire; on fit chercher les maçons et l'on mura
l'égout dès le jour même. Madame de Rochechouart ne crut pas qu'une pareille aventure va-
lût la peine qu'elle descendît à la classe et que,
bien au contraire, ce serait une platitude d'y
mettre de l'importance; seulement, le soir, à l'appel, elle fit quelques plaisanteries sur la charmante conquête que nous avions faite et qu'il
fallait que nous ayons le goût bien délicat et des
sentiments bien élevés pour avoir mis autant de
prix à la conversation d'un marmiton; que, quant
à celles qui lui avaient dit leurs noms, elle se
flattait que, quelque jour, il viendrait réclamer
leurs anciennes bontés et que cela ne laisserait
pas de charmer leurs familles. Ainsi elle nous
humilia d'importance sans gronder le moins du
monde. »

Madame de Rochechouart, femme d'un grand
sens et d'un esprit élevé, n'avait pas tardé à s'attacher tendrement à la petite Polonaise. Cette
enfant abandonnée pour ainsi dire, si loin de son

pays, lui inspirait un véritable intérêt. Elle la faisait venir chaque jour dans sa cellule et la sur-
veillait de près sans que l'enfant s'en doutât. Hélène, qui était un petit cheval échappé, éprouvait
un respect et une sorte de crainte mêlée à la plus
vive admiration pour la grande maîtresse générale. Elle en parle à chaque instant dans ses *Mémoires*.

Madame de Rochechouart, sœur du feu duc de
Mortemart, était âgée de vingt-sept ans, « grande,
bien faite, un joli pied, la main délicate et blanche,
des dents superbes, de grands yeux noirs, un air
fier et sérieux, un sourire enchanteur », voilà le
portrait que la petite princesse nous en a laissé.
Elle était sans contredit la personne la plus importante de l'Abbaye, après madame l'abbesse, et
dirigeait à son gré les études et l'éducation des
pensionnaires. Elle remplissait ainsi les heures
parfois bien longues d'une existence et d'une vocation qu'elle n'avait point choisie. Madame de
Rochechouart avait deux sœurs belles et spirituelles comme tous les Mortemart. Toutes les
trois montèrent au noviciat avant quinze ans; car,
selon la cruelle coutume du temps, la fortune
devait revenir en entier à l'héritier du nom. Elles
prononcèrent leurs vœux trois ans après.

« Je craignais extrêmement madame de Rochechouart dans ce temps-là, dit Hélène; quand
elle venait aux classes le matin et qu'elle faisait
sa tournée, si par hasard elle me parlait, je me
décontenançais et à peine avais-je la force de lui
répondre. L'on peut dire que toute la classe
tremblait devant elle, de manière que, quand elle
entrait le matin et que tout le monde était pêle-
mêle venant de déjeuner, elle frappait des mains,
chacune courait à sa stalle et l'on aurait entendu
une mouche souffler.

» Quand nous lui faisions la révérence, en entrant au chœur, je cherchais à lire dans ses yeux,
et quand je croyais les voir sévères, j'étais aux
champs ! J'avais l'habitude de ne traverser jamais
la maison qu'à bride abattue; quand je rencon-
trais madame de Rochechouart, je m'arrêtais tout
court; alors, quand elle me regardait, comme son
regard naturel est assez sévère, je me figurais
que je lui avais déplu et je revenais tout éplorée
à la classe disant : « Ah! madame de Roche-
» chouart m'a fait les grands yeux ! » Les autres
me disaient : « Tu es folle, veux-tu qu'elle di-
» minue ses yeux quand elle doit te rencontrer ? »

» On raconta cela à madame de Rochechouart.
La fois d'après, quand elle me vit, elle m'appelaet

me demanda, en riant, si elle me regardait à ma
fantaisie et si ses yeux me faisaient encore peur.
Je lui répondis qu'ils étaient si beaux, qu'ils faisaient plus de plaisir que de peur, et elle m'embrassa. Elle possède l'amour et le respect des
pensionnaires, elle est un peu sévère, mais juste;
nous l'adorons toutes et la craignons; elle n'est
pas caressante, mais aussi un mot de sa part fait
un effet incroyable. On lui reproche d'être fière
et caustique pour ses égales, mais elle est humaine et bonne pour ses inférieures, très instruite, remplie de talents. »

III

L'histoire du curé de Saint-Eustache. — Hélène à la classe blanche. — La mort de mademoiselle de Montmorency.

Hélène avait pris en grippe la mère Quatre-Temps et ses pénitences, d'autant plus que, grâce à elle, on l'avait retardée deux fois pour monter à la classe blanche, ne la trouvant pas digne d'être préparée à sa première communion.

« Je n'avais de consolation, dit-elle, que quand la mère Sainte-Bathilde était d'heure, car elle savait tant de beaux contes et de belles histoires, que cela m'amusait extrêmement.

» Elle m'aimait beaucoup, car j'étais toujours la plus attentive à l'écouter quand elle se mettait à raconter, je retenais chaque mot de ce qu'elle disait, et, quand elle était partie, je répétais toutes

4

ses histoires sans en omettre une seule syllabe.
Toute la classe bleue se mettait à genoux autour de moi, pour mieux entendre, et l'on a vu
même des demoiselles blanches qui écoutaient
aussi.

» Quand j'avais fini les histoires de madame
Sainte-Bathilde, je racontais celles de ma grand'-
mère qui ne finissaient jamais, car je composais
à mesure tous les événements, qui étaient bien
curieux.

» Pour madame Sainte-Bathilde, il n'y avait personne pour remplacer l'attention que je donnais
aux innombrables histoires dont elle inondait la
classe, quoique madame de Rochechouart l'ait
priée plusieurs fois de cesser les contes bleus
qu'elle faisait aux pensionnaires, qui les rendaient
crédules et peureuses. C'était plus fort qu'elle,
tous les jours elle recommençait; tantôt elle avait
vu, tantôt c'était quelqu'un de ses amis; enfin
elle nous raconta une histoire qui pensa la faire
retirer de la classe. C'était peu de temps après
la mort du curé de Saint-Eustache, que l'on avait
trouvé mort le matin dans son église. Le vicaire
de Saint-Eustache, nommé M. Giron, venait souvent voir madame Sainte-Bathilde. Les pensionnaires l'avaient vu traverser la cour plusieurs

fois, et avaient remarqué qu'il avait le cou de travers. Une fois, à la classe, que l'on entourait madame Sainte-Bathilde, qui, ce jour-là, était plus
en verve qu'à l'ordinaire, une pensionnaire lui
dit que, d'une des fenêtres du dépôt, elle avait
vu passer un abbé qui allait au tour et qui avait
le cou tordu d'une singulière manière. Alors
madame Sainte-Bathilde dit que c'était elle qu'il
venait voir, que c'était le vicaire de Saint-Eustache
et qu'il avait eu le cou démis dans une aventure
fort extraordinaire. Nous nous empressâmes à la
prier de nous la raconter. Après nous avoir assuré que ce qu'elle allait dire était la vérité même,
elle commença ainsi : « Feu M. le curé de Saint-
» Eustache a fait, comme chacun sait, rebâtir
» le portail de son église et il lui fallait 15,000
» livres pour l'achever. Il ne savait où les
» prendre : un de ses amis lui conseilla de s'a-
» dresser à un nommé M. Etteilla, qui avait la
» réputation de faire des choses fort extraordi-
» naires. Le curé fut donc le trouver, lui dit
» qu'il avait absolument besoin de 15,000 livres
» et qu'il le priait de les lui procurer. M. Etteilla,
» après bien des sollicitations, lui dit de venir
» le trouver un peu avant minuit dans l'église
» de Saint-Eustache, accompagné d'un seul

» homme, et qu'il verrait ce qu'il aurait à faire
» pour son service. Le curé fut exact au rendez-
» vous et prit avec lui M. Giron, son vicaire, qui,
» pour lors, avait le cou aussi droit que vous et
» moi. Quand ils furent tous les trois dans l'é-
» glise, M. Etteilla fit un cercle autour d'eux et
» leur dit de prendre bien garde d'en sortir,
» quelque chose qu'ils vissent, mais qu'ils ne
» tarderaient pas à voir près d'eux une figure
» effroyable qui leur demanderait ce qu'ils vou-
» laient, et qu'ils répondissent sans balancer la
» somme qu'ils désiraient; que le fantôme leur
» présenterait une bourse et qu'ils devaient se
» hâter de la prendre. M. Etteilla commença
» donc ses conjurations, renferma le curé et le
» vicaire dans le cercle. Ils ne tardèrent pas à
» voir sortir de terre une espèce de monstre avec
» des cornes qui leur demanda d'une voix ton-
» nante ce qu'ils lui voulaient. Le curé effrayé
» sortit du cercle, mais le monstre l'assomma.
» Il revint au cercle où était le vicaire et refit la
» même question. Le vicaire demanda la somme
» de 15 000 livres. Le monstre la lui présenta;
» mais, comme il la prenait, ayant un peu trop
» avancé la tête, il reçut un coup dont il resta la
» tête de travers. Les conjurations étant finies,

» ils furent au curé pour le ramasser, mais ils
» le trouvèrent mort. Ils prirent donc le parti de
» laisser là le cadavre et sortirent de l'église. »
Les pensionnaires ayant raconté cette histoire
à différentes personnes, elle revint à madame
de Rochechouart qui fit venir madame Sainte-
Bathilde et la traita du haut en bas, lui disant
qu'au premier chapitre qui serait tenu, elle la
erait ôter de la classe.

Il ne faut pas se figurer que la croyance aux
sorciers était seulement l'apanage d'une vieille
religieuse crédule. A cette époque, au contraire,
elle était fort répandue et les gens les plus intel-
ligents ne dédaignaient pas de les consulter. Le
duc d'Orléans et le prince de Ligne lui-même voulurent connaître le fameux Etteilla. Le prince dit
dans ses *Fragments de Mémoires* inédits :

« Je suis bien fâché d'avoir fait si peu d'attention aux prédictions du grand Etteilla. Ce sorcier
arrivait à Paris. Je menai chez lui M. le duc d'Orléans, rue Fromenteau, à un quatrième. Il ne
pouvait nous connaître ni l'un ni l'autre. Je sais
bien qu'il lui parla trône, révolution, famille
royale, Versailles, le diable, et je ne me souviens
que confusément de tout cela. Il est vrai que cet
Etteilla fit la peinture à madame de Mérode de ce

qu'elle verrait, quinze jours après, son mari (alors
bien portant), étendu sur un lit de parade, avec
l'arrangement de la chambre et des personnes
qu'il ne connaissait pas, et qu'elle trouva comme
il l'avait annoncé. Il lui prédit aussi quand elle
se remarierait. »

Etteilla n'était que l'anagramme du nom véritable de ce prétendu sorcier, qui se nommait
Alliette et était marchand d'estampes et soi-disant
professeur d'algèbre à Paris[1], où il ne s'occupait
en réalité que de cartomancie.

« Il est d'usage que tous les ans, la veille de la
Sainte-Catherine, on distribue des prix aux pensionnaires. C'est toujours quelque femme mariée
de considération qui les donne. Les pensionnaires
fournissent aux frais des prix, chacune donne un
louis. Nous étions pour lors cent soixante-deux,
ce qui faisait une assez grosse somme qui fut employée toute en livres. On fait trois prix pour
chaque classe, les prix sont ainsi déterminés:
Trois prix pour l'histoire et la géographie, trois
pour la danse, trois pour la musique, trois pour

1. Il publia, en 1770, un petit volume in-12 intitulé *Manière de se récréer avec un jeu de cartes;* puis, en 1784, une
nouvelle édition intitulée *Manière de se récréer avec le jeu de
cartes nommé tarots.*

le dessin. Cette année ce fut madame la duchesse
de la Vallière qui les distribua. J'eus le premier
prix de l'histoire et le second de la danse. Mademoiselle de Choiseul eut le premier prix de la
danse et le second de l'histoire, mais la vérité est
que nous étions d'égale force, tant pour l'histoire
que pour la danse, et M. Huart[1] et M. Dauberval[2],
non plus que M. Philippe[3], n'ont jamais pu décider entre nous deux. Ainsi, quand nous fûmes
recevoir le prix des mains de madame la duchesse[4],
madame de Rochechouart nous dit que, comme il
n'y avait qu'un premier prix, l'une aurait celui de
l'histoire, et l'autre celui de la danse, mais que
nous les méritions également toutes les deux.

1. Professeur d'histoire à l'Abbaye-aux-Bois.
2. Premier danseur de l'Opéra.
3. Maître de ballet à l'Opéra.
4. La duchesse de la Vallière était fille du maréchal de
Noailles, elle avait conservé, à cinquante ans, une beauté merveilleuse. Madame d'Houdetot, en la voyant, improvisa ce quatrain :

> La nature prudente et sage
> Force le temps à respecter
> Les charmes de ce beau visage
> Qu'elle ne saurait répéter.

La sœur de madame de la Vallière était la comtesse de Tou-
louse.

La place faite aux arts d'agrément était, comme on le voit, fort large, puisqu'on mettait au même rang le prix de danse et celui d'histoire. Toute enfant qu'elle était, Hélène dansait réellement fort bien.

« Dans ce temps-là, dit-elle, je dansais la far- lane et les montférines à merveille. Mademoiselle[1] venait à nos bals, elle fut si contente de ma danse, qu'elle et madame la duchesse de Bourbon[2] de- mandaient toujours que je danse des pas de deux et elles me donnaient des bonbons. »

Madame de Rochechouart, qui connaissait les goûts de sa petite favorite, lui permit souvent de sortir pendant ce carnaval. « Il n'y avait pas de semaines, dit-elle, que je n'allasse à quatre ou cinq bals d'enfants, chez madame de la Vaupa-

1. Mademoiselle (Louise-Adélaïde de Bourbon Condé), née le 5 octobre 1757, fille de Louis-Joseph de Bourbon, prince de Condé et de Charlotte-Godefriede-Élisabeth de Rohan-Soubise. Elle devint abbesse de Remiremont en 1786.

2. Louise-Marie-Thérèse-Bathilde d'Orléans, belle-sœur de Mademoiselle, fille du duc Louis-Philippe d'Orléans et de Louise-Henriette de Bourbon-Conti. Elle avait épousé, le 14 avril 1770, Louis-Henri-Joseph de Bourbon-Condé, né le 14 avril 1756, frère de Mademoiselle citée plus haut. La duchesse de Bourbon fut la mère de l'infortuné duc d'Enghien, fusillé sous le premier Empire. Son mari, passionnément amoureux d'elle à l'âge de quinze ans, obtint de l'épouser; mais on les sépara aussitôt après la cérémonie. Le jeune prince furieux enleva sa femme.

lière[1], à l'hôtel du Châtelet[2]. On devait en ce temps-là jouer *Athalie* à l'hôtel de Mortemart[3] ; une fois, madame de Rochechouart me fit lire haut le rôle de Joas, et elle fut si contente de la manière dont je le lus qu'elle en parla à sa nièce la jeune duchesse de Mortemart, qui lui demanda en grâce que l'on me permît de jouer ce rôle-là chez elle, où on allait donner *Athalie;* elles n'avaient personne pour jouer Joas, car mademoiselle de Mor-

1. M. et madame de la Vaupalière étaient fort aimables, madame avait beaucoup de naturel et de grâce dans l'esprit, son caractère affable et égal la faisait chérir de tous ceux qui l'approchaient. M. de la Veaupalière, malheureusement, était joueur, et rien ne pouvait vaincre cette passion ; on inventa à cette époque, un étui d'une forme nouvelle et très commode pour classer les fiches et les jetons. Madame de la Vanpalière en fit faire un du travail le plus riche et le plus précieux, qu'elle envoya à son mari. Elle avait fait mettre d'un côté son portrait et de l'autre celui de ses enfants avec ces mots : *Songez à nous!*

2. L'hôtel du Châtelet, qui venait d'être achevé, était situé rue de Grenelle, faubourg Saint-Germain, près de la barrière. L'extérieur était grandiose, et la distribution intérieure des appartements et leur richesse répondait à la beauté de la façade.

La marquise du Châtelet, depuis duchesse, était la belle-fille de la célèbre Émilie de Voltaire.

3. La duchesse de Mortemart habitait, avec ses fils, leur bel hôtel de la rue Saint-Guillaume ; sa fille était élevée à l'Abbaye-aux-Bois.

Leur hôtel existe encore, il porte le n° 14 de la rue Saint-Guillaume.

temart n'avait pas de talent pour la tragédie. »

La duchesse douairière de Mortemart et la duchesse d'Harcourt en parlèrent à l'abbesse, qui
consentit à laisser la petite princesse sortir trois
fois par semaine pendant un mois pour les répétitions. Molé fut appelé pour diriger la troupe.
« J'étais bien contente, dit Hélène, car je rappor-
tais toujours des bonbons, et mademoiselle de
Mortemart sortait avec moi. Je sortis trois jours
dans le temps de la représentation et l'on trouva
que je jouais mieux que l'enfant de la Comédie-
Française. M. Molé me recommanda bien de ne
pas déclamer du tout, mais de dire naturellement
comme dans une conversation, sans faire aucun
geste, et cela me réussit fort bien. »

Il existait à l'Abbaye-aux-Bois un usage assez
bizarre; on permettait aux élèves, pour mieux
fêter Sainte-Catherine, de prendre pour ce jour-là
les costumes et les emplois ou dignités de toutes
les dames du couvent, depuis l'abbesse jusqu'à
la plus simple religieuse. Les nominations avaient
lieu à la pluralité des voix, et le corps électoral,
composé de toutes les pensionnaires, se réunissait
gravement la veille dans la salle du chapitre pour
voter. Cette année-là, Hélène fut élue abbesse et

va nous raconter la cérémonie dans les plus menus détails.

« On nous prêta le chapitre pour faire les élections ; je fus donc élue abbesse, je choisis pour régente mademoiselle de Choiseul ; mademoiselle de Conflans fut porte-crosse, mademoiselle du Vaudreuil chapelaine, mesdemoiselles de Damas, de Montsauge, de Chauvigny, de Mortemart et de Poyanne furent de service près de moi. Le reste des places fut distribué à la pluralité des voix. Quand cela fut fini, nous fûmes chez madame l'abbesse, qui, suivant l'usage, m'embrassa, ôta sa croix, me l'attacha, et me mit l'anneau abbatial au doigt. Dès le lendemain, je commençai mes fonctions, je fus pendant la grand'messe, que nous chantâmes, assise dans le trône abbatial.

» On l'avait orné du tapis de velours violet à franges d'or, qui ne se met que pour les fêtes. Je reçus l'encens et fus baiser la patène, précédée de la crosse. Toutes les religieuses entendirent la messe et l'office dans les tribunes, et les pensionnaires remplissaient leurs stalles. Je donnai l'eau bénite et reçus la coulpe[1] de toutes les pen-

1. *Coulpe* se dit encore dans plusieurs monastères, en parlant de l'aveu de ses fautes fait en présence de tous les frères assemblés.

sionnaires. C'était fort drôle de voir des religieuses
de cinq ou six ans. Il entra beaucoup de femmes
pour nous voir au chœur et au réfectoire, où je
donnai un grand dîner avec des glaces. Toutes les
religieuses et les étrangères étaient au milieu du
réfectoire pour nous voir à table. Chacune avait
l'air grave conformément à l'habit qu'elle portait.
Après dîner, nous fûmes nous emparer de toutes
les obédiences et, par plaisanterie, ces dames
furent s'établir dans les classes. Cependant nous
n'osâmes aucune aller voir madame de Rochechouart, qui ne pouvait pas souffrir ces masca-
rades, et qui avait dit, la veille, qu'elle ne voulait
voir personne. Quant à madame Sainte-Delphine,
tout cela l'amusait comme une reine, tout le
monde alla la voir, chacun à son tour, la jeune
duchesse de Mortemart, madame de Fitz-James,
madame de Bouillon, madame d'Hénin, la vicomtesse de Laval passèrent l'après-midi chez elle.
Nous allâmes par troupes la voir, d'abord j'y vins
avec toute ma cour; on nous fit parler, causer,
enfin, nous fîmes le bonheur de ces dames. Mais
ce qui les amusa le plus, c'est que tout d'un coup
la porte s'ouvrit et madame de Rochechouart
entra. Alors, comme nous savions qu'elle n'aimait
pas à nous voir comme cela, madame l'abbesse

et toute sa suite prirent leurs jambes à leur cou et s'enfuirent. Le soir, nous fûmes en grande cérémonie reporter à madame l'abbesse sa croix et sa bague, et nous quittâmes nos habits monastiques. La même fête fut répétée le jour des Innocents et mademoiselle d'Aumont fut abbesse. A propos de cette crainte que nous avions de déplaire à madame de Rochechouart, madame Sainte-Delphine avait coutume de dire qu'il n'y avait point de monarque d'Asie dont le gouvernement fut plus despotique que celui de sa sœur, et il est vrai que c'était un culte que nous lui rendions, et je dois dire à sa gloire que c'était moins aux personnes qu'elle commandait qu'aux esprits, car elle grondait peu et punissait avec justice. Mais on était intimement convaincu qu'il était impossible qu'elle eût tort en rien, et la confiance qu'elle inspirait était sans bornes. On n'a pas idée à quel point allait l'enthousiasme de la classe pour madame de Rochechouart, on s'était exalté la tête sur l'honneur qu'il y avait à avoir une aussi grande dame pour présider à notre éducation.

» Les autres maîtresses qui dépendaient d'elle avaient toujours son nom à la bouche, comme celui d'une divinité qui punit ou qui récompense.

L'abbesse la considérait extrêmement, car elle se familiarisait peu. Les personnes qui la voyaient souvent lui faisaient une sorte de cour. »

« Dans ce temps, ma bonne ayant laissé sur la cheminée une bouteille d'huile, mademoiselle de Choiseul et moi avions découvert qu'en frottant la porte avec de l'huile, on pouvait l'ouvrir sans le moindre bruit. Ma bonne couchait dans la chambre à côté de la mienne. Elle avait coutume, le soir, de fermer la porte à clef en dedans et de la laisser à la porte. La chambre de mademoiselle de Choiseul donnait dans la mienne. Elle se levait donc la nuit, venait à mon lit, nous passions nos robes de chambre, nous ouvrions doucement la porte, et nous courions la maison toute la nuit, nous amusant à jouer toute sorte de tours, comme de souffler les lampes, de cogner aux portes, d'aller causer chez les novices, d'y manger des confitures, des pâtés et des bonbons, que nous achetions en cachette.

» Une fois, nous prîmes une bouteille d'encre et nous la versâmes dans le bénitier, qui est à la porte du chœur; comme ces dames disent matines à deux heures après minuit et qu'elles les savent par cœur, il n'y a point d'autre lumière que celle de la lampe, qui éclaire bien faiblement le béni-

tier; elles prirent de l'eau bénite et ne s'aper-
çurent point comme elles s'accommodaient. Mais
le jour vint, vers la fin des matines; ainsi, se voyant
toutes balafrées d'une manière si étrange, elles se
mirent si fort à rire les unes et les autres, que l'office en fut interrompu. On se douta que ce trait
partait de la classe, on fit le lendemain des perqui-
sitions, mais on ne put jamais savoir qui c'était.

» Quelques jours après, nous fîmes un autre
tour. Les cordes des cloches, qu'on appelle les
Gondi, parce qu'elles ont été bénites par l'archevêque de Paris de ce nom, servent à sonner l'office les jours ouvriers et sont placées derrière le
chœur, car les bourdons et les cloches solennelles
sont dans un autre clocher qui donne au-dessus
du chœur. Ces cordes donc passent par une tribune, qui est placée derrière le siège abbatial.
Nous montâmes là et nous attachâmes fortement
nos mouchoirs aux cordes des cloches. Quand
la novice, qui, devait sonner matines, vint, elle eut
beau faire. Elle croyait sonner, mais, quand cela
venait au nœud, cela arrêtait, et les cloches ne
remuaient pas; ainsi ces dames qui attendaient
le premier coup de matines pour descendre n'ar-
rivaient pas, la religieuse était rendue de sonner.
Enfin quelques-unes, voyant que l'heure des ma-

tines passait, descendirent afin de voir pourquoi
on ne sonnait pas. Elles trouvèrent la religieuse
se tuant de tirer les cordes. Alors on vit qu'il y
avait quelque chose de dérangé aux cloches. On
monta à la tribune et l'on trouva les mouchoirs.
Malheureusement nos marques y étaient, H M, J C.

On fut donc les porter à madame de Rochechouart, qui, le lendemain, quand elle vint à la
classe, demanda à qui étaient les mouchoirs mar-
qués d'une H et d'une M et d'un J et d'un C. Alors
nous baissâmes le nez. Madame de Rochechouart
nous ordonna d'un ton sévère de sortir de nos
stalles ; nous vînmes à elle, toutes tremblantes, et
nous mîmes à ses genoux. Elle nous demanda si
nous imaginions que ces dames étaient faites pour
être le plastron de nos mauvaises plaisanteries,
qu'elle nous priait fort de ne pas exercer notre
imagination à les tourmenter, que, pour que
nous nous en souvenions, nous serions à genoux
en bonnet de nuit au milieu du chœur pendant
la grand'messe le dimanche suivant, pour faire
amende honorable à ces dames de ce que nous
nous étions égayées à leurs dépens ; mais, comme
nous devions compte à Dieu des prières qui n'ont
pas été dites ce jour-là, puisqu'on avait abrégé
les matines, nous dirions à haute voix pendant

la récréation les sept psaumes de la pénitence.
Quelques religieuses de mauvaise humeur ayant
échauffé les oreilles de madame l'abbesse sur
ces espiègleries, elle fit chercher madame de
Rochechouart et lui reprocha que la classe commettait des désordres, faisait toute sorte de
méchancetés et de noirceurs. Madame de Rochechouart dit que cela était faux, qu'il y avait, à la
vérité, quelques pensionnaires qui avaient joué
des tours, mais que, p our des méchancetés, il ne
lui en était pas parvenu; que, d'ailleurs, elle
avait tout de suite puni les coupables. Alors madame l'abbesse lui cita le trait du bénitier comme
une impiété. Madame de Rochechouart, qui était
vive et haïssait les momeries, lui répondit que le
trait était noir parce qu'il était question d'encre,
mais qu'il lui était impossible d'y voir autre chose
qu'une espièglerie, un peu forte à la vérité. Là-
dessus, elle quitta madame l'abbesse d'assez
mauvaise humeur.

» Tous les tours que mademoiselle de Choiseul
et moi avions joué m'avaient fort retardée pour
ma première communion, mademoiselle de Choiseul était déjà blanche depuis quelque temps.
Quant à l'instruction, j'aurais dû être dans cette
classe depuis plus d'un an, car je savais sur le

bout de mon doigt tout ce que l'on apprenait dans
la classe bleue.

» Je savais mon histoire ancienne, l'histoire de
France et la mythologie très bien; je savais par
cœur tout le poème de *la Religion,* les *Fables* de La
Fontaine, deux chants de *la Henriade* et toute la
tragédie d'*Athalie,* dans laquelle j'avais joué Joas;
je dansais très bien, je savais solfier, je jouais un
peu de clavecin et un peu de harpe; quant au
dessin, c'est ce qui allait le moins bien; mais mes
espiègleries perpétuelles, à quoi j'étais un peu
entraînée par mon faible pour mademoiselle de
Choiseul, me faisaient grand tort : tout ce qui
se faisait était toujours sur notre compte. J'aimais tant mademoiselle de Choiseul, que j'aimais
mieux être en pénitence avec elle que de la voir
seule punie, son amitié pour moi était réciproque, et, quand j'étais punie pour quelque faute,
elle allait si bien grogner les maîtresses qu'on
finissait par la punir avec moi. La journée n'était
pas assez longue pour nous dire ce que nous
avions à nous communiquer, et, le soir, comme sa
chambre donnait dans la mienne, elle venait,
ou j'allais la trouver dans la sienne. Nous aimions toutes deux beaucoup la lecture, mesdemoiselles de Conflans aussi, nous lisions ensemble

dans tous les moments que nous avions de libres,
chacune lisait haut à son tour.

» Comme, pendant quelque temps, nous suspen-
dîmes nos tours, madame de Rochechouart en
profita pour me faire monter à la classe blanche,
car elle m'aimait à la folie et riait plus des tours
que je faisais qu'elle ne s'en fâchait. Madame de
Sainte-Delphine, sa sœur, m'aimait aussi beaucoup; elle disait toujours que ce serait une perte
pour le couvent si Choiseul et moi devenions
raisonnables. Elle prétendait que mes fredaines
avaient toujours un cachet de gaieté et d'esprit ;
effectivement mes tours ne faisaient jamais mal à
personne et fournissaient à rire.

» Quand il fut question de quitter la classe
bleue, je fus demander pardon à la mère Quatre-
temps des peines que je lui avais données et la
remercier de ses bontés. Elle me dit qu'elle était
très fâchée de n'avoir plus de relations aussi intimes avec moi, que, quoique je l'aie fait bien
enrager, j'avais eu des moments qui l'avaient
payée de tout cela; je l'embrassai.

» Plusieurs de mes compagnes eurent les
larmes aux yeux quand la mère Quatre-temps vint
me détacher mon ruban bleu, entre autres mademoiselle de Chauvigny.

» Je fus accueillie avec applaudissements par la classe blanche, dont je reçus le ruban de la main de madame de Saint-Pierre, première maîtresse de cette classe. Ces demoiselles vinrent toutes m'embrasser. Celle des trois maîtresses qui me plaisait le plus était madame de Sainte-Scholastique, et je me promis de mettre tout en usage pour mériter ses bontés. Elle préférait déjà mon amie, mademoiselle de Choiseul, à toutes les autres.

» Je désirais bien vivement faire ma première communion et ne pas rester longtemps dans la classe blanche dont les maîtresses avaient la réputation d'être fort sévères. »

L'esprit et le caractère d'Hélène commençaient à se développer d'une façon remarquable, ses Mémoires en donnent la preuve, son style s'affermit, se dégage de la forme enfantine de l'histoire de la grise ou des punitions de la mère Quatre-temps. Elle va avoir, du reste, des événements plus sérieux à raconter.

« On eut, dans ce temps-là, de grands chagrins causés par la mort de deux pensionnaires. La première qui mourut fut mademoiselle de Chaponay[1], âgée de neuf ans, et d'une figure charmante.

1. Fille de M. de Chaponay, impliqué dans le procès de Lally, dont il était aide de camp. M. de Chaponay subit la peine du

Mademoiselle de La Roche-Aymon[1] en eut bien du chagrin parce qu'elle était sa petite maman. Mademoiselle de Chaponay fut portée à la tombe par quatre pensionnaires, son cercueil était couvert de roses blanches et l'église toute tendue de blanc.

» La mort de mademoiselle de Montmorency fut bien plus terrible.

» La princesse de Montmorency faisait élever sa fille avec une sévérité extrême. A l'âge de douze ans, on remarqua que sa taille tournait. Si l'on en avait cru madame de Saint-Côme, première apothicairesse, elle vivrait peut-être encore.

» Madame de Saint-Côme dit que mademoiselle de Montmorency avait un vice dans le sang, que

blâme. Lorsque la cour du parlement appela M. de Chaponay par son nom, en le déclarant infâme, il eut le courage de refuser de se mettre à genoux et répondit : « Je ne vois rien ici d'infâme que votre jugement ! » On délibéra si on ne le ferait point emprisonner pour le punir de sa vigoureuse réponse, mais on n'osa pas.

1. Petite nièce du cardinal de la Roche-Aymon, grand aumônier du roi.

2. Nous avons trouvé dans les registres du Conseil, aux Archives de Genève, le récit de l'arrivée de la princesse de Montmorency et de sa fille, l'autorisation accordée de « faire atteler de nuit les chevaux à leur carrosse pour faire chercher le médecin ou l'apothicaire », et de nombreux détails qui confirment le récit d'Hélène. Cette vérification nous a paru offrir un grand intérêt, en prouvant l'exactitude parfaite des Mémoires de la jeune princesse (Voir à l'Appendice n° 2).

c'était cela qui faisait qu'elle ne prenait pas bien
sa çroissance et qu'elle était sûre qu'en lui faisant
prendre des jus d'herbes antiscorbutiques, on pu-
rifierait son sang et qu'alors sa taille se remet-
trait d'elle-même ; la princesse de Montmorency
ne voulut point croire cela. Cependant sa sœur
épousa M. le duc de Montmorency-Fosseuse, son
cousin ; on la fit sortir du couvent à cette occasion, elle ne rentra que six mois après et nous ne
la reconnûmes point. On peut dire que, sans être
belle, elle avait été fort agréable, de grands et
beaux yeux noirs, la peau blanche, un air, noble et
fier ; mais, à son retour, elle était d'une maigreur
affreuse, la peau livide, une toux sèche. Elle nous
fit part de son mariage avec le prince de Lambesc[1], qui devait se faire dans le courant de l'hiver. On avait eu beaucoup de peine à décider
M. de Lambesc à ce mariage, car il ne voulait point

1. La prince de Lambesc, grand écuyer de France, fils aîné
du comte de Brionne, de la maison de Lorraine, et de la comtesse
de Brionne, né Rohan-Rochefort. Il était colonel du régiment
de Lorraine. Pendant la terrible journée du 12 juillet 1789, le
peuple promenait sur la place Vendôme les bustes de Necker et
du duc d'Orléans, en poussant des cris séditieux ; la foule, dis-
persée par les dragons du prince, se précipita en vociférant
dans le jardin des Tuileries. Le prince les poursuivit à la tête
de ses cavaliers, le sabre nu en main, et parvint à faire évacuer
le jardin. Il mourut à Vienne en 1825.

se marier et ce ne fut que sur les représentations qu'on lui fit que c'était la première héritière de France pour le nom et pour la fortune, qu'enfin on le décida à donner sa parole.

» Cependant la taille de mademoiselle de Montmorency était décidément de travers ; alors, sa mère la mit entre les mains du *Val-d'Ajonc*[1], qui la martyrisa pendant six semaines. Elle portait des bandages jour et nuit, ce qui acheva de lui allumer le sang ; enfin elle devint malade et perdit ses cheveux et ses dents. Elle tomba un jour sur le bras, et il lui vint une tumeur à l'aisselle ; toute la faculté de Paris fut appelée en vain, personne ne pouvait guérir cette tumeur.

» Cependant l'hiver vint et, dans l'état où elle était, il n'était pas possible de la marier ; d'ailleurs, M. de Lambesc répétait à tout le monde qu'il ne l'aimait pas et ne se cachait point du dégoût qu'elle lui inspirait ; cela fut cause qu'on retarda d'un an. On résolut de mener la jeune fille à Ge-

---

1. Le Val-d'Ajonc était une vallée de Lorraine, dans laquelle vivait à cette époque une famille qui avait une réputation singulière pour remettre les membres cassés ou démis. Ils avaient pris le nom de la vallée qu'ils habitaient. On prétend que la haine des chirurgiens contre eux était si violente, que, pour s'en préserver, ils étaient toujours accompagnés d'un homme de la maréchaussée.

nève pour la mettre entre les mains du *médecin
de la montagne*[1]. Elle vint nous dire adieu, il ne
lui restait plus que ses beaux yeux. Je pleurai
beaucoup en la quittant, elle était ma petite maman, elle me donna un souvenir en vieux laque et
me dit de prier Dieu pour elle et d'être bien sage.
Elle fut beaucoup regrettée, car elle avait la plus
belle âme du monde et tout le monde l'aimait.

» Trois mois après son départ, je me réveillai
une nuit fort agitée et j'appelai ma bonne ; elle vint
et je lui dis : « Ah ! je viens de rêver que je voyais
» mademoiselle de Montmorency avec une robe
» blanche et une couronne de roses blanches ; elle
» m'a dit qu'elle allait se marier, depuis ce mo-
» ment, il me semble que je vois toujours ses deux
» grands yeux noirs qui me regardent et cela me
» fait peur. » Quelques jours après, nous eûmes la
nouvelle de la mort de mademoiselle de Montmorency, elle était morte la même nuit que j'avais
rêvé d'elle.

» Nous apprîmes que l'os de son bras s'était
carié et était tombé tout à fait en pourriture. On

1. Nos recherches ont été infructueuses pour trouver le nom
de ce médecin. Il est probable qu'il s'agissait d'un simple *rebou-
teur* venant de la montagne du Vuache ; comme il en existe
encore maintenant en Savoie, que l'on consulte à Genève.

voulut éloigner sa mère de sa chambre, mais elle
se jeta sur le seuil de la porte en poussant des
sanglots affreux.

» Quand mademoiselle de Montmorency vit que
son bras était tout gangrené, elle dit à madame
de la Salle, amie de sa mère, qui était auprès
d'elle : « Voilà que je commence à mourir! »
Alors madame de la Salle lui insinua de recevoir
les sacrements, elle y consentit.

« Dès ce moment, elle ne vit plus sa mère, dont la
raison était tout à fait aliénée; elle chargea madame
de la Salle de demander pardon à sa mère des
peines qu'elle avait pu lui causer; ensuite, elle la
pria de dire à madame de Rochechouart que, si
elle mourait, sa grande peine était de ne pas l'avoir
auprès d'elle dans ses derniers moments; puis elle
demanda pardon à ses gens, qu'elle fit assembler,
et reçut les sacrements.

» Alors, elle fit venir son médecin et le pria
de lui dire sincèrement s'il croyait qu'elle en
reviendrait. Sur cela, il resta interdit, et, comme
elle vit que madame de la Salle pleurait, elle dit :
» Ah! je ne croyais pas que cela fût aussi sûr.
« Ah! Dieu! prenez toute ma fortune et rappelez-
» moi à la vie. » Sur cela, il lui dit qu'il ne fallait
pas perdre courage. « Oui, dit-elle, car je sens

qu'il en faut, pour mourir à quinze ans! »

» Cependant la jeune duchesse de Montmorency et son mari arrivèrent le soir avec le duc de Laval; le médecin leur déclara qu'elle ne passerait pas la nuit parce que la gangrène gagnait.

» Quelques moments plus tard, mademoiselle de Montmorency demanda sa mère, mais elle ne pouvait pas venir, car elle était comme égarée. On lui dit qu'elle était malade. Elle demanda donc sa sœur la duchesse de Montmorency, qui vint aussitôt. Elle lui dit : « Dites à toutes mes com- » pagnes de l'Abbaye-aux-Bois que je leur donne » un grand exemple du néant des choses hu- » maines ; il ne me manquait rien pour être heu- » reuse selon le monde et pourtant la mort vient » m'arracher à tout ce qui m'était destiné. » Ensuite elle la chargea de dire à mesdames d'Eguilly et de la Faluère particulièrement beaucoup de choses et à moi de prier Dieu pour ma petite maman.

» Elle demanda son confesseur et lui dit : « Eh » bien, si je dois mourir, c'est à vous à me faire » faire le sacrifice de ma vie, il m'en coûte assez » pour m'en faire un mérite ! » Alors le confesseur lui apporta un crucifix et se mit à lui réciter des psaumes, mais il évita ceux des agonisants. Alors elle dit : « Ah ! je ne souffre plus. » Depuis deux jours effectivement, elle ne souffrait presque plus, mais auparavant elle rongeait ses draps de rage et elle jetait des cris qu'on entendait au loin. Elle demanda une pastille de menthe, on lui en mit une dans la bouche, elle fit un effort comme pour tousser et expira [1].

» Quand on annonça sa mort à la classe, ce fut une douleur générale; moi, particulièrement, je la pleurai beaucoup. On lui fit un service magni-

---

[1]. La princesse de Montmorency, à moitié folle de douleur, partit précipitamment, et, de retour dans son château de Sénozan, elle écrivit au Magnifique Conseil de Genève pour le remercier des honneurs funèbres rendus à mademoiselle de Montmorency :

« Messieurs,

» M. des Chênes arrive qui m'apprend les honnêtetés sans nombre que le Magnifique Conseil lui a témoignées pour moy et les honneurs qu'il a bien voulu rendre à ma fille. Si quelque chose pouvait adoucir mon malheur, ce serait la part qu'il a prise à ma douleur. Vos attentions pendant sa maladie, messieurs, m'avaient déjà bien touchée, mais tout ce que vous avez fait dans cette circonstance a gravé dans mon cœur les sentiments de la plus vive et de la plus sincère reconnaissance.

» Recevez-en, je vous prie, messieurs, les témoignages et soyez bien persuadés du parfait et inviolable attachement avec lequel j'ay l'honneur d'être, Messieurs,

» Votre très humble et très obéissante servante,

» MONTMORENCY. »

(Genève, *Registres du Magnifique Conseil*. Février 1775.)

fique qu'on fonda à perpétuité pour elle en donnant
la somme de 40 000 francs.

» Il y a un trait de mademoiselle de Montmorency, que j'ai entendu conter, qui prouve qu'elle
était née avec de l'énergie dans le caractère.

» Dans le temps qu'elle avait huit ou neuf ans,
c'était madame de Richelieu qui régnait, elle eut
un entêtement très fort vis-à-vis de madame
l'abbesse, qui lui dit en colère : « Quand je vous
» vois comme cela, je vous tuerais! » Mademoiselle
de Montmorency répondit : « Ce ne serait pas
» la première fois que les Richelieu auraient été
» les bourreaux des Montmorency! »

Cette fière réponse a droit de surprendre, sortant de la bouche d'une enfant; mais elle prouve
le développement extraordinaire de l'enfance à
cette époque, et le récit lui-même que vient de
faire Hélène de la mort de sa compagne est une
marque frappante de ce que nous avançons. Il est
impossible de mieux raconter, pas un trait ne
manque au tableau et la simplicité du style ajoute
encore à l'effet du récit.

IV

Taupes et négrillons. — Une révolution au couvent. — Le mariage de mademoiselle de Bourbonne. — La première communion.

« Dans ce temps, dom Rigoley de Juvigny étant venu pour confesser une religieuse, se trouva dans le cloître au moment où la classe sortait de la messe; ainsi, il passa en revue toutes les pensionnaires et fut en butte à tous les brocards.

» Si ç'avait été dom Thémines, notre confesseur, nous ne nous serions pas permis toutes ces plaisanteries, mais sur celui des religieuses nous ne trouvâmes aucun inconvénient à nous égayer. L'une disait donc un mot, l'autre un autre.

» Il y avait alors à la classe Rouge une maîtresse qu'on ne pouvait souffrir, nommée madame de

Saint-Jérôme ; comme elle avait la peau fort noire
et dom Rigoley aussi, quelques-unes s'avisèrent
de dire que, si on les mariait ensemble, il en viendrait des taupes et des négrillons. Quoique ce fût
une grande bêtise, cette plaisanterie devint si
fort à la mode, que l'on ne parlait que de taupes
et de négrillons dans toute la classe et, quand on
se disputait, on se disait : « Me prends-tu pour une
» taupe ou pour un négrillon? »

» Cependant comme c'était principalement dans
notre classe (la blanche) que cette plaisanterie
s'était faite et que quelques-unes de nous étaient
fort en dévotion parce que le temps de la première communion approchait, nous nous repro-
châmes fort cette plaisanterie; nous résolûmes
donc de la dire à confesse; mais, comme nous
étions une trentaine de coupables, nous fîmes une
lettre dans laquelle nous disions que nous avions
péché contre la modestie et contre la charité en
disant que, si dom Rigoley épousait madame de
Saint-Jérôme, il en viendrait des taupes et des négrillons, et nous l'envoyâmes à dom Thémines. Cela
fut su dans la maison, on rit beaucoup de cela, mais
madame de Saint-Jérome prit la classe blanche en
horreur; au reste, il n'y avait pas une pensionnaire qu'elle aimât et dont elle fût aimée.

» Cela inquiétait et tourmentait madame de
Rochechouart, qui avait déjà dit, depuis longtemps, qu'elle demandait en grâce que l'on pro-
cédât à de nouvelles élections et que l'on ôtât à
madame de Saint-Jérôme son emploi, puisqu'elle,
n'y était point propre. Car, depuis six mois qu'elle
avait cette place, elle était parvenue à se faire
détester des pensionnaires et à ne pas s'en faire
craindre, puisque jusqu'à la classe bleue s'amusait
à la chamarrer de ridicules, et qu'elle était le
sujet de tous les libelles, chansons et pasquinades
qui s'affichaient dans le cloître des âmes, qu'elle
n'avait pas le sang-froid nécessaire pour être auprès des enfants, et que, quand elle imposait une
pénitence, elle était toujours hors d'elle-même.
Madame l'abbesse dit à madame de Rochechouart
qu'il lui était impossible de s'occuper de cela, et
qu'elle n'avait qu'à en parler à la mère prieure.
Celle-ci dit qu'il faudrait tenir un chapitre général
et qu'il ne valait pas la peine de l'assembler pour
cela ; mais, comme il devait l'être sous peu,
qu'alors on pourrait faire un changement dans le
pensionnat. Madame de Rochechouart se fâcha
extrêmement et dit qu'elle ne répondait pas du
désordre qu'une tête chaude pouvait causer parmi
cent soixante pensionnaires. Le malheur fut qu'il

parvint à nos oreilles quelque chose de cette dispute et que l'on sut que madame de Saint-Jérôme était à la classe contre le gré de madame la maîtresse générale.

» Peu de temps après, on assembla le chapitre; mais madame de Rochechouart ne put y assister parce qu'elle était enrhumée, les autres maîtresses n'eurent pas le courage de proposer le déplacement de madame de Saint-Jérôme au chapitre, ainsi elle resta à la classe. Madame de Rochechouart en eut beaucoup de dépit; alors les pensionnaires, ayant à leur tête mesdemoiselles de Mortemart, de Choiseul, de Chauvigny, de Conflans et moi se promirent de saisir la première occasion pour faire quelque chose d'éclatant qui la ferait sortir de la classe. »

En attendant de mettre à exécution leur projet, les chefs de la conspiration, agissant avec prudence, voulurent savoir sur quel nombre d'adhérentes elles pouvaient compter. Hélène raconte cela avec le sérieux d'une homme politique.

« Nous fîmes une petite assemblée de cinq ou six de chaque classe, et il y fut convenu que toutes celles qui n'aimaient pas madame de Saint-Jérôme et qui étaient déterminées à tout entreprendre pour la déplacer porteraient sur elles du vert,

c'est-à-dire une feuille d'arbre, ou une herbe, ou
un ruban, enfin quelque chose qui serait vert;
que chacune de celles qui assistaient à ce conseil ferait prendre le vert dans sa classe à ses
amies, et que, pour se reconnaître et éviter les
explications qui pouvaient être entendues, quand
on se rencontrerait on dirait : « Je vous prends
» sans vert »; qu'alors on le montrerait, et, si l'on
n'en avait pas, on serait censé n'être pas du parti
mutin; qu'il serait possible que plusieurs, par
timidité ou par d'autres raisons, changeassent
d'avis, qu'alors elles seraient obligées de quitter
le vert; qu'ainsi on ne pourrait pas se méprendre
sur les personnes qui seraient de la ligue. »

L'occasion de mettre ces beaux projets à exécution ne tarda pas à se présenter.

« Un jour de récréation, à cause de la veille
de la Sainte-Madeleine, fête de l'abbesse, toutes
les pensionnaires avaient quitté les obbédiences
pour aller se divertir à la classe. Comme on
avait déjà récréation depuis deux jours, toutes les
maîtresses étaient rendues; ainsi elles étaient
convenues, pour avoir du repos, qu'il n'y en
aurait qu'une heure, à la classe. Vers les
quatre heures, l'heure de madame Saint-Jérôme
vint, et l'on se mit en tête de ne pas faire un mot

de ce qu'elle dirait. Tout d'un coup la petite de Lastic[1] et la petite de Saint-Simon se mirent à se disputer et finirent par se battre comme des plâtres; madame Saint-Jérôme fut à elles pour les séparer, et, sans savoir qui avait tort ou raison, elle prit mademoiselle de Lastic par le bras et voulut la faire mettre à genoux. Mademoiselle de Lastic lui dit : « Madame, je vous assure que ce » n'est pas moi qui ai commencé. » Là-dessus madame Saint-Jérôme se mit dans une colère affreuse, prit mademoiselle de Lastic par le cou et la jeta si violemment à terre, qu'elle tomba sur le nez, qui saigna. Quand nous vîmes le sang, nous nous rassemblâmes autour d'elle et jurâmes que non seulement nous ne la laisserions pas mettre en pénitence, mais que nous allions jeter madame Saint-Jérôme par la fenêtre parce qu'elle avait assassiné une de nous. Madame Saint-Jérôme fut si effrayée d'entendre les cris et la rumeur qui régnaient dans la classe, qu'elle perdit la tête. Elle craignit que, les esprits étant aussi animés, on ne se portât à quelque violence contre elle. Elle prit donc le parti de la retraite, en disant qu'elle allait se plaindre à madame de Rochechouart. Elle

1. Sa mère, la comtesse de Lastic, était dame pour accompagner Mesdames de France.

commit une grande faute de laisser la classe sans
maîtresse dans ce moment-là. Mortemart[1] monta
sur la table et dit : « Que toutes celles qui ont du
» vert aient à le montrer ! » Alors chacune le
montra et celles qui n'en avaient pas prièrent les
autres de leur en donner. Voyant notre parti aussi
nombreux, Mortemart dit qu'il fallait nous retirer
de la classe, et n'y revenir qu'à des conditions
aussi avantageuses qu'honorables. On décida donc
qu'on traverserait le jardin, qu'on s'emparerait
des cuisines et garde-manger et qu'on réduirait
ces dames par la famine.

» Nous traversâmes donc le jardin et fûmes au
bâtiment des cuisines. Ce bâtiment n'a qu'un
étage, dans cet étage est la cellérerie, la boucherie
et la boulangerie. Les cuisines sont souterraines.
Nous entrâmes d'abord dans la cellérerie, où
nous ne trouvâmes que madame Saint-Isidore et
sœur Marthe. Nous les priâmes fort poliment de
sortir; elles furent si effrayées de nous voir,
qu'elles s'en allèrent tout de suite. La boucherie
et la boulangerie étaient fermées. Nous nous proposâmes de les forcer, ensuite nous descendîmes

1. Mademoiselle de Mortemart était la nièce de madame de
Rochechouart. Elle épousa en 1777 le marquis de Rougé. (*Bibliothèque nationale. Cabinet des titres.*)

dans les cuisines, après avoir laissé une de nous
dans la cellérerie. Nous fûmes un peu étonnées
de voir beaucoup de monde à la cuisine et entre
autres une maîtresse des pensionnaires, madame
de Saint-Antoine, que la classe respectait beaucoup. Elle nous demanda ce que nous voulions :
mademoiselle de Mortemart lui répondit que
nous fuyions la classe parce que madame Saint-
Jérôme avait cassé la tête à une pensionnaire.
Effrayée de cette nouvelle, elle ne sut que dire ;
elle essaya pourtant de nous engager à revenir,
mais nous répondîmes que c'était une chose
inutile. Alors elle nous quitta et courut à la
classe pour vérifier tout cela. Madame de Saint-
Amélie, première desservante de la cuisine, voulut
nous chasser de la cuisine, mais nous la mîmes à
la porte. Pour madame de Saint-Sulpice, âgée de
seize ans, elle voulut sortir, mais nous ne le voulûmes pas, et nous lui dîmes que nous la gardions
comme témoin que nous ne ferions aucun dégat
dans les provisions de la maison. Nous voulûmes
chasser les sœurs converses ; mais, madame Saint-
Sulpice nous ayant représenté que nous nous pas-
serions de souper, nous gardâmes seulement sœur
Clotilde. Ensuite nous fermâmes aux verrous
les portes qui donnent du côté du réfectoire et

laissâmes ouvertes celles du côté du jardin, mais
une trentaine de pensionnaires étaient devant.
Alors on résolut de faire une capitulation, voilà
quels en furent les termes :

*Les pensionnaires réunies des trois classes de
l'Abbaye royale aux Bois à madame de
Rochechouart, maîtresse générale.*

« Nous vous demandons pardon, Madame, de
» la démarche que nous venons de faire, mais les
» cruautés et l'incapacité de madame Saint-
» Jérôme nous y ont forcées. Nous demandons
» une amnistie générale du passé, que madame
» Saint Jérôme ne mette plus les pieds à la classe
» et huit jours de récréation, pour nous reposer
» de la fatigue de corps et d'esprit que tout ceci
» nous aura donné. Aussitôt qu'on nous en aura
» rendu justice, nous viendrons nous soumettre
» à tout ce qu'il vous plaira d'ordonner de nous.

» Nous avons l'honneur d'être, avec le plus
» profond respect et le plus tendre attachement,
» Madame, etc.

» P.-S. Nous envoyons deux de nous porter
» cette requête, si on ne nous les renvoie pas
» nous regarderons cela comme une marque que
» l'on ne veut pas traiter avec nous. Pour lors,

» nous irons à force ouverte chercher madame
» Saint-Jérôme et la fouetter aux quatre coins du
» couvent. »

« Mademoiselle de Choiseul s'offrit à aller porter cette lettre et je consentis à l'accompagner.
Quand nous fûmes au bout du jardin, nous vîmes
quantité de monde, tant religieuses que sœurs,
que la curiosité amenait là pour voir ce que
feraient les pensionnaires. Mais personne n'osait
avancer jusqu'au bâtiment. Quand on nous vit, on
vint à nous en nous disant : « Eh bien, que font
» les révoltées ? » Nous dîmes que nous allions porter leurs propositions à madame de Rochechouart.

» Nous entrâmes dans sa cellule, mais elle nous
regarda avec un air si sévère que j'en pâlis et que
Choiseul, toute hardie qu'elle était, trembla. Cependant elle lui présenta la requête; madame de
Rochechouart demanda si ces demoiselles étaient
à la classe, nous dîmes que non: « Alors, dit-
» elle, je n'ai rien à entendre de leur part. Vous
» pouvez aller porter vos plaintes à madame
» l'abbesse ou à qui vous voudrez, je ne m'en
» mêle en aucune manière, et vous avez pris le
» bon moyen pour me dégoûter à jamais de con-
» duire des têtes pareilles, plus propres à être

» enrégimentées à la suite de quelque armée,
» qu'à acquérir la décence et la douceur qui sont
» le charme d'une femme. » Nous étions fort con-
fuses; mademoiselle de Choiseul, qui avait plus
de courage que moi, se jeta à ses pieds et lui dit
qu'un mot de sa part serait toujours pour elle un
mot de souveraine loi et qu'elle ne doutait pas
que chaque individu ne pensât de même; mais
que, dans une affaire d'honneur, on aimerait
mieux mourir que d'avoir l'air de trahir et
d'abandonner ses compagnes. « Eh bien, dit ma-
» dame de Rochechouart, parlez donc à qui vous
» voudrez, car, pour moi, je ne suis plus votre
» maîtresse. » Nous nous en allâmes de chez elle et
nous fûmes à l'abbatiale. Madame l'abbesse lut la
requête, mais point en notre présence; nous
entendîmes seulement qu'on allait chercher madame de Rochechouart, nous ne sûmes point ce
qui se passa. Seulement madame l'abbesse nous
fit entrer et nous dit que c'était inouï! qu'une
semblable aventure n'était jamais arrivée même
au collège! et elle demanda qui était à la tête de
cette rébellion. Nous dîmes que cela avait été
l'inspiration du moment, qu'il semblait que la
classe n'avait eu qu'une âme.

» Madame de Rochechouart était là et ne disait

mot. « Enfin, nous dit madame l'abbesse, si ces
» demoiselles reviennent, je leur accorde une
» amnistie générale, mais c'est tout ce que l'on
» peut faire. Quant à madame Saint-Jérôme, c'est
» une personne de mérite et cette belle haine est
» une fantaisie. » Cependant nous reprîmes le chemin des cuisines. Toutes les personnes que nous
rencontrions nous questionnaient. Quand nous revînmes, on nous entoura : « Eh bien, quelles nou-
» velles ? — Aucune ! » dîmes-nous tristement.
Alors nous racontâmes ce que l'on nous avait dit;
ces demoiselles en prirent leur parti. Elles prièrent madame Saint-Sulpice de donner des provisions. Madame Saint-Sulpice dit qu'elle n'était que
desservante de la cuisine, qu'elle n'avait point les
clefs. Alors nous enfonçâmes les portes de la boulangerie et de la boucherie, et sœur Clotilde,
après s'en être défendue, fut obligée de céder au
grand nombre et apprêta le souper, qui fut très
gai. L'on fit cent folies, l'on but à la santé de
madame de Rochechouart et, ce qui prouva la tendresse que les pensionnaires avaient pour elle,
c'est que l'on ne craignait pas autre chose, sinon
qu'elle ne quittât la classe; mais on se disait
que, dans le fond de son cœur, elle pardonnait
tout cela, puisqu'un des grands motifs qui

avaient fait prendre madame Saint-Jérôme en
guignon était que madame de Rochechouart
n'approuvait pas qu'elle fût à la classe. Ce qu'il y
avait de bon, c'est que madame Saint-Sulpice,
qui était gaie et aimable, fut de la meilleure
humeur du monde et s'accommoda fort bien de
la violence qu'on lui fit de rester. Après souper,
on joua à toute sorte de jeux et elle joua avec
nous. Elle disait toujours qu'il lui semblait
qu'elle était là comme un otage, et que, si ces
demoiselles n'étaient pas satisfaites, elle en porterait la peine. Quand il fut question de se coucher, nous arrangeâmes une espèce de lit avec de
la paille, qu'on prit dans la basse-cour. Il fut
décidé que ce lit serait pour madame Saint-
Sulpice, mais elle le refusa et dit qu'il fallait y
coucher les petites qui étaient les plus délicates.
On y établit donc les petites Fitz-James, Villequier, Montmorency et plusieurs autres qui
étaient des enfants de cinq ou six ans. Nous leur
entortillâmes la tête avec des serviettes et des tor-
chons blancs, pour qu'elles n'eussent pas froid.
Une trentaine des grandes se mirent dans le
jardin devant la porte, de crainte de surprise. Les
autres restèrent dans les cuisines. Enfin cette nuit
se passa partie à causer, partie à dormir, comme

l'on put. Le lendemain, on se prépara à passer la
journée de même, et il nous semblait que cela
devait durer toute la vie. Cependant on était très
embarrassé dans le couvent, comme nous l'apprîmes depuis. Il y en eut qui donnèrent le conseil de faire venir le guet pour nous effrayer ; mais
madame de Rochechouart dit que le vrai mal
serait dans l'esclandre que cela ferait, qu'il valait mieux faire venir les mères des pensionnaires
qu'on jugerait être les chefs de la rébellion.
Effectivement, madame la duchesse de Châtillon,
madame de Mortemart, madame de Blot, madame
du Châtelot arrivèrent. Elles vinrent à notre camp
et appelèrent leurs filles et leurs nièces. Celles-ci
n'osèrent pas résister, elles les emmenèrent.
Alors on envoya une sœur converse aux pensionnaires dire que les classes étaient ouvertes, qu'il
était dix heures, que celles qui seraient revenues
à midi à la classe auraient une amnistie générale
du passé. On se consulta beaucoup, les plus mu-
tines étaient parties, nous revînmes toutes et
fûmes nous ranger dans les stalles. Nous trouvâmes toutes les maîtresses et même madame
Saint-Jérôme, qui avait l'air un peu embarrassé.
Madame Saint-Antoine dit que nous mériterions
d'être punies, mais qu'enfin c'était le retour de

l'enfant prodigue. Cette maîtresse était la première de la classe rouge, elle était de la maison
de Talleyrand, on l'aimait et on la respectait
beaucoup. Madame Saint-Jean fut enchantée de
nous revoir, elle nous dit qu'elle s'était ennuyée
de notre absence, enfin chaque maîtresse fut très
indulgente.

» On redoutait extrêmement l'heure de paraître devant madame de Rochechouart. Ce ne
fut que le soir à l'appel, mais nous fûmes fort
étonnées qu'elle ne nous dît mot de ce qui s'était
passé et il y en eut qui se persuadèrent bonnement qu'elle l'avait ignoré. Pour moi, quand madame la duchesse de Mortemart était venue demander sa fille, elle me dit : « Ma belle-sœur s'est
» fait un plaisir de vous tenir lieu de mère, c'est à
» vous à voir si vous voulez lui confirmer ce titre-
» là en obéissant à ses ordres. Elle vous réclame,
» venez donc la trouver. » Je suivis dans l'instant
madame la duchesse de Mortemart avec sa fille, on
nous mena à la classe où le reste des pensionnaires
ne tardèrent pas à revenir. Je ne vis madame de
Rochechouart que le soir, à l'appel. Quand mon
tour vint, elle me regarda avec un air souriant, et
me prit le menton, je lui baisai la main. Le lendemain tout rentra dans l'ordre ordinaire.

» On laissa madame Saint-Jérôme encore un mois à la classe, après quoi on l'ôta, et on la mit dans une autre obédience. Il y avait une trentaine de pensionnaires qui n'avaient pas suivi la révolte, entre autre Lévis, celles-là furent malheureuses comme les pierres. Elles furent bourrées et vilipendées par toute la classe, elles s'imaginèrent que cela leur acquérerait un grand crédit. Mais madame de Rochechouart ne leur en sut pas un grand gré. Il y en eut une qui dit une fois à madame de Rochechouart : « Moi, je n'étais pas de » la révolte. » Et madame de Rochechouart lui dit avec un air distrait : « Je vous en fais bien » mon compliment ! »

Peu après cette mémorable affaire, les jeunes filles furent fort occupées du mariage de l'une d'entre elles, mademoislle de Bourbonne, qu'Hélène ne manque pas de raconter.

« Mademoiselle de Bourbonne revint un jour fort triste du monde, elle fut chez madame de Rochechouart fort longtemps; le lendemain tous ses parents demandèrent madame de Rochechouart; enfin, deux jours après, elle vint, conduite par mesdemoiselles de Châtillon, dont l'aînée était fort son amie, faire part de son mariage avec M. le comte d'Avaux, fils de M. le

marquis de Mesme. Nous l'entourâmes toutes
pour lui faire cent questions. Elle avait à peine
douze ans, elle devait faire sa première communion dans huit jours, se marier huit jours
après et rentrer au couvent[1]. Elle était si excessivement mélancolique, que nous lui demandâmes
si son futur ne lui plaisait pas; elle nous dit
franchement qu'il était bien laid et bien vieux;
elle nous dit aussi qu'il devait venir la voir
le lendemain. Nous priâmes madame l'abbesse
de permettre qu'on nous ouvrît l'appartement
d'Orléans, qui avait vue sur la cour abbatiale,
pour que nous voyions le futur mari de notre
compagne, on nous l'accorda.

» Le lendemain, à son réveil, mademoiselle de
Bourbonne reçut un gros bouquet et, l'après-midi,
M. d'Avaux vint. Nous le trouvâmes comme il était,
abominable! Quand mademoiselle de Bourbonne
sortit du parloir, tout le monde lui disait : « Ah!
» mon Dieu, que ton mari est laid! si j'étais de toi,
» je ne l'épouserais pas. Ah! la malheureuse! » Et
elle disait : « Ah! je l'épouserai, car papa le veut:
» mais je ne l'aimerai pas, c'est une chose sûre. »

1. L'usage de ces mariages était fréquent à cette époque.
Voir celui de madame de Maupeou (*Jeunesse de madame
d'Épinay*).

Il fut décidé qu'elle ne le verrait plus jusqu'au
jour où elle ferait sa première communion, afin
qu'elle ne fût point distraite; elle fit sa première
communion au bout de huit jours et, quatre ou
cinq jours après, fut mariée dans la chapelle de
l'hôtel d'Havré.

» Elle rentra au couvent le même jour, on lui
donna des bijoux, des diamants et une superbe
corbeille faite par Bolard; ce qui l'amusait le
plus, c'est que nous l'appelions toutes madame
d'Avaux. Elle nous raconta qu'après le mariage,
il y avait eu un déjeuner chez sa belle-mère,
qu'on avait voulu qu'elle embrassât son mari,
mais qu'elle s'était mise à pleurer et n'avait jamais
voulu; qu'alors sa belle-mère avait dit que c'était
une enfant. Cette belle haine n'a fait que croître
et embellir, et, une fois, son mari la demandant
au parloir, elle fit semblant de s'être démis le
pied pour n'être pas obligée d'y aller. »

En voyant de tels mariages, on ne peut s'empêcher d'éprouver une certaine indulgence pour
la théorie du choix librement consenti, si élo-
quemment plaidée alors, par les femmes et les
philosophes. On ne s'étonnera pas, si, quelques
années plus tard, madame d'Avaux, rencontrant
dans le monde le vicomte de Ségur, frère cadet de

l'ambassadeur, séduite par la grâce de son esprit
et les agréments de sa personne, se laissa entraîner dans une liaison qui dura autant que sa vie.

Le récit naïf et malicieux de la petite princesse
nous fait également toucher du doigt le point
faible de cette éducation de couvent, si remarquable à beaucoup d'égards. Ces jeunes filles
élevées en dehors d'un monde qu'elles brûlaient
de connaître étaient destinées d'avance à en subir
tous les entraînements; comment des religieuses
auraient-elles pu les prémunir contre des dangers
qu'elles ignoraient elles-mêmes? Une mère seule
doit jouer ce rôle-là, et, si le couvent peut former
le caractère, les manières, orner l'esprit, per-
fectionner les talents, c'est à la famille qu'est
réservé de produire *la femme,* dans la haute et
saine acception du mot.

Mais revenons à Hélène, qui se préparait à sa
première communion ainsi que ses amies, mesdemoiselles de Mortemart, de Châtillon, de Damas,
de Monsauge, de Conflans, de Vaudreuil[1] et de

---

1. Mesdemoiselles de Conflans et de Vaudreuil étaient sœurs.
Mademoiselle de Conflans était jolie, avec beaucoup d'esprit et
de trait. Elle épousa le marquis de Coigny. Sa sœur avait
moins d'esprit et de beauté, mais cherchait à l'imiter en tout
(Note d'Hélène).

Chauvigny. Le grand jour arriva, et les jeunes amies furent admises ensemble à la communion.

« Ce jour-là, dit Hélène, les pensionnaires ne sont point en habit d'uniforme, mais en robe blanche, lamée ou brodée d'argent. La mienne était en moire rayée d'argent. Neuf jours après, on faisait l'offrande de sa robe à la sacristie. Nous pliâmes nos robes, nous prîmes à la sacristie de grands plats d'argent et à l'offrande, après l'évangile, nous fûmes à la suite l'une de l'autre poser notre don sur l'autel qui est à côté du chœur. Après la messe, nous fûmes à la classe, où l'on nous ôta nos rubans blancs pour nous en donner de rouges, et toute cette classe nous embrassa et nous félicita. »

V

La retraite qui suivait la première communion étant terminée, on assembla le chapitre pour savoir à quelle obédience chacune des pensionnaires nouvellement admises à la communion serait envoyée.

L'usage établi dans l'Abbaye-aux-Bois était de faire remplir par les pensionnaires le service des obédiences[1] qui étaient au nombre de neuf :

L'abbatiale ;

La sacristie ;

Le parloir ;

1. *Obédience*, emploi particulier qu'une religieuse a dans son souvent.

7

L'apothicairerie;

La lingerie;

La bibliothèque;

Le réfectoire;

La cuisine;

La communauté.

On leur adjoignait toujours un certain nombre de sœurs converses, et elles n'employaient à ce service qu'un nombre d'heures limité. Il ne nuisait point aux arts d'agrément, mais il formait avec eux un parfait contraste, ainsi qu'avec les noms aristocratiques des jeunes filles. On voyait mesdemoiselles de la Roche-Aymon et de Montbarrey accommoder avec soin les piles de serviettes et de draps dans les armoires. Tandis que mesdemoiselles de Chauvigny et de Nantouillet mettaient le couvert, mesdemoiselles de Beaumont et d'Armaillé additionnaient les livres de compte, mademoiselle d'Aiguillon raccommodait une chasuble, mademoiselle de Barbantanne était de service à la porte. Mademoiselle de Latour-Maubourg sortait le sucre et le café, mesdemoiselles de Talleyrand et de Duras étaient aux ordres de la communauté. Mademoiselle de Vogüé avait un talent particulier pour la cuisine et mesdemoiselles d'Uzès et de Boulainvilliers surveillaient le balayage des dortoirs sous la direction de madame de Bussy, irrévérencieusement surnommée par les élèves *la mère Graillon*. Enfin c'est à mesdemoiselles de Saint-Simon et de Talmont qu'on s'adressait pour avoir des ouvriers, et mesdemoiselles d'Harcourt, de Rohan-Guéménée, de Brassac et de Galaar, allumaient les lampes par les ordres de madame de Royaume qu'elles appelaient : *la mère des Lumières*.

Hélène, après avoir joué *Esther* en habit brodé de diamants et de perles valant cent mille écus, rentrait revêtir sa petite robe noire et se rendait à l'apothicairerie préparer des tisanes ou des cataplasmes.

Cette éducation peut nous sembler bizarre ; mais, à coup sûr, elle préparait d'excellentes maîtresses de maison et des femmes du monde accomplies.

« Je désirais beaucoup, dit Hélène, qu'on ne nous séparât point et que l'on nous mît ensemble à l'apothicairerie. Point du tout, on me mit à l'abbatiale, mademoiselle de Choiseul fût au dépôt. Mesdemoiselles de Conflans, qui ne savaient faire œuvre de leurs dix doigts, furent mises à la sacristie. Cela nous donna beaucoup d'humeur.

» Cependant, si j'avais eu mademoiselle de Choi-

seul, je me serais trouvée fort heureuse à l'abbatiale, où madame l'abbesse[1] régnait avec toute la
douceur et la justice imaginables. Elle m'avait
prise fort en gré, elle trouvait que je remplissais
avec intelligence les commissions qu'elle me donnait. J'étais leste, quand elle sonnait j'arrivais
toujours la première; je connaissais ses livres, ses
papiers, son ouvrage; c'était toujours moi qu'elle
envoyait chercher ce dont elle avait besoin dans
son bureau, dans sa bibliothèque ou dans sa chif-
fonnière. »

Les compagnes d'Hélène à l'abbatiale étaient
agréables, d'après le portrait qu'elle en a laissé

« Mademoiselle de Châtillon, surnommée *Tatillon*, quatorze ans, grave, pédante, fort jolie mais
un peu forte;

» Madame d'Avaux, née de Bourbonne, douze
ans, elle venait de se marier, fort petite, **un joli**
visage, bête mais bonne enfant;

» Mademoiselle de Mura, dite *la précieuse*, dix-
huit ans, jolie, belle même, de l'esprit, aimable
mais **un peu** prétentieuse;

1. Marie-Magdeleine de Chabrillan. Elle **avait** été d'abord
religieuse à l'abbaye de Chelles, puis abbesse du Parc-aux-Dames,
enfin abbesse de l'abbaye royale de Notre-Dame-aux-Bois, où
elle avait succédé à madame de Richelieu, **sœur** du **célèbre**
maréchal.

» Mademoiselle de Lauraguais, très jolie, tranquille, douce, peu d'esprit, se maria dans l'année; elle épousa le duc d'Aremberg;

» Mademoiselle de Manicamp, sa sœur, laide, bonne, avec beaucoup d'esprit, violente, emportée. »

« Je m'étais fort liée avec madame de Sainte-Gertrude et madame Saint-Cyprien; ces deux dames étaient très folles, aimaient à rire et à s'amuser. Mademoiselle de Manicamp contribuait aussi beaucoup aux plaisirs de la société. Madame d'Avaux nous disait de si bonne foi qu'elle haïssait cordialement son mari, que nous en plaisantions sans cesse, et nous nous en moquions franchement toutes les fois qu'il venait la voir; car, par malheur pour lui, les fenêtres de l'abbatiale donnaient sur la cour, ainsi il ne pouvait éviter nos regards malins.

» Mademoiselle de Mortemart était aussi de service à l'abbatiale et rien que sa présence aurait fait fuir l'ennui et la tristesse. Nous nous moquions des grands airs de madame de Torcy, nous prétendions qu'elle ne s'était faite religieuse que parce qu'elle n'avait trouvé qu'en Jésus-Christ un époux digne d'elle, et encore n'était-elle pas bien sûre de ne pas avoir fait une mésalliance !

» Madame de Romelin, toute hérissée de grec
et de latin, nous amusait aussi; nous l'appelions
la fille aînée d'Aristote; elle ne s'en fâchait point,
car elle était bonne.

» Mais notre grand plaisir était d'établir la
précieuse Mura au clavecin, alors elle chantait et
madame de Sainte-Gertrude, qui était extrêmement gaie et imitait à ravir, se mettait derrière
et contrefaisait toutes ses mines.

» Il venait aussi beaucoup de monde pour demander des permissions ou pour parler à madame
de Royer ou à madame l'abbesse.

» Cette dissipation pouvait être du goût de beaucoup de gens; mais, pour moi, je m'ennuyais un
peu de l'obédience de l'abbatiale; je ne sais pourquoi, mais il me semblait que cette manière de
faire antichambre avait quelque chose d'humi-
liant. »

La coutume était à l'Abbaye-aux-Bois, de
donner des bals pendant le carnaval une fois la
semaine.

« Ce jour-là, dit la jeune princesse, nous
quittions nos uniformes et chaque mère parait
sa fille de son mieux, nous avions des habits
de bal fort élégants. Il venait ce jour-là beaucoup de femmes du monde et surtout de jeunes

femmes qui, n'allant pas seules, préféraient ces
bals à ceux du monde, parce qu'elles n'étaient
pas toujours obligées d'être assises à côté de
leurs belles-mères. »

On voit que les jeunes femmes redoutaient
déjà à cette époque la tyrannie d'une belle-mère.
Elles avaient, en effet, sur elles un pouvoir plus absolu que leur mère elle-même. Les belles-mères
avaient seules le privilège de conduire leurs
jeunes belles-filles dans le monde. Peut-être avec
raison, comptait-on moins sur leur indulgence
que sur celle d'une mère, et le mari préférait-il
cette sauvegarde, empêché qu'il était lui-même,
par l'usage, de surveiller sa femme ou même de
s'en occuper sous peine de ridicule. Nous allons
voir que la surveillance des belles-mères n'eût
pas été de trop, dans certains cas, pour de jeunes
étourdies.

« Un jour, madame de Luynes[1] et madame de
la Roche-Aymon[2] étant au bal renvoyèrent leur

---

1. Guyonne de Montmorency-Laval. Elle avait épousé le duc
de Chevreuse en 1765 et devint duchesse de Luynes après la
mort de son beau-père en 1774. Leur hôtel était rue Saint-Domi-
nique. Elle fut nommée dame du palais de la reine Marie-
Antoinette en 1775.

2. La marquise de la Roche-Aymon fut nommée en 1776 dame
pour accompagner la reine. Son mari était maréchal de camp

voiture et se cachèrent dans l'appartement de mademoiselle d'Aumont[1]. Quand le silence fut sonné, elles se mirent à faire un tapage infernal toute la nuit dans le couvent. Elles cassèrent toutes les cruches que ces dames ont à la porte de leur cellule, elles arrêtèrent toutes les religieuses qu'elles rencontrèrent allant à matines, enfin elles firent un carillon infernal.

» Madame l'abbesse ordonna qu'on ne fît aucune insulte à ces dames, mais qu'on ne leur donnât point à manger et qu'on ne les laissât point sortir. Quand il fut onze heures du matin, elles voulurent avoir à manger, mais on refusa de leur rien donner ; alors elles prièrent qu'on leur ouvrît la porte, mais madame de Saint-Jacques qui était première portière leur dit que les clefs étaient chez madame l'abbesse. Alors elles envoyèrent mademoiselle d'Aumont prier madame l'abbesse de leur faire ouvrir la porte. Madame l'abbesse leur fit dire qu'elles étaient restées sans sa permission et qu'elles ne sortiraient que quand leurs

et neveu du cardinal de la Roche-Aymon, premier aumônier du roi Louis XV et archevêque de Reims.

1. Mademoiselle d'Aumont était fille du duc d'Aumont, premier écuyer du roi. L'hôtel d'Aumont était rue de Jouy. On admirait les plafonds peints par Lebrun, l'escalier et l'ordonnance des bâtiments du côté des jardins.

familles les demanderaient; elles furent au désespoir. Madame de Rochechouart leur fit dire de
son côté qu'elles prissent garde de se trouver sur
le passage des pensionnaires quand elles iraient
ou reviendraient de la messe et du réfectoire,
parce qu'elle ne pouvait pas répondre qu'elles ne
fussent insultées. La vérité est que nous désirions
beaucoup les huer et nous bien moquer d'elles,
nous voulions même leur jeter de l'eau.

» Cependant on attendait madame de la Roche-
Aymon pour dîner chez son oncle, le cardinal de
la Roche-Aymon ; madame la duchesse de Chevreuse attendait d'un autre côté madame la duchesse de Luynes sa belle-fille : leurs gens dirent
qu'elles étaient restées à l'Abbaye-aux-Bois. On
leur envoya donc dire qu'on les attendait, mais
madame l'abbesse écrivit à madame de Chevreuse
et au cardinal que mesdames de Luynes et de la
Roche-Aymon n'avaient pas la tête bien saine,
qu'ainsi elle ne voulait les remettre qu'entre les
mains de leurs parents. Madame de Chevreuse
inquiète vint de suite à l'Abbaye, où elle lava la
tête d'importance à sa belle-fille; on lui rendit les
deux prisonnières qui furent fort fâchées de cette
aventure.

» Mademoiselle d'Aumont s'excusa en disant

qu'elle avait ignoré que ces dames fussent cachées dans sa chambre, mais il y a apparence qu'elle était du complot.

» Il arriva une grande histoire à un autre bal. Mademoiselle de Chevreuse trouva un billet où il y avait un rendez-vous adressé à madame la vicomtesse de Laval qui était venue au bal et qui l'avait laissé tomber. Il y avait sur ce billet : « Vous » êtes adorable, ma chère vicomtesse, comptez » sur ma discrétion et ma fidélité. Demain à la » même heure et dans la même maison. » Dès que mademoiselle de Chevreuse eût trouvé ce billet, elle le lut et le mit dans sa poche ; après le bal, elle le montra à toute la classe rouge. Nous nous sommes bien imaginées que c'était un monsieur qui lui écrivait comme cela. Les maîtresses, l'ayant su, voulurent l'avoir et nous croyons qu'il a été rendu à madame de Laval, puisqu'elle n'est pas revenue au couvent à nos bals de carnaval. »

On fit grand bruit à Paris d'un refus qu'essuya madame de Laval deux ans après. On lit dans Bachaumont que madame de Laval s'est présentée pour être reçue dame pour accompagner Madame. Cette place lui avait été comme promise, elle ne put l'obtenir parce qu'elle était fille de M. de Boulogne, ancien trésorier de l'extraordinaire des

guerres et par conséquent n'était pas de qualité.
M. de Laval, son beau-père, premier gentilhomme
de Monsieur, donna sa démission. Toute la famille de Montmorency jeta les hauts cris. Madame de Laval était fille de M. de Boulogne, fermier général. D'après l'anecdote racontée par la
jeune princesse, et d'après certain récit des Mémoires de Lauzun, le motif allégué pouvait bien
n'être qu'un prétexte pour ne pas placer une personne aussi inconsidérée auprès de Madame.

LA SACRISTIE

« Au bout de trois mois de service à l'abbatiale,
je fus mise à la sacristie, où la société était fort
amusante. Quant à l'emploi, il ne me convenait
pas du tout, car j'ai toujours eu une aversion
incroyable pour l'ouvrage. Il y avait alors à cette
obédience des personnes fort aimables, entre autres
mademoiselle de Broye et mademoiselle de Paroi,
avec qui j'étais fort liée et mademoiselle de Dur-
fort qui était gaie et fort bonne camarade. Mademoiselle de Paroi était jolie, bien faite et jouait
de la harpe comme un ange, elle avait douze ans.
Mademoiselle de Broye, un peu plus âgée, était
assez jolie et pétrie d'esprit.

» On peut bien dire que la sacristie était le
répertoire de toutes les histoires et de toutes les
nouvelles, tout le monde y abondait toute la
sainte journée : avait-on à se chagriner, à se
réjouir, à se raconter quelques événements, c'é-
tait toujours là.

» Les deux sacristines étaient madame de Granville et madame de Tinel ; madame de Granville
voulait m'apprendre à broder, car elle brodait
dans une perfection incroyable, jamais elle ne
put y réussir. Je ne travaillais donc pas, et mon
emploi était de plier les ornements, de les nettoyer et d'aider madame de Saint-Philippe à
arranger l'église.

» Tous les soirs, il y avait au moins vingt personnes qui venaient pour raconter ce qui s'était
passé dans les coins de la maison, mais je ne
restais pas là, car j'allais pour lors chez madame
de Rochechouart, où je trouvais toujours madame de Choiseul, mesdemoiselles de Conflans,
madame de Sainte-Delphine, madame de Saint-
Sulpice, madame de Saint-Édouard et tout ce
qu'il y avait de mieux. Madame de Sainte-Delphine, sœur de madame de Rochechouart, était
ordinairement allongée avec une chaise sous ses
pieds, faisant des commencements de bourse : elle

n'en a jamais fini une. Je me divertissais fort à l'écouter, car elle était drôle, et, quoique l'esprit de madame de Rochechouart fût plus apparent et plus saillant et celui de madame de Sainte-Delphine souvent endormi comme sa personne, quand il se réveillait il était fort agréable. Au reste, il est connu que l'esprit est héréditaire dans la maison de Mortemart. Madame de Sainte-Delphine était une des plus jolies personnes que l'on pût voir, elle avait vingt-six ans, grande, les cheveux d'un beau blond, de grands yeux bleus, les plus belles dents du monde, des traits charmants, une belle taille, l'air noble. Elle avait fort mal à la poitrine, elle était d'un caractère indolent et entièrement dominée par sa sœur.

» Madame de Saint-Sulpice était jolie, gaie et aimable. Madame de Saint-Édouard jolie, aimable et fort romanesque. On parlait fort à son aise et, quelque chose que l'on dît, je n'ai jamais vu madame de Rochechouart mettre du feu à combattre une opinion. Tout au plus jetait-elle du ridicule, chose qu'elle faisait mieux que personne et à quoi on avait peine à faire tête. On y lisait les ouvrages nouveaux qui pouvaient être lus par nous sans inconvénient. On causait de tout ce qui se passait dans Paris, car ces dames passaient leur vie au parloir où elles recevaient la meilleure compagnie, et, ces demoiselles sortant beaucoup, on savait tout.

» Rarement on disait du mal du prochain et d'une manière bien moins précise chez madame de Rochechouart que dans toutes les autres sociétés de la maison. Cependant c'était la société qu'on craignait le plus, car l'on savait que tout ce qui y était avait de l'esprit et était supérieur au reste; ainsi on la regardait comme un tribunal et on craignait d'y passer. Quand je revenais à la sacristie en sortant de chez madame de Rochechouart, madame Saint-Mathieu et madame Sainte-Ursule me disaient : « Eh bien, qu'est-ce » que les merveilleuses ont dit de nous? — Rien, » Madame, » disais-je de bonne foi, « on n'en a » point parlé. » Alors c'était des étonnements sans fin, car elles coulaient à fond tous les jours toute la maison sans se lasser.

» Je puis dire que madame de Rochechouart, sa sœur, madame de Saint-Sulpice et plusieurs autres dames de cette société avaient une indifférence qui allait jusqu'au mépris pour tout ce qui ne les intéressait pas particulièrement, elles étaient toujours les dernières à savoir les événements du couvent.

» Il me semblait que madame de Rochechouart
et sa sœur avaient une manière à elles et un ton
que nous prenions toutes, je dis celles qu'elle
faisait venir chez elle. Les femmes du monde
étaient émerveillées de la manière dont nous
nous exprimions. Mademoiselle de Conflans surtout ne disait rien comme les autres, et il y
avait du trait dans ses moindres paroles. »

La société de madame de Rochechouart et les
conseils plein de tact et de finesse qu'elle donnait
à ses jeunes filles, les préparaient merveilleusement au rôle qu'elles étaient destinées à jouer
dans le grand monde. A notre époque de sans
gêne et d'égalité, nous n'avons pas la plus légère
idée de ce qu'était autrefois le *bon ton* et le
bel usage, ni de l'importance qu'on attachait à
toutes les nuances de la politesse. « La politesse,
le goût, le ton, étaient une espèce de dépôt que
chacun gardait avec soin, comme s'il n'eût été
ponfié qu'à lui. Les femmes surtout étaient les
cremiers soutiens de ces bases de l'agrément de
la société [2]. »

« Je n'oublierai jamais ce qui m'arriva un
jour avec madame de Rochechouart ; elle m'avait

2. *Les Femmes*, par le vicomte de Ségur (t. II, *Règne de
Louis XV*).

dit de venir dans sa cellule le soir, j'y fus donc ;
je la trouvai entourée de papiers et occupée à
écrire ; cela ne m'étonna pas, car c'était sa coutume, mais ce qui me frappa, ce fut de la voir
déconcertée, rougir prodigieusement à mon arrivée. Elle me dit de prendre un livre et de m'asseoir.

» Je me mis donc à faire semblant de lire et
à l'observer ; elle écrivait avec une agitation
extrême, se frottait le front, soupirait, regardait
autour d'elle avec des yeux fixes et distraits comme
si ses pensées eussent été à cent lieues d'elle.

» Il lui arrivait souvent d'écrire comme cela
trois heures de suite ; au moindre bruit, elle faisait un sursaut qui prouvait sa préoccupation et
elle avait une espèce de colère d'avoir été trou-
blée. Ce jour-là, je vis si distinctement les larmes
arriver dans ses yeux que je fis la réflexion qu'elle
n'était peut-être point heureuse. Tout en réflé-
chissant, je la regardais ; elle avait un papier
devant elle, sa plume à la main, la bouche entr'ouverte, les yeux fixes vis-à-vis d'elle et ses
larmes coulaient. J'en fus si profondément affectée que mes yeux se mouillèrent et que je ne pus
m'empêcher de pousser un profond soupir ; cela
réveilla madame de Rochechouart, elle leva les

yeux sur moi, et, me voyant en pleurs, elle comprit tout de suite que j'avais remarqué l'anxiété
où elle était. Elle me tendit la main d'une manière fort expressive et fort touchante : « Mon
» cœur, qu'avez-vous? » me dit-elle. Je baisai sa
main et je fondis en larmes; elle me questionna encore; je lui avouai que l'agitation extrême où je
l'avais vue m'avait fait naître l'idée qu'elle souffrait
de quelque peine et que cela m'avait attendri à ce
point-là. Alors, elle me serra dans ses bras et
garda un moment le silence comme quelqu'un
qui réfléchit à ce qu'il va dire, puis elle me dit :
« Je suis née avec une imagination très vive et pour
» l'occuper je jette sur le papier tout ce qu'elle
» produit; de là vient l'agitation avec laquelle vous
» me voyez écrire pendant plusieurs heures.
» Comme, dans le nombre de mes idées, il s'en
» trouve de sombres et de tristes, elles m'affectent
» quelquefois assez vivement pour me faire verser
» des larmes; la solitude, la vie contemplative en-
» tretiennent en moi ce penchant à me livrer à
» mon imagination. » Le souper sonnait que nous
parlions encore. Nous nous séparâmes à regret;
depuis ce temps, la tendresse de madame de Rochechouart pour moi redoubla encore, et rien
n'égalait le tendre intérêt qu'elle m'inspirait. »

8

VI

« Je fus retirée en ce temps de la sacristie et mise au dépôt; je pleurai beaucoup quand on me mit là, car toutes les religieuses étaient de vieilles grognons, excepté madame de la Conception, qui était de la maison de Maillebois : elle avait de la dignité dans les manières, on voyait bien que c'était une dame de bon lieu. Elle avait une grande connaissance de tout ce qui concernait l'Abbaye et c'était un plaisir de l'entendre parler sur d'anciennes anecdotes arrivées dans le monastère.

» Madame de la Conception avait la manie de chanter des romances, je n'ai jamais entendu une voix plus nasillarde. Elle nous chantait tous les jours la romance de *Judith*, celle de *Gabrielle de Vergy* et plusieurs autres. Quelquefois, pour nous amuser, elle nous montrait des choses curieuses : car on conservait au dépôt des lettres de la reine Blanche, d'Anne de Bretagne et de plusieurs autres reines de France à des abbesses du couvent; des lettres de Guy de Laval à sa tante, abbesse de l'Abbaye-aux-Bois, lorsqu'il était à l'armée, pendant les troubles du règne de Charles VII; il y est question de La Hire et Dunois, enfin plusieurs autres monuments intéressants.

» Les pensionnaires, de service au dépôt[1], étaient alors mademoiselle de Caumont, belle, de l'esprit, mais susceptible, treize ans; mademoiselle d'Armaillé, quatorze ans, hideuse, minaudière, mais bonne créature; mademoiselle de Saint-Chamans, laide, des petites jambes hors de

---

1. Cette obédience se composait d'une grande salle entièrement garnie de tiroirs pour les archives, d'une autre salle contenant la bibliothèque du dépôt, et d'une chambre où se tenaient les dépositaires.

Il y avait, au dépôt, quatre dames dépositaires, deux secrétaires, six pensionnaires et deux sœurs converses.

proportion, dix-huit ans. Mademoiselle de Beaumont, laide et boîteuse, mais bien bonne personne ; mademoiselle de Sivrac, dix-neuf ans, une
figure noble, mais sujette à des spasmes et un
peu folle ; mademoiselle de Lévis, bonne, blafarde,
point d'esprit, quatorze ans.

» J'ai déjà parlé de madame de Maillebois, les
autres dépositaires étaient : madame de Saint-
Romuald, vieille grognon ; madame de Saint-Germain, vieille grognon aussi ; madame de Saint-
Pavin, quarante-huit ans, ne parlant jamais, fort
sournoise.

» Nous passions toute la journée, Caumont et
moi, à nous moquer de tout ce monde. Madame
de Saint-Romuald avait quatre-vingts ans et madame de Saint-Germain, soixante-quinze. Elles
étaient toute la journée en dispute, tantôt pour
une chose, tantôt pour une autre, enfin c'était
incroyable. Elles se trompaient toujours dans
leurs calculs et elles mettaient tout cela sur le
compte l'une de l'autre. C'était comique de les
voir avec leurs lunettes, le nez dans des grands
livres d'archives. Elles passaient leur vie à lire
de vieilles lettres que les abbesses de l'Abbaye-aux-
Bois avaient reçues autrefois ou d'anciens plai-
doyers de ces dames, et, quand on voulait savoir

quelque chose d'ancien touchant l'Abbaye, elles
ne savaient jamais rien.

» Une fois, madame de Saint-Romuald avait
prêté une râpe à sucre à madame de Saint-Germain, qui l'avait perdue ou oubliée. Un dimanche
pendant la grand'messe, madame de Saint-Germain se souvint de la râpe, et, comme ces deux
siècles étaient à côté l'un de l'autre, madame de
Saint-Romuald se penche vers madame de Saint-
Germain et lui dit à demi-voix :

» — A propos, vous ne m'avez pas rendu ma
râpe?

» — Qu'est-ce que c'est que votre râpe?

» — Comment, je ne vous ai pas prêté ma râpe?

» Madame de Saint-Germain (vexée que cette
demande lui soit faite à l'église) :

» — Je n'ai pas votre râpe.

» L'autre (colère, et haussant la voix) :

» — Rendez-moi ma râpe !

» Elles continuèrent si longtemps et si haut, que
les pensionnaires éclatèrent de rire.

» Madame l'abbesse, surprise, demanda ce qui
se passait, on le lui dit; elle fit dire à ces dames
de se tenir en repos et qu'elle leur enverrait à
chacune une râpe.

» Revenues au dépôt, elles se boudèrent pen-

dant huit jours, et, toutes les fois qu'on parlait de
sucre ou de choses prêtées, madame de Saint-
Romuald racontait aussitôt l'histoire de sa râpe,
et comme quoi elle en avait une, et qu'elle l'avait
prêtée et qu'on la lui avait perdue. Alors madame de Saint-Germain disait que cela n'était pas
vrai, et nous nous amusions à mettre toujours la
conversation sur ce sujet pour les faire disputer. »

En sortant du dépôt, Hélène entra au réfectoire où elle passa deux mois; son emploi était
de servir les pensionnaires à table, d'aider à
mettre le couvert et à ranger le réfectoire, les
cristaux, porcelaines, etc., toutes choses utiles
pour une future maîtresse de maison. Tout en
s'occupant du réfectoire, Hélène ne négligeait pas
ses talents.

« Je dansai dans ce temps-là dans les ballets
d'*Orphée et Eurydice*, que nous dansâmes sur
notre théâtre, qui était très beau : il y avait
beaucoup de décorations; il était au bout du
jardin près de l'ancienne infirmerie des pesti-
férés.

» Nous étions en tout cinquante-cinq qui dan-
sions; mademoiselle de Choiseul dansait Orphée,
mademoiselle de Damas Eurydice, moi l'Amour

mesdemoiselles de Chauvigny et de Montsauge,
deux suivantes. Il y en avait dix pour l'entrée
funèbre, dix pour les furies, dix pour les suivants
d'Orphée, dix pour ceux d'Eurydice et dix pour
la cour d'amour.

» Cet hiver-là, nous jouâmes aussi *Polyeucte*
sur le théâtre du couvent ; je jouai Pauline, mademoiselle de Châtillon Polyeucte, et mademoiselle
de Choiseul Sévère ; cela réussit fort bien. Aussi,
bientôt après, on nous fit étudier *le Cid* ; je jouai
Rodrigue et enfin Cornélie dans *la Mort de
Pompée.* »

Ces représentations intéressaient si fort toutes
ces petites actrices, qu'elles consacraient souvent
leurs récréations à répéter leurs rôles ; le public
se composait des mères des pensionnaires et de
leurs parentes ou amies. On en parlait dans tout
Paris.

Ces récréations mondaines n'empêchaient point
le service régulier des obédiences.

« Après le réfectoire, dit Hélène, je fus une
quinzaine de jours au service de la porte. Nous
étions cinq, mademoiselle de Morard, quatorze
ans, assez jolie, mais fade, point d'esprit ; mademoiselle de Nagu, dix-sept ans, jolie et aimable ;
mademoiselle de Chabrillan, laide, mais de l'es-

prit, quatorze ans; mademoiselle de Barbantanne, quinze ans, ayant l'air d'un garçon, fort polissonne, jolie, dansant très bien.

» Notre emploi était d'accompagner la portière, quand elle allait ouvrir sa porte de clôture. C'était un exercice perpétuel, tantôt des maîtres, tantôt des médecins et puis les directeurs; enfin mesdames de Fumel et de Pradines, les deux portières, étaient le soir sur les dents; nous n'aimions pas la première, qui était aigre, sèche et méchante.

» Le tour[1], où je fus mise après, me plut davantage, on voyait un monde énorme toute la journée, j'étais là avec Aumont, Cossé et Chalais, toutes aimables.

» Les deux tourières, mesdames de Calvisson et de Nogaret, étaient sœurs, la dernière aimant beaucoup la lecture et fort instruite.

» Il fallait sonner toutes les personnes que l'on demandait et chacune avait un timbre; c'était assez difficile de ne pas se tromper, car l'une avait 3, 8, et carillon, l'autre V, 8, et carillon; enfin c'était à n'en pas finir.

» Aumont avait dix-huit ans, des talents, de

1. Deux dames tourières, cinq pensionnaires.

l'esprit; elle était assez jolie et mariée depuis quelque temps.

» Cossé n'avait que douze ans, elle était laide, mais pétrie de grâce et fort délicate ; elle épousa plus tard le duc de Mortemart.

» Madame d'Avaux, dont j'ai déjà parlé, était bonne et jolie, mais fort bête.

» Enfin mademoiselle de Chalais, très jolie, quinze ans, souvent malade.

» Ce service nous amusait ; mais, comme il était très fatigant, on n'y restait jamais longtemps.

» Du service du tour, je passai à celui de la communauté. J'aurais fort bien passé là un temps fort long sans m'ennuyer, si l'on m'y avait laissée. J'étais avec mademoiselle de Talleyrand, jolie, aimable et fort aimée, et mademoiselle de Périgord, sa sœur, jolie aussi ; puis mademoiselle de Duras, jolie et assez aimable, et enfin mademoiselle de Spinola, méchante, gauche, mais très belle.

» Entre les dames qui desservaient cette obédience était une vieille religieuse nommée madame de Saint-Charles ; quoique âgée de soixante-quinze ans, elle était d'une gaieté extrême, rien ne l'incommodait ; on faisait du train à ses oreilles, c'était égal. Il y avait toujours cinquante personnes, dans la chambre de communauté, qui travaillaient à toute sorte d'ouvrages. Talleyrand jouait du clavecin, moi de la harpe, nous chantions; cela faisait des concerts qui amusaient fort ces dames.

» Cette chambre était toute tapissée des abbesses de l'Abbaye-aux-Bois, peintes en pied; presque toutes avaient à leurs pieds l'écusson de leurs armes, ainsi on les reconnaissait. La mère Saint-Charles nous raconta une aventure arrivée pendant son noviciat, que je vais placer ici.

» Il vint une fois une madame de Saint-Ange proposer sa fille à madame de la Trémouille, pour lors abbesse de l'Abbaye-aux-Bois. Comme la jeune personne avait l'air fort doux, que d'ailleurs la mère proposait une pension et une dot convenables pour une fille de qualité, elle fut acceptée.

» Elle entra le lendemain, et, au bout de quelque temps, tout le couvent fut enchanté de ses grâces, de son esprit et de sa douceur. Madame de Saint-Charles, qui était au noviciat avec elle ainsi que plusieurs autres, lui disait quelquefois : « Made-
» moiselle de Saint-Ange, il est incroyable qu'une
» jeune personne, aussi modeste et aussi bien
» élevée que vous, ayez les gestes et les manières

» que vous avez quelquefois ; car, quand vous êtes
» debout devant la cheminée, vous écartez les pieds
» d'une manière étrange, et, quand vous voulez ap-
» procher votre chaise, vous faites souvent le mou-
» vement de la prendre à travers vos jambes ; enfin
» il est inouï de voir réunis dans la même per-
» sonne un air de modestie qui va jusqu'à la con-
» trainte, et, à l'échappée, des gestes de mousque-
» taire. » Mademoiselle de Saint-Ange, rougissant,
disait qu'elle avait été élevée avec un frère dont
elle s'amusait à imiter les manières dès l'enfance
et que plusieurs lui en étaient restées.

» Une nuit qu'il y avait un tonnerre terrible,
madame de Saint-Charles, qui était dans ce temps-
là mademoiselle de Ronci, vient frapper à la cellule
de mademoiselle de Saint-Ange et la prie de lui
ouvrir. Mademoiselle de Saint-Ange la fait attendre
quelques instants, puis lui ouvre. « Ah ! lui dit ma-
» demoiselle de Ronci, j'ai une peur horrible dans
» ma cellule, il faut que vous me permettiez de
» coucher dans la vôtre jusqu'à ce que l'orage
» soit passé. » Mademoiselle de Saint-Ange ne voulut jamais consentir, lui dit que la sainte règle le
défendait et qu'elle la priait de s'en aller. Enfin
mademoiselle de Ronci, voyant qu'elle ne voulait
absolument pas lui permettre de rester dans sa

cellule, s'en alla fort mécontente de son peu de complaisance.

» Au bout de trois mois que mademoiselle de Saint-Ange eût été au noviciat, sa mère vint un jour chez madame l'abbesse, lui dire que la vocation de sa fille était passée et qu'elle la priait de la lui rendre. Mademoiselle de Saint-Ange sortit donc, au grand chagrin de tout le couvent qui la regretta fort. Quelques jours après, madame de Saint-Ange écrivit à madame l'abbesse pour lui dire qu'elle lui demandait pardon de la supercherie qu'elle lui avait faite; qu'elle avait eu dans sa maison son fils au lieu de sa fille : que, ce jeune homme ayant eu le malheur de tuer son adversaire dans un duel, elle lui avait fait prendre les habits de sa sœur et l'avait mis à l'Abbaye-aux Bois, n'ayant trouvé que ce moyen de le dérober à la sévérité des lois.

» Madame l'abbesse lui répondit que, puisque la chose était faite, elle se félicitait que ce moyen eût sauvé la vie de quelqu'un qui lui avait donné fort bonne opinion de son caractère, pendant le temps qu'il avait passé chez elle. Madame Saint-Charles nous dit que souvent il échappait à mademoiselle de Saint-Ange de parler d'elle au masculin. »

LA BIBLIOTHÈQUE

« Enfin, je fus mise à la bibliothèque, à la grande
satisfaction de madame de Mortemart. J'étais
assise tranquillement à lire dans la cuisine, quand
on vint me dire que j'étais nommée à la bibliothèque. Je courus bien vite chercher madame
Sainte-Delphine ; dès qu'elle m'aperçut, elle me
dit : « Enfin vous me parvenez, j'espère que nous
» allons passer notre vie ensemble. » Effectivement je ne la quittais guère, elle était presque
toujours chez sa sœur et moi avec elle.

» Elle ne se mêlait pas plus de ce qu'on faisait
des livres que s'ils n'eussent pas existé, elle aimait pourtant à lire ; mais, quand elle voulait des
livres, elles les demandait à madame Saint-Joa-
chim.

» Quelquefois, quand elle était à sa bibliothèque et qu'elle voyait que l'on venait chercher
ou apporter des livres et que madame Saint-Joa-
chim tenait note de tout cela, elle ne concevait
pas qu'on pût se donner autant de peine.

» Je passais la matinée en commissions pour
elle, j'allais ordinairement chez elle tout de suite

après avoir paru devant madame de Rochechouart
le matin à la classe.

» Elle avait été à prime[1], s'était gravement re-
couchée et ne songeait pas à se lever ; alors j'en-
trais et je lui disais : « Madame, il est huit heures
» et demie. — Ah ! bon Dieu, ce n'est pas possible,
» je ne peux pas vous croire. »

» Quelquefois madame de Rochechouart entrait dans sa cellule en revenant des classes, alors
elle lui disait : « Ma sœur, c'est honteux pour une
» religieuse d'être encore dans son lit. » Là-dessus
madame Sainte-Delphine répondait : « Je n'ai
» point fait vœu de ne pas dormir tout mon saoul. »
Madame de Rochechouart disait : « Allons, Hé-
» lène, faites lever ma sœur. » J'appelais sœur
Léonard, elle fermait ses rideaux, passait sa che-
mise, s'habillait : il ne lui restait plus qu'à se coif-
fer. Elle était charmante comme cela tout habillée, sa tête nue ; elle laissait ses cheveux un
peu longs, parce qu'elle craignait les rhumes ; ils
étaient de la plus belle couleur possible ; elle se
lavait la tête avec de l'eau tiède, puis mettait sa

1. *Prime* est un mot ancien qui signifiait premier. *Prime,*
terme de liturgie catholique. La première des heures cano-
niales, elle commence à six heures du matin. Chanter *prime,*
assister à *prime* (Littré).

guimpe et son voile. Ensuite je lui disais : « Ma-
» dame, n'avez-vous rien oublié? — Non, disait-
» elle, pour aujourd'hui rien. » A peine était-elle à
la bibliothèque[1] qu'elle me disait : « Hélène, j'ai
oublié mon mouchoir. » Je courais le chercher,
ensuite c'était un livre, puis autre chose. Elle me
faisait courir comme cela toute la matinée ; mais
je l'aimais tant, que cela ne me faisait rien. »

1. La bibliothèque de l'Abbaye-aux-Bois se composait de trois
vastes salles. Elle contenait seize mille volumes et était fort complète en livres de théologie.

VII

« Ma liaison avec mademoiselle de Choiseul devenait plus forte de jour en jour; tout était en commun entre nous, nos livres, nos bijoux, nous avions mutuellement la clef de nos tiroirs et même de nos écritoires.

» Dans ce temps, mademoiselle de Lévis[1] reprocha, tout haut, un jour dans la classe, à mademoiselle de Choiseul que sa mère était enfermée parce qu'elle avait aimé un comédien.

---

1. Le marquis de Lévis son père, lieutenant-général des armées du roi, avait épousé mademoiselle de la Reynière, fille du riche fermier général, et de mademoiselle de Jarente de la Brière.

» Mademoiselle de Choiseul, quoique fort fâchée fit bonne contenance et dit : « Non ; ma mère
» vit en province parce que c'est son goût, du
» moins c'est ce qu'on m'a toujours dit. Mais, si
» ce que vous dites était vrai, ce ne sera pas le
» plus beau trait de votre vie de m'avoir éclairée
» là-dessus. »

» Toute la classe fut excessivement irritée
contre mademoiselle de Lévis ; toutes ces demoiselles lui dirent que c'était infâme ; qu'une chose
comme celle-là ne se reprochait pas ; qu'elles
étaient au désespoir que cela se fût passé dans
leur classe, et qu'elles allaient demander en
grâce qu'on la fît descendre dans la classe bleue,
pour son propre honneur à elle, puisque, plus on
la rapprocherait de l'enfance, plus on rendrait
son propos excusable.

» Alors mademoiselle de Lévis vint trouver
mademoiselle de Choiseul, qui était dans un
coin de la classe, et, comme elle avait l'âme basse,
elle se mit à genoux pour la prier de ne pas répéter cette histoire. Toutes les demoiselles de sa
classe la suivaient et la huaient. Mademoiselle de
Choiseul répondit, tout haut : « Mademoiselle,
» tout ce que je peux faire pour vous, c'est de ne
» pas vous nommer, et je vous donne ma parole

9

» d'honneur que votre nom ne sortira pas de ma
» bouche; mais je serais à jamais blâmable aux
» yeux de mes compagnes, si je paraissais tran-
» quille après ce que vous m'avez dit en leur pré-
» sence et si je ne m'informais pas de ma mère
» auprès de ma famille. »

» Dans ce moment, une maîtresse, qui remarquait depuis une heure du tumulte parmi les
pensionnaires, s'avança et demanda ce que c'était.
Mademoiselle de Choiseul dit que c'était une
dispute qu'elle avait eue avec une pensionnaire
et que c'était terminé; la maîtresse demanda si
personne n'avait à se plaindre, et, comme chacune gardait le silence, elle fut se rasseoir.

» Mademoiselle de Choiseul et moi, nous con-
férâmes ensemble pour savoir ce qu'elle aurait à
faire et nous décidâmes qu'il fallait en parler à
madame de Rochechouart.

» Je demandai à mademoiselle de Choiseul si
elle n'avait pas de soupçons de ce qu'on lui avait
reproché, elle me dit : « Non, je me suis figuré
» que ma mère était une femme singulière, qui
» n'était point aimée de sa famille et que c'était
» pour cela qu'elle voulait vivre en province. »
Elle me dit aussi : « Mon père [1], ni mon oncle, ne

1. Jacques de Choiseul, comte de Stainville, frère cadet du

» m'en parlent jamais et, quand j'en ai parlé quel-
» quefois, j'ai vu que cette conversation déplai-
» sait; mais, à présent que je me retrace tout
» plein de choses qui ont été dites devant moi, je
» crains que ce que m'a dit mademoiselle de Lévis
» ne soit vrai. » Alors elle me dit : « J'étouffe,
» j'ai une envie de pleurer excessive et je me con-
» trains ici. » Je fus à la mère Quatre-Temps et je
lui dis que je demandais la permission d'aller chez
madame de Rochechouart, à qui j'avais quelque
chose à dire. Elle me le permit. Mademoiselle de
Choiseul fut demander de son côté à madame de
Saint-Pierre, qui était fort sévère et qui répondit
qu'elle pouvait bien attendre jusqu'au soir à l'appel pour parler à madame de Rochechouart.

» Choiseul, dont la vivacité était extrême, ne
put y tenir et éclata en sanglots. Madame de Saint-
Pierre lui dit qu'elle avait de l'humeur et lui ordonna d'aller se mettre à genoux, elle obéit.
Toutes les pensionnaires la plaignaient, la caressaient; on reprochait à Lévis que c'était elle qui
était la cause de tout cela, elle était dans un coin,
n'osant pas se montrer. Mademoiselle de Choiseul
me dit tout bas : « Puisque tu as la permission, va

---

duc de Choiseul. Il devint maréchal de France, et mourut
en 1789.

» chez madame de Rochechouart, conte-lui ce qui
» m'arrive, prie-la de me faire demander, mais
» ne nomme pas Lévis, puisque je lui ai promis
» le secret. »

» Je courus donc chez madame de Rochechouart; je ne la trouvai point à sa cellule, mais
seulement madame de Sainte-Delphine qui me
dit : « Ah ! c'est vous, mon chat ; je suis bien
» aise que vous veniez, car je m'ennuyais comme
» un chien, en attendant ma sœur. Contez-moi
» quelque chose qui m'égaye, je vous prie, car je
» suis dans un abattement extraordinaire. »

» Alors je dis à madame de Sainte-Delphine :
« Mademoiselle de Choiseul et moi avons quelque
» chose à dire à madame de Rochechouart, mais
» elle n'a pas obtenu la permission de venir; si
» vous aviez la bonté de la faire chercher par
» sœur Léonard, en disant que madame de Ro-
» chechouart la demande, on ne mentira pas
» puisque c'est votre nom. » Elle y consentit et peu
de temps après madame de Rochechouart rentra.

» Mademoiselle de Choiseul arriva en ce moment
et nous contâmes à madame de Rochechouart ce
qui était arrivé. Elle eut l'air d'en être outrée :
« Et qui est-ce qui vous a dit pareille chose? »
demanda-t-elle. Nous refusâmes constamment de

le dire. Là-dessus, madame de Rochechouart, qui
ne voulait pas se compromettre vis-à-vis de mademoiselle de Choiseul, lui dit : « Je me suis
» retirée du monde, de pareilles aventures ne nous
» parviennent pas; mais dites-moi à quelle per-
» sonne de votre famille vous voulez que j'écrive,
» elle pourra vous donner quelques éclaircisse-
» ments. » Mademoiselle de Choiseul demanda
que ce fût à madame la duchesse de Gramont, sa
tante [1].

» Madame de Rochechouart lui écrivit donc, elle
vint le lendemain et, mademoiselle de Choiseul
lui ayant dit le sujet de son chagrin, madame de
Gramont lui dit : « Je ne veux point vous trom-
» per, vous commencez à devenir grande, il faut
» vous éviter une ignorance qui pourrait vous
» mettre dans le cas de dire des choses déplacées.

1. Béatrix de Choiseul-Stainville, née à Lunéville en 1730.
Elle était chanoinesse de Remiremont et n'avait que sa pré-
bende pour toute fortune. Ambitieuse, d'un caractère ferme et
dur, d'un esprit masculin propre aux affaires et aux intrigues,
elle forma bien vite le projet de gouverner son frère; mais il
fallait pour cela, un grand nom et une fortune; de plus, l'homme
qui les lui apporterait devait être sans moyens, pour ne pas porter
ombrage au duc de Choiseul. Elle trouva toutes ces qualités
réunies dans le duc de Gramont, qu'elle épousa le 16 août 1759.
Le crédit de la duchesse de Gramont sur son frère devint absolu
au grand désespoir de la duchesse de Choiseul, qui adorait son
mari et se vit supplantée par sa dominante belle-sœur.

» Il est très vrai que l'inconduite de votre mère a
» forcé sa famille à la mettre au couvent. Vous
» avez une sœur[1] qui est élevée dans un autre
» couvent et que l'on mettra à l'Abbaye-aux-Bois,
» avec vous. La conduite que vous avez à tenir est
» donc d'en imposer assez aux pensionnaires
» pour que personne ne se permette de vous par-
» ler de cet événement; et surtout point de confi-
» dences. Vous pouvez imaginer que ce ne doit
» pas être un sujet de conversation agréable pour
» votre père; ne lui parlez donc point de cela, à
» moins qu'il ne vous en parle le premier. »

Mademoiselle de Choiseul demanda s'il ne lui
serait point permis d'écrire à sa mère. Madame
de Gramont lui répondit qu'elle ne pouvait pas
prendre sur elle de lui donner cette permission,
mais qu'elle en parlerait à sa famille.

« Mademoiselle de Choiseul vint me raconter
cela, et nous convînmes que nous aurions l'air
d'avoir oublié ce qui était arrivé et que, si les
autres nous en parlaient, nous aurions l'air de le
trouver mauvais. »

1. Thérèse-Félicité de Choiseul-Stainville, née en 1767; elle
épousa en 1782 le prince de Grimaldi-Monaco. D'après les témoignages contemporains, elle était jolie et douée des qualités
les plus attachantes. Elle fut guillotinée en 1793.

Malheureusement, le méchant propos de mademoiselle de Lévis n'était que trop fondé et les aventures romanesques de madame de Stainville, leur dénouement surtout avaient fait grand éclat.

Lorsque le duc de Choiseul devint ministre de la guerre, à la mort du maréchal de Belle-Isle, il fit nommer son frère, le comte Jacques de Choiseul-Stainville, lieutenant général. Le comte n'avait pas de fortune, on songea à lui faire contracter un mariage brillant et on jeta les yeux sur mademoiselle Thérèse de Clermont-Rével, héritière d'une grande fortune et douée d'une figure charmante. Le duc négocia habilement les conditions du mariage, qui fut décidé. Le comte avait près de quarante ans, sa fiancée en avait quinze et n'avait jamais vu son futur mari. Il obtint un congé, arriva à Paris, et, *six heures après*, le mariage était célébré [1].

La jeune comtesse de Stainville fut conduite dans le monde par sa belle-sœur, la duchesse de Choiseul, et y réussit à merveille; elle dansait comme un ange et était éblouissante de grâce et de beauté. On devine aisément qu'elle ne tarda

1. Le 3 avril 1761.

pas à recevoir les hommages des hommes les plus
à la mode ; les mémoires contemporains préten-
dent même que son beau-frère, le duc de Choiseul, osa lui faire une déclaration qui fut fort mal
accueillie ; Lauzun, dit-on, fut mieux traité ; mais
ce goût passager fit bientôt place à un autre sentiment. On sait le rôle que jouaient alors les acteurs
dans la haute société, on ne comptait plus leurs
bonnes fortunes. Clairval était à ce moment le
comédien à la mode et le favori des boudoirs. Il
joignait, à un talent incontesté, une charmante
figure, une tournure élégante et une audace que
rien ne pouvait intimider. Il ne tarda pas à
s'apercevoir du penchant qu'il inspirait à madame de Stainville et se décida à tout braver pour
en profiter. Une femme de chambre et un laquais
furent mis dans la confidence, et madame de Stainville poussa la folie jusqu'à recevoir Clairval chez
elle, dans l'hôtel qu'elle habitait alors [1].

Quelque temps s'écoula, madame de Stainville mit au monde une seconde fille et rien ne
trahissait en apparence l'éclat qui allait se produire ; mais la liaison de Clairval et de la comtesse s'ébruita peu à peu, la duchesse de Gra-

1. Elle avait quitté l'hôtel Choiseul et habitait rue du Fau-
bourg-Saint-Honoré, n° 7.

mont en fut instruite des premières, elle détestait sa jeune belle-sœur et ne manqua pas de faire part à son frère des bruits fâcheux qu'il ignorait jusqu'alors.

Le comte était à l'armée et devait revenir pour assister à une fête dont tout Paris se préoccupait. La maréchale de Mirepoix préparait à l'hôtel de Brancas un bal costumé extraordinaire. Des danses de caractère devaient-être dansées par vingt-quatre danseurs et autant de danseuses en costumes chinois, indiens. On les répétait depuis huit jours.

« La coupable et infortunée madame de Stainville, dit madame du Deffand, devait figurer avec le prince d'Hénin, elle assistait tous les jours à ces répétitions. Le mardi, avant-veille de la fête, tous les danseurs et danseuses soupèrent chez la duchesse de Valentinois, on remarqua la tristesse de madame de Stainville, qui avait sans cesse les yeux remplis de larmes. Son mari était arrivé le matin. » Le lendemain mercredi[1], à trois heures du matin, madame de Stainville était enlevée dans une chaise de poste et conduite, par son mari lui-même, au couvent des Filles de Sainte-Marie à

---

1. 31 janvier 1767.

Nancy. Le comte avait facilement obtenu, par le duc son frère, une lettre de cachet et sa femme fut renfermée pour le reste de sa vie. Il lui rendit tout son bien, fit nommer un tuteur avec l'ordre de donner à la comtesse toutes les choses nécessaires, mais pas un écu. Il y eut une somme réglée pour l'entretien de ses filles; le reste du revenu fut mis sous séquestre à leur profit.

La femme de chambre fut envoyée à la Salpêtrière et le laquais à Bicêtre pour avoir été dans la confidence. On trouva généralement le châtiment infligé par M. de Stainville à sa femme d'une sévérité outrée. Dans ce temps de mœurs faciles, on n'était pas habitué à envisager ce genre de péché comme un crime irrémissible, et la jolie madame de Stainville excita la pitié de chacun. On prétendit même que la maîtresse du comte, jeune et charmante actrice de l'Opéra, lui signifia à son retour de Nancy qu'elle ne le reverrait de sa vie, de peur d'être soupçonnée d'avoir eu part à *une telle iniquité*[1].

---

1. Un jour vint, cependant, où grâce aux efforts de la duchesse de Choiseul, on offrit à madame de Stainville de revenir dans sa famille; mais elle refusa et mourut au couvent dans des sentiments de haute piété.

Quelque temps après cette triste révélation, mademoiselle de Choiseul fort agitée vint trouver Hélène, elle sortait du parloir et lui dit : « Imaginez que l'on va mettre ma sœur à l'Abbaye-aux-Bois et elle entre lundi prochain. Ce qui me désole, c'est qu'on la met simplement à la classe et que, moi, j'ai un appartement, ainsi cette distinction fera parler les pensionnaires. »

Hélène lui conseilla de dire qu'étant l'aînée, on avait cru à propos de faire cette différence.

« Elle me dit qu'elle devait sortir le lendemain pour faire connaissance avec sa sœur, qu'elle n'avait jamais vue.

» Elle sortit, en effet, et, comme elle revint tard, nous ne pûmes nous parler en particulier; mais, le soir, elle vint me trouver dans ma chambre, elle me dit que sa sœur avait quatre ans de moins qu'elle, que c'était une enfant, qu'elle était assez jolie, qu'elle ne paraissait pas avoir beaucoup de vivacité, qu'elle la croyait ignorante et mal élevée, qu'elle l'avait beaucoup caressée, mais qu'elle paraissait fort sauvage. Elle me dit encore qu'on la nommait mademoiselle de Stainville. Nous nous proposâmes de nous en occuper beaucoup, pour qu'elle n'eût aucun désagrément à sa réception. »

Elle fut amenée par madame la duchesse de Choiseul, qui dit que, pour tout ce qui lui serait nécessaire, on devait s'adresser à elle et point à son père, ni à la duchesse de Gramont, comme on faisait pour mademoiselle de Choiseul, parce que c'était elle qui en était particulièrement chargée. On voit que la bonté de la duchesse de Choiseul ne se démentait pas et qu'elle voulait servir de mère à la petite abandonnée que chacun repoussait[1].

« Mademoiselle de Choiseul la conduisit à la classe en disant que c'était sa sœur et qu'elle priait qu'on eût des bontés pour elle; alors mesdemoiselles de Conflans, mademoiselle de Damas et moi, nous fûmes à elle et nous la caressâmes beaucoup; mais elle était fort sauvage et nous recevait assez mal.

» Quand elle eut fait une fois connaissance, Choiseul la laissa et elle ne fut jamais fort liée

---

1. M. Dufort de Cheverny raconte, dans ses *Mémoires*, que le duc de Choiseul avait adressé une mercuriale à sa belle-sœur, à l'occasion de sa liaison avec Clairval et que la comtesse avait affirmé que l'enfant qu'elle venait de mettre au monde était la fille légitime du comte.

(Voir les *Mémoires du comte Dufort de Cheverny*, introducteur des ambassadeurs, publiés par M. de Crèvecœur. — Plon, Paris, 1886.)

avec elle, car il y avait une grande différence
entre les deux sœurs.

» Quand le duc de Choiseul, madame de Stainville et madame la duchesse de Gramont venaient
voir mademoiselle de Choiseul, ils ne demandaient
jamais mademoiselle de Stainville; mais mademoiselle de Choiseul s'obstina et dit qu'elle n'irait
pas au parloir, si on ne demandait pas sa sœur;
ainsi on fit venir mademoiselle de Stainville.
C'était de même pour sortir : jamais mademoiselle de Choiseul ne voulait se rendre seule à
l'hôtel de Choiseul[1]; et tout cela était générosité
et bonté de cœur, car sa sœur ne lui plaisait pas,
mais elle ne voulait point de distinction à son
préjudice. »

La conduite généreuse de mademoiselle de Choiseul en cette circonstance prouve une élévation de
caractère peu commune chez une enfant de quatorze ans. Évidemment, la très haute idée que ces

1. L'hôtel de Choiseul était situé rue de la Grange-Batelière, n° 3,
et occupait l'emplacement de l'ancien Opéra; son jardin et ses
dépendances s'étendaient jusqu'à la rue Neuve-Saint-Augustin,
l'Opéra-Comique actuel fut bâti sur des terrains appartenant au
duc de Choiseul. Nous n'imaginons pas aujourd'hui l'étendue et
l'importance des hôtels du XVIII° siècle dont un grand nombre
étaient de véritables palais. Le petit hôtel de madame de Gramont était contigu à celui de son frère.

jeunes filles avaient de leur rang et de leur naissance contribuait à développer ces sentiments
d'honneur et de délicatesse ; elles pratiquaient
l'axiome *Noblesse oblige*, dans toute son étendue,
et le reproche le plus amer qu'on pût leur adresser était d'avoir l'*âme basse*. Mais il faut reconnaître aussi qu'elles tenaient dans le plus profond
mépris toute personne qui n'appartenait pas à
leur caste. Hélène s'exprime là-dessus le plus
naïvement du monde.

« Il y eut un moment, dit-elle, où il y eut une
brèche aux murs de l'Abbaye, parce qu'on refit
la muraille du jardin. L'usage est que, du moment qu'il y a brèche, la clôture est levée pour
le temps que la brèche dure. Ce mur donnait
d'un côté sur la rue et de l'autre dans le couvent des Petites-Cordelières ; ainsi, cela fit une
espèce de communication. Ces dames furent mutuellement voir leur couvent.

» Celui des Petites-Cordelières n'était ni si grand
ni si beau que le nôtre. Elles avaient en tout une
trentaine de pensionnaires, mais ce n'étaient pas
des filles comme il faut ; elles étaient bien em-
barrassées quand elles voyaient notre classe si
nombreuse et composée des premières filles de
France. »

» En ce temps-là, mademoiselle de Choiseul me
dit un soir en rentrant qu'elle avait un grand secret à me dire : elle me conta qu'elle allait se
marier avec le fils de M. de Choiseul La Baume
qui n'avait que dix-sept ans[1], qu'il était fort gen-
til, qu'elle s'appellerait la duchesse de Choiseul-
Stainville, et que, le lendemain, sa famille venait
en faire part à madame de Rochechouart et à madame l'abbesse, et qu'elle me priait de faire ses
visites avec elle. »

L'usage de faire part soi-même de son mariage
à ses compagnes était consacré à l'Abbaye-aux-
Bois, et, pour cette importante affaire, la jeune
fiancée se faisait accompagner de sa meilleure
amie. Hélène, enchantée de jouer ce rôle important, se prépara à escorter gravement mademoiselle de Choiseul, le lendemain dans l'après-dîner.

« Le lendemain donc, dans la matinée, le duc

---

1. Claude-Antoine-Gabriel de Choiseul La Baume, né le
26 août 1760, fils du marquis de Choiseul-Beaupré et de Diane-
Gabrielle de La Baume de Montrevel.

Il fut élevé à Chanteloup sous les yeux du duc de Choiseul,
Barthélemy. Après la mort du duc de Choiseul, qui ne laissai
pas d'enfants, il hérita du titre et de la pairie de ce ministre,
grâce à son mariage avec sa nièce. Le jeune duc devint plus tard
gouverneur du Louvre. Il prit une part active à la fuite de
Varennes et mourut en 1838.

et la duchesse de Choiseul, madame de Gramont, M. de Stainville vinrent au parloir de madame l'abbesse, où madame de Rochechouart vint
aussi. On dit que le contrat devait être signé le
dimanche suivant à Versailles, qu'il serait signé
par la famille et les amis le lundi; que, le mardi,
mademoiselle de Choiseul recevrait les présents
et que, le mercredi, elle partirait pour Chanteloup,
où se ferait le mariage[1], et que, deux jours après,
elle serait ramenée à l'Abbaye-aux-Bois, car elle
n'avait que quatorze ans. Aussitôt après le départ de sa famille, je fus avec mademoiselle de
Choiseul dans toute la maison faire part de son
mariage. Le lundi de la signature du contrat,
toute la classe était aux fenêtres pour voir arriver
M. de Choiseul, qui nous parut fort joli. Tout Paris
était à la signature de ce contrat. En sortant du
parloir, mademoiselle de Choiseul vint à une fenêtre où étaient des pensionnaires, et M. de
Choiseul, l'ayant aperçue, lui fit une profonde révérence, ce qui nous enchanta. Elle nous dit que

1. Il eut lieu en effet le 10 octobre 1778. La jeune duchesse de
Choiseul eut deux enfants; Étienne de Choiseul, jeune homme
de grande distinction, aide de camp du général Berthier, tué
dans la campagne de 1807, et une fille, qui épousa le duc de
Marmier, pair de France.

sa belle-mère avait l'air excessivement sévère,
qu'on la disait très difficile à vivre. Le lendemain,
on lui donna une corbeille immense achetée chez
mademoiselle Bertin, un écrin de beaux diamants,
des bijoux émaillés en bleu, une bourse de
deux cents louis.

» Le jour de son départ, madame de Rochechouart permit que je sortisse pour aller déjeuner
chez madame la duchesse de Gramont. Madame
de Clermont me ramena.

» Mademoiselle de Choiseul me donna un souvenir en or et en cheveux, un sac et un éventail;
elle donna quarante sacs et quarante éventails
aux pensionnaires.

» Il avait été question que sa sœur n'irait point
à Chanteloup, mais mademoiselle de Choiseul s'en
plaignit si haut qu'à la fin madame la duchesse
de Choiseul la mena. Elle donna à sa sœur un
beau médaillon en diamants, et M. de Choiseul
lui donna un souvenir garni en diamants.

» Mademoiselle de Choiseul, que je nommerai
dorénavant madame, revint au bout de quinze
jours; elle me raconta toutes les fêtes qu'on lui
avait données, mais elle me dit que sa belle-mère
n'avait pas passé un jour sans la gronder. Elle
me dit aussi que, pour son mari, elle l'aimait à la

folie, qu'il était gai et drôle, qu'on ne les avait
jamais laissés seuls ensemble et que cependant il
avait trouvé moyen de lui dire bien des choses,
mais qu'elle se faisait scrupule de me les répéter. »

Il se passa un événement à ce moment-là qui
impressionna fort les jeunes pensionnaires de
l'Abbaye-aux-Bois. Elles étaient accoutumées à
assister aux prises de voile assez fréquentes dans
le couvent, cette cérémonie leur paraissait toute
naturelle et ne leur inspirait pas de tristes réflexions. Cette fois-ci, il en fut autrement.

« Il y avait, depuis deux ans, au noviciat une
jeune personne appelée mademoiselle de Rastignac, âgée de vingt ans. Elle paraissait plongée dans
une mélancolie affreuse, était toujours malade et
passait plus de temps à l'infirmerie qu'ailleurs.
Elle avait déjà pris l'habit; on avait décidé deux
fois sa profession et elle avait toujours été remise
à cause qu'elle tombait malade. Son directeur
dom Thémines, insistait pour ajourner indéfini-
ment ses vœux et le bruit courait qu'on la faisait
religieuse malgré elle; nous en parlâmes une fois
à madame de Rochechouart, elle nous dit qu'elle
ne se mêlait point du tout des novices, mais que,
si elle imaginait que ce fût contre son gré qu'on
lui fît embrasser la vie monastique, elle ne lui

donnerait pas sa voix. A deux ou trois reprises, on
l'obligea à rentrer dans le monde en la renvoyant,
dans sa famille, mais ce fut en vain. Enfin on décida un jour pour sa profession et l'on dit que,
quoiqu'elle fût très malade et pût à peine se soutenir, elle voulait prononcer ses vœux.

» Le jour de sa profession, tous les Hautefort
du monde remplissaient l'église, car elle était leur
proche parente. Mademoiselle de Guignes portait
son cierge et lui servait de marraine, le comte
d'Hautefort fut son chevalier. Elle était d'une très
jolie figure; elle fut d'abord dans l'église du dehors sur un prie-Dieu, avec une robe de crêpe
blanc brodée d'argent et couverte de diamants.
Elle soutint fort bien le sermon que lui fit l'abbé de
Marolle, où il lui disait que c'était un grand mérite
aux yeux de Dieu de renoncer au monde quand
on était faite pour y être adorée et pour en faire
le charme et l'ornement. Il semblait qu'il se plût
à lui peindre en beau tout ce qu'elle allait quitter;
mais elle fit bonne contenance.

» Après le sermon, le comte d'Hautefort lui donna
la main et la conduisit à la porte de clôture. Dès
qu'elle fut entrée on jeta la porte avec grand bruit
sur elle et on mit les verrous avec fracas, car
c'est une gentillesse qu'on ne manque jamais de

faire en pareille occasion. Nous remarquâmes
toutes que cela lui fit un effet terrible et qu'elle
pâlit très visiblement. Elle entra dans la cour
plus morte que vive; on disait toujours que c'est
qu'elle était malade, mais il nous paraissait que
son âme souffrait plus que son corps. Quand elle
fut arrivée à la grille du chœur, on la ferma pour
la déshabiller; alors on s'empressa de la dépouil-
ler de ses ornements mondains. Elle avait de
longs cheveux blonds; quand on les défit, nous
pensâmes toutes crier pour empêcher qu'on ne
les coupât et toutes les pensionnaires disaient tout
bas: « Quel dommage! » Dans le moment où la maîtresse des novices y mit les ciseaux, elle tressail-
lit. On mit ses cheveux sur un grand plat d'argent,
c'était charmant à voir; on la revêtit des habits
de l'ordre, on lui mit le voile et une couronne de
roses blanches, ensuite on ouvrit la grille et on
la présenta au prêtre, qui la bénit.

» Alors on apporta un fauteuil, près de la grille,
où madame l'abbesse s'assit, ayant à ses côtés sa
porte-croix et sa chapelaine. Mademoiselle de Rastignac se mit à genoux devant elle, mit ses mains
dans les siennes. Pour prononcer ses vœux la formule est : « Je fais vœu à Dieu, entre vos mains,
» Madame, de pauvreté, d'humilité, d'obéissance,

» de chasteté et de clôture perpétuelle, suivant la
» règle de saint Benoît, observance de saint Ber-
» nard, ordre de Cîteaux, filiation de Clairvaux. »
Elle était si faible qu'à peine pouvait-elle se soutenir à genoux. Les maîtresses des novices, madame Saint-Vincent et madame Saint-Guillaume,
étaient derrière elle. Elle avait l'air d'avoir un
nuage sur les yeux et de ne savoir où elle était ;
madame Saint-Vincent lui disait le vœu mot à
mot, et elle répétait. Quand elle eut fait son vœu
d'obéissance et que cela vint au vœu de chasteté,
elle s'arrêta si longtemps que toutes les pensionnaires, qui avaient beaucoup pleuré, ne purent
s'empêcher d'avoir envie de rire ; enfin, après avoir
jeté les yeux de tous côtés, comme pour voir s'il
ne lui viendrait aucun secours, la maîtresse s'ap-
procha lui disant : « Allons, du courage, mon en-
» fant, achevez votre sacrifice ! » Elle fit un profond
soupir en disant « de chasteté et de clôture perpétuelle », et en même temps elle laissa tomber sa
tête sur les genoux de madame l'abbesse. On
vit qu'elle s'évanouissait, aussi on la ramena à la
sacristie.

» L'usage est qu'elle doit aller embrasser les
genoux de toutes les religieuses, après sa profession, et embrasser les pensionnaires. Mais l'on

dit qu'elle n'était pas en état, et qu'elle viendrait seulement se prosterner au milieu du
chœur. Rien ne m'a affecté davantage que quand
elle parut à la porte de la sacristie, pâle comme la
mort, le regard éteint, soutenue par deux religieuses. Mademoiselle de Guignes, qui portait son
cierge, était si tremblante, qu'à peine pouvait-elle
marcher. Madame Sainte-Magdeleine, car c'était
le nom que mademoiselle de Rastignac avait pris,
s'avança jusqu'au milieu du chœur où on l'aida
à se prosterner. On étendit sur elle le drap mor-
tuaire et on chanta le *Miserere* de La Lande, qui
fut chanté par nous, ainsi que le *Dies iræ* et le
Libera des *Cordeliers*, qui est une musique superbe. Le tout dura une heure et demie, car on
leur dit les prières des morts pour les avertir
qu'elles sont mortes au monde.

» Le soir même, comme elle avait la fièvre, on
la mit à l'infirmerie, où elle resta six semaines.
Quand elle fut relevée, on la fit réfectorienne;
mais sa santé ne se rétablit point. Elle est dans
une langueur qui intéresse tout le monde et que
tout le monde cherche à dissiper, en tâchant
de lui rendre la vie agréable. »

VIII

Madame d'Orléans, abbesse de Chelles. — Une visite de l'archevêque. — Les religieuses jansénistes. — L'apothicairerie.
— La fête de madame de Rochechouart. — Sa maladie et sa
mort.

Dans les vastes bâtiments de l'Abbaye-aux-Bois,
il existait un appartement que l'on n'ouvrait
presque jamais. Il avait été jadis occupé par madame d'Orléans, plus connu sous le nom d'abbesse
de Chelles[1]. Dès sa jeunesse, elle fut destinée au

1. Louise-Adélaïde de Chartres, petite-fille de Louis XIV et de
madame de Montespan, seconde fille du régent Philippe d'Orléans et de mademoiselle de Blois, née le 13 août 1699, morte
le 20 février 1743.
Elle avait dix-huit ans lorsqu'elle fut abbesse de l'Abbaye-
aux-Bois et vingt et un ans lorsqu'elle fut nommée abbesse de
Chelles (Voir, pour cette dernière nomination, la *Correspondance
de madame la duchesse d'Orléans, née princesse Palatine.*

cloître : c'était à coup sûr mal choisir sa vocation.
Après un court noviciat, elle prononça ses vœux
et fut nommée abbesse de l'Abbaye-aux-Bois.
Sa remarquable beauté rappelait celle de sa
grand'mère, madame de Montespan; un caractère hautain et violent, des passions indomp-
tables, la rendirent bientôt l'effroi et la honte
du monastère, et, à l'époque où Hélène écrit la
fin de ses *Mémoires*, l'appartement de madame
d'Orléans inspirait encore une véritable terreur
aux pensionnaires.

« On assurait, dit Hélène, qu'on entendait des
hurlements, des coups de fouet et traîner des
chaînes dans l'appartement d'Orléans et l'on disait
que l'âme de madame d'Orléans y revenait, pour
expier tout le mal qu'elle avait fait pendant sa
vie.

» On avait si peur de cet appartement, qu'on
n'y entrait jamais qu'en bonne compagnie, et sœur
Huon y étant entrée une fois seule pour balayer,
elle y a trouvé des traces de sang dans la chambre
à coucher et une odeur de soufre qui a pensé
l'étouffer. Elle a été chercher tout de suite du
monde, mais on n'a rien vu.

» Quand on doit nettoyer cet appartement, ce
qui n'arrive que deux fois l'année, car il n'est

jamais occupé, on va cinq ou six à la fois pour le
balayer, il y a je ne sais combien de chambres de
plain-pied d'une grandeur immense, et il est dangereux de rester là seul. On ne l'ouvre que pour
le montrer aux étrangers, à cause de la beauté des
peintures des plafonds et des superbes tapisseries
de haute lice représentant l'histoire d'Esther et
de Judith, qui revêtent les murs. On dit que ces
tapisseries sont ce que les Gobelins ont fait de
plus beau. »

Madame d'Orléans avait laissé de cruels souvenirs de son passage à l'Abbaye-aux-Bois.

« On racontait, dit la jeune princesse, que, du
temps de madame d'Orléans, qui était un monstre
de cruauté, elle avait fait fustiger plusieurs religieuses à les laisser pour mortes ; elle en avait fait
renfermer d'autres ; quelquefois elle faisait chanter l'office à ces dames pendant toute la nuit. Pendant ce temps-là, M. le régent entrait dans son
appartement, et elle passait la nuit à rire, à se divertir, à manger et à faire cent sortes de folies
devant les jeunes religieuses qu'elle s'était choi-
sies. Elle disait qu'elle faisait passer la nuit en
prières à ces dames pour expier les péchés qu'elle
commettait. On dit qu'elle se déshabillait toute
nue et faisait venir des religieuses pour l'admirer,

car elle était la plus belle personne de son temps.
Elle prenait des bains de lait, et le lendemain elle
le faisait distribuer à ses religieuses au réfectoire
et leur ordonnait sous la sainte obéissance de le
boire.

» Enfin ses excès en vinrent à tel point que ces
dames en portèrent plainte et on répondit qu'on
la transférerait à l'abbaye de Chelles.

» M. le régent lui-même vint lui annoncer
l'ordre du roi, et lui dit « qu'elle avait si fort per-
» sécuté ses malheureuses religieuses que leurs
» voix avaient retenti jusqu'au pied du trône;
» que, quelque tendresse qu'il eût pour elle, il se
» voyait forcé de la changer d'abbaye, puisque le
» public serait révolté s'il ne faisait pas justice
» à ces dames ». Alors, madame d'Orléans fut
au désespoir, elle pleura, elle conjura son père
de la laisser à l'Abbaye-aux-Bois et promit
que dorénavant son gouvernement serait aussi
doux qu'il avait été cruel et despotique; mais
Mgr le régent fut inflexible et lui dit qu'elle
devait se préparer à partir pour Chelles sous
peu de jours. Quand elle vit qu'elle ne pouvait
pas le gagner, elle assembla le chapitre et se mit
à genoux pour supplier ces dames de dresser
une requête au gouvernement pour qu'elle restât

et qu'elles n'auraient plus à se plaindre de sa
conduite.

» Il y avait alors pour prieure une madame de
Noailles qui s'avança et dit ces propres paroles
qu'on nous a redites cent fois : « Nous avons reçu
» sans murmure, Madame, les peines cruelles
» dont vous nous avez accablées; soumises aveu-
» glément à votre volonté, nous n'avons vu dans
» nos souffrances que la main de Dieu appesantie
» sur nous. Le respect que nous vous portons et
» notre attachement pour le sang d'où vous sortez,
» nous font regarder comme le plus grand mal-
» heur de ne point finir nos jours sous vos lois;
» mais de même que nous aurions été coupables
» si nous avions refusé les afflictions que Dieu
» nous a envoyées, de même ce serait le tenter
» que d'aller chercher l'orage quand il lui plaît de
» nous rendre le calme. Nous désirons que vous
» trouviez le bonheur là où vous êtes destinée à
» vivre et ce sera là, Madame, l'objet de nos
» prières et de nos vœux. »

» Madame d'Orléans, voyant par ce discours et
par la contenance de ces dames qu'elle n'avait
rien à espérer, se leva comme une furieuse et retourna dans son appartement.

» Quelques jours après, M. de la Tourdonnet,

secrétaire des commandements de M. le régent,
et madame la duchesse de Villequier vinrent lui
dire que les équipages de son père étaient là et
qu'elle devait partir pour Chelles, mais elle assura
qu'elle ne partirait pas. Madame la duchesse de
Villequier employa en vain la persuasion, elle ne
put en venir à bout. Ils retournèrent donc à M. le
régent, qui dit « que là où la douceur ne faisait
» rien, il fallait employer la force ». Et il envoya,
avec M. de La Tourdonnet et madame de Villequier, M. de Lyonné, son capitaine des gardes,
avec deux officiers. On vint donc dire à madame
d'Orléans que tout ce monde avait ordre de la
mettre en voiture; quand elle vit cela, elle se
déshabilla toute nue, se mit dans son lit, fit venir
M. de Lyonne et lui demanda qui serait assez té-
méraire pour porter une main hardie sur le corps
d'une fille du sang de France. M. de Lyonne, fort
embarrassé, retourna à M. le régent, qui envoya à
sa fille madame la princesse de Conti pour la
mettre à la raison, ordonnant que, si elle ne réus-
sissait pas, on enveloppât madame d'Orléans
dans ses matelas et qu'on l'emportât. Madame la
princesse de Conti vint donc et, à force de larmes
et de prières, la détermina à partir. On la conduisit à Chelles, à quatre lieues de Paris; on lui

laissa le titre d'abbesse, mais sans aucune autorité. Quelque temps après, l'abbaye de Saint-Antoine de Paris venant à vaquer, elle la demanda ; on la lui accorda, mais toujours avec la clause que ce ne serait qu'un titre honoraire ; enfin elle mourut quelques années après et demanda à être enterrée à l'Abbaye-aux-Bois, ce qui fut exécuté. Son corps repose dans le chœur sous un mausolée de marbre blanc [1].

» Il y avait à l'Abbaye-aux-Bois, dans la salle de communauté, un fort beau portrait de madame d'Orléans au-dessus de la cheminée. Elle était debout, on voyait à ses pieds des sceptres et des couronnes qu'elle foulait ; elle tenait d'une main un crucifix et elle prenait sur un autel une couronne d'épines. Ce qu'il y avait de singulier à ce tableau, c'est qu'elle était vêtue en religieuse et ses pieds étaient nus. »

L'abbesse de Chelles ne semblait pas devoir s'occuper de discussions théologiques, elle professait cependant des opinions jansénistes très

1. Le récit d'Hélène ne ressemble pas à celui de Madame, mère du régent. Elle aimait sa petite-fille et ne la dépeint pas sous des couleurs aussi sombres. Elle se tait complètement sur son séjour à l'Abbaye-aux-Bois et ne parle que de son installation à Chelles. L'exactitude parfaite des récits d'Hélène, que nous avons pu contrôler, donne un grand poids à celui-ci.

arrêtées. Son père, le régent, protégeait fort les
jansénistes, en haine du parti de la cour, qui
appartenait à la secte opposée; il avait probablement inculqué ses idées à sa fille et, soit par l'influence de son abbesse, soit par celle de ses directeurs, l'Abbaye-aux-Bois était devenue fervente
janséniste. Ces dames exprimaient si haut leur
croyance, que le couvent fut mis en interdit pendant les dernières années du gouvernement de
madame de Richelieu. Cependant ces dames rentrèrent en grâce, et Mgr de Beaumont[1], ennemi
déclaré des jansénistes, consentit à donner la confirmation aux jeunes pensionnaires de l'Abbaye-
aux-Bois en 1777. Hélène donne un récit fidèle de
cet événement qui mit en émoi le monastère
et dont elle ne laisse pas échapper un détail malicieux.

« L'on me préparait alors pour ma confirmation, car je devais être confirmée à la Pentecôte.

1. Christophe de Beaumont, archevêque de Paris, pair de
France, *duc de Saint-Cloud* (ce titre était attaché à celui
d'archevêque de Paris). Son archevêché rapportait alors
180 000 livres par an; il disposait de 492 cures. Ce prélat,
dont l'attitude vis-à-vis des jansénistes était si dure et parfois si
violente, était admirable dans la vie privée par la douceur et
l'égalité de son caractère, et par sa libéralité sans bornes. Né le
26 juillet 1703, au château de la Roque, en Périgord, il mourut
le 12 décembre 1781.

Mgr l'archevêque devant venir ce jour-là, comme
la mère Quatre-Temps passait pour être fort janséniste, je m'avisai de dire, pour lui faire ma cour,
que je craignais que Mgr l'archevêque, au lieu de
me confirmer le Saint-Esprit, ne me confirmât le
malin esprit. La mère Quatre-Temps, au lieu de me
gronder, rit extrêmement de cette plaisanterie,
de manière qu'enchantée d'avoir dit une si belle
chose, je fus la répéter dans toute la maison. La
mère Saint-Ambroise, régente de l'abbatiale, était
fort moliniste, et, comme ce propos lui parvint,
elle se plaignit à madame de Rochechouart, qui
me fit venir et me lava la tête d'importance. Elle
décida que je ne serais point confirmée, et je ne
le fus que l'année d'après. Je pris pour noms de
confirmation Alexandrienne-Emmanuelle. Le jour
de la Pentecôte venu, Mgr l'archevêque, après
avoir officié et confirmé les pensionnaires, entra
dans l'abbaye; madame l'abbesse, avec sa crosse et
toute la communauté, fut le recevoir à la porte, il
fut dans toute la maison jusqu'aux classes. Il est
d'usage que les religieuses viennent l'une après
l'autre lui baiser l'anneau, mais il y en eut beaucoup qui s'en dispensèrent; j'en ai même vu
plusieurs, plus animées de l'esprit de parti, qui
se mettaient derrière lui et tiraient la langue. Il

fut à la bibliothèque, qui est très belle; il y a trois
chambres de plain-pied où il y a trente mille volumes, il y a des manuscrits curieux. On dit que
ces dames ont les livres de Jansénius, de l'édition
originale, mais ils ne sont point à la bibliothèque
et apparemment on les cache avec soin. Quand
Mgr l'archevêque fut à la bibliothèque, il s'assit.
Madame Sainte-Delphine, étant première bibliothécaire, lui en fit les honneurs. On lui montra de
beaux livres en vélin et en miniatures. Il aperçut
des armoires dont les rideaux étaient fermés, il
demanda ce que c'était, on lui dit que c'était des
romans et des livres de littérature. Il voulut les
voir, on ouvrit les armoires et il admira la beauté
des éditions, entre autre, *le Roman de la Rose* et le
Saint-Graal, avec des miniatures magnifiques; il
demanda comment des livres de ce genre étaient
entrés dans une bibliothèque d'abbaye, car sûrement ils n'avaient pas été achetés. Alors madame
Sainte-Delphine dit qu'anciennement beaucoup
de personnes, en mourant, avaient légué leur bibliothèque au monastère; que madame d'Orléans
avait pour sa part donné la sienne, qui était fort
considérable en livres de ce genre. En passant
devant un côté, où étaient les ouvrages de Nicole,
Arnaud, Pascal et autres Pères du Port-Royal,

Mgr l'archevêque dit : « Voilà qui a tourné bien
« des têtes, et qui en tournera bien encore. » En
passant du côté où sont les Pères de l'Église, il
remarqua beaucoup de rayons vides ; il en demanda la raison. Madame Sainte-Delphine dit
que ces livres étaient chez plusieurs de ces dames.
Il s'étonna que des femmes prissent plaisir à lire
des livres de scholastique, écrits en latin, et il
dit : « Je ne m'étonne pas si mes vicaires disent
» qu'ils aiment mieux avoir affaire à des docteurs
» de Sorbonne qu'aux dames de l'Abbaye-aux-
» Bois. » Il demanda en riant où était la place où
l'on mettait ordinairement Jansénius, et les rêve-
ries du Père Quesnel. Madame Sainte-Delphine
lui répondit que ces livres n'étaient pas sur le
catalogue qu'elle avait en garde.

» Alors il lui demanda si elle ne les avait
jamais vus dans la maison ; elle répondit que,
depuis quelques années, on les avait si fort ques-
tionnées sur ce Jansénius que, quand même
on ne l'aurait pas eu, on aurait cherché à se le
procurer, puisqu'il est contre la conscience de
dire du mal d'une personne sans être convaincu
qu'elle le mérite ; que ce n'aurait été que l'obli-
gation où elles avaient été de répondre, qui
aurait pu les engager à lire des livres aussi peu

11

agréables que ceux de Jansénius ; après quoi,
il partit. Il envoya deux jours après des vicaires
qui firent rapporter dans la bibliothèque tous les
livres théologiques, fermèrent les armoires et
mirent dessus le sceau de Mgr l'archevêque, avec
défense à ces dames de le lever. Alors ces dames
dirent qu'elles ne reconnaissaient dans l'intérieur de leur maison d'autre autorité que celle
de M. l'abbé de Cîteaux ou de Clairvaux, leur supérieur. Elles lui en écrivirent, il envoya sur-le-
champ deux visiteurs de l'ordre, qui portèrent
plainte à Mgr l'archevêque, en lui disant que son
autorité ne pouvait s'exercer que sur les dé-
marches que ces dames pourraient faire hors du
cloître, mais que l'intérieur ne reconnaissait
d'autre juridiction que celle de Cîteaux ou de
Clairvaux[1]. Comme Mgr l'archevêque craignait
que l'affaire fût portée au parlement, il envoya lever les sceaux : alors les visiteurs assem-
blèrent le chapitre. Je ne sais pas ce qui se passa,
mais je sais qu'ils se séparèrent et quittèrent
l'Abbaye aussi contents de ces dames qu'elles

1. D'après le concordat signé entre Léon X et François Ier, la
nomination à toutes les abbayes françaises appartenait au roi.
Seules les abbayes de Cluny, *Cîteaux*, Prémontré et Grandmont
furent réservées et leurs abbés nommés par le pape.

l'étaient d'eux. Peu après, M. l'abbé de Clairvaux fit un envoi immense de vin de Bourgogne
à la maison. »

« ... Nous résolûmes en ce temps de donner un
spectacle à madame de Rochechouart pour sa
fête, qui arrivait le 15 août, car elle se nommait
Marie. Nous voulions mettre plus de soin que
jamais pour que cette fête eût du succès. Nous don-
nâmes donc *Esther*. Je jouai ce rôle, mademoiselle de Choiseul fut Mardochée, mademoiselle de
Châtillon Assuérus, et mademoiselle de Chauvigny Aman. On nous dessina nos costumes
d'après ceux de la Comédie-Française. J'avais
un habit blanc et argent, dont la jupe était
toute agrafée en diamants du haut en bas, car
j'en avais pour plus de cent mille écus, ayant
tous ceux de mesdames de Mortemart, de Gramont et de madame la duchesse de Choiseul.
Ce fut la vicomtesse de Laval qui m'habilla.
J'avais un manteau de velours bleu pâle et une
couronne d'or. Toutes les pensionnaires des
chœurs avaient des robes de mousseline blanche
et des voiles. Avant le spectacle, je m'avançai avec
le simple habit du couvent et je prononçai ces
mots :

Nous sommes en un lieu par la grâce habité,
Où l'on vit dans la paix et la tranquillité.
L'innocence, qui fut leur compagne éternelle,
S'y plaît et n'eut jamais d'asile plus fidèle.

A MADAME DE ROCHECHOUART

Tout un peuple naissant est formé par vos mains,
Vous jetez dans son cœur la semence féconde
Des vertus dont il doit sanctifier le monde.
Ce Dieu qui vous protège, ici, du haut des cieux,
A commis à vos soins ce dépôt précieux.
C'est lui qui rassembla ces colombes timides
Afin que vous soyez leur secours et leur guide.
Grand Dieu que ses bienfaits aient place en ta mémoire!
Que les soins qu'elle prend pour soutenir ta gloire,
Soient gravés de ta main au livre où sont écrits
Les noms prédestinés de ceux que tu chéris!
Tu m'écoutes, ma voix ne t'est point étrangère,
Je t'implore souvent pour celle qui m'est chère;
Elle-même t'envoie ses plus tendres soupirs;
Le feu de ton amour allume ses désirs.
Le zèle qui l'anime au lever de l'aurore,
Au coucher du soleil, pour toi l'enflamme encore.
Tu la vois tous les jours donner de grands exemples,
Baiser avec respect le pavé de tes temples.
O vous, qui vous plaisez aux folles passions
Qu'allument dans vos cœurs de vaines fictions,
Profanes amateurs de spectacles frivoles
Dont l'oreille s'ennuie aux son de mes paroles,
Fuyez de nos plaisirs la sainte austérité :
Tout respire ici Dieu, la paix, la vérité[1].

1. Ce bizarre mélange du prologue d'*Esther* et d'autres vers
de Racine avait été accommodé par M. de la Harpe.

» Je pleurais en finissant, et madame de Rochechouart aussi. On chanta le chœur et on dansa
un ballet pendant lequel je m'habillai. Après le
spectacle, madame de Rochechouart, dès qu'elle
me vit, me tendit les bras : je m'y précipitai, elle
me caressa beaucoup. Elle ne cachait point
qu'elle me préférait à toutes.

» Je me trouvais alors si heureuse, que j'aurais
voulu que ce temps durât toujours. On m'avait
mise enfin à l'apothicairerie[1], l'objet de mes vœux ;
j'y vivais bien agréablement. J'étais là avec madame de Choiseul, mesdemoiselles de Conflans,
mademoiselle de Montsauge, mademoiselle de
Damas, toutes jolies et aimables.

» En dames religieuses, madame de Saint-Côme
était d'une amabilité rare, madame de Saint-
Laurent, qui était une Cossé, était spirituelle et
étourdie. Madame Sainte-Marguerite n'avait que
seize ans, venait de faire profession et ne songeait qu'à s'amuser. Madame Sainte-Véronique
était une vieille ridicule, elle n'avait pas le sens

---

1. L'apothicairerie :
Cette obédience se composait ainsi :
1° Une grande salle toute garnie de planches sur lesquelles
sont les remèdes ;
2° Deux immenses salles avec deux cheminées et quatre
alambics.

commun, et cela même était un amusement.
Madame de Saint-Côme nous enseignait la botanique, elle nous apprenait à connaître les plantes
et leurs propriétés. Le soir, nous allions chez
madame de Rochechouart, j'aurais voulu passer
comme cela ma vie.

» J'ai dit que nous étions six à l'apothicairerie.
Voici nos portraits ressemblants. Madame la
duchesse de Choiseul, quinze ans, mariée, jolie,
aimable, gaie, spirituelle, mais moqueuse, emportée et violente.

» Mademoiselle Hélène Massalska (moi-même),
quatorze ans, jolie, de l'esprit, de la grâce, de la
tournure, une jolie taille, têtue comme la mule
du pape et incapable de maîtriser son premier
mouvement. Mademoiselle de Damas [1], jolie,
remplie de grâce, mais plus de jargon que d'esprit, seize ans. Mademoiselle de Montsauge, les
plus beaux yeux du monde, mais noire, douce,
de l'esprit, quinze ans. Mademoiselle de Conflans [2], assez jolie, beaucoup d'esprit et de trait,

1. Mademoiselle de Damas était sœur du comte Roger de
Damas, dont nous parlerons plus tard. La famille de Damas
témoigna le plus grand dévouement à la cause du roi Louis XVIII
pendant l'émigration.

2. Depuis marquise de Coigny, une des femmes les plus
spirituelles de la cour de Louis XVI.

quinze ans. Sa sœur mademoiselle de Vaudreuil,
pas jolie, voulant imiter sa sœur, mais n'ayant
pas tant d'esprit qu'elle.

» Un matin, madame de Rochechouart me dit :
« Hélène, venez à six heures chez moi, j'ai à vous
» parler. » Je vins donc selon l'ordre que j'avais
reçu, mais elle me dit : « Ma chère amie, je suis
» bien fâchée, je ne peux vous parler, car la tête
» me brûle et je me sens la fièvre, allez-vous-en
» donc, je vais me coucher. » Je retournai à l'apothicairerie, qui était mon obédience, et je dis que
j'avais trouvé madame de Rochechouart malade;
comme cela ne lui arrivait guère, madame de
Ferrière et madame de Cossé, seconde et troisième apothicairesses, furent à l'instant chez elle.
Madame de Ferrière revint en nous disant qu'elle
avait trouvé à madame de Rochechouart une forte
fièvre. Nous tombâmes toutes dans l'effroi; en
allant au réfectoire, nous portâmes cette nouvelle
à la classe et la consternation s'y répandit. Après
le souper, sœur Léonard, qui servait madame de
Rochechouart, vint dire de sa part qu'il n'y aurait point d'appel; on fut se coucher tristement.
Le lendemain, en descendant aux classes, on nous
dit que la fièvre avait redoublé et qu'on allait
porter madame de Rochechouart à l'infirmerie;

alors on fondit en larmes; Madame de Choiseul,
mesdemoiselles de Conflans, moi et quelques-
unes nous étions dans une douleur affreuse. La
duchesse de Mortemart[1] entra l'après-midi et
amena Bouvart[2] et Lorry[3]; dès le soir même, madame de Rochechouart eut le délire qui ne la
quitta que la veille de sa mort.

» Cependant, les maîtres furent suspendus, on
ne jouait à aucun jeu et la désolation était au
comble; toutes les heures. une pensionnaire allait

1. Charlotte de Manneville, duchesse douairière de Mortemart,
belle-sœur de madame de Rochechouart.

2. Bouvart (Mich.-Ph.), né à Chartres le 11 janvier 1711, mort
le 19 janvier 1787. Il était professeur au Collège de France et
ennemi mortel de l'inoculation; il passe pour être l'auteur du
réquisitoire de Joly de Fleury contre cette innovation. « Ce
Bouvart, dit Grimm, tueur privilégié sur le pavé de Paris, est
bien aise de dire, par passe-temps, des injures à ses confrères
ou de leur faire même des petits procès criminels. C'est lui qui
a attaqué Tronchin, accusé Bordeu d'avoir volé une montre et
des manchettes à un mort et qui s'est colleté avec Petit. » Il est
certain que Bouvart était détesté de tous ses confrères, mais fort
à la mode à Paris.

3. Lorry (Anne-Charles), régent de la Faculté de Paris, né le
10 octobre 1726 à Crosne, près Paris, mort à Bourbonne-les-Bains,
le 18 septembre 1783. Le caractère de Lorry formait un contraste
frappant avec celui de Bouvart; son aménité, sa douceur, l'intérêt compatissant qu'il portait à ses malades, lui valurent de
nombreux succès. Ennemi de la discussion, on lui reprocha
quelquefois de céder trop facilement à l'opinion de ses confrères; il ne songea jamais à sa fortune et mourut pauvre.

savoir des nouvelles à l'infirmerie. Madame l'abbesse alla tous les jours elle-même la voir. Le
duc de Mortemart et son frère entrèrent[1]. La
duchesse de Mortemart passait les jours et les
nuits auprès de son lit. Mademoiselle de Mortemart paraissait triste, mais moins affligée que
nous; il est vrai que sa tante ne l'avait jamais
fort aimée. Enfin, après onze jours de fièvre
continue, les médecins déclarèrent qu'elle n'en
pouvait revenir et qu'il fallait l'administrer au
premier moment qu'elle aurait sa tête.

» Le lendemain, douzième jour de la maladie
vers le matin, elle parut avoir repris sa connaissance. On lui demanda si, par précaution, elle
ne voulait pas se faire administrer; elle fit signe
que oui. On l'administra donc, et, quoique l'usage
soit que la classe assiste à ces sortes de cérémonies dans le corridor de l'infirmerie, comme
on craignait que nos cris ne fussent entendus de
sa chambre et que quelques-unes ne cherchassent
à la voir, on nous conduisit au chœur pendant ce
temps-là.

1 Victorien-Jean-Baptiste-Marie de Rochechouart, né le 8 février 1752, mort le 14 juillet 1812. Il avait épousé mademoiselle
de Cossé-Brissac. Son frère, le marquis de Rochechouart, né
en 1753, mourut en 1823.

» La nuit, elle tomba dans l'agonie et l'on ne
sonna point la cloche que l'on sonne toujours
dans ces moments-là, tant à cause de la classe
qu'à cause de madame Sainte-Delphine, qui était
tombée dans un état de stupeur. Du moment
qu'elle avait vu la maladie de sa sœur tourner à
la mort, elle n'avait pas quitté le pied de son lit;
mais, après qu'elle eût été administrée, madame la
duchesse de Mortemart parla bas à madame l'abbesse, et dit à madame Saint-Delphine qu'elle
la priait de ne point passer la nuit à l'infirmerie. Madame l'abbesse lui dit qu'elle l'exigeait
et dit à madame Saint-Sulpice de ne pas la
quitter. On la conduisit donc à l'apothicairerie
où nous toutes, qui étions de cette obédience,
passâmes la nuit à pleurer.

» On fut avertir madame l'abbesse, comme
elle l'avait ordonné, que madame de Rochechouart
était à l'agonie. Dom Thémines, son confesseur, ne
l'avait point quittée. La duchesse de Mortemart
était à l'abbatiale, car elle n'avait point voulu
sortir du couvent. Quand on vint avertir madame
l'abbesse, elle voulut aller avec elle; mais madame
l'abbesse la conjura de ne point venir, et elle envoya dire au duc de Mortemart de venir sur-le-
champ. Il arriva, et il avait dès la veille demandé

une permission à Mgr l'archevêque de faire
sortir madame Sainte-Delphine du couvent si sa
sœur mourait. Vers les huit heures du matin, madame de Rochechouart, qui n'avait pas prononcé
un mot depuis qu'elle avait été administrée,
demanda sa sœur; on lui dit qu'elle n'était pas
là, mais qu'on allait la chercher.

« Relevez mes oreillers, » dit-elle. Madame de
Verrue et madame de Domangeville, première et
seconde infirmières, les lui relevèrent, alors elle
saisit le bras de madame de Verrue et dit : « Ah !
quelle douleur ! je vais mourir ! » et elle expira.
La classe venait de descendre et madame de
Royer avait dit que madame de Rochechouart
n'était pas morte; aussi on ne savait pas ce qu'on
devait espérer. Dès qu'elle fut expirée, madame
l'abbesse sortit de l'infirmerie pour annoncer
cette nouvelle à madame la duchesse et à son fils;
la duchesse se trouva mal. Quand elle fut revenue à
elle, on dit qu'il n'y avait pas d'autre parti à prendre
que de mettre madame Sainte-Delphine en voiture
et de l'emmener. On fit donc chercher une voiture
à six chevaux; quand elle fut arrivée, madame
de Mortemart fut à l'apothicairerie, où était madame Sainte-Delphine, qui ne savait pas encore la
mort de sa sœur. Madame de Mortemart ne lui dit

rien, elle lui remit seulement la permission de
l'archevêque d'être trois mois hors du couvent. Madame Sainte-Delphine comprit tout de
suite ce que cela voulait dire ; elle eut une attaque
de nerfs terrible, enfin on parvint à la mettre en
voiture, on la conduisit à la campagne, à Everli,
où elle passa un mois ; elle en passa deux au
Paraclet près de sa sœur et revint après à l'Abbaye-aux-Bois.

» Quant à la classe, madame l'abbesse envoya
madame de Villiers dire à madame de Royer
d'annoncer cette nouvelle dont on se doutait. Elle
s'avança, chacune était dans sa stalle, et dit :
» Mesdemoiselles, il a plu à Dieu d'appeler à lui
» madame de Rochechouart ; faites à Dieu le
» sacrifice de votre juste douleur et priez pour le
» repos de son âme. » Alors nous demandâmes
d'être conduites au chœur où nous récitâmes
l'office des morts.

» Pour nous, si intimement attachées à madame de Rochechouart, nous obtînmes de ne plus
paraître à la classe ce jour-là ni le lendemain
qu'elle devait être enterrée.

» La classe ne suivit pas son convoi et passa
ce temps en prières. Elle devait être enterrée
dans le cloître, comme le sont toutes les reli-

gieuses; mais sa famille demanda qu'on la dé-
posât dans une des chapelles du chœur, ce qui
fut exécuté. Un marbre noir couvre sa tombe.
Chaque pensionnaire fit dire deux messes et on
lui fit un convoi magnifique aux frais de sa
famille.

» Il était question d'élire une autre maîtresse
générale, mais personne ne désirait la charge, on
craignait la comparaison que feraient les pensionnaires. Quelques pensionnaires désiraient
madame de Royer, mais elle ne voulut point ce
département-là; nous désirions madame Sainte-
Delphine, mais elle n'était sûrement pas capable
de cet emploi-là, elle était trop indolente.

» Enfin, le jour qu'il fut décidé que le chapitre
serait tenu pour savoir qui l'on mettrait à cet
emploi, une novice vint à trois heures, de la part
de la communauté, dire à la classe que ces dames
nous priaient d'implorer les lumières du Saint-
Esprit, pour diriger le choix qu'on allait faire
d'une maîtresse générale. A l'instant, nous nous
mîmes toutes à genoux et après un court silence,
nous chantâmes le *Veni Creator*.

» A six heures, madame l'abbesse vint à la classe,
on nous fit placer dans nos stalles et elle nous dit :
« Mesdemoiselles, je viens vous témoigner mes re-

» grets de la perte que nous avons faite et en
» même temps vous dire que ces dames se sont
» occupées à la réparer autant qu'il est possible.
» Elles ont élu madame de Voyers, deuxième
» maîtresse des novices à la place de madame de
» Rochechouart. » Nous ne répondîmes rien à
madame l'abbesse, nous la saluâmes et elle sortit.

» Peu après, madame de Voyers, conduite par
madame de Royer arriva, elle avait une belle
figure et était fort considérée du noviciat. C'était
une personne d'à peu près quarante ans. Elle
nous dit : « Mesdemoiselles, je sens fort bien que
» ma présence ici doit vous être peu agréable, je
» connais combien la tâche que j'ai à remplir est
» difficile, je vous prie de me la faciliter en m'ac-
» cordant votre confiance. Les regrets bien mérités
» que vous donnez à madame de Rochechouart
» font votre éloge et le sien, je n'ose me flatter
» de la remplacer dignement, mais je vous prie
» d'être persuadée que j'y ferai des efforts. »

» Ce petit compliment qu'elle nous fit, d'un
air fort sincère, nous toucha; nous nous mîmes à
applaudir à tout rompre et nous demandâmes la
permission d'aller lui baiser la main. Elle nous
pria de venir l'embrasser, et, dès le lendemain,
tout fut dans l'ordre accoutumé.

» Pour moi, je ne pus jamais l'aimer, et en vérité j'avais tort, car elle méritait de l'être. L'époque de la mort de madame de Rochechouart fut la première fois que je désirai de sortir du couvent. »

Ici se terminent les Mémoires, écrits par la jeune princesse, pendant son séjour à l'Abbaye-aux-Bois.

Désormais nous devrons raconter nous-même l'histoire de sa vie, en puisant les éléments de notre récit dans sa correspondance, celle de sa famille, ses carnets de notes et les renseignements recueillis par nous à la suite de patientes recherches.

LA PRINCESSE CH. DE LIGNE

I

Le prince-évêque et Stanislas-Auguste. — La Diète de 1773. —
Second partage de la Pologne. — Le prince Xavier et son
gouverneur.

Il faut maintenant retourner en arrière et savoir
ce qui était advenu depuis 1772 à l'évêque de
Wilna. Nous l'avons laissé installé à Paris, comme
s'il eût eu le projet d'y passer sa vie ; son caractère aimable, son esprit cultivé, son goût pour les
sciences et l'érudition lui avaient créé de nombreuses relations ; il fut même nommé membre
associé étranger de l'Académie des inscription.
et belles-lettres, et madame Geoffrin, sûre de son
empire, était persuadée qu'il ne se mêlait plus de
politique ; elle ne connaissait guère le caractère
mobile et remuant de son protégé. Dès le mois

de janvier 1773, le prince-évêque avait quitté
Paris, et voici la lettre que madame Geoffrin recevait du roi de Pologne :

« 16 avril 1773.

» L'évêque Massalski, après avoir si instamment
demandé à mon oncle d'être son juge, après avoir
refusé de lui donner des adjoints, comme mon
oncle le lui avait proposé lui-même, a affecté du
mécontentement, de l'inquiétude, et finalement
a obtenu du ministre d'Autriche que celui-ci in-
terpose l'autorité ou plutôt la puissance que sa
cour déploie actuellement en Pologne pour empêcher que le procès de l'évêque de Wilna soit
jugé par mon oncle, qui, au fond, est bien aise
d'être défait de cette besogne. Ce trait de légèreté
fait grand tort à l'évêque. C'est dommage, car je
dis toujours qu'il y a bien du bon dans ce
évêque. »

Madame Geoffrin, fort embarrassée d'expliquer la conduite de l'évêque, chercha cependant à
l'excuser encore.

MADAME GEOFFRIN AU ROI

« 2 mai 1773.

» Je vais tout de suite dire aussi un mot à Votre Majesté sur l'évêque de Wilna. Il est très vrai qu'il a des qualités aimables et très douces pour la société, mais son caractère est si faible, qu'il n'est pas capable de tenir aucune des résolutions qu'il prend avec le désir de les tenir. La première personne qui le cajole, qui lui donne le moindre soupçon, il ne sait plus où il en est. Il m'a écrit, et j'ai vu qu'il mourait de peur en m'écrivant pour m'apprendre le changement de son affaire. Il a la crainte que cela n'indispose Votre Majesté contre lui. Je l'ai assuré du contraire en lui disant que j'étais persuadée que Votre Majesté ainsi que le prince chancelier seraient très aises de n'être plus obligés de juger cette affaire, qui vraisemblablement ne le sera jamais.

» Il a laissé ici l'abbé Baudeau, à qui il avait fait les plus belles promesses, ainsi qu'au colonel Saint-Leu, qui sont deux personnes qui lui sont attachées ; s'il les oublie, je ne sais ce qu'ils deviendront. Saint-Leu est attaché à l'évêque de tout son cœur. »

Sur ces entrefaites, presque tous les sénateurs exilés ayant fait partie de la Confédération de Bar rentrèrent en grâce et revinrent en Pologne pour siéger au Sénat. L'évêque de Wilna arriva des premiers.

LE ROI STANISLAS-AUGUSTE
A MADAME GEOFFRIN

« L'évêque de Wilna, en vous mandant que mon oncle ne jugera pas son affaire, aurait pu vous mander bien d'autres changements arrivés dans sa conduite et dans ses principes. Il est aujourd'hui l'intime de ceux qui, non contents de me voir dépouillé des trois quarts de mon royaume, veulent m'ôter la plus grande partie de ma prérogative royale...

» Il est surtout question d'établir un conseil permanent qui peut disposer des grâces à la place du roi et avoir, de plus, une surintendance sur toutes les affaires entre les Diètes...

» Voilà ce qu'on veut faire de nous, et ce qui

ne m'a été manifesté, par les trois puissances
qui nous démembrent, qu'à l'ouverture de la
Diète. »

La création du conseil permanent, que redoutait le roi, fut décidée en août 1774.

La délégation de Pologne avait repris ses
séances le 1er août. Les ministres des trois puissances assistèrent à l'assemblée, et proposèrent
le plan du conseil permanent; ce projet rencontra
la plus vive opposition dans les séances suivantes,
surtout de la part des députés lithuaniens; cependant le bruit se répandit que le roi avait déjà consenti à l'établissement de ce conseil, et des députés furent envoyés aussitôt à Sa Majesté pour
s'assurer du fait. Ce bruit était fondé, le roi, avec
sa faiblesse ordinaire, s'était résigné. Se disant
malade, il demanda un délai de quelques jours
pendant lesquels il espérait secrètement que
l'évêque de Wilna persuaderait les députés lithuaniens de consentir au projet [1]. On y fit quelques
légers changements, et pressés par les ministres étrangers, le roi et la délégation furent
forcés d'y souscrire et, le 7 août, le projet fut
signé.

1. Voir le *Journal encyclopédique* de septembre 1774.

On peut considérer ce jour-là comme la date du renversement de l'ancienne constitution de la Pologne et l'anéantissement de la royauté.

L'évêque de Wilna était revenu de Paris, avec un portefeuille bourré de projets : « Il avait consulté tous les philosophes sur l'état de la Pologne et rapportait les plans de Rousseau, de Mably, etc. ; il croyait trouver le salut de sa patrie dans les abstraits paradoxes du premier ou le délire démocratique du second ; et le désordre de ses idées, en l'abandonnant à toutes les théories, l'exposait à toutes les séductions[1]. » Il fut nommé membre du conseil permanent et le roi n'eut point lieu d'être satisfait de son attitude. On écrivait de Varsovie au *Journal encyclopédique :* « Quant aux évêques de Cujavie et de Wilna, ils continuent à se distinguer par une constante opposition aux désirs du roi. »

Madame Geoffrin écrivait également au roi.

« 19 septembre

» Tant que l'évêque de Wilna a été à Paris, je voyais bien qu'il était faible et qu'il avait besoin

1. Ferrand, *Histoire des trois démembrements de la Pologne,*

d'être conduit... Quand je l'ai vu partir pour la
Pologne, sans emmener aucun de ses deux aco-
lytes, j'ai prévu tout ce qui arriverait. Me voilà
persuadée plus que jamais qu'il ne faut pas compter sur les âmes faibles et les caractères légers.
Le pauvre homme en sera la dupe; on vengera
Votre Majesté. »

Madame Geoffrin était en cela bon prophète;
mais, en attendant que sa prophétie se vérifiât,
les places et les honneurs pleuvaient sur la tète
du prince évêque. Le gouvernement polonais
venait d'instituer une direction générale de l'instruction publique sous le nom de Commission
d'Éducation nationale, l'évêque en fut nommé président. On procéda à la réorganisation des études,
totalement interrompues par la suppression des
jésuites, entre les mains lesquels était l'éducation de toute la jeunesse polonaise. Il fut décidé
que la vente de leurs biens fournirait le fonds
nécessaire à la création des écoles et universités,
ainsi qu'a l'achat et à l'impression des livres
d'études.

Tandis que l'évêque de Wilna s'occupait de
l'éducation de ses compatriotes, l'instituteur qu'il
avait choisi pendant son séjour à Paris pour le
prince Xavier son neveu, s'acquittait au plus mal

de ses fonctions. L'évêque n'avait pas consenti à placer l'enfant dans un collège; en raison de la délicatesse de sa santé, il préféra le remettre entre les mains d'un homme sûr et exclusivement attaché à sa personne. Madame Geoffrin consulta ses amis pour ce choix, et Masson de Pezay[1], habile intrigant, colonel et poète, lui proposa son oncle M. Boesnier-Delorme, maître particulier des eaux et forêts, homme d'esprit et de bonne compagnie, fort instruit, mais engoué des économistes et de leurs nouvelles théories, au point d'en avoir la tête à moitié tournée.

Cependant, comme il était chaudement appuyé par le marquis de Mirabeau et l'abbé Baudeau, que l'évêque aimait beaucoup, la proposition fut agréée. On convint d'un traitement annuel de 30 000 livres, tant pour M. Delorme que pour un sous-gouverneur, un gentilhomme et un laquais spécialement affectés au service de l'enfant. Une somme égale fut offerte à Masson de Pezay au moment de la signature de l'engagement, et 60 000 livres furent promises, en outre, à M. Delorme, une fois l'éducation de son élève terminée.

1. Alfred-Frédéric-Jacques Masson, dit le marquis de Pezay, inspecteur général des côtes, né en 1741, mort en 1777.

Il était difficile de faire un plus mauvais choix :
M. Delorme passait sa vie à voyager pour son agri-
culture et à dépenser son argent dans de coû-
teuses expériences faites dans la propriété qu'il
habitait sur les bords de la Loire, près de Blois.
Pendant l'hiver, il résidait presque toujours à
Paris, fidèle habitué des salons du baron d'Hol-
bach, de madame Geoffrin, et des dîners politico-
économiques du marquis de Mirabeau. Quant à
son élève, il le traînait à la remorque dans ses
voyages d'été et l'abandonnait en hiver à des
mains subalternes sans la moindre surveillance.
L'enfant, à peine âgé de sept ans, orphelin dès sa
naissance, chétif et délicat, eût eu besoin de soins
maternels et incessants. Au lieu de s'affermir, sa
santé s'altéra de plus en plus; livré à lui-même,
ou maltraité par un sous-gouverneur ignorant et
brutal; favorisé par des instincts précoces et
sensuels par un laquais corrompu, le pauvre
enfant abusa de la vie, et, lorsque son oncle, à
l'époque fixée pour le terme de son éducation, ré-
clama son retour en Pologne, en 1778, M. Delorme amena un enfant de quatorze ans à moitié
fou, d'une ignorance absolue, et dans un état
de santé déplorable. On comprend l'indignation
dont fut saisi l'évêque, auquel on avait soigneu-

sement caché l'état de son neveu. M. Delorme
n'osa pas affronter l'entrevue, il envoya le jeune
prince à Wilna accompagné d'un domestique et
resta prudemment à Varsovie. Il eut cependant
l'audace de réclamer les 60 000 livres promises
à la fin de l'éducation du prince Xavier. L'évêque
refusa net et paya seulement les frais de voyage.
Mais Delorme intrigua tant et si bien à Varsovie,
qu'il finit par obtenir vingt mille francs du conseil
de famille et se hâta de repartir pour Paris. Il
avait touché 30 000 livres pendant six ans, soit
180 000 livres, plus 36 000 au début et vingt
mille à la fin, cela fait un total de 230 000 livres
pour une éducation si bien réussie [1].

Le jeune prince fut installé à Werky dans la
magnifique résidence de son oncle, située à peu de
distance de Wilna. On l'entoura des soins les plus
tendres. Son oncle ne le perdait point de vue
et l'emmenait avec lui pendant ses séjours
fréquents à Varsovie. On attacha à sa personne
un homme de toute confiance nommé Levert,
envoyé par le marquis de Mirabeau, qui, indigné

1. Cette histoire est racontée d'une manière différente dans
les intéressants *Mémoires de Dufort de Cheverny*, publiés par
M. de Crèvecœur ; mais nous croyons notre version plus exacte
même en regardant de près la sienne.

de la conduite de Delorme et désolé de l'avoir recommandé, était resté dans les meilleurs termes
avec le prince évêque. C'est précisément à cette
époque que des circonstances imprévues, dans
lesquelles Hélène était intéressée, vinrent donner
lieu à une correspondance assez curieuse entre
l'évêque et le marquis.

II

Les prétendants d'Hélène. — Le duc d'Elbœuf et le prince de Salm. — Une négociation de mariage. — Le marquis de Mirabeau et la comtesse de Brionne. — Madame de Pailly. — Refus de l'évêque de Wilna. — Un nouveau prétendant. — Le prince Charles de Ligne.

Pendant qu'Hélène achevait d'écrire l'histoire des paisibles années de sa vie de couvent, le bruit de sa beauté, de son nom, de sa fortune, avait franchi les murs de la vieille abbaye.

La jeune princesse avait déjà paru dans les bals d'enfants; les duchesses de Mortemart, de Châtillon, du Châtelet, de Choiseul et d'autres, dont les filles ou nièces étaient les compagnes d'Hélène, la faisaient souvent sortir avec elles; plus d'une mère soigneuse de l'établissement de son fils, avait jeté les yeux sur la petite Polonaise, et dressé ses batteries, en cherchant à nouer des intelligences dans la place. La jeune fille ne tarda pas à s'en apercevoir, mais, en personne avisée, elle n'en témoigna rien ; son plan était fait d'avance : elle connaissait mieux que personne la faiblesse de caractère de son oncle, et savait bien qu'elle ne ferait que le mariage qu'elle voudrait faire.

Deux prétendants se déclarèrent à la fois ; le premier était le duc d'Elbœuf, prince de Vaudemont, second fils de la comtesse de Brionne, née Rohan-Rochefort, et du comte Charles Louis de Lorraine, grand écuyer de France. Si la noblesse du jeune prince était brillante, la fortune était mince, et l'alliance d'une riche héritière devenait pour lui le but nécessaire à poursuivre. La comtesse de Brionne, amie intime du duc de Choiseul, vit Hélène à Chanteloup ; les grâces et le charme de la jeune fille fixèrent son attention, et, de retour à Paris, elle s'informa soigneusement de la fortune, présente et à venir, qui attendait Hélène. On n'a pas oublié, qu'au début de ses Mémoires, la petite princesse désigne la comtesse de Rochefort comme une amie de son oncle ; cette dame et son ami le marquis de Mirabeau, père du célèbre tribun, figuraient parmi les habitués du salon de la comtesse de Brionne. Le marquis de Mirabeau était, comme on le sait, lié étroitement avec l'évêque de Wilna, il entretenait avec lui une correspondance assez suivie; rien ne fut donc plus facile à la comtesse que d'obtenir tous les renseignements désirés.

C'est dans ce petit cercle que se trama le complot matrimonial que nous allons voir se dérouler sous nos yeux, on pourra se convaincre aisément qu'alors, comme aujourd'hui, on attachait peu d'importance à une inclination réciproque ou à des rapports de goût et de caractère ; la fortune, le rang et le nom étaient les seules conditions exigées.

Il fut décidé que le marquis de Mirabeau ouvrirait le feu, en écrivant à l'évêque ; mais on sentit qu'il ne suffirait pas à lui seul pour mener à bien l'affaire ; son caractère hautain et violent, l'inégalité de son esprit, avaient besoin d'être tempérés par une influence féminine. Le choix était désigné d'avance, et ce fut madame de Pailly, dont la liaison intime avec le marquis ne faisait doute pour personne, qu'on lui adjoignit dans cette circonstance[1].

1. Madame de Pailly était née de Malvieu; fille d'un capitaine aux gardes suisses, sa famille était bernoise, mais, le grade de son père le retenant en France, elle y fut élevée, et se maria

Madame de Pailly était fort jolie, douée d'un
esprit fin, délié et très propre à l'intrigue. Le
grand Mirabeau, qui la détestait à bon droit, écrivait : « Cette femme a l'esprit de cinq cent mille
démons ou anges, comme il vous plaira, mais elle
est également dangereuse, par sa beauté, par son
esprit profondément artificieux. »

Nous n'avons pas à nous occuper du rôle, peu
édifiant, que joua madame de Pailly dans la famille des Mirabeau [2]; nous constatons seulement
qu'elle avait dû mettre dans sa conduite assez de
retenue ou de décence, comme on disait alors,
pour être reçue dans la société de la comtesse de
Brionne et de sa tante, la princesse de Ligne-
Luxembourg. La *poule noire*, comme on l'appelait
dans l'intimité, fut enchantée de jouer un rôle
dans cette affaire, elle souhaitait avec passion
d'être utile à de si grandes dames, et ne négligea

très jeune à un officier suisse également au service de la
France, M. de Pailly. Son mari prit sa retraite et retourna à Lau-
sanne. Madame de Pailly allait assez souvent lui rendre
visite, mais elle resta fixée à Paris et vécut séparée de fait
depuis 1762. Voir pour plus de détails, sur madame de Pailly,
les *Mémoires de Mirabeau*, par Lucas de Montigny ; *la Comtesse
de Rochefort et ses amis*, par Louis de Loménie.

2. La princesse de Luxembourg née de Bethisy était sœur de
la princesse de Rohan Montauban, mère de la comtesse de
Brionne.

rien pour y parvenir. Les lettres de madame de Pailly étaient citées dans sa société « comme des modèles de sentiment et de grâce »; on peut ajouter, de mesure et de finesse.

MADAME DE PAILLY

A LA PRINCESSE DE LIGNE-LUXEMBOURG

« Paris, le 26 décembre 1777.

» Voici, Madame, la copie de la lettre de M. de Mirabeau à l'évêque. En me la remettant hier matin, il me dit : « Soyez sûre que cette négociation » réussira, la Providence vous aide. Il m'aurait » été ce matin impossible d'écrire ; mais, comme » j'ai eu toute la nuit un violent accès d'étouffe- » ment, j'ai employé ce temps à la faire. Elle se » ressent peut-être de mon état [1], mais je crois » cependant avoir dit tout ce qu'il y avait à dire. »

» Il supplie madame la comtesse de Brionne de lui pardonner la liberté avec laquelle il a parlé d'elle et de sa maison ; il a cru qu'il était à propos de conserver, vis-à-vis de l'évêque, la

---

1. Le marquis était malade, et fort préoccupé d'obtenir une lettre de cachet, pour faire mettre son fils à la Bastille.

manière ouverte qu'il a toujours eue avec lui, et
que, de plus, sa lettre n'eût point l'air d'une lettre
communiquée. L'abbé [1] en a été parfaitement
content.

» Nous sommes convenus de tout ce qui entre-
rait dans la sienne, il traitera solidement l'article
de la dot, il fera toutes les réflexions nécessaires.
Il a même ajouté que, pour aider un peu l'esprit
indécis de l'évêque, il joindrait à sa lettre un
modèle de la réponse qu'il devra faire à M. de
Mirabeau. Il a usé souvent de cette méthode avec
succès, dans d'autres affaires.

» Il me paraît peu alarmé de la concurrence du
prince moderne [2], et, suivant la marche de son
esprit, qui est de croire tout ce qu'il désire, il ne
doute pas du succès de notre affaire, et il la mè-
nera vivement. »

Le marquis de Mirabeau n'était peut-être pas
un négociateur bien choisi, et, à coup sûr, n'était
pas conciliant; mais, malgré sa violence, son caractère tyrannique et la bizarrerie de ses idées,

1. L'abbé Baudeau, qui connaissait bien le caractère de
l'évêque, ayant été attaché à son service en 1772, lors de son
premier séjour à Paris.
2. Le prince Frédéric de Salm.

ce n'était point un esprit médiocre. Il observait
bien, et exprimait sa pensée dans un style original, vivant et très pittoresque, quoique parfois
obscur.

LE MARQUIS DE MIRABEAU A L'ÉVÊQUE DE WILNA

« De Paris, le 25 décembre 1777.

» Monseigneur,

» Ma reconnaissance pour vos bontés, et la
réciprocité de l'amitié dont vous m'avez honoré,
m'ont fait naître une idée que j'ai crue convenable,
par rapport au lustre de votre maison et par rapport à votre propre bonheur. Je l'ai amenée au
point de pouvoir être suivie, si elle vous convient,
sans vous compromettre aucunement, supposé
que vous ayez d'autres vues.

» Je connais votre tendressse pour les rejetons
de votre illustre maison, que la nature, les lois,
la volonté de leur aïeul[1], et leur propre faiblesse
vous ont également confiés.

» Je n'ai point oublié qu'il entrait dans vos

1. Le prince Massalski, grand général de Lithuanie.

plans d'établir en France la jeune princesse
votre nièce. J'ai su qu'on en était content et qu'elle
était chaque jour plus digne de vos soins et de
votre tendresse ; j'ai donc pensé à l'établir d'une
manière digne de vous. Après nos princes du
sang, qui toujours, les *seigneurs du sang*, ne
furent néanmoins mis hors de pair par nos lois
que depuis un peu moins de deux siècles, nous
n'avons eu rien en France qui puisse s'égaler à
la maison de Lorraine.

» Cette maison est réduite aujourd'hui en
France à deux branches. L'une s'éteint, elle n'a
plus de mâle que le prince de Marsan, qui n'a pas
voulu se marier. L'autre est celle des princes de
Lambesc, grands écuyers de France, à la tête de
laquelle, est avec autant de dignité que d'éclat, la
belle madame la comtesse de Brionne, que vous
connaissez [1].

» Cette princessse est demeurée veuve avec deux

---

[1]. La beauté de la comtesse de Brionne était célèbre. Voici un
quatrain qui lui fut adressé par la duchesse de Villeroy en lui
envoyant une navette :

> « L'emblême frappe ici vos yeux.
> Si les grâces, l'amour et l'amitié parfaite
> Peuvent jamais former des nœuds,
> Vous devez tenir la navette. »

fils et deux filles. Les deux princes sont, le prince de Lambesc, grand écuyer, et le duc d'Elbœuf [1], jeune prince de dix-huit ans, d'une figure belle et noble, d'un caractère doux et dont toute la famille est contente, chose rare à cet âge partout, et surtout parmi nous. Le prince de Lambesc, l'aîné, a jusqu'à présent refusé de se marier avec une opiniâtreté que le temps seul peut rompre [2]. Son jeune frère a été jusqu'à se jeter à ses pieds, pour l'en conjurer en une occasion [3] importante. Les deux frères sont fort unis, c'est sur le prince d'Elbœuf que j'ai jeté les yeux, comme devenant, par intérim, la seule espérance de sa maison ; je n'ai pas cru devoir différer.

» Madame de Brionne est très habile, très vigi-

1. Le prince Marie-Joseph de Lorraine, duc d'Elbœuf, prince de Vaudemont, était fils de Charles-Louis de Lorraine, comte de Brionne, grand écuyer de France, et de Julie-Constance de Rohan. Il émigra avec son frère le prince de Lambesc, et ils entrèrent au service de l'Autriche. Le titre de prince lorrain leur valut la faveur spéciale de l'empereur, et ils parvinrent tous deux au grade de feld-maréchal. C'est avec le prince de Lambesc que la jeune princesse de Montmorency était fiancée.

2. Le temps la rompit en effet ; il épousa en 1812 la comtesse Colloredo, veuve, fort belle malgré ses quarante ans, spirituelle et méchante ; il s'en sépara au bout de deux ans.

3. C'était à propos de son mariage avec mademoiselle de Montmorency.

lante pour les intérêts de sa maison, surtout en
ce qui concerne l'établissement de ses enfants.
Toujours active, jamais remuante, noble et élevée
dans le grand, facile dans le détail, toujours
aimable, autant, ou au degré où elle veut l'être,
mais n'ayant jamais déplu à qui ni à quoi que ce
puisse être, pas plus qu'à son miroir. Ce n'est
point ici un portrait, c'est du positif, tel qu'il en
faut, car c'est le principal arc-boutant : pour la
jeune princesse, pleine d'un esprit noble et d'un
sentiment actif, qui prospérera dans de telles
mains, pour le jeune ménage qui aura besoin de
guide et d'appui, pour vous enfin, monseigneur,
quand vous viendrez habiter parmi nous; car, si
j'aimais le monde, je préférerais les jours de
médecine de madame de Brionne aux jours de
gala de toutes les autres.

» Daignez vous consulter, Monseigneur W... et
me répondre pour dégager ma parole; tout autre
pourra suivre l'affaire aussi bien et mieux que
moi; et le devra même. Mais je pouvais seul vous
rendre mon idée avec tous ces assortiments. Si
ceci vous convient, évitez les longueurs, et mar-
quez exactement les choses de manière à ne point
varier et à les tenir pour signées.

» Dans tous les cas, pardonnez-moi la liberté

que je prends de me mêler de vos affaires et regardez-moi, etc. »

« *P.-S.* Je demande : 1° si la chose vous convient;

» 2° Les conditions que vous désirez;

» 3° Celles que vous accordez. »

Pendant qu'on entamait cette négociation, Hélène dans ses fréquentes sorties avait rencontré dans le monde le prince Frédéric [1] de Salm, qui avait apparu comme par hasard dans un bal de jeunes filles. Sa réputation d'homme à bonnes fortunes, ses dettes et sa conduite ne faisaient pas honneur au nom qu'il portait. Peu scrupuleux sur le choix de ses plaisirs, voyant la plus mauvaise société, d'une bravoure équivoque, il ne jouissait à Paris d'aucune considération. On lui reprochait de s'être battu en duel contre un officier du roi en ayant eu la prudence de se cuirasser en-dessous d'un gros manchon. En arrivant sur le terrain, il refusa de se déshabiller et fondit à l'improviste sur son adversaire ; celui-ci en se

1. Frédéric-Jean-Othon, prince héréditaire de Salm-Kybourg. sa mère était une princesse de Horn ; il était né le 11 mai 1746 et périt sur l'échafaud en 1794.

défendant lui porta un coup qui l'eût traversé de
part en part sans le manchon protecteur; le choc
causé par cet obstacle fit tomber l'officier et les
témoins eurent toutes les peines du monde à
empêcher le prince de tuer son adversaire à
terre.

Le prince de Salm avait une jolie figure, de
l'aisance dans les manières, de la gaieté et de la
souplesse dans l'esprit. Hélène ignorait les détails
peu honorables de sa conduite privée; elle voyait
en lui un élégant cavalier, porteur d'un grand
nom, et par-dessus tout un séjour assuré à Paris,
dans le magnifique hôtel que les Salm avaient fait
construire, quai d'Orsay[1].

Elle ne voulait point entendre parler du duc
d'Elbœuf, malgré ses grandes espérances; elle
redoutait madame de Brionne comme belle-mère
et se laissait sérieusement influencer par les amis
du prince de Salm, qui ne négligeaient aucune
occasion de monter l'imagination de la jeune
fille. L'évêque, poussé par sa nièce, fit une réponse ambiguë, ajourna sa décision, parla d'un
prochain voyage à Paris, enfin il ne cacha pas
la candidature nouvelle du prince de Salm.

1. Cet hôtel est actuellement le palais de la Légion d'honneur;
il fut construit par l'architecte Rousseau.

La comtesse de Brionne souhaitait ardemment de poursuivre la négociation, et elle consulta Mirabeau sur le moyen le plus sûr de parvenir à ses fins. Le marquis répondit une longue lettre dont voici un extrait[1] :

« Il faut absolument que la comtesse ait un représentant, homme d'honneur et sage, muni de ses pouvoirs et capable de se démêler de tous les piègesqu'il rencontrera. Jalousie nationale, erreurs de faits, variations considérables dans les plans et dans les idées, distractions et dissipations générales, contre-temps enfin de tous les genres, propres à faire tourner la tête de lassitude à un homme sage, voilà ce qui l'attend.

« Il faut observer néanmoins qu'on n'exigera pas de lui de rien finir, traiter ni décider, mais seulement de prendre de bonnes et sûres informations des biens, des usages, etc., et d'entretenir la bonne disposition de l'évêque ; de croquer avec lui des articles, et de tâcher de l'emmener.

1. Les lettres du marquis de Mirabeau et celles de madame de Pailly au sujet du mariage de la princesse Hélène sont en grand nombre, et toutes contenues dans les papiers séquestrés. Lettre T, *Cartons de Ligne,* 1-4 *Archives nationales.* Nous n'en donnons que des extraits.

» Je ne me dissimule pas que c'est encore trop, pour un homme seul et neuf dans le pays ; or, à cela, je ne sais qu'un remède, mais je le crois bon si nous pouvons l'obtenir : c'est engager l'abbé Baudeau de faire le voyage avec lui. Je sais tout ce qu'on peut me dire sur sa tête, et il est le premier à en convenir ; toute besogne de longueur, il la gâtera ; toute affaire à emporter d'emblée, c'est autre chose, et c'est le premier homme de l'Europe en ce genre, pour l'esprit des affaires et les expédients ; ingénieux, entrant, aussi bon qu'étourdi, de mœurs faciles et gaies, disposant de l'évêque, non pour l'arrêter, mais pour le revirer comme son gant. Enfin, quel inconvénient qu'on lui trouve, nous ne ferons pas faire des hommes exprès : celui-là est très lumineux et tirera fort au clair les affaires. Celles aussi de là-bas. Il a la confiance de la jeune princesse et connaît la manière de manier son esprit, il chauffe l'évêque à sa guise. Enfin, n'eût-il aucun de ces avantages, uniques dans l'affaire présente, non plus que celui de connaître le pays comme il le connaît, encore croirais-je capital de l'employer dans un coup de main de cette espèce.

» Ce dont j'oserais répondre, tant par égard pour mes recommandations très expresses que parce qu'il y a été échaudé, c'est qu'il ne s'y mêlerait ni de politique, ni d'économie, et autres mailles à partir, et que, pourvu que son compagnon de voyage le traite simplement et amicalement, sans se laisser dominer, et plus encore sans le contrarier directement, il en sera fort content, et le trouvera d'une utilité infinie. Je parais fort long sur cet article, je proteste que je n'y mets aucune prévention ; au fond, j'aime plus qu'on ne croit la besogne des gens sages, mais arrosez des choux avec de l'eau de lavande, et vous verrez comme ils pousseront!... »

Malgré l'éloquence du marquis, l'abbé Baudeau ne partit point pour la Pologne, car la négociation échoua. Dans une nouvelle lettre, le prince-évêque, influencé par sa nièce, déclina pour elle l'honneur d'entrer dans la maison de Lorraine[1].

La fâcheuse issue de la négociation entreprise par madame de Pailly l'avait fort constristée ; elle redoutait le mécontentement de la comtesse de Brionne, et encore plus celui de sa tante, la

---

1. La même année, le duc d'Elbœuf se consola de son échec en épousant mademoiselle de Montmorency-Lagny, le 30 décembre 1778.

princesse de Ligne-Luxembourg[1], à laquelle elle
avait des raisons particulières de chercher à
plaire. La princesse, ancienne dame du palais
de la défunte reine d'Espagne, avait à ce titre
reçu du roi un appartement au château des
Tuileries; elle y recevait une société peu nombreuse mais soigneusement choisie et dont madame de Pailly eût été fière de faire partie, quoiqu'on s'y ennuyât à mourir. La vieille princesse,
disent les contemporains, avait le plus vilain
visage de cinquante ans qu'on ait jamais vu; un
visage gras, luisant, sans rouge, d'une pâleur
livide et orné d'un menton de trois étages. La
duchesse de Tallard disait « qu'elle ressemblait à
une chandelle qui coule ». Mais elle était obli-
geante et bonne et prit fort bien son parti du mariage manqué; elle confia à la dame négociatrice
qu'elle avait un autre projet en tête, il s'agissait
cette fois-ci du prince Charles de Ligne, neveu de
feu son mari. Comme situation de fortune, le
jeune prince l'emportait de beaucoup sur le duc
d'Elbœuf, et, si sa famille occupait en France un
rang moins élevé que la maison de Lorraine,

1. Henriette-Eugénie de Bethisy de Mézières, veuve de très
haut et très puissant seigneur, Claude-Hyacinthe-Ferdinand
Lamoral, prince de Ligne et du Saint-Empire.

qui était maison souveraine, comme ancienneté
de noblesse elle ne le cédait à personne.

Madame de Pailly, enchantée de la confiance
que lui témoignait la princesse, la remercia
comme d'une grâce et se mit à l'œuvre comptant
bien profiter de l'expérience acquise pour éviter
un nouvel échec.

Elle commença par faire écrire au prince
évêque par l'abbé Baudeau et le marquis que rien
ne pouvait se terminer en son absence, et qu'au
milieu de la foule des prétendants qui augmentait
chaque jour, il ne parviendrait point à démêler,
de loin, quel était le meilleur parti pour sa
nièce.

Puis elle chercha, adroitement, à découvrir
quelle influence agissait sur la jeune princesse,
et la prévenait si fort en faveur du prince de
Salm. Elle apprit que celui-ci avait gagné à sa
cause une des dames pensionnaires du couvent
chez laquelle Hélène se rendait fréquemment [1].

Une fois au courant de la situation, elle dressa

1. Cette dame n'était autre que la marquise de Mesnard,
épouse séparée du marquis de Marigny, frère de madame de
Pompadour ; elle habitait en 1778 un logement magnifique dans
l'Abbaye-aux-Bois où elle recevait la plus brillante société. Elle
était intimement liée avec le prince cardinal Louis de Rohan et
avec la princesse de Salm, mère du prince Frédéric.

ses batteries en conséquence et mit dans les intérêts trois des meilleures amies d'Hélène, la jeune
duchesse de Choiseul et les demoiselles de Conflans. Elle les fit presser par des amis communs
d'agir insensiblement sur l'esprit de la jeune
fille et attendit patiemment l'arrivée de l'évêque
qui ne pouvait tarder.

Avant d'entamer sérieusement la négocaition,
la princesse de Ligne avait écrit au prince Charles
et à sa mère, pour leur faire part de son projet
et des avantages qu'elle voyait à cette alliance;
mais elle ne cacha pas la préférence que la
jeune personne accordait au prince Frédéric de
Salm, sur ses nombreux concurrents. Le prince
Charles n'en parut pas très flatté et répondit à sa
tante :

« Mars 1779.

» J'ai reçu, ma chère tante, les lettres que
vous avez eu la bonté de m'écrire, et je les ai envoyées sur-le-champ à mon père. Il y aura bien
des difficultés, à ce que je vois, dans l'affaire en
question; il faudra toute la suite que vous savez
mettre à ce qui vous intéresse et toutes vos

bontés pour toute la famille, dont nous sommes tous pénétrés, et vous réitérons encore nos remerciements, ma chère tante.

» La petite personne me paraît un peu décidée, et pas très délicate sur le choix, puisqu'elle préférerait le prince Frédéric de Salm, qui a si mauvaise réputation. Pourvu que l'oncle ne se décide pas, car il faut si longtemps pour recevoir les réponses !

» Recevez, ma chère tante, etc. »

D'après cette lettre, le jeune prince ne paraît pas très enchanté du mariage qu'on lui propose ; mais sa mère prit la chose avec plus d'empressement, et pria sa cousine de continuer les négociations.

Celle-ci, alors au château de Limours chez sa nièce, madame de Brionne, écrivit à madame de Pailly et offrit de venir elle-même à Paris, pour parler à fond de la grande affaire. Madame de Pailly répond :

« J'espérais, Madame, que cette semaine ne se passerait pas sans que vous vinssiez faire une course à Paris ; j'ai grand besoin d'avoir l'honneur de vous voir pour vous rendre compte de notre affaire. Vous jugez bien que j'ai fait le meilleur usage qui m'a été possible de ce que

vous m'avez fait l'honneur de me mander; il
serait trop long de vous écrire ce qui a été dit de
part et d'autre, mais le dernier mot de *notre
oncle* est qu'il faut savoir quelle est la fortune
totale du jeune prince au futur et quelle est
celle dont son père veut le faire jouir, en le
mariant. Il a répété plusieurs fois que c'était le
point essentiel à éclaircir, qu'il trouvait toutes
les convenances désirables d'ailleurs, et qu'à
l'égard du séjour de Bruxelles, sa nièce avait
beaucoup de raison, qu'il se flattait de n'avoir
pas de peine à la persuader, s'il n'y avait que
cette difficulté. Il est vrai qu'il ajoute : « Mais ne
pourra-t-on pas espérer que le prince de Ligne
vienne à Paris ? » J'ai répondu que je ne croyais
pas, et que même ce déplacement ne lui serait
pas avantageux; que je croyais que sa nièce trou-
verait très agréable d'**être** tout à la fois une très
grande dame à Bruxelles, à Vienne et à Versailles; que les établissements de M. le prince de
Ligne en Flandre étaient tels, qu'ils devaient être
préférés à tout... »

Madame de Pailly conduisait l'affaire avec beaucoup d'habileté. Elle rendit visite à la jeune
princesse, et feignant d'ignorer la préférence
qu'Hélène témoignait hautement au prince de

Salm, elle se garda de lui en parler. Mais elle
aborda de front l'autre obstacle, celui d'un établissement à Bruxelles.

Elle s'étendit longuement sur la situation excep-
tionnelle des princes de Ligne à Vienne et dans les
Pays-Bas; puis elle fit la description la plus brillante de celle qu'occupait le prince père à Versailles, où il passait la plus grande partie du
temps que laissait son service militaire. Elle fit
entrevoir à Hélène qu'avec le goût passionné de
ce prince pour la cour de France, elle s'en ferait
facilement un allié pour obtenir une installation
à Paris, car il adorait son fils et serait heureux
de l'avoir près de lui; seulement il fallait gagner
du temps et ne pas heurter de front la princesse
de Ligne, qui était la moins disposée à accepter
cette condition.

Cette conversation fit une impression assez
vive sur l'esprit d'Hélène, qui, pour la première
fois, n'opposa pas un refus formel à l'alliance du
prince de Ligne; elle demanda seulement à réfléchir et à attendre l'arrivée de son oncle pour
prendre une décision. On lui accorda ce répit
d'autant plus facilement qu'en ce moment-là les
princes de Ligne, père et fils, étaient retenus à
l'armée, l'Autriche étant en guerre avec la Prusse

pour là succession de l'électorat de Bavière.
Laissons Hélène à ses réflexions et faisons connaissance avec les deux personnages qui vont
jouer un si grand rôle dans sa vie.

III

La maison de Ligne. — Le prince Charles. — La guerre de
Bavière. — Le combat de Pösig. — Lettre du prince de
Ligne à son fils. — La paix de Teschen.

La maison de Ligne était une des plus illustres
des Pays-Bas. Son chef, Charles-Joseph, prince
de Ligne et du Saint-Empire, souverain de Fa-
gnolles, seigneur de Beaudour, Bel-Œil, Valin-
court et autres terres, marquis de Roubaix et de
Wershin, chevalier de la Toison d'or, grand
d'Espagne de première classe, premier ber de
Flandre, pair, sénéchal et maréchal du Hainaut,
était général de l'armée autrichienne, capitaine
des trabans, colonel propriétaire d'un régiment

d'infanterie wallone et chambellan de Leurs Majestés Impériales[1].

Il y avait là de quoi satisfaire les plus hautes
ambitions; mais ce n'était pas tout, il fallait ajouter à tous ces titres la situation qu'occupait le
prince de Ligne à Versailles, à Vienne et à
Bruxelles, situation conquise par ses brillantes
qualités personnelles. Beau, brave, généreux,
chevaleresque, doué d'une imagination brillante,
d'un esprit vif et prompt, et d'un naturel plein
d'imprévu, aucun de ces avantages n'avait pu lui
donner la moindre prétention. Tous les mémoires
contemporains parlent de lui, les esprits les plus
divers; mesdames de Staël, de Genlis, le comte
de Ségur, l'aventurier Casanova, l'empereur Joseph, Voltaire, l'impératrice Catherine, et bien
d'autres encore, s'unissent dans un concert de
louanges, où pas un mot de critique ne vient
détonner. Madame de Staël termine son portrait
en disant comme Eschine : « Si vous êtes étonné
de ce que je vous raconte de lui, que serait-ce si
vous l'aviez entendu! » Tel était le futur beau-
père d'Hélène.

Le prince Charles-Joseph avait été élevé par son

1. Il fut plus tard créé feld-maréchal comme son père et son
grand-père.

père avec une extrême sévérité : « Mon père ne m'aimait pas, dit-il; je ne sais pourquoi, car nous ne nous connaissions point. Il ne me parlait jamais, ce n'était pas à la mode alors d'être bon père ni bon mari. Ma mère avait grand'peur de lui. Elle accoucha de moi en grand vertugadin et elle mourut de même, quelques semaines après, tant il aimait les cérémonies et l'air de dignité. »

Sa carrière militaire fut brillante et son avancement rapide. A vingt ans, il fut nommé colonel du régiment des dragons de son père. Il lui écrivit aussitôt pour lui en faire part, et voici la réponse qu'il reçut :

« Il était déjà assez malheureux pour moi, Monsieur, de vous avoir pour fils, sans avoir encore le malheur de vous avoir pour mon colonel. »

Son fils lui répondit : « Monseigneur, l'un et l'autre ne sont pas ma faute, et c'est à l'empereur que Votre Altesse doit s'en prendre pour le second malheur. »

Le prince épousa, en 1755, la princesse de Lichtenstein[1], et, en septembre 1759, pendant qu'il était occupé à battre les Prussiens devant Meis-

1. Françoise-Marie-Xavière de Lichtenstein, née le 25 novembre 1740, fille d'Emmanuel, prince de Lichtenstein, et de Marie-Antoine de Dietrichstein Weichseltadt.

sen, il apprit la nouvelle de la naissance d'un fils.

« J'ai un fils, écrit-il tout joyeux. Ah ! comme je vais l'aimer, je voudrais déjà le lui écrire... Si je reviens de cette guerre, je lui dirai : « Soyez » le bienvenu, je parie que je vais vous aimer de » tout de mon cœur. »

En effet le prince avait trop souffert des rigueurs de son père pour les imiter ; tous ses enfants furent élevés avec une grande tendresse, mais il ne put jamais se défendre d'une prédilection marquée en faveur de l'aîné, le prince Charles, prétendant de notre jeune princesse. Il lui apprit lui-même ce qu'il savait le mieux, « se battre en gentilhomme ». Le petit prince, encore enfant, fut conduit au feu par son père.

« Je fis, dit-il, engager un petit combat d'avant-poste avec les Prussiens, et m'élançant à cheval avec lui, je pris sa petite main dans la mienne tout en galopant, et, au premier coup de fusil que je fis tirer : « Il serait joli, mon Charles », lui dis-je, « que nous eussions ensemble une petite bles-» sure ». Et il riait, jurait, s'animait et jugeait ! »

Après avoir suivi l'école de Strasbourg [1] pen-

---

1. Il y avait alors, à Strasbourg une école d'artillerie très renommée, elle était commandée par de Marzy.

L'Alsace appartenait alors à la France, par le traité de Ryswick,

dant quatre ans, le prince Charles entra à seize
ans au service d'Autriche, comme second lieutenant du génie. Il eût préféré l'artillerie, et
ne choisit le génie que pour complaire à son
père.

Au moment où les négociations pour le mariage
d'Hélène commencèrent, la guerre entre l'Autriche et la Prusse venait d'éclater à l'occasion de
la succession de Bavière, et les deux princes de
Ligne étaient à l'armée autrichienne.

Maximilien-Joseph, électeur de Bavière, était
mort le 30 décembre 1777, sans postérité mas-
culine. Malgré les droits incontestables de l'Électeur palatin, d'autres princes élevèrent des prétentions à cette succession. Le plus redoutable
était l'empereur Joseph II. L'Électeur avait à peine
fermé les yeux, que les troupes autrichiennes
marchaient vers les frontières de ses États.

Cela inquiéta la Prusse, et le jeune duc des
Deux-Ponts, pressé et appuyé par le grand Frédéric, protesta devant la Diète germanique contr
les projets de l'Autriche. L'électeur de Saxe sui-

---

signé en 1697. Strasbourg avait capitulé dès le 30 septembre 1681
et s'était soumise à Louis XIV; fortifiée par Vauban, elle était
devenue une redoutable forteresse. Son arsenal contenait neuf
cents pièces de canon.

vit cet exemple, et, durant la discussion de cette grave affaire, Joseph et Frédéric allèrent l'un en Silésie, et l'autre en Bohême prendre le commandement des armées considérables qu'ils avaient mises sur pied. Ils restèrent ainsi en présence pendant plusieurs mois. Marie-Thérèse, qui redoutait la guerre, négociait sous main pour l'empêcher. Joseph, au contraire, brûlant de se mesurer avec le grand Frédéric, y poussait de toutes ses forces[1].

L'armée autrichienne était séparée en deux corps, l'un commandé officiellement par l'empereur, mais en réalité par le maréchal de Lascy; l'autre, par le maréchal Laudon, comprenait les Lycaniens ou Croates et les régiments de grenadiers d'élite qui avaient le prince de Ligne pour chef. Son quartier général était à Bezesnow, en Bohême. Son fils servait dans le corps du maréchal de Lascy, qui occupait une position formidable derrière les rives escarpées de l'Elbe; de triples redoutes défendaient le passage de ce fleuve. C'est

1. Bulhière, esprit passionné, mais fin observateur, disait de l'empereur Joseph : « La paix était un tourment pour lui, *envahissement et conquête* étaient le résultat de toutes ses méditations. Ces deux mots avaient fait la célébrité de Frédéric et c'était avec eux que Joseph voulait atteindre et même surpasser son rival. Cet homme fier éprouvait partout le supplice d'une inquiétude nerveuse et jalouse. »

précisément à leur construction que travaillait le
prince Charles auquel son père écrivait souvent
Ses lettres vont nous donner la mesure des affec-
tueuses relations qui existaient entre eux. Il paraît que le prince Charles était mécontent de la
façon dont on voulait diriger les travaux de for-
tifications.

« De mon quartier général de Bezesnow, ce 26 juin 1778.

» Eh bien, mon génie, tu te fortifies donc toujours, et tu ne te fortifies pas dans ta considération pour le génie de notre génie? J'ai beaucoup
de peine, moi, à me fortifier contre l'ennui.

» L'empereur est venu ici faire ce qu'on peut
bien appeler ses embarras. Il dit qu'il souhaite la
guerre, mais qu'il n'y croit pas : *Qui veut parier?*
nous a-t-il dit l'autre jour. — *Tout le monde*,
a répliqué le maréchal Laudon, toujours de mauvaise humeur. — *Ce n'est rien dire, tout le monde.*
— *Mais moi, par exemple*, a dit le maréchal
Lascy. — *Combien?* a dit l'empereur, qui s'attendait à une proposition d'une vingtaine de
ducats. — *Deux cent mille florins*, a dit le maréchal. L'empereur a fait une mine diabolique et a
senti que c'était une leçon publique.

» Il a été très aimable pour moi. Il craint toujours qu'on ne fasse le docteur avec lui. Il a été
content de mes troupes, et m'a dit beaucoup de
bien de vous, mon cher Charles, qu'il a vu travailler comme une merveille. Le voilà parti, je le
vois encore depuis ma fenêtre.

» Je ris de moi et des autres, quand je pense
que, point apprécié, je trouve que je vaux mieux
qu'on ne croit. J'exerce ici chaque peloton moi-
même. Je m'égosille à commander six bataillons
à la fois.

» Il n'y a pas, ce qu'on appelle, en Bohême, un
kaloup, la plus mauvaise baraque, où il y ait seulement quatre soldats, que je n'aille visiter, pour
goûter leur soupe, leur pain, peser leur viande,
pour voir si on ne les trompe pas. Il n'y en a pas
un à qui je ne parle, à qui je ne fasse avoir des
légumes, à qui je ne donne quelque chose; pas
un officier à qui je ne donne à manger, et que je
ne tâche d'électriser pour cette guerre-ci. Mes
camarades ne font rien de tout cela, et c'est très
sage à eux, car on ne leur en sait pas mauvais gré.
Pas un ne se soucie de la guerre, ils tiennent les
propos les plus pacifiques vis-à-vis des jeunes
gens qu'ils veulent rendre avec le temps aussi
zélés et bons généraux. C'est encore très bien.

Ils seront généraux plus tôt que moi, et ce sera aussi très bien.

» Il y a six semaines que je n'ai parlé français; mais, en revanche, pour me payer d'un ennuyeux dîner, en sortant de table, on tire une trentaine de pieds à la fois pour me faire la révérence.

» Si un officier d'infanterie peut saluer un officier du génie, et du génie en travail, je t'embrasse, mon garçon. Je suis charmé que tu te fasses du mérite à faire de mauvais ouvrages. Adieu, mon excellent ouvrage; adieu chef-d'œuvre, presque comme Christine[2]. »

En attendant, l'empereur et le roi de Prusse, toujours dans l'inaction, échangeaient force courriers. Le prince de Ligne, bien informé, tenait son fils au courant de ce qui se passait.

« Bezesnow, ce 5 juillet.

» J'apprends dans ce moment que le maréchal a demandé, le jour de la Saint-Jean, à l'empereur, ce qu'il venait de répondre à la lettre du roi de Prusse, qu'il a reçue ce jour-là. « Je l'ai mis » au pied du mur, » a-t-il répondu, « je lui ai re-

1. La princesse Christine était la fille aînée du prince de Ligne, elle avait épousé en 1775 le comte Clary, fils aîné du prince de ce nom; elle était adorée de tous ceux qui la connaissaient.

» présenté que la saison s'avançait, que je voulais
» avoir des leçons d'un si grand maître. Quand
» croyez-vous, mon cher maréchal, que j'aurai sa
» réponse? » Celui-ci a compté sur ses doigts et a
» dit : « Dans huit jours Votre Majesté l'aura;
» mais c'est lui qui vous l'apportera lui-même. »

» J'apprends à l'instant qu'il entre en Bohême;
c'est le 5 juillet, le compte est juste, tant mieux,
je reçois l'ordre de marcher avec tout mon
corps. »

En effet, le roi de Prusse venait de paraître
inopinément à Nachod, à la tête de son avant-
garde. « On l'en pressait, dit le prince de Ligne,
mais on ne s'en doutait pas. » Il écrit à son fils.

« Juillet.

» Comme je ne vous crois pas encore revenu
de Pardulitz à votre armée, il faut que je vous en
donne des nouvelles. On est venu faire des rapports à l'empereur, que le roi débouchait sur je
ne sais combien de colonnes. Il a été au grand
galop à la redoute numéro 7 et a demandé vingt
fois : « Où est le maréchal? » Celui-ci est arrivé
au pas pour la première fois de sa vie : « Eh

» bien, feld-maréchal, je vous ai fait chercher
» partout. — Eh bien, sire, voilà le roi. — Votre
» grande lunette... Ah! le voilà lui-même, je
» parie! un grand cheval anglais... peut-être son
» Anhalt, voyez. — Cela se peut; mais ils ne
» nous battront pas tout seuls, voyons plutôt la
» force des colonnes, oh! en voilà une sûrement
» de dix mille hommes, entre autres. — Ils
» viennent donc nous attaquer? — Peut-être,
» quelle heure est-il? — Onze heures. — Ils
» ne seront formés que dans deux heures, ils
» feront la cuisine, nous aussi; ils n'attaqueront
» pas Votre Majesté aujourd'hui. Non, mais
» demain? — Demain! je ne le crois pas, après-
» demain non plus, ni de toute la campagne. »

» Vous reconnaissez bien là le genre froid et un
peu amer de notre bon maréchal, ennuyé de ce
qu'on veut se mêler à tous moments de ses affaires,
et l'inquiétude de l'empereur, qui, dans ces
occasions-là, sent que tout cela est trop fort pour
lui. »

Enfin la guerre était engagée, mais on se con-
tentait de s'observer des deux côtés. Le prince
Charles rejoignit son père à Mickenhau le 30 juillet; celui-ci le prit au nombre de ses aides de
camp, on le voyait toujours à l'avant-garde, plein

de sang-froid et de valeur, au milieu du danger.
Son père en parle sans cesse avec une fierté qu'il
ne peut cacher : « Charles va au feu à merveille,
je ne puis retenir son ardeur, il a une présence
d'esprit, un entrain et une gaieté qui encouragent
tout le monde, je dois dire en passant que l'empereur est fort content de lui. » C'est ainsi que
s'exprime le prince dans le récit, pittoresque et
charmant, qu'il nous a laissé de cette guerre de
Bavière, qui eut pour trait particulier que pas un
coup de fusil ne fut tiré en Bavière et que deux
armées de plus de cent mille hommes, commandées l'une par le roi de Prusse et l'autre par
l'empereur d'Autriche, demeurèrent en présence
pendant neuf mois sans se livrer bataille, se
bornant à quelques escarmouches, ou combats
d'avant-poste.

Le prince, désespéré de cette inaction[1], ne
négligeait pas une occasion d'engager une affaire.
Laissons-lui raconter celle de Pösig, qui fut la
première à laquelle assista le prince Charles, et

---

1 La guerre était une fête pour le prince de Ligne; dès son
enfance, il l'adorait. Il faut l'entendre parler d'une bataille :
« Une bataille, dit-il, est comme une ode de Pindare : il faut
y apporter un enthousiasme qui tient du délire ! Pour en bien
parler, il faudrait, je crois, un moment d'ivresse comme lorsqu'on en gagne. »

qui eut une grande influence sur sa carrière militaire.

« Des hussards du prince Henri[1] occupaient
sur les hauteurs de Hühnerwasser d'assez fortes
positions. Il fallait, pour les déloger, s'emparer
d'abord du couvent de Pösig, où était une petite
garnison de quarante hommes, qui ne prenaient
garde qu'à examiner tout le jour tout ce qui se
passait dans nos camps. Cette lorgnerie perpétuelle impatientait souvent M. de Laudon ; je lui
dis que le colonel d'Aspremont m'avait déjà proposé de l'attaquer, mais que, même cette montagne prise, elle serait difficile à garder, étant
plus près du prince Henri que de nous. Il me dit
d'essayer si je pouvais... » « ... Mais la garnison
était sur ses gardes, on avait mis une sentinelle à
la porte du moine qui me donnait des nouvelles,
on avait barricadé la porte d'entrée et élevé des
tréteaux. Les braves Lycaniens l'attaquèrent, une
heure avant le jour. Au moment où je me formais
sur ma petite plaine. Cinquante étaient nommés
à l'escalade. Tous voulaient en être, mais il n'y
avait que cinq échelles, si j'en avais fait chercher

1. Le prince Henri de Prusse, frère du roi, né le 18 janvier
1726, mort le 3 avril 1802. Il avait, dit-on de grands talents mi-
li'aires, mais son frère en était jaloux et ne l'aimait point.

davantage, cela se serait ébruité dans le pays.
Quoiqu'elles fussent un peu courtes, un de ces
braves Croates fut tué sur le mur. Tous avaient
été accablés d'une grêle de pierres en arrivant, le
colonel d'Aspremont ne put plus les retenir. Le
digne et respectable Wolf, premier lieutenant,
monta le premier ; il reçut un coup de fusil au
travers du bras. Tout d'un coup, on se dit, sans
savoir d'où venait la nouvelle, que la porte venait
d'être enfoncée : tous y coururent. Wolf reçut
un coup de fusil au travers du corps, dont il
mourut deux jours après, en me disant qu'il me
sacrifierait encore mille vies s'il les avait. Un
sergent et cinq charpentiers qui hachaient la
porte furent tués sur place, et vingt-cinq hommes
furent blessés.

» Jamais rien ne m'a fait autant de peine dans le
monde, que de voir ces beaux et excellents Lycaniens étendus les uns à côté des autres, et me
disant, ainsi que leur lieutenant, des choses si
touchantes. Autrefois, quand je faisais tuer du
monde, ce dont j'aurais pu quelquefois me dispenser, je partageais le danger, et cela ne me faisait pas le même effet. Mais j'avais envoyé ces
pauvres malheureux, et, ne pouvant pas être partout, croyant d'ailleurs avoir plus à faire où

15

j'étais, je m'aperçus qu'il était souvent dur d'être
officier général, parce qu'on était exposé à faire
tuer les autres, sans y être. »

Le prince Charles reçut une impression si vive
de la confiance et du dévouement que son père
savait inspirer à ses soldats, et des éloges qu'il
lui entendit donner par le lieutenant Wolf, à son
lit de mort, qu'il la conserva toute sa vie comme
nous le verrons plus tard. Quelques jours après,
la maréchal Laudon [1] vint chez le prince et lui
ordonna de mettre tout son corps en marche,
pour déloger les hussards d'Hühnerwasser :

« A peine étions nous à Jezoway que la tiraillerie
des carabines commença, et que par conséquent
le maréchal s'anima, et me fit voir en abrégé le
vainqueur de Francfort et de Landshut, c'est la

---

1. Laudon (Gédéon-Ernest, baron de), feld-maréchal autri
chien, né le 16 octobre 1710 à Trolsen en Livonie. Il servit
d'abord la Russie de 1733 à 1739, et, ne trouvant pas son avancement assez rapide, il entra au service de l'Autriche. En récompense de ses importants services, l'empereur Josepn le nomma
en 1769, commandant général de la Moravie et feld-maréchal
en 1778. L'impératrice Catherine disait : « Je ne peux voir l'amiral Tchichtakoff sans me souvenir du mot du prince de Ligne
sur le maréchal Laudon. Quelqu'un lui demandait comment il
le reconnaîtrait : « Allez, « dit-il, » vous le trouverez derrière la
» porte, tout honteux de son mérite et de sa supériorité. » Voilà
mon amiral tout décrit. »

première et la dernière fois qu'il a souri de toute
la campagne.

» Charles qui est brave, que c'est un plaisir,
et que je tenais par la main en galopant, et à qui
je disais (comme autrefois) : « Il serait plaisant
»d'être blessé de la même balle ! » porta après cela
l'ordre de se retirer à un officier qui fut blessé en
le recevant. Charles était dans l'enchantement de
tirer son coup de pistolet et d'en recevoir. M. de
Laudon et moi, nous en essuyâmes bien aussi,
parce que s'emportant comme s'il était encore
lieutenant des Lycaniens, surtout la première
fois qu'il voit l'ennemi après une longue paix, il
alla lui-même faire retirer Klégawiez et Pallackzi,
qu'il trouvait tournés.

» Je lui dis : « Monsieur le maréchal, envoyez-y
» plutôt nos officiers d'ordonnance et nos aides
» de camp. » Je me retournai, il n'y en avait plus,
ils étaient allés comme des étourdis avec Charles
Pösig fut pris vers midi.

» Ainsi se passa une très jolie petite et amusante affaire, pareille à celles que messieurs les
adjudants des généraux font mousser dans des
relations et que les gazetiers correspondants
transmettent, comme de grands faits d'armes, aux
cafés et aux sociétés des capitales. »

Pendant ce temps, Marie-Thérèse, ennemie de cette guerre, négociait sans relâche pour amener une conciliation, et, gagnant la czarine Catherine à sa cause, elle y réussit enfin malgré l'empereur Joseph, qui connut trop tard les négociations secrètes de sa mère.

Un congrès s'ouvrit le 10 avril 1779, à Teschen, pour négocier la paix; tout étant presque réglé d'avance, on semblait devoir être bientôt d'accord; néanmoins, plus d'une difficulté surgit à l'improviste, et la paix ne fut signée que le 13 mai 1779. Tout fut bizarre dans cette guerre : la maison palatine, pour l'intérêt de laquelle cette guerre avait été entreprise, n'y prit aucune part; la Bavière, objet du litige, ne fut point enveloppée dans les hostilités, et l'Électeur palatin, qui avait refusé l'assistance du roi de Prusse, dut à sa protection le principal avantage de la paix. La fin de cette guerre sans bataille fut de donner beaucoup d'humeur à tout le monde, à commencer par le prince de Ligne. « Je n'étais pas le seul qui en eût, dit-il; l'impératrice parce qu'on n'avait pas fait la paix assez tôt, l'empereur parce qu'on la faisait à son insu; le maréchal Lascy parce qu'on avait dérangé son plan, qui, s'il avait été suivi, aurait eu bientôt plus d'avantages; le maréchal

Laudon de n'avoir été qu'observateur et observé ;
le roi de Prusse d'avoir dépensé vingt-cinq mil-
ions d'écus et vingt-cinq mille hommes pour
n'avoir jamais fait ce qu'il voulait ; le prince
Henri pour avoir été contrarié par lui. »

IV

Le prince évêque s'était enfin décidé à partir
pour Paris. A peine arrivé, il reçut la visite
de madame de Pailly, qui vint le mettre au
courant des dispositions de sa nièce et de l'état
des négociations. L'évêque demanda instamment
à voir la princesse de Ligne-Luxembourg elle-
même; mais elle était en ce moment au château
de Limours chez madame de Brionne. Madame de
Pailly reprend aussitôt sa correspondance :

« Le prince évêque me demande toujours si
vous êtes de retour, Madame; il désire fort

d'avoir l'honneur de vous voir, et, moi, je serais
fort aise que vous commençassiez à traiter sérieusement avec lui.

» Les occasions de vous prouver mon zèle et
mon entier dévouement ne manqueront pas,
avec cette tête vacillante; vous ferez passer par
moi tout ce que vous voudrez ; je veillerai à tout,
et vous rendrai fidèle compte. Mais il me semble
que c'est entre nous que vous devez dire les
choses qui fixeront le point d'où on partira. Il
m'a reparlé plusieurs fois de cet état de biens,
surtout du bien présent; en lui en présentant un,
cela accélérera la négociation, ce qui sera sage-
ment fait.

» Les émissaires du prince de Salm agissent
vivement; il m'en parle sans cesse, et il écoute
toujours mes réponses comme si elles étaient
toutes nouvelles; il continue à me confier les
propositions qu'on lui fait, nous avons trois con-
curents nouveaux, qui ne me font pas peur pour
le présent. »

Les éclaircissements désirés arrivèrent enfin
de Bruxelles, dans la lettre que voici :

LA PRINCESSE DE LIGNE LICHTENSTEIN
A LA PRINCESSE DE LIGNE LUXEMBOURG

« Vous ne doutez pas j'espère, princesse, des
tendres sentiments que je vous ai voués ; ceux de
la reconnaissance que je vous dois en ce moment·
ci ne peuvent qu'y ajouter.

» J'ai l'honneur de vous envoyer l'état des biens
de M. de Ligne. Comme il a remis, depuis un
an passé, ses affaires entre mes mains, que
c'est moi qui signe tout, qui tire tous les revenus,
que M. de Ligne même me donne la quittance
pour tout l'argent qu'il touche de ses terres, je
peux vous garantir l'exactitude de cet état.

» Je connais trop la tendresse et la confiance
de mon mari pour vous, princesse, pour ne pas
assurer qu'il souscrira à tout arrangement que
vous voudrez bien faire, relativement à son fils.
J'ose vous conjurer, Madame, si vous croyez que
vingt-cinq mille livres de rente ne suffiraient pas
pour l'établissement actuel, de vouloir vous-même
fixer la somme ; car, comme je ne demande plus
qu'une année pour remettre les affaires de notre
maison en ordre (le public s'est plu à les faire
beaucoup plus dérangées que je ne les ai trouvées

effectivement), je peux vous promettre de faire honneur aux arrangements et aux engagements que vous prendrez pour nos jeunes gens. Ils n'auront d'autre embarras pour tirer leur revenu ous les trois mois que de donner leur signature. e me suis fait une loi, dans la règle des affaires, de regarder comme sacrés les termes fixés pour paiement de rente ou de pension.

» Il me siérait mal, ma tendresse pour mes enfants pouvant m'aveugler, de vous faire l'éloge de notre fils; mais j'en crois ceux qui l'ont vu pendant plusieurs années à Strasbourg et, à cette heure, à l'armée, nous avons tout lieu d'être contents de son caractère.

» Daignez donc ne pas ralentir les bontés que vous avez pour lui et contribuez à son bonheur; vous ferez aussi le mien, car je regarde comme tel son établissement et d'être entourée de mes enfants.

» Recevez, princesse, mes hommages et l'assurance de mon respect, etc., etc. »

Cette lettre fit merveille auprès de l'oncle, mais n'ébranla pas sa nièce.

« La jeune personne, écrit madame de Pailly, est entêté de M. de Salm; il a auprès d'elle

quelque émissaire qu'on ne connaît pas, qui
a détruit d'avance tout ce qu'on pouvait dire
contre lui. On n'a pas même oublié le comte de
Horn, dont on se fait nonneur à cause du mot du
régent [1].

» Le bon oncle sent sa faiblesse et se gardait
des portes de derrière pour pouvoir la cacher;
il est tombé d'accord de tout avec moi, et, comme
j'ai le bonheur de le persuader, il ne doute pas
que j'aie le même avantage sur sa nièce, comme
s'ils étaient dans les mêmes dispositions. Il va
tenter aujourd'hui les plus grands efforts sur elle
et la prévenir de la visite qu'il désire que je
lui fasse et de l'entière confiance qu'il exige
qu'elle ait en moi. Je me prêterai à tout ce qu'il
voudra et j'aurai l'honneur de vous rendre
compte de cette entrevue. Daignez recevoir,
etc. »

L'oncle n'eut pas le moindre succès dans ses
efforts pour vaincre la résistance de sa nièce;

1. Le comte de Horn, parent du régent, par la princesse palatine sa mère, fut condamné à mort pour assassinat. Sa famille
sollicita sa grâce en invoquant auprès du régent leur parenté.
« Quand j'ai du mauvais sang, répondit celui-ci froidement, je
me le fais tirer, » et la grâce fut refusée.
Il est probable qu'on faisait valoir auprès d'Hélène l'alliance
des de Horn avec les d'Orléans sans s'occuper du crime du comte

madame de Pailly dut l'avouer à sa correspon-
dante : « Il y a une condition, Madame, à laquelle
je ne crois pas que vous puissiez vous empêcher
de souscrire : c'est que l'évêque prétend qu'il ne
peut vaincre la passion de sa nièce pour être
mariée à Paris qu'en lui donnant sa parole
qu'elle y passera trois hivers sous votre conduite,
pour se former à l'usage du grand monde; il me
paraît fort attaché à cette promesse, il sent
l'avantage qui en peut résulter pour sa nièce.
Vous aurez le temps, Madame, de prendre
vous-même vos mesures là-dessus, nous dé-
batterons les autres prétentions qu'il peut
avoir, que je réserve à vous détailler de vive
voix... »

La princesse de Ligne tenait son neveu au courant des négociations; quant au prince père, il
était toujours retenu à l'armée en attendant la
signature de la paix. Le prince Charles écrivit à
sa tante un petit billet très froid, dans lequel il ne
dit pas un mot de son mariage.

« Ma chère tante,

» Quoique la paix soit faite, le congrès ne finit
point; mon père en est très fâché, il est toujours

dans un mauvais village à s'ennuyer, n'ayant rien à faire.

» Sûrement il ira à Paris dès qu'il le pourra; j'envie le bonheur qu'il aura de vous voir, ma chère tante.

» Permettez-moi de vous assurer de temps en temps des sentiments tendres et respectueux avec lesquels je serai toute ma vie, etc., etc. »

La froideur marquée que témoigne le prince s'expliquera facilement, lorsqu'on saura qu'il éprouvait dès lors, pour une amie d'enfance, un sentiment profond qui ne devait jamais s'effacer tout à fait. Mais, habitué à un respect absolu de la volonté paternelle, ou plutôt *maternelle*, il ne lui vint pas à la pensée de résister un instant. Sa mère avait accueilli avec grand empressement les projets de leur cousine. La fortune considérable d'Hélène, l'isolement dans lequel se trouvait la jeune fille, qui lui ferait adopter comme sienne la famille de son mari, avaient séduit tout à fait la princesse, qui ignorait, ou voulait ignorer la secrète affection de son fils. Elle poursuivit donc avec persévérance une affaire dont elle désirait la réussite, mais qu'il n'était point facile de mener à bien.

L'évêque de Wilna était gagné à la cause des

Ligne, mais il avait de rudes combats à soutenir; car une circonstance imprévue était venue
fortifier encore la résolution d'Hélène de ne
point quitter Paris. Son amie mademoiselle de
Lauraguais avait épousé le duc Auguste d'Aremberg, cousin des Ligne, qui résidait comme
eux une partie de l'année à la cour de Bruxelles.
La jeune duchesse revint pour quelque temps à
Paris, et s'empressa de rendre visite à ses compagnes de l'Abbaye-aux-Bois; elle savait les projets
de mariage du prince Charles, et fit à Hélène la
peinture la plus triste du séjour de Bruxelles.
Celle-ci s'empressa de tout raconter à son oncle,
en forçant encore les ombres du tableau. Le
pauvre évêque ne savait plus auquel entendre. Il
résolut, au milieu de ses perplexités, d'expédier à
Bel-Œil[1] l'abbé Baudeau, qu'on avait toujours
sous la main; il devait traiter de vive voix avec la
princesse de Ligne la question délicate du séjour
à Paris, et préciser les questions d'argent; on
lui laissa sur ce dernier chef une grande latitude
et il partit.

Madame de Pailly ne perdait jamais son temps,

---

1 Le château de Bel-Œil était la résidence d'été des princes
de Ligne, il sera souvent question plus tard de cette magnifique
demeure.

et écrivait à la princesse de Ligne-Luxembourg :

« On a eu des nouvelles du plénipotentiaire,
Madame; il est très content de tout ce qu'il voit ;
mais il mande que madame la princesse de Ligne
ne veut pas entendre, à trois ans de séjour à
Paris.

» L'évêque m'a paru effrayé de l'effet que cette
difficulté ferait sur sa nièce, qui ne s'est jamais
départie de cette condition. Vous savez qu'il n'y a
rien de si difficile à vaincre que les fantaisies
chez une jeune personne, et, par malheur, celle-ci
lui a été confirmée par ce que lui a dit madame
d'Aremberg de Lauraguais. L'abbé arrivera peut-
être aujourd'hui, je me trouverai là, et nous tra-
vaillerons d'abord sur l'oncle, pour le disposer à
travailler sur la nièce.

» M. de Salm ne lâche point prise, il a fait
placer son portrait chez l'amie qu'il a dans le
couvent, qui a invité la princesse Hélène à une
collation, dans une chambre dont le portrait fait
l'ornement.

» Je fus à l'Opéra, avec une femme qui s'intéresse beaucoup pour ce beau seigneur, elle me
disait : « Qu'importe d'être bon ou mauvais sujet,
» quand on a un nom et une grande fortune? vous
» n'avez qu'à voir tel et tel, etc. »

» Dieu nous garde que cette moralité entre dans a tête de notre prélat et de sa nièce. En attendant, je me suis amusée, hier au soir, à provoquer sans affectation ma jeune libertine à conter toutes les vilaines histoires du charmant prince. Le bon évêque l'a enduré avec un petit air confus qui m'a fait plaisir.

» J'aurai l'honneur, Madame, de vous rendre compte du retour du plénipotentiaire, et de toutes ses suites, je vous prie de ne vous point impatienter et de vous reposer sur mon zèle et sur ma passion de faire ce qui vous est agréable.

» Daignez, etc. »

Le retour de l'abbé ne tarda pas, et, quoiqu'il n'eût pas réussi à obtenir la promesse du séjour à Paris, il avança beaucoup les choses. Il rapporta à la jeune princesse des fruits et des fleurs superbes de Bel-Œil; dans la description qu'il lui fit de cette demeure presque royale, il n'épargna aucun des détails qui pouvaient la charmer et flatter son amour-propre. Il avait accordé de très larges conditions pécuniaires, et la princesse de son côté s'était montrée disposée à accepter le projet de contrat proposé par l'abbé.

« Tout va à merveille, Madame ; vous trouverez
le prince et son plénipotentiaire très contents.
Nous avons mangé à dîner du melon de Bel-Œil,
et on a envoyé des pêches à la princesse Hélène.
J'ai porté la santé du seigneur du jardin, ils vous
diront le reste, et, moi, je me réjouis de l'état où
je vois les choses.

» L'abbé aura tous les défauts qu'on voudra,
mais il me confirme qu'on ne fait rien des sots,
et tout des gens d'esprit. La jeune princesse est
convertie et son bon oncle dit, en se prêtant aux
expédients de l'abbé : « Il m'en coûtera trente
mille livres de rente de plus, pour rendre ma
nièce heureuse. Je le ferai, Madame, si vous êtes
heureuse et contente. »

La princesse de Ligne-Luxembourg écrivit à sa
cousine pour lui donner cès bonnes nouvelles et
l'engager à arriver à Paris le plus tôt possible ; mais
celle-ci ne se pressait pas, et voulait, en mère pru-
dente, régler avant tout les questions d'intérêt et
d'intérieur du futur jeune ménage, pour lequel elle
redoutait certains entraînements, dont elle avait
beaucoup souffert. Elle envoya de nouveau son

intendant à Paris avec deux lettres, dont une confidentielle pour sa cousine.

« Bel-Œil, 19 juin 1779.

» J'envoie, princesse, l'intendant de notre maison, qui aura l'honneur de vous remettre cette lettre, et à qui j'ai donné ordre de suivre en tout ce que vous aurez la bonté de lui dicter.

» Comme le prince est arrivé à Vienne le 5 de juin, je crois qu'il ne tardera pas à revenir, en quel cas je ne viendrai qu'avec lui, ou une couple de jours après lui à Paris, s'il est possible que je puisse me dispenser de venir avant.

» Au reste, princesse, j'attendrai vos ordres; je me réserve de vous témoigner de vive voix toute ma reconnaissance, je n'ai jamais douté du succès d'une chose que vous avez la bonté d'entreprendre.

» Comme nos jeunes gens n'ont aucune représentation à faire et que le courant de leur ménage ne pourrait pas absorber leurs revenus, je crains qu'une trop grande aisance ne leur soit préjudiciable et n'entraîne peut-être la passion du jeu ou autre dépense qui leur ferait beaucoup de tort et qu'ils se croiraient obligés d'augmenter tou-

16

jours selon l'augmentation de leur revenu, surtout se voyant à la tête de tous leurs biens réciproques. C'est une réflexion que je fais comme
mère, et qui ne doit se communiquer qu'entre
nous parents, je vous prie. »

La princesse de Ligne-Luxembourg fit part à
l'évêque des sages réflexions de sa cousine, mais
on n'y eut pas égard.

Le congrès de Teschen était terminé, et le prince
de Ligne revenait en effet, mais sans se presser ;
car il avait toujours de nombreuses affaires qui
l'arrêtaient en route. Nous n'approfondirons pas
de quel genre elles étaient ; elles lui laissèrent
cependant le temps d'écrire quelques lignes de
Vienne à sa cousine et à l'évêque de Wilna ; ce
qu'il oubliait depuis deux mois.

A LA PRINCESSE DE LIGNE LUXEMBOURG

« On dit, princesse, que tout va à merveille,
grâce à vos bontés. On dit que vous m'avez fait
l'honneur de m'écrire ?... Je n'ai rien reçu. On
dit qu'il faut que j'écrive à l'évêque. Je vous supplie de lui faire remettre cette lettre-ci.

» Si vous avez quelques ordres à me donner,

envoyez-les-moi à Munich, poste restante, je les recevrai en passant.

» Toutes les informations que je prends sur la Pologne paraissent conformes à nos vues.

» Je me mets à vos pieds, princesse, et vous prie d'être persuadée que ma reconnaissance égalera mon tendre et respectueux attachement.

» LE PRINCE DE LIGNE. »

Peu de jours après la réception de cette lettre, on tomba d'accord sur tous les points; le projet de contrat fut rédigé, et la princesse de Ligne et son fils annoncèrent leur arrivée.

Malgré le peu d'entraînement que ressentait le jeune prince pour ce mariage, il éprouvait cependant une certaine curiosité de voir celle qui lui était destinée; quant à Hélène, elle était beaucoup plus occupée de son trousseau, de sa corbeille et de ses diamants, que de son mari. On lui avait annoncé entre autres « certaines girandoles [1] et certains bracelets en diamants d'une beauté

1. Grandes boucles d'oreilles de diamants qui se portaient avec le grand habit de cour

singulière, anciens bijoux de famille qu'elle brûlait
de voir, et elle se mourait de peur qu'on ne les
laissât à Bruxelles ». Sa future tante se chargea
d'exprimer cette inquiétude d'enfant à la femme
de l'intendant, pour qu'elle fît ressouvenir la
princesse d'apporter ces précieux bijoux. Elle
répondit :

« Princesse,

» A mon retour chez moi, j'ai trouvé une lettre
de la princesse, qui me marque qu'elle arrive
incessamment et qu'elle apportera avec elle les
girandoles et les bracelets; ainsi, la princesse
Hélène doit être tranquille. Je dois avoir l'honneur de lui rendre mes devoirs lundi. Nous avons
aussi appris par M. le comte Tasson que M. le
prince de Ligne doit arriver lundi, au plus tard,
à Bruxelles; je m'empresse d'en faire part à Votre
Altesse et la prie d'être assurée du profond respect, etc. »

La première visite de la princesse de Ligne fut
pour sa cousine; elle y trouva le prince évêque,
qui l'attendait. Après une conversation assez
longue et d'interminables compliments de part et
d'autre, il fut décidé que l'évêque conduirait à
l'Abbaye-aux-Bois la princesse et son fils.

Hélène, prévenue depuis la veille, était assez

contrariée de se montrer, pour la première fois, dans son habit de pensionnaire, mais la règle était inflexible. Elle descendit au parloir, accompagnée de madame de Sainte-Delphine, et s'aperçut bien vite que la simplicité de son costume n'empêchait pas le prince de la trouver fort jolie, et, quoiqu'elle affectât pendant la visite de tenir les yeux modestement baissés, elle trouva moyen de voir assez bien son futur mari pour dire en entrant à ses compagnes : « Il est blond, sa taille est élancée, il ressemble à sa mère, qui est fort belle, il a grand air, mais il est trop sérieux et a je ne sais quoi d'Allemand ! »

Le prince père arriva trois jours après. « Je livre M. de Ligne à votre colère, princesse, écrit sa femme à leur cousine, vous pouvez la préparer pour son arrivée qui sera sûrement aujourd'hui ou demain, j'en suis d'une joie inouïe ! »

Le prince père eut la tête tournée de sa future belle-fille qui ne négligea rien pour lui plaire, sentant instinctivement que c'était avec lui qu'elle sympathiserait le plus.

Hélène n'ayant pas de famille à Paris, il fut décidé que le mariage serait célébré dans la chapelle de l'Abbaye-aux-Bois, à la grande joie des pensionnaires. L'évêque fit cadeau à sa nièce.

d'un trousseau de cent mille écus[1]; la corbeille offerte par les Ligne sortait de chez Léonard; les dentelles, commandées à Bruxelles et à Malines, étaient des chefs-d'œuvre. Les bijoux offerts en outre des diamants de famille et des fameuses girandoles furent choisis, par Hélène, chez Barrière et chez Drey. Elle offrit un bijou à chacune de ses compagnes de la classe rouge, et un magnifique goûter, *avec glaces*, fut donné par le prince évêque à toutes les pensionnaires réunies, y compris les *petites bleues*, qui reçurent chacune en plus un sac de bonbons.

Le contrat fut signé à Versailles, par Leurs Majestés et la famille royale, le 25 juillet 1779. Le mariage eut lieu le 29 à l'Abbaye-aux-Bois.

Il ne faut pas demander si la bonne d'Hélène, mademoiselle Bathilde Toutevoix, prit part à la

1. La princesse Hélène recevait en dot : Mogylani, terre avec château et maisons de campagne, deux palais, à Cracovie, un palais à Varsovie. Le prince Radzivill était redevable aux Massalski d'un million, 800 mille florins polonais, héritage de la mère d'Hélène. Il leur avait délaissé, pour les intérêts, trois terres considérables et la moitié du revenu de ces terres appartenait à la princesse, l'autre moitié à son frère. Le prince-évêque s'engageait à fournir et à garantir à la princesse, dès le jour de son mariage, un revenu quitte et net de soixante mille livres de rente, rendues à Paris et de les défrayer de tout en cas de séjour dans cette ville.

fête, et si elle para de son mieux sa jolie maîtresse; la pauvre fille avait la tête perdue de joie,
elle en oublia même ses cocardes[1] et descendit au
parloir à la suite de la mariée, se cachant modestement dans le fond. Le prince Charles s'appro-
cha d'elle, et lui glissa dans la main son cadeau
de noces, c'était une rente viagère de six cents
livres. Hélène fut touchée de cette attention. « Je
l'en remerciai, dit-elle, par un sourire et un ser-
rement de main, le premier que je lui accordai. »

La mariée fut conduite à l'autel par son oncle
et par la marquise Wielopolska, qui lui servait
de mère. Les duchesses de Choiseul, de Mortemart, de Châtillon, de la Vallière, etc., assistaient
à la cérémonie. La jeune princesse, adorable-
ment jolie dans sa toilette de mariée, satisfit
pleinement l'assistance par « son attitude dé-
cente et pleine de sensibilité » (style du temps).
Après avoir reçu les félicitations de cette brillante

D'autre part, le prince de Ligne s'engageait à donner à son
fils, le jour de son mariage, trente mille livres de rente, en
outre à loger les deux époux à Bruxelles, à Bel-Œil ou à Vienne
dans un de ses palais ou châteaux. Si, au bout de quatre ans, le
jeune ménage avait des enfants, le prince s'engageait à doubler
la somme.

1. Elle avait l'habitude de s'en *chamarrer* et Hélène ne
manque pas de consigner dans ses notes, qu'elle les oublia ce
jour-là.

assemblée, Hélène monta dans son appartement, pour changer de toilette ; mais, au lieu de redescendre au parloir après s'être habillée, elle se dirigea rapidement vers la chapelle du chœur, où reposait madame de Rochechouart et, agenouillée sur la tombe de celle qui avait remplacé sa mère, elle adressa à Dieu sa dernière prière de jeune fille. Quand elle arriva au parloir, elle était un peu pâle et quelques larmes s'échappaient encore de ses yeux ; mais à la porte de l'Abbaye attendait une chaise de poste attelée de six chevaux fringants, les postillons à la livrée rose et argent du prince les retenaient à grand'peine, et, après de rapides adieux, Hélène, entraînée par son jeune mari, monta légèrement dans la voiture, qui partit au triple galop pour Bruxelles[1].

1. Voir l'appendice n° 3.

V

Une fête à Bel-Œil. — La famille de Ligne. — La cour de
Bruxelles. — Le prince Charles de Lorraine. — Les dames de
sa cour. — Lettre du chevalier de l'Isle. — Le prince de
Ligne à Versailles. — Lettre du prince à son fils Charles.

C'est dans le magnifique château de Bel-Œil,
résidence d'été des princes de Ligne, que les
jeunes époux vinrent d'abord s'installer. Le
maréchal aimait passionnément cette royale demeure, dans laquelle son père avait dépensé des
millions pour l'embellir. Cette habitation grandiose se composait d'une suite de jardins, de
forêts, de parcs, de châteaux et de pavillons de
chasse, que le prince de Ligne avait arrangés avec
un goût parfait. C'est là qu'il recevait de préférence, et Bel-Œil vit successivement passer le

prince de Condé, le roi de Suède, le comte d'Artois,
le prince Henri de Prusse, etc. Hélène fut éblouie
des splendeurs de son nouveau séjour. Une fête
brillante avait été préparée pour sa réception.
Dès le lendemain de son arrivée, qui avait eu
lieu le soir, la jeune princesse, en ouvrant sa
fenêtre, vit un parc immense, peuplé de villageois
en élégants costumes de bergers et de bergères,
plus semblables à ceux de Watteau ou de Lancret
qu'à l'habit des paysans flamands. Sur la pelouse,
les dragons du prince chantaient et buvaient
gaiement attablés; plus loin, dans un bosquet,
on voyait un théâtre de marionnettes; dans un
autre des danseurs de corde; un bal champêtre
était installé dans une salle de verdure; sous les
berceaux, un charlatan débitait de prétendus on-
guents contenus dans des petites boîtes qui ren-
ferment des bonbons et des bijoux; là, un chan-
sonnier lançait un joyeux couplet, composé par
le prince, en l'honneur des mariés, et, s'il ne bril-
lait pas par la correction des vers, il contenait à
coup sûr un mot gracieux ou spirituel; enfin, sur
le théâtre du château, Aufresne et Préville, arrivés
le matin de Paris, jouaient des proverbes impro-
visés. La fête dura toute la journée; après le
dîner, on fit succéder aux proverbes une comédie

en un acte, mêlée d'ariettes, intitulée *Colette et Lucas* et composée par le prince de Ligne en l'honneur de sa belle-fille[1]. Le public se composait de brillants officiers et de belles dames arrivés exprès de Bruxelles, et même de Versailles ; on applaudit avec courtoisie la pièce, qui ne valait rien ; mais un autre spectacle était préparé pour dédommager les assistants.

La nuit était venue pendant la représentation, et, au moment où l'on sortit du théâtre pour rentrer dans le parc, on vit tout à coup des flots de lumière s'élever en gerbes brillantes entre les arbres et sous les charmilles ; une illumination féerique éclairait les bosquets, il était impossible d'apercevoir les lampions adroitement cachés sous le feuillage. « C'était non pas la nuit, mais un jour d'argent », dit Hélène.

Les deux époux paraissaient charmés l'un de l'autre, avec une nuance de tendresse de plus chez le prince : la beauté, la grâce et l'esprit d'Hélène l'avaient surpris et enchanté ; il ne s'at-

1. Cette comédie a été imprimée à l'imprimerie même de Bel-Œil ; voici le titre exact : *Colette et Lucas*, comédie en un acte mêlée d'ariettes. De l'imprimerie de l'auteur, chez l'auteur, 1781. in-8° de 42 pages.

Le seul exemplaire connu de cette petite brochure fait partie de la bibliothèque de Mgr le duc d'Aumale, à Chantilly.

tendait pas à trouver toutes ces qualités réunies chez une enfant de quinze ans. Chacun partagea cette impression, et la princesse douairière elle-même, qui n'était pas facile à contenter, écrit, quelque temps après le mariage, à la princesse de Ligne Luxembourg :

« Bel-Œil, 20 août 1779.

» Toujours de nouveaux remerciements, princesse, et des assurances de ma reconnaissance à vous faire. Notre enfant est charmante, douce et docile, n'ayant pas de volonté à elle, s'amusant de tout, enfin telle qu'on pourrait le désirer, si on se formait une belle-fille soi-même. Elle a fort bien réussi vis-à-vis de tous ceux qui l'ont vue dans ce pays-ci.

» Comme nos enfants ont eu tous deux l'honneur de vous écrire, je ne veux point, de crainte de répéter, vous faire un détail de notre voyage. D'ailleurs, Mgr l'évêque de Wilna vous aura parlé de tout cela, il a paru lui-même fort content de notre pays. Tâchez, princesse, de lui faire insinuer qu'il envoie le portrait de sa nièce à mon fils. Sur quoi il veut, quand ce serait, même, sur le petit crayon que nous avons vu à l'Abbaye-aux-

Bois; ne doutez pas, princesse, des sentiments tendres, etc., etc. »

Le prince-évêque avait été enchanté, en effet; son séjour dans les Pays-Bas, l'amabilité de la famille de Ligne, les rapports affectueux qui existaient entre tous ses membres, l'esprit distingué et la bonté du prince Charles en particulier, tout lui promettait un bonheur assuré pour sa nièce. Il la quitta très satisfait.

Pour la première fois, Hélène allait connaître la vie de famille; elle ne pouvait mieux débuter, car les Ligne vivaient ensemble dans une intimité pleine d'abandon, de gaieté et de tendresse. Dans son couvent, la petite princesse, avec l'égoïsme naturel aux enfants, ne s'était guère occupée que d'elle-même; elle ne connaissait pas les sacrifices journaliers qui se font entre frères et sœurs, et qu'un regard ou une caresse maternelle récompensent et rendent faciles. Elle avait plus d'un apprentissage à faire. De tous les membres de la famille, son beau-père et sa belle-sœur, la princesse Clary, étaient ceux qu'elle préférait. La princesse Christine Clary, fille aînée et favorite du prince, « son chef-d'œuvre », comme il l'appelait, était la bonté, la grâce et l'affabilité personnifiées. Mariée depuis quatre ans, douée

d'un jugement sûr et d'un tact parfait, elle eût
été pour sa belle-sœur, au début de sa vie de
jeune femme, un guide affectueux et charmant ;
mais il n'était pas possible d'usurper cette emploi dévolu, par avance, à la princesse mère, qui,
jalouse de ce droit, ne l'eût cédé à personne.

La princesse de Ligne jouait un rôle fort important, si ce n'est dans le cœur de son mari, du
moins dans sa maison. Le prince reconnaissait
volontiers le mérite de sa femme, il avait pour
elle de grands égards, et les formes les plus
aimables. « Ma femme, disait-il, est une excellente
femme, pleine de délicatesse, de sensibilité, de
noblesse, et point du tout personnelle. Elle a
souvent de l'humeur, mais cette mauvaise humeur
passe vite en se fondant dans ses yeux baignés de
larmes et cette humeur n'a aucun inconvénient,
parce que ma femme a un excellent cœur. » Il
n'était pas difficile au prince de prendre aisément
son parti de l'humeur de sa femme ; car il n'en
souffrait guère. Il n'en était pas de même pour
les enfants ; il faut convenir, du reste, que ces iné-
galités étaient souvent motivées : non seulement
son mari lui faisait des infidélités sans nombre
et sans mystère, mais il dérangeait sans cesse ses
affaires, et, malgré la fortune considérable qu'il

possédait alors, il se serait trouvé fort gêné sans
l'application constante de la princesse à administrer leurs biens, et à équilibrer la dépense avec le
revenu. Du reste, malgré le caractère un peu difficile de la princesse, la gaieté et l'inaltérable
bonne humeur du prince rendaient cet intérieur
délicieux; il était, chose rare, aussi aimable chez
lui qu'au dehors.

Hélène jouissait avec passion de sa vie nouvelle,
elle avait hâte de goûter tous les plaisirs inconnus
à une petite pensionnaire. Elle s'empressa d'apprendre à monter à cheval. Dès le matin, vêtue
d'une élégante amazone qui dessinait bien sa taille
souple et fine, on la voyait, suivie par son mari,
s'élancer en selle légère comme l'oiseau, et heureuse comme lui de sa liberté; puis, trois ou
quatre fois dans la journée, avec une joie d'enfant, elle revêtait de nouveaux habits, sortant de
chez Léonard ou mademoiselle Bertin; on peut
assurer qu'ils ne rappelaient en rien le petit uniforme noir du couvent. Dans toutes les fêtes qui
se succédèrent en l'honneur de son mariage, elle
plut infiniment par sa grâce et sa gaieté; elle
dansait de si bon cœur, elle jouait la comédie
avec tant de verve et de naturel, elle chantait
d'une voix si jeune et si fraîche, que son mari,

tout en ne partageant pas ses goûts mondains était heureux de son bonheur et la laissait s'y livrer sans contrainte.

Aussitôt après son arrivée, Hélène fut présentée à la cour des Pays-Bas; la famille de Ligne possédait un magnifique hôtel à Bruxelles, situé près de Sainte-Gudule, et y résidait souvent l'hiver. Le vice-roi était alors le prince Charles de Lorraine, il avait épousé la sœur de Marie-Thérèse, l'archiduchesse Marie-Anne[1], dont il était veuf à cette époque.

Le prince de Lorraine venait souvent chasser à Bel-Œil : « Il était si bon, que cela paraissait dans ses colères, si, par hasard, il en avait; par exemple, à la chasse, où il faisait l'important en

1. Ce prince habile et brave fut un général malheureux. Vaincu par les Prussiens en 1742, lorsqu'il commandait l'armée autrichienne en Bohême, il le fut de nouveau en Alsace en 1745. L'affabilité de ses manières, son goût pour les arts et pour les lettres et sa bonté le faisaient adorer de tous ceux qui l'approchaient. Son administration paternelle a laissé en Belgique les souvenirs les plus durables.

Sa générosité était sans bornes, sa dotation considérable (600,000 florins de Brabant) ne lui suffisait point. Il se ruinait par ses prodigalités; mais les sciences, les arts prospéraient; les écoles de peinture, les collèges s'élevaient dans chaque ville. De nouvelles routes furent créées, des encouragements ranimèrent l'industrie mourante, on ouvrit un transit général par les ports de Flandre vers le pays de Liège, l'Allemagne et la France.

vieux piqueur. Un jour, se fâchant contre tout
plein de spectateurs, qui dérangeaient la chasse
à force de courir dans toutes les allées de la forêt
de Bel-Œil, il leur cria : « Allez à tous les diables !...
Messieurs, s'il vous plaît ! » ajouta-t-il, en leur
ôtant son chapeau.

L'homme le plus gai, le plus spirituel et le
plus à la mode à la cour de Bruxelles, était à
coup sûr le prince de Ligne père, qui s'y plaisait fort : « C'était, disait-il, une jolie cour, gaie,
sûre, agréable, polissonne, buvante et chassante. »
Toutefois le jour où le duc *tenait l'appartement*
et invitait les dames, l'on ne se permettait qu'une
gaieté inoffensive pour les plus sévères ; car le
prince détestait la licence et le mauvais ton.

Le palais du prince Charles à Bruxelles était
vaste et fort ancien. Bruxelles rappelait un peu
Paris ; la ville offrait des ressources de tout genre.
Le cours était la promenade favorite, on y voyait
des équipages magnifiques. La carrosserie de
Bruxelles jouissait d'une grande réputation, et le
duc tenait beaucoup à ce que toute la noblesse en
possédât les produits les plus élégants. Hélène fit
son début au cours dans un superbe carrosse doré,
de chez Simon ; tous les panneaux étaient en vernis
Martin, de la plus grande beauté, peints avec beau-

17

coup de finesse par d'habiles artistes de Vienne.

Malgré son goût pour la cour de Bruxelles et sa passion pour Bel-Œil, le prince n'y faisait jamais des séjours prolongés; on le voyait souvent partir un beau matin à l'improviste : « Quelle belle existence était la mienne, dans mon superbe Bel-Œil! En vingt-quatre heures je pouvais être à Paris, à Londres, à La Haye, à Spa, etc. J'ai été à Paris une fois pour y passer une heure, et une heure à Versailles pour la dernière couche de la reine. *Je la vis le quatrième jour,* » a-t-il soin d'ajouter.

« Une autre fois, j'y menais à l'Opéra toute ma société, dans un coche qui m'appartenait. »

C'est à bon droit que le prince aimait Paris et Versailles; car il était l'âme du petit cercle intime de la reine ; sa présence animait tout, sa constante bonne humeur, les saillies imprévues qui lui échappaient à chaque instant le faisaient toujours accueillir le sourire aux lèvres. On le voyait partout, il arrangeait ou dérangeait les jardins, il présidait aux fêtes et aux illuminations, il se trouvait au lansquenet de la reine, au cavagnole de Mesdames, au whist de Monsieur, au quinze du prince de Condé, au billard du roi, au pharaon du prince de Conti. Il ne se gênait guère pour dire tout ce qui lui passait par la tête, mais, quoiqu'il poussât la gaieté jusqu'à la folie, il faisait passer de temps en temps de sérieuses vérités à la faveur d'un éclat de rire.

Sa société favorite était celle des Polignac[1], dont les Coigny, les Conflans, le comte de Vaudreuil, le chevalier de l'Isle, formaient l'intimité. Il défendait toujours les Polignac des accusations qui pesaient à l'envi sur eux.

« Il n'y a jamais rien eu de plus vertueux et de plus désintéressé que tous ces Jules, dit-il; de peur de faire des histoires, de donner lieu aux caquets, il y avait un peu trop de monotonie dans leur société; la comtesse Diane, seule, y mettait un peu plus de piquant. »

Le prince était particulièrement lié avec le chevalier de l'Isle[2], qui est le personnage le moins

1. La duchesse de Polignac, Gabrielle-Yolande-Martine de Polastron, amie intime de la reine, était à la fois gracieuse et belle; des yeux bleus pleins d'expression, un front élevé, un nez un peu en l'air, sans être retroussé, une bouche charmante, de jolies dents, petites, blanches et parfaitement rangées formaient le plus agréable visage, orné de très beaux cheveux bruns. La douceur et la modestie étaient empreintes sur ses traits. Elle avait épousé, à dix-sept ans, le comte Jules de Polignac.

2. Le chevalier de l'Isle était brigadier de cavalerie des armées du roi, de la promotion du 25 juillet 1762. Fort lié avec les Choiseul et madame du Deffant, il est cité dans la Correspondance de cette dernière

connu de ce petit cercle. Le chevalier était un
officier de mérite, encyclopédiste et poëte, correspondant de Voltaire[1] et correspondant aussi
du prince de Ligne qui en faisait grand cas :
« C'était le dieu du couplet et du style épisto-
laire. Il n'a jamais fait un mauvais vers ni écrit
une lettre qui ne fût piquante et remplie de
goût; mais il n'en avait pas, ni de ton ni de tact,
dans la société, où il était humoriste et familier.
Pour faire croire qu'il dînait avec la reine, le
dimanche, chez les Polignac, il y arrivait le premier au sortir de table, pour que les autres, qui
venaient ensuite, dussent le croire. » Il écrivait régulièrement au prince tout ce qui se passait à Versailles en son absence. Voici une de ses
lettres :

« Ce 16 janvier 1780.

» Quel dindon que celui que nous venons de
manger, chez la comtesse Diane! Mon Dieu la
belle bête ! C'était M. de Poix qui l'avait envoyée
de la ménagerie. Nous étions huit autour de lui :

1. C'est lui qui écrivait au patriarche de Ferney, à propos
d'une commission mal faite, une lettre qui commençait ainsi :
« Il faut, Monsieur, que vous soyez bien bête, etc. » Ce début
fit pâmer de rire Voltaire.

la maîtresse de maison, madame la comtesse
Jules, madame de Hénin et madame de la Force,
M. le comte d'Artois, M. de Vaudreuil, le cheva-
lier de Crussol et moi.

» Pendant que nous le mangions, mais sans
que ce fût à propos de lui, quelqu'un a parlé de
vous, mon prince. Voyons que je me rappelle
qui ? C'est une dame... non, c'est un homme, oui
sûrement c'est un homme, car il a dit Charlot,
et nos dames n'ont point de ces familiarités-là.
C'est un homme qui était à gauche de madame la
comtesse Jules. Comptons : moi, j'étais auprès du
poète, ici le chevalier de Crussol, là M. de Vaudreuil, et puis... M'y voilà, c'est M. le comte
d'Artois, c'est lui, j'en suis sûr à présent. Il a dit :
« A propos, qui est-ce qui sait si Charlot est ar-
» rivé à Bruxelles ? » J'ai dit : « Moi, Monseigneur,
» je le sais, car j'ai quatre lignes de sa propre main
» et je m'en vais moi-même lui écrire : qui est-ce
» qui veut lui faire dire quelque chose ? » Tout le
monde a répondu en chœur : « Moi, moi, moi ! » J'ai
démêlé dans la confusion des paroles : « Je l'em-
» brasse, je l'aime, qu'il vienne, nous l'attendons ! »
et, quand le tintamarre a cessé, la douce voix de
madame la comtesse Jules m'a fait entendre plus
distinctement ceci : « Dites-lui que, s'il avait daté

» sa dernière lettre d'une manière lisible, je n'au-
» rais pas manqué à lui répondre ; mais qu'aidée
» de plusieurs experts en l'art de déchiffrer, il ne
» m'a jamais été possible même de soupçonner le
» lieu d'où venait sa lettre, ni celui, par consé-
» quent, où devait aller la mienne.

» Là-dessus, nous avons parlé de vous, et puis
de l'amiral Keppel, et puis du dindon, et puis de
la prise de nos deux frégates, et puis de l'inquisi-
tion d'Espagne, et puis d'un gros fromage de
gruyère que notre ambassadeur en Suisse vient
d'envoyer à ses enfants, et puis de l'étrange conduite des Espagnols à notre égard, et puis de mademoiselle Théodore, qui danse, ma foi, mieux que
jamais, et qui nous a hier autant charmés par son
talent, que mademoiselle Cécile par ses jeunes
attraits. La reine verra demain tout le monde
pour la première fois; elle n'avait rien vu jusqu'ici que les entrées; elle est un peu maigrie,
mais sa santé ne laisse rien à désirer. Le roi se
montre chaque jour bon mari, bon père, bon
homme; on ne peut le voir sans l'aimer sincèrement, et sans estimer en lui la probité
même ; je vous assure que nous sommes heureux
d'avoir ce ménage-là sur notre trône; que le ciel
qui l'y a placé dans sa bonté veuille l'y conserver

longtemps!... Nous nous en allons tous demain à Paris célébrer la dédicace de la charmante petite maison que M. le duc de Coigny s'est donnée et dans laquelle on mettra... Que croyez-vous qu'on mettra?... On mettra couteaux sur table pour la première fois. Nous aurons facéties, proverbes, couplets, joies de toute espèce, ce sera une très belle cérémonie.

» A propos de couplets, vous n'avez pas vu celui que j'ai fait l'autre jour, pour la reine, en la menaçant de lui jouer le tour qu'elle redoute le plus, qui est d'être nommée au bal de l'Opéra. Le voici :

> Dans ce temple où l'incognito
> Règne avec la folie,
> Vous n'êtes grâce au domino
> Ni reine ni jolie.
> Sous ce double déguisement
> Riant d'être ignorée,
> Je vous nomme et publiquement
> Vous serez adorée.

» Je vous en prie, mon prince, mon bon prince, n'allez pas me sabrenauder mon couplet en lui faisant l'honneur de le chanter vous-même, laissez-en le soin à ma cousine, qui le mettra en pleine valeur, adorez-la pour moi, dites-lui que j'irais à Bruxelles, tout exprès pour elle, fût-ce sur ma tête, et aimez-moi tous deux[1]. »

Le prince de Ligne avait pour la reine un véritable culte. « Qui eût pu voir l'infortunée Marie-Antoinette sans l'adorer? écrit-il trente ans plus tard[2]. Je ne m'en suis bien aperçu que lorsqu'elle me dit : « Ma mère trouve mauvais que vous soyez » si longtemps à Versailles; allez passer quelques » jours à votre commandement; écrivez, de là, des » lettres à Vienne, pour qu'on sache que vous y » êtes, et revenez. » Cette bonté, cette délicatesse, et plus encore, l'idée de passer quinze jours sans la voir m'arrachèrent des larmes, que sa jolie étourderie d'alors, qui la tenait à cent lieues de la galanterie, l'empêcha de remarquer.

» Comme je ne crois pas aux passions qu'on sait ne pouvoir jamais devenir réciproques, quinze jours me guérirent de ce que je m'avoue ici pour la première fois, et que je n'aurais jamais avoué à personne, de peur qu'on ne se moquât de moi... Ai-je vu dans sa société quelque chose qui

1. Il faut dire, pour l'intelligence de ce paragraphe, que le prince avait la voix fausse et que la prétendue cousine était la belle Angélique d'Hannetaire, fille du directeur du théâtre de Bruxelles; elle chantait à ravir et avait beaucoup d'esprit; le prince en était amoureux fou en ce moment-là.

2. Voir les fragments des Mémoires inédits du prince de Ligne, publiés par la *Revue nouvelle*. 1840.

ne fût pas marqué au coin de la grâce, de la
bonté et du goût? Elle sentait un intrigant d'une
lieue, elle détestait les prétentions en tout
genre; c'est pour cela que la famille de Polignac
et leurs amis, c'est-à-dire Valentin Esterhazi,
Bésenval, Vaudreuil, puis Ségur et moi lui
étaient agréables. »

Si le prince adorait la reine, il faisait, en revanche, peu de cas du roi : « Le roi, dont j'espérais quelquefois un peu de mérite, dit-il, que je
protégeais pour ainsi dire, dont je cherchais souvent à élever l'âme par quelque conversation intéressante, au lieu de ses propos de fou ou de
chasseur, aimait beaucoup à polissonner. Ses
coups tombaient toujours sur Conflans, les
Coigny et les amis de Polignac. La reine est parvenue à le corriger de cela. C'était au coucher que
Sa Majesté se plaisait à nous tourmenter. Il
avait cependant une espèce de tact au milieu de
ses jeux grossiers. Un jour qu'il nous menaçait
de son cordon bleu, qu'il voulait jeter au nez de
quelqu'un, le duc de Laval se retira. Il lui dit :
« Ne craignez rien, Monsieur, cela ne vous re-
» garde pas... » Coigny, grand frondeur, me disait
un jour : « Voulez-vous savoir ce que c'est, que ces
» trois frères? un gros serrurier, un bel esprit

» de café de province, un faraud des boule
vards. » Ces deux derniers titres s'appliquaient
à Monsieur et au comte d'Artois. »

Lorsque le prince revenait à Bel-Œil, ses récits enchantaient sa jeune belle-fille, qui se plaisait fort dans les Flandres, quand elle n'y était
pas seule avec sa belle-mère, mais qui ne pouvait s'empêcher de regretter Paris, quand les
exigences du service rappelaient son mari à
l'armée, et que son volage beau-père partait
pour ses voyages incessants.

On se souvient que la princesse douairière
avait nettement refusé d'accepter la condition
du séjour à Paris pendant l'hiver. Elle avait eu
raison; car, quoique les officiers revinssent, en
général, passer la mauvaise saison dans leurs
capitales respectives, le métier des armes
ne laissait pas de grands loisirs, et le prince
Charles, étant au service d'Autriche, ne pouvait guère passer ses congés à Paris. La jeune
princesse se serait donc trouvée seule sous
la direction d'une tante qui n'avait nulle autorité
sur elle, ou d'un beau-père trop occupé à se
divertir pour servir de mentor à sa belle-fille.
Cette position délicate et dangereuse avait effrayé
à bon droit la princesse de Ligne; mais Hélène

n'y voyait pas de si loin; le plaisir de figurer dans cette société brillante, qu'elle n'avait fait qu'entrevoir, l'emportait sur la prudence, et elle espérait bien obtenir de son mari d'accéder à ses désirs.

La première démarche à faire était la présentation à la cour. Hélène avait gagné à sa cause la princesse sa tante, qui ne demandait pas mieux que de conduire à Versailles sa jolie nièce; mais celle-ci voulait y paraître avec les honneurs de la guerre, c'est-à-dire ceux du *tabouret*.

Il fallait pour cela des titres particuliers. Celui de grand d'Espagne suffisait pour y donner droit; le prince de Ligne le possédait, et Hélène persuada son mari de demander au prince de le lui céder. Ce n'était pas une mince affaire, qu'une pareille demande. Le jeune prince se sentait un peu embarrassé pour la faire, d'autant plus qu'il fallait en ajouter une autre, une demande d'argent. Les belles toilettes, les bijoux, etc., avaient absorbé une grande partie du revenu des nouveaux mariés. Cependant, ne sachant rien refuser à sa jeune femme, le prince Charles prit son courage à deux mains et se décida à écrire. Il reçut immédiatement de son père alors à Versailles la plus charmante des réponses.

« Versailles, 10 septembre.

» N'est-ce pas, mon cher Charles, que c'est bien drôle d'être marié? Tu t'en tireras toujours bien. On l'est plus ou moins selon l'occasion. Il n'y a que les sots qui ne sachent pas tirer parti de cet état; en attendant, tu as une très jolie petite femme qui, sans te déshonorer, peut être ta maîtresse. Quoique nous nous appellions, vous et moi, et tous, de père en fils, Lamoral, sans que je sache si c'est un saint, je ne suis ni assez moral, moraliste et moralisateur pour prêcher, et je me moque de ceux qui ne croient pas à ma moralité; mais elle consiste à rendre tout le monde heureux autour de moi. Je suis bien sûr que c'est la vôtre aussi; sans avoir un régiment de principes, en voilà un des quatre ou cinq que j'ai pour la seconde éducation; comme pour la première je vous disais : que d'être menteur et poltron me ferait mourir de chagrin. Assurément, mon garçon, tu as bien saisi cette courte leçon.

» Eh bien, nous avons donc des affaires à présent! Prends autant d'argent que tu en auras besoin, et que mes gens d'affaires en auront ou en

prendront : en voilà une de finie... La reine dit
qu'elle me fera aller mon affaire de Kœurs[1], et,
quand je lui dis que mes *affaires de cœur* réus-
sissent bien, elle me répond que *je suis une bête.*
Kœurs fini, voilà donc deux affaires qui le sont.
Ton oncle, l'évêque de Wilna, qui croit que, vous
et moi, nous serons peut-être un jour rois de
Pologne, veut que nous ayons de l'indigénat;
nous l'irons chercher. Autre affaire finie.

» Notre tante des Tuileries veut que votre
femme ait le tabouret, il lui prend fantaisie d'aller
à Versailles, et que, pour cela, je vous cède la
grandezza. J'ai déjà écrit au roi d'Espagne et au
ministre à ce sujet, et j'en ai parlé à l'ambassadeur.
Quatrième affaire finie, quitte à m'enrhumer
pour être obligé de descendre à la porte de la cour,
où entrent seulement les carrosses des grands
d'Espagne, comme au Luxembourg et ailleurs.

» Voilà deux branches d'économie pour moi,
le jouer et le coucher, qui ne me coûteront plus
rien.

» Ce qui me déplaît le plus, c'est d'entendre
dire tant de sottises aux gens d'esprit, d'entendre
parler guerre, aux faiseurs qui n'ont jamais vu

1. Terre du prince de Ligne située en France et pour laquelle
il avait un procès.

que l'exercice, encore très mal ; désintéressement aux femmes qui, à force de tourmenter la reine, mille fois trop bonne, et les ministres, attrapent des pensiohs; et sentiment à d'autres qui ont eu vingt amants. Et puis, et les intrigants ! les importants ! et les méchants ! Cela me fait faire quelquefois du mauvais sang; mais, un quart d'heure après, je n'y pense plus.

» Veux-tu encore une bêtise de moi, reconnue pour telle, par toute la famille royale ? Vous savez où je me tiens sous la loge du roi, au parterre du spectacle de la ville ; vous connaissez le miroir de *La Fausse magie*[1]. A la fin de la pièce, il faisait un froid terrible, le roi s'en plaignait ainsi que du froid des acteurs : « C'est, lui dis-je, que le dé-» nouement est *à la glace.* » Les deux frères[2], entre autres, m'ont hué tout haut de cette platitude. C'est une vie charmante pour moi que celle de Versailles, vraie vie de château. J'embrasse votre femme et votre mère, pour avoir eu l'esprit de me faire un Charles comme toi. »

« *P.-S.* A propos, j'ai déjà dans la tête un bosquet pour mon Charles, une fontaine qui por-

1. Opéra comique de Grétry.
2. Monsieur et le comte d'Artois.

tera le nom d'Hélène et un berceau pour leurs
enfants.

» Je vais y travailler dès que je quitterai Versailles, pour aller vous dire à vous, *tutti quanti*,
que je vous aime de tout mon cœur. »

VI

Le prince de Ligne n'avait pas parlé à la légère,
en disant à son fils qu'ils iraient en Pologne chercher l'indigénat. Au milieu des séductions de la
vie de Versailles, il partit tout à coup. « Des intérêts
de famille, dit-il, m'obligèrent à entreprendre un
voyage lointain. Mon fils Charles épouse une jolie
petite Polonaise, mais sa famille nous donne
du papier au lieu de l'argent comptant. C'étaient
des prétentions sur la cour de Russie, il fallut les
aller chercher. Je partis en juin 1780 pour Vienne
Prague, Dresde, Berlin, Pétersbourg, Varsovie,

Cracovie, où j'avais à faire, Mogylany[1], Léopol et Brunn où j'étais amoureux. J'allais oublier de dire que c'est de Paris et de la rue Bourbon, de chez la duchesse de Polignac, qui venait d'accoucher[2] et chez qui j'avais dîné avec la reine, que je partis. Je leur promis de retourner à la même heure, six mois après, et j'ordonnai mon carrosse de remise et mon laquais de louage en conséquence. »

La somme que le prince de Ligne réclamait au nom de sa belle-fille était considérable. Il s'agissait de quatre cent mille roubles, cela valait la peine de chercher à les obtenir. Cependant nous croyons que ces intérêts de famille servirent de voile à des intérêts politiques ; ce voyage était probablement destiné à donner suite à certains préliminaires entamés par Joseph II et l'impératrice Catherine à l'entrevue de Mohileff. Le prince partit de Vienne où il avait été prendre ses dernières instructions. Ses compagnons de voyage étaient son fils Charles et son ami le chevalier de l'Isle.

« Je fis de l'Isle colonel, écrit-il, en disant tout simplement en Autriche, en Prusse en Po-

1. Terre de la princesse Charles.
2. C'était du comte Armand-Jules de Polignac que la duchesse nait d'accoucher le 14 mai 1780.

logne et en Russie qu'il l'était, et en lui achetant
une paire d'épaulettes. Je fus aussi obligé de le
faire chevalier, ajoute-t-il, pour le distinguer, dans
les pays étrangers, de l'abbé du même nom [1]. »

La guerre pour la succession de Bavière était
terminée depuis un an, lorsque les princes
entreprirent leur voyage. « Le résultat de cette
guerre avait été pour le roi de Prusse beaucoup
de dépenses d'hommes, de chevaux et d'argent,
quelque apparence de bonne foi et de désintéressement, peu d'honneur dans la guerre; un peu
d'honnêteté en politique et beaucoup d'amertume
contre nous. Le roi commença, sans savoir pourquoi, à défendre aux officiers autrichiens de
mettre le pied dans ses États sans une permission
expresse signée de sa main. Même défense de la
part de notre cour pour les officiers prussiens;
et gêne des deux côtés sans profit ni raison. Je
suis confiant, moi, je croyais encore que je pouvais m'en passer; mais l'envie d'avoir une lettre
du grand Frédéric, plutôt que la crainte d'être
mal reçu, m'engagea à lui écrire. »

---

1. L'abbé Delille, né à Aigueperse le 22 juin 1728, mort à
Paris le 1er mai 1813. Il était membre de l'Académie française
et jouissait ,comme poète, d'une réputation européenne, singulièrement diminuée aujourd'hui.

Au lieu d'une lettre, le prince de Ligne en reçut trois, et charmantes. De peur de le manquer, le roi lui avait écrit de Potsdam à Vienne, à Dresde et à Berlin. Les voyageurs arrivèrent à Postdam le 28 juin.

« En attendant midi pour être présenté au roi avec mon fils Charles et M. de l'Isle, je vis la parade et je fus bientôt entouré et escorté par des déserteurs autrichiens, surtout de mon régiment, qui me caressaient presque et me demandaient pardon de m'avoir quitté. L'heure de la présentation sonna, le roi me reçut avec un charme inexprimable. La froideur militaire d'un quartier général se changea en un accueil doux et bienveillant. Il me dit qu'il ne me croyait pas un fils aussi grand :

» — Il est même marié, Sire, depuis un an.

» — Oserais-je vous demander avec qui ?

» — Avec une Polonaise, une Massalska.

» — Comment, une Massalska ? savez-vous ce que sa grand'mère a fait ?

» — Non, Sire, lui dit Charles.

» — Elle mit le feu aux canons, au siège de Dantzig, elle tira et fit tirer, et se défendit, lorsque son parti, qui avait perdu la tête, ne songeait qu'à se rendre.

» — C'est que les femmes, dis-je alors, sont indéfinissables : fortes et faibles tour à tour, discrètes, dissimulées, elles sont capables de tout.

» — Sans doute, dit M. de l'Isle, fâché de ce qu'on ne lui avait encore rien dit, et avec une familiarité qui ne devait pas réussir, voyez !...

» Le roi l'interrompit après une demi-seconde. Pour faire plaisir à de l'Isle, je dis au roi que M. de Voltaire était mort dans ses bras. Ça fit que le roi lui adressa quelques questions. Il répondit un peu trop longuement et s'en alla. Charles et moi, nous restâmes à dîner.

» C'est là pendant cinq heures tous les jours que la conversation du roi acheva de m'enchanter : beaux-arts, guerre, médecine, littérature et religion, philosophie, morale, histoire et législation passèrent tour à tour en revue. Les beaux siècles d'Auguste et de Louis XIV, la bonne compagnie des Romains, des Grecs et des Français, la chevalerie de François Ier, la franchise et la valeur de Henri IV, la renaissance des lettres, des anecdotes sur des gens d'esprit d'autrefois, leurs inconvénients, les écarts de Voltaire, l'esprit succeptible de Maupertuis, que sais-je enfin ? Tout ce qu'il y avait de plus varié et de plus piquant, c'était ce qui sortait de sa bouche, avec

un son de voix fort doux, assez bas et aussi
agréable que le mouvement de ses lèvres qui
avaient une grâce inexprimable. C'est ce qui faisait, je crois, qu'on ne s'apercevait pas qu'il fût,
ainsi que les héros d'Homère, un peu babillard
mais sublime. Ses yeux trop durs dans ses portraits, mais tendus par le travail de cabinet et les
fatigues de la guerre, s'adoucissaient en écoutant
ou en racontant quelque trait d'élévation ou de
sensibilité...

» Un matin, comme j'arrivais chez le·roi, il
vint à moi et me dit : « Je tremble de vous ap-
» prendre une mauvaise nouvelle, on vient de
» m'écrire que le prince Charles de Lorraine est à
» toute extrémité. » Il me regarda pour voir l'effet
que cela faisait sur moi, et, remarquant quelques
larmes qui s'échappèrent de mes yeux, il changea
de conversation par les transitions les plus douces. Le lendemain le roi vint me dire dès qu'il
me vit, et de l'air le plus pénétré : « Si vous
» devez apprendre la mort d'un homme qui vous
» aimait et qui honorait l'humanité, il vaut mieux
» que ce soit de quelqu'un qui la sent aussi vive-
» ment que moi ; le pauvre prince Charles n'est
» plus ! » En me disant cela, son attendrissement
devint extrême »

A la suite d'une causerie pendant laquelle le
roi avait parlé sans désemparer pendant près
d'une heure, le prince, qui trouvait son rôle d'é-
couteur un peu monotone, saisit au vol le nom
de Virgile :

— Quel grand poète, Sire, mais quel mauvais
jardinier !

— A qui le dites-vous ! N'ai-je pas voulu plan-
ter, semer, labourer, piocher, *les Géorgiques* à
la main ! « Mais, Monsieur, me disait le jardinier,
» qui ne me connaissait pas, vous êtes une bête,
» et votre livre aussi, ce n'est pas ainsi qu'on tra-
» vaille. » Ah ! mon Dieu ! quel climat ! croiriez-
vous que Dieu et le soleil me refusent tout ? Voyez
mes pauvres orangers, mes oliviers, mes citron-
niers, tout cela meurt de faim.

» — Il n'y a donc que les lauriers qui poussent
chez vous, Sire, à ce qu'il me semble ?

» Le roi me fit une mine charmante, et, pour
détourner la fadeur par une bêtise, j'ajoutai
bien vite : « Et puis, Sire, il y a trop de grenadiers dans ce pays-ci, cela mange tout. » Et le
roi se mit à rire, parce qu'il n'y a que les
bêtises qui fassent rire. »

Le prince savait que le roi ne pouvait pas souffrir
M. de Ried et il savait que c'était pour lui avoir
parlé de la prise de Berlin par le maréchal Haddik que le roi avait pris le général Ried en guignon; aussi, quand Frédéric lui demanda s'il
trouvait Berlin changé, il n'eut garde de lui
dire et de lui rappeler qu'il était de ceux qui
s'en emparèrent en 1760. « Il fut satisfait de ma
retenue, car c'était un vieux sorcier, qui devinait
tout et dont le tact était le plus fin qu'il y eût
jamais eu. »

Le prince osa lui poser une question hardie
en parlant de la France.

« — Il y a de tout, Sire, dans ce pays-là, qui
mérite réellement d'être heureux; on prétend
que Votre Majesté a dit que, si l'on voulait faire
un beau rêve, il faudrait...

— Oui, interrompit le roi, c'est vrai, il faudrait être roi de France. »

Après quinze jours passés à Potsdam le plus
agréablement du monde, les princes quittèrent à
regret le roi de Prusse pour continuer leur long
voyage et arrivèrent à Pétersbourg au mois
d'août.

L'impératrice accueillit le prince de Ligne avec
une distinction particulière; elle le connaissait de

longue date par les lettres de Voltaire et les
récits de l'empereur Joseph à Mohileff. Catherine le
trouva digne des éloges qu'on lui en avait fait et
elle écrivait : « Il y a encore ici le prince de Ligne,
qui est un des êtres les plus plaisants et les plus
aisés à vivre que j'aie jamais vus. Voilà bien une
tête originale qui pense profondément et fait des
folies comme un enfant. Je m'accorderai fort
de cette compagnie-là. »

Le prince, de son côté fut charmé de Catherine
le Grand comme il l'appelait, et, grâce à ses récits,
nous avons le portrait vivant de la czarine. « On
voyait, dit-il, qu'elle avait été belle plutôt que
jolie; la majesté de son front était tempérée par
des yeux et un sourire agréables; mais ce front
disait tout, on y lisait comme dans un livre : génie,
justice, justesse, courage, profondeur, égalité,
douceur, calme et fermeté.

» Son menton un peu pointu n'était pas absolument avancé, mais il était loin de se retirer
et avait de la noblesse. L'ovale de son visage
n'était pas bien dessiné, mais elle devait plaire,
car la franchise et la gaieté habitait ses lèvres.
Elle doit avoir eu de la fraîcheur et une belle
gorge; celle-ci ne lui était arrivée cependant
qu'aux dépens de sa taille, qui avait été mince à

rompre ; mais on engraisse beaucoup en Russie. Elle était propre, et, si elle n'avait pas tant fait tirer ses cheveux, qui auraient dû, en tombant un peu plus bas, accompagner son visage, elle aurait été bien mieux.

» On ne s'apercevait pas qu'elle était petite : elle m'a dit lentement qu'elle avait été extrêmement vive, chose dont on ne pouvait pas se faire d'idée

» Ses trois révérences d'homme à la russe se faisaient toujours de même, en entrant dans un salon ; une à droite, une à gauche et l'autre au milieu. Tout était chez elle mesuré et méthodique. »

Quelques jours après son arrivée, le prince était déjà fort avant dans l'intimité de Catherine.

« — Quelle figure me supposiez-vous ? me demanda-t-elle.

» — Je croyais Votre Majesté grande, raide comme une épingle, des yeux comme des étoiles et un grand panier ; je croyais aussi qu'il n'y avait jamais qu'à admirer, et l'admiration est bien ennuyeuse.

» — N'est-ce pas, vous ne vous attendiez pas à me trouver si bête ?

» — A la vérité, j'avais cru qu'il fallait toujours avoir de l'esprit sous les armes avec Votre Majesté,

qu'elle se permettait tout et qu elle était **un** vrai
feu d'artifice; mais j'aime bien mieux sa conversation négligée, qui devient sublime lorsqu'il
s'agit de beaux traits d'histoire, de sensibilité
ou de grandeur. »

Et l'impératrice riait de bon cœur de cette
franchise adroitement mêlée de compliments.

« C'est ce contraste de simplicité dans ce
qu'elle disait avec les grandes choses qu'elle faisait qui la rendait piquante. Elle s'amusait d'un
rien, prenait plaisir à la plus petite plaisanterie et s'en servait le plus drôlement du
monde. Je **lui** racontai un jour que, pour me
débarrasser du reproche que me faisait une dame
de ce que je ne parlais pas assez et avais l'air
ennuyé chez elle, je répondis que je venais d'apprendre qu'**une** tante qui m'avait élevé était à la
mort. Lorsque l'impératrice s'ennuyait, les grands
jours de représentation, elle me disait quelquefois : « Je suis au moment de perdre mon oncle. »
Alors j'entendais dire, derrière **moi** : « Nous
» allons avoir un deuil ! » et toute la cour cherchait
cet oncle dans l'almanach et ne le trouvait pas.

Quelle que fût la séduction exercée par Catherine sur le prince, elle ne put lui faire oublier
Marie-Thérèse, et il écrivait à la fin de son sé-

jour : « L'impératrice Marie-Thérèse avait pourtant bien plus de magie et de séduction... Notre impératrice enlevait; celle de Russie laissait augmenter l'impression, bien moins forte, qu'elle faisait d'abord. Cependant elles se ressemblaient en ce que l'univers écroulé les eût trouvées *impavidas ferient ruinœ;* rien au monde ne les eût fait céder; leurs grandes âmes étaient cuirassées contre les revers; l'enthousiasme courait devant l'une et marchait après l'autre. »

Il fallait pourtant s'arracher aux délices de ce charmant séjour. Mais, avant le départ des princes, l'impératrice dit en riant au prince père : « Puisque vous m'avez dit que vous vendriez, joueriez ou perdriez les diamants que je vous donnerais, en voilà seulement pour cent roubles autour de mon portrait en bague[1] ! »

---

1. On dit que l'*amitié* de Catherine pour le prince de Ligne devint quelque chose de plus; nous inclinons à le croire, surtout en lisant les lettres acerbes que Grimm adresse à l'impératrice au sujet du prince, dont il était jaloux. On verra plus tard qu'il excita de même la jalousie de Potemkin. Quoi qu'il en soit, le prince fut discret sur ce point, il le fut aussi sur les conversasations politiques qu'il eut avec l'impératrice; il n'en raconta rien, même à propos de la Pologne. Il est difficile de croire cependant qu'il n'effleura pas ce sujet-là; la princesse Charles était Polonaise, et Catherine pouvait supposer que son beau-père et son mari portaient quelque intérêt à ce malheureux pays.

Catherine joignit à ce présent des bijoux pour la princesse de Ligne et ses filles; le prince Charles reçut un riche écrin destiné à Hélène, et les princes partirent pour la Pologne en n'ayant oublié qu'une chose, de réclamer les quatre cent mille roubles pour lesquels ils avaient entrepris le voyage, « parce que, dit gaiement le prince, il me paraissait peu délicat de profiter de la grâce avec laquelle on me recevait pour obtenir des grâces ».

L'évêque de Wilna reçut les princes dans son château de Werky, situé à peu de distance de Wilna. « Werky, écrivait le prince, est un heureux enfant de la nature; une grande rivière, trois petites, une chaîne de montagnes séparent deux vallons. Quatre ou cinq cascades, trois îles, des fabriques, des châteaux, un moulin, un port, une ruine, deux couvents à belles façades faisant effet, des rampes naturelles, le temple de Vulcain, le temple de Bacchus, le temple de l'Union, qui doit se faire sur des pilotis et une espèce de pont au confluent de trois jolis ruisseaux, un obélisque, une cabane de pêcheurs, une d'ouvriers, des ponts ornés, d'autres sauvages, assurent l'agrément de ce magnifique séjour. Je conseille et je dirige tout cela. »

La Diétine de Wilna était assemblée pour
nommer les députés à la Diète de Varsovie. L'évêque réunit à dîner quatre-vingts gentilshommes
polonais, presque tous revêtus de l'habit national
et la tête rasée à la manière polonaise. Avant le
dîner, chacun d'eux vint saluer l'évêque en baisant
le bord de sa robe avec respect. A la fin du repas,
on porta des santés, l'évêque nommait tout haut
la personne à laquelle s'adressait le toast, puis
il remplissait une antique coupe admirablement
ciselée, la vidait et la renversait pour montrer
qu'il l'avait bue en entier. Il la passait à son voi-
sin de droite et elle faisait ainsi le tour de la
table. Ces santés se portaient toujours avec du
champagne ou du tokay. Après un intéressant
séjour à Werky et à Wilna les princes repartirent
avec l'évêque pour Varsovie. On a vu dans les
négociations pour le mariage du duc d'Elbœuf
avec Hélène, que le prince évêque et le marquis
de Mirabeau rêvaient le trône de Pologne pour
le mari futur de la jeune princesse. Cette idée
avait pris racine dans le cerveau de l'évêque;
les rapports qu'on lui fit de Pétersbourg et
l'accueil particulièrement distingué qu'avaient
reçu les princes achevèrent de l'y implanter.
Persuadé que le prince était *fort avant* dans les

bonnes grâces de l'impératrice et convaincu que le roi Stanislas-Auguste n'y était plus, l'évêque, toujours prêt à se jeter dans une aventure nou-velle, profita de l'ouverture de la Diète pour poser la candidature du maréchal à l'indigénat.

« Vous serez un jour roi de Pologne, lui disait l'évêque enthousiasmé; quel changement dans la face des affaires de l'Europe! Quel bonheur pour les Ligne et les Massalski! » Le maréchal riait; mais, tout en se moquant de ces propos, il se laissa faire. « Il me prit envie, dit-il, de plaire à la nation rassemblée pour la Diète et je me pré-sentai. »

Vingt-cinq candidats étaient sur les rangs pour obtenir l'indigénat, vingt-quatre d'entre eux furent écartés, le prince seul fut conservé; mais il fallait l'unanimité des suffrages et trois oppo-sants se présentèrent. « Ils manquèrent d'être sabrés, et la main que mit un nonce à son sabre entre autres, avec des menaces si hautes, faillit faire dissoudre la Diète, et peut-être couper la tête à mon trop zélé partisan.

» J'allai à messieurs les opposants, je parvins à dissiper leurs préventions, si bien qu'en parlant avec une grâce et une éloquence dignes de ce pays-là, ils dirent qu'en faveur d'une acquisition

qu'ils trouvaient si honorable, ils solliciteraient
à leur tour chacun la voix d'un de leurs amis. Je
m'élançai, contre l'usage, dans la salle des
nonces, j'embrassai la moustache de ces trois
orateurs; elle m'électrisa, car je devins orateur
moi-même et en latin, puis je leur pris la main,
je les caressai, et un *sgoda*[1] général fit trembler
la salle trois fois et la fit presque tomber au bruit
des applaudissements universels. »

Après avoir conquis les bonnes grâces de
l'impératrice Catherine, tracé les jardins de
l'évêque de Wilna, acquis l'indigénat et être devenu presque aussi populaire à Varsovie qu'à
Bruxelles, le prince de Ligne, fidèle à sa parole,
arrivait à Versailles six mois, jour pour jour
après en être parti.

---

1. Le *sgoda* était le cri qui annonçait l'unanimité des suffrages.

La vie à Bel-Œil. — L'archiduchesse Christine, gouvernante des Pays-Bas. — Le comte d'Artois à Bel-Œil. — *Le Mariage de Figaro*, la comtesse de Sabran et le chevalier de Boufflers·

Hélène attendait avec grande impatience le retour de son mari; car, pendant son absence et celle de son père, les choses n'avaient pas marché facilement.

La princesse mère profitait volontiers des voyages de son mari, cet aimable prodigue qui jetait si gaiement les millions par la fenêtre, pour diminuer la dépense de sa maison et rétablir un équilibre trop souvent rompu. Hélène se fût volontiers prêtée à prendre part à la direction de l'intérieur; car elle avait acquis au couvent des qualités de maîtresse de maison dont elle était

fière. Elle offrit gentiment ses services à sa belle-
mère, heureuse de lui montrer ses talents domestiques; mais la princesse de Ligne n'entendait
pas partager ainsi son royaume, elle refusa sè-
chement les offres de sa belle-fille. Hélène humiliée se le tint pour dit, mais lui en garda rancune
au fond du cœur et dès lors leurs rapports devin-
rent plus tendus. Enfin les six mois de voyage
des princes touchèrent à leur terme, et ce fut avec
une joie doublement vive qu'Hélène vit arriver
son mari et la fin de la tutelle assez dure sous
laquelle elle avait vécu.

Les princes retrouvèrent leur famille à Bruxelles
et allèrent au printemps à Bel-Œil, où ils passaient
l'été tous réunis, sauf le prince Louis, qui retenu
à Paris par son service, ne pouvait venir que
rarement. La vie de Bel-Œil était d'une gaieté et
d'une animation extrêmes, les visites s'y succè-
daient sans cesse, on y venait de Bruxelles,
de Paris et même de Vienne. Les officiers du
régiment de Ligne y séjournaient tour à tour. Non
seulement le prince tenait table ouverte, c'est-à-
dire qu'on pouvait arriver sans invitation pour
passer la journée, mais il y avait encore un certain
nombre d'appartements toujours prêts à recevoir
pour un séjour prolongé les visiteurs inattendus.

19

Parmi les intimes de Bel-Œil figuraient les femmes les plus aimables de la cour de Bruxelles.

Si la **vie** chez les Ligne abondait en fêtes et en distractions, on savait cependant y mêler des occupations sérieuses. Les matinées étaient consacrées à l'étude : musique, littérature, dessin, etc., occupaient chacun tour à tour. « Christine colle et décolle, Hélène chante et enchante », écrivait le prince. Quant à lui, à peine levé, il descendait dans son île de Flore un livre à la main, ou travaillait dans sa bibliothèque, ou inspectait ses jardins. Il possédait déjà une imprimerie particulière dans son hôtel de Bruxelles ; il en fit installer une seconde à Bel-Œil qui amusait tout le monde[1]. Le prince Charles, en particulier, s'en occupait beaucoup ; mais il se bornait à publier les élucubrations des autres ; son père, le chevalier de l'Isle, l'abbé Payez fournissaient une besogne suffisante aux petites presses de Bel-Œil.

1. Les volumes sortis de l'imprimerie de Bel-Œil sont excessivement rares et recherchés. M. Adolphe Gaiffe possède un des deux exemplaires connus des poésies du chevalier de l'Isle, format Cazin. Nous donnons à l'Appendice n< 3, la liste complète des ouvrages imprimés à Bel-Œil et connus jusqu'ici ; mais nous pensons qu'il doit en exister d'autres. D'après une note de la princesse, nous croyons même qu'un fragment de ses *Mémoires* d'enfant, reproduits au commencement de ce volume, a dû être imprimé par son mari à Bel-Œil.

Le prince Charles, amateur passionné de peinture, avait trouvé le temps, malgré ses études et son service militaire, de former une superbe collection de dessins originaux des grands maîtres anciens et modernes[1]. Il était fin connaisseur et dessinait bien, il entreprit même alors de graver quelques-uns des dessins de sa collection et fit venir à Bel-Œil le célèbre Bartsch pour lui donner des leçons. Hélène prenait goût aux occupations de son mari et, pendant qu'il gravait, elle classait elle-même les dessins, étudiait sous sa direction la manière de chaque maître et commençait à devenir un amateur éclairé. Toutes ces occupations intelligentes remplissaient la moitié de la journée, chacun s'y livrait jusqu'à l'heure du dîner, qui réunissait la famille et les nombreux invités. Après une heure de repos, chacun se rendait dans les jardins : on se promenait, on rêvait, on se groupait à son gré. Il y avait cent installations différentes et cent manières agréables d'employer son temps ; le prince avait prévu tous les goûts et tous les désirs. Tantôt on partait pour de longues excursions à cheval ou en voiture dans la belle forêt de Baudour, qui rejoignait les bois de

1. Le catalogue en fut dressé par Adam Bartsch en 1794, il contient six mille numéros. Voir l'appendice n° 5.

Bel-Œil; tantôt on allait à voile sur le grand lac
qui communiquait avec les canaux, rivières et
pièces d'eau du parc. Les galères étaient ornées
de banderolles et montées par de petits matelots
à la livrée du prince. « Dans les belles soirées
d'été, dit-il, nos premenades sur l'eau, avec de la
musique et un beau clair de lune, sont fort
agréables pour ces dames. »

Le prince ne les oubliait jamais dans ses amé-
nagements champêtres; aussi des sentiers bien
battus pour qu'elles ne mouillassent pas leurs jolis
pieds, des berceaux de roses, jasmins, orangers et
chèvre-feuille menaient ces dames au bain. Elles
avaient des bancs ombragés et des petites cabanes
rustiques. « Elles y trouvaient leur métier à
broder, leur tricot, leur filet et surtout leur écri-
toire noire en pupitre, où il manque toujours du
sable ou quelque chose, mais qui renferme des
secrets ignorés des amants et des maris, et qui
posés sur leurs genoux sert à leur écrire de jolis
mensonges avec une plume de corbeau. »

Bruxelles, à cette époque, offrait un aspect brillant et fort animé. Au prince Charles de Lorraine
avait succédé l'archiduchesse Marie-Christine, auparavant gouvernante de la Hongrie, où elle
avait mené le train d'une reine; elle monta sa cour

sur un grand pied, elle en faisait les honneurs avec grâce et affabilité.

Elle passait pour la plus belle des **quatre filles de Marie-Thérèse**. Elle dansait avec tant d'agrément et de légèreté, que chacun s'arrêtait pour la mieux voir, aussitôt qu'elle commençait à figurer. Elle feignait de s'en fâcher ; mais, en réalité, elle n'était point mécontente de ce succès féminin.

Elle avait épousé l'archiduc Albert de Saxe-Teschen[1], qui subissait complètement l'influence de sa femme et ne remplaça jamais le prince Charles de Lorraine dans le cœur des Flamands.

Cependant son caractère doux et facile le faisait aimer par tous ceux qui l'entouraient de près; amateur éclairé de peinture, il avait formé deux magnifiques collections de tableaux et de dessins.

L'archiduchesse et son mari encourageaient volontiers les arts et la littérature, et Bruxelles commençait à devenir un centre littéraire assez animé; chacun lisait ce qui paraissait en France, romans, poésies, voyages, etc. Différents recueils périodiques commençaient également à paraître.

---

1. Fils d'Auguste III, roi de Pologne, feld-maréchal autrichien, né le 11 juillet 1738 et marié le 8 avril 1766 à Marie-Christine-Josepha-Jeanne-Antoinette, sœur de l'empereur Joseph, née le 13 mai 1742. Elle mourut en 1798 et l'archiduc Albert en 1822.

Le prince de Ligne accueillait volontiers les jeunes
écrivains belges et les aidait de tout son pouvoir.
Heureux de profiter de l'hospitalité seigneuriale
qu'il léur offrait si gracieusement, ils venaient à
l'envi lui soumettre leurs essais. Il va sans dire
qu'ils célébraient les beautés de Bel-Œil et de
Baudour dans des vers qu'ont reproduits les
recueils de ce temps.

Sans les événements politiques dont la Belgique
devint le théâtre, il est probable que le prince
eût fait école de littérature et de bon goût ; car il
possédait un talent d'écrivain parfois de premier
ordre. Les idées jaillissaient en abondance de
son cerveau fécond et il les jetait sur le papier
comme au hasard. Son style capricieux, incorrect,
même obscur, est toujours vif et plein d'images ;
le mot vient naturellement se placer sous sa
plume ; les traits abondent, imprévus, incisifs et
parfois du tour le plus hardi ; il tient la grammaire
dans un profond mépris ; mais cette négligence
même, ce laisser aller de grand seigneur donne
à ses écrits une allure inimitable.

Il possédait, en outre, toutes les qualités d'un
excellent critique ; mais il faut reconnaître qu'il
était d'une indulgence aveugle pour ses propres
poésies. Doué par malheur d'une facilité déplo-

rable, il ne laissait échapper aucune occasion de versifier. Un soir, tout le monde étant parti pour une promenade dans les bois, on s'y enfonça si loin, qu'il fut impossible de retrouver la route; on y parvint cependant, grâce à une étoile remarquée par Hélène. Le lendemain, son beau-père lui apportait cette romance faite sur un air à la mode, c'est peut-être la moins mauvaise qui se soit échappée de sa plume.

À HÉLÈNE

Air : Sous la verdure.

Un sombre voile
Nous dérobait notre chemin ;
Nous errions à la belle étoile,
Mais nous arrivons à la fin
Grâce à l'étoile.

Est-ce l'étoile
Qui jadis guida vers un Dieu ?
Ou de Vénus est-ce l'étoile ?
Je penche beaucoup en ce lieu
Pour cette étoile.

Auprès d'Hélène
Conduit l'étoile du berger;
Trop heureux celui qu'elle amène
Tout juste à l'heure du berger
Auprès d'Hélène.

Les jours s'écoulaient ainsi rapides et heureux

la seule ombre qu'il y eût à ce riant tableau était
la santé délicate d'Hélène, qui exigeait des ména-
gements que sa jeunesse et son goût pour le
plaisir ne lui permettaient guère de prendre.
Deux accidents successifs étaient venus détruire
des espérances chères à son mari et peut-être plus
encore à son beau-père, qui attendait avec impatience un fils de son bien-aimé Charles. On ordonna
à la jeune femme les eaux de Spa, fort à la mode
alors. Elle y alla au mois de mai 1782, accompagnée du chevalier de l'Isle et de son amie de
couvent mademoiselle de Conflans, devenue marquise de Coigny[1], qui était intimement liée avec
les Ligne. Hélène lui écrivit pour lui donner
rendez-vous. Le chevalier de l'Isle, dont la plume
était toujours prête et le style familier, lui répond : « Madame de Coigny embrasse Mouchette[2],
qu'elle exhorte à l'attendre jusqu'au quinze du
mois prochain pour aller à Spa. » Hélène attendit,
elles partirent ensemble avec le chevalier, il y
resta peu de temps et écrivit après son retour au
prince de Ligne : « Je ne vous ai point écrit de
Spa, mon cher prince, parce que j'ai longtemps

1. C'est à cette spirituelle marquise que le prince de Ligne
adressa ses délicieuses lettres datées de la Tauride.
2. Petit nom familier de la princesse Charles

espéré de vous y voir, qu'ensuite j'ai compté m'arrêter à Bruxelles, même à Bel-Œil, et que j'avais supplié madame la princesse Charles, qui dit bien mieux que je ne pourrais écrire, de vous parler de moi dans quelques-uns de ses moments perdus. Elle n'en a point? tant mieux pour elle et pour vous, tant pis pour moi. Mais j'ai bien eu mon tour à Spa, vingt fois j'ai voulu vous écrire, uniquement pour vous dire combien cette belle-fille-là était aimable et puis je pensais que vous n'étiez pas homme à ne le point savoir, et, quand on n'a rien de nouveau à dire, il faut se taire. »

Le prince rejoignit en effet sa belle-fille à Spa après le départ du chevalier.

Une ville d'eaux, à cette époque, ressemblait beaucoup à ce qu'elle est de nos jours, mais le prince la décrit avec une verve étourdissante : « J'arrive dans une grande salle, où je vois des man-chots faire les beaux bras, des boiteux faire la belle jambe; des noms, des titres et des visages ridi-cules; des animaux amphibies de l'église et du monde sauter et courir une course anglaise; des milords hypocondres se promener tristement; des filles de Paris entrer avec grands éclats de rire pour qu'on les croie aimables et à leur aise, et espérant par là le devenir; des jeunes gens de tous

les pays se croyant et faisant les Anglais, p⸱rlant
les dents serrées, et mis en palefreniers, cheveux
ronds, noirs et crasseux et deux barbes de juifs
qui enferment de sales oreilles.

» Des évêques français avec leurs nièces, un
accoucheur avec l'ordre de Saint-Michel, un den-
tiste avec celui de l'Éperon, des maîtres à danser
ou à chanter avec l'uniforme de major russe; des
Italiens avec celui de colonel au service de Pologne promenant de jeunes ours de ce pays-là;
des Hollandais cherchant dans les gazettes le
cours du change; trente soi-disant chevaliers de
Malte, des cordons de toutes les couleurs de droite
et de gauche, et à la boutonnière des plaques de
toutes les formes, grandeurs, et des deux côtés.

» De vieilles duchesses revenant de la pi ome-
nade avec un grand bâton à la Vendôme, et trois
doigts de blanc et de rouge; quelques marquises
faisant des parolis de campagne. Des visages
atroces et soupçonneux au milieu d'une montagne
de ducats, dévorant tous ceux qu'on mettait en
tremblant sur un grand tapis vert. Deux ou trois
électeurs habillés en chasseurs, petit galon d'or
et couteau de chasse, quelques princes incognito
qui ne feraient pas plus d'effet sous leur vrai nom.
Quelques vieux généraux et officiers retirés pour

des blessures qu'ils n'ont jamais eues, quelques princesses russes avec leurs médecins, et Palatines ou Castillanes avec leur jeune aumônier.

» Des Américains, des bourgmestres de tous les environs, des échappés de toutes les prisons de l'Europe, des charlatans de tous les genres, des aventuriers de toutes les espèces, des abbés de tous les pays; vingt malades qui dansent comme des perdus pour leur santé, quarante amants ou qui font semblant de l'être, suant et s'agitant, et soixante valseuses avec plus ou moins de beauté et d'innocence, d'adresse et de coquetterie, de modestie et de volupté. Tout cela s'appelle un déjeuner dansant. »

Puis, sortant du palais thermal, le prince va nous conduire sur la Sauvetière, rendez-vous élégant des baigneurs : « Le bruit, le bourdonnement des conversations, le tapage de la musique, la monotonie enivrante de la valse, le passage et le repassage des oisifs, les blasphèmes des joueurs, les sanglots des joueuses et la lassitude de cette lanterne magique me firent sortir de la salle. Je m'assieds, et je vois quelques buveurs compter religieusement leurs verres et leurs pas et s'applaudir, cependant un peu tristement, des

progrès de leur estomac. Quelques femmes viennent les joindre :

» — Les eaux vous passent-elles, Madame?

» — Oui, Monsieur, depuis hier.

» — Votre Excellence commence-t-elle à di-
gérer? dit-elle au ministre d'une cour ecclé-
siastique.

» — J'aurai l'honneur de répondre à Votre Excellence, dit celui-ci, que je transpire depuis huit
heures du soir jusqu'à dix, et que je sue tout à
fait depuis dix jusqu'à minuit. Si je n'avais pas
tant d'affaires pour monseigneur, je me trouve-
rais bien tout à fait de ma cure. »

Hélène retourna à Spa en 1783; elle y retrouva
madame de Sabran, née d'Andlau[1], qui plus tard
devint marquise de Boufflers C'était une des personnes les plus aimables de son temps, elle plaisait à tous ceux qui la voyaient, par sa figure, son
élégance et sa bonté parfaite. Le petit Elzéar de
Sabran, son fils, était avec elle, ne se doutant
guère du rôle politique qu'il devait jouer plus
tard ; il se bornait pour le moment à apprendre

1. Madame d'Andlau était fille du célèbre Helvétius et de mademoiselle de Ligneville. Elle avait fort bien élevé sa fille,
madame de Sabran; madame d'Andlau ne partageait en rien les
opinions de son père.

le rôle de Chérubin, dans *le Mariage de Figaro*, la princesse Charles étudiant Suzanne, et madame de Sabran la comtesse ; car, au retour de Spa, on devait représenter la pièce nouvelle à Bel-Œil.

On reçut à ce moment la nouvelle de l'arrivée du comte d'Artois dans les Flandres[1], et les princes de Ligne partirent aussitôt pour le recevoir et l'accompagner dans sa tournée à Rocroi, à Spa, et le ramenèrent à Bel-Œil.

La princesse Hélène revint à Bel-Œil avant les princes pour préparer la réception de Mgr d'Artois ; mais à peine fut-il arrivé qu'il tomba gravement malade. Le prince avait préparé des fêtes qui lui coûtèrent cinquante mille francs, il n'en parla pas même au comte d'Artois, qui ne pouvait en profiter. Une seule eut lieu, l'illumination féerique du parc ; le prince n'en profita pas, car il ne quitta pas un instant le comte d'Artois, et repartit avec lui pour Versailles.

Le chevalier de Boufflers et madame de Sabran succédèrent au comte d'Artois à Bel-Œil ; le prince

---

1. On lit dans la *Gazette des Pays-Bas* du jeudi 17 juillet 1783 : « Lundi, Mgr le comte d'Artois, toujours accompagné des S. S. Gouverneurs généraux, a vu ce que les environs offrent de plus remarquable. Le lendemain, le prince est parti avec Leurs Altesses royales pour le château de Marimont, d'où il devait se rendre à Bel-Œil. »

qui savait le chevalier en garnison à Valenciennes, lui avait écrit pour lui proposer de le rejoindre à Tournai et, de là, revenir à Bel-Œil. Le chevalier lui répond :

« Tout ce que tu me proposes me tente, mon brave Charlot; mais, en examinant de près ton ordre de marche, je crois qu'il n'y a que mon régiment que je ne verrais pas. Mande-moi quand tu vas à Tournai, je prétends aller te défier à la tête de ton armée, et, si je la trouve sur deux *Ligne*, j'essayerai de les enfoncer.

» Cher prince, je t'aime comme si je te voyais tous les jours de ma vie. C'est qu'après toi il n'y a rien qui plaise autant que le souvenir qui en reste. Envoie-moi ton ordre de marche pour que je te joigne quelque part, et que, s'il se peut, je ne te quitte nulle part[1]. »

Le chevalier arriva à Bel-Œil à temps pour

[1]. Le prince de Ligne aimait Boufflers d'une affection particulière ; il paraît cependant que le chevalier avait l'humeur très inégale ; car madame de Sabran, dans une des charmantes lettres qu'elle lui adresse, en trace le portrait suivant : « Ce n'est pas non plus tes manières de Huron, ton air distrait et bourru, tes saillies piquantes et vraies, ton grand appétit et ton profond sommeil quand on veut causer avec toi, qui m'ont fait t'aimer à la folie : c'est un certain je ne sais quoi, une certaine sympathie qui me fait penser et sentir comme toi; car, sous cette enveloppe sauvage, tu caches l'esprit d'un ange et le cœur d'une femme. »

prendre part à la représentation du *Mariage de Figaro*, qu'on joua avec grand succès sur le joli théâtre de Bel-Œil. Hélène jouait Suzanne, madame de Sabran la comtesse, Elzéar Chérubin, et Boufflers Figaro ; quant au prince père, il dut se contenter du rôle modeste du greffier Doublemain ; car nous devons avouer que, s'il donnait de bons conseils aux autres[1], il jouait fort mal lui-même. On lui donnait généralement l'emploi du notaire qui rédige un contrat, ou du laquais qui apporte une lettre, et il manquait régulièrement son entrée ; mais, en revanche, une fois en scène il n'en voulait plus sortir et disait tout bas, d'un ton suppliant, aux autres acteurs : « N'est-ce pas, que je ne vous gêne pas ? »

Hélène joua avec une malice et une gaieté qui rappelaient la rieuse pensionnaire de l'Abbaye-aux-Bois, avec quelque expérience en plus ; le petit Elzéar fut délicieux dans Chérubin, mais le chevalier l'emporta sur tous par la verve endiablée avec laquelle il débita son rôle. Ce fut un spectacle assez curieux et un signe des temps, que de voir l'aristocratique auditoire de Bel-Œil applau-

1. Voir ses *Lettres à Eugénie sur les spectacles*. Paris, Valade, 1774.

dir le monologue de Figaro récité par un grand
seigneur.

Le prince Charles, sans prendre une part active
aux plaisirs de sa femme, s'y prêtait volontiers;
mais il fallait d'autres aliments à son intelligence
sérieuse. Il s'intéressait particulièrement à toutes
les découvertes scientifiques et suivait avec
grand intérêt les progrès de l'invention nouvelle
des aérostats par Charles Pilatre de Rozier et
Montgolfier. Il assista aux premières expériences
tentées à Paris, et entre autres à l'ascension faite le
21 novembre 1783 par Pilatre de Rozier et d'Ar-
landes, au jardin de la Muette, dans une montgolfière libre. Les aéronautes coururent de grands
dangers, le feu ayant pris à leur ballon; ils parvinrent cependant à l'éteindre et descendirent
sains et saufs à Gentilly. A ce moment-là, on considérait une ascension comme l'entreprise la plus
hardie, et personne ne se souciait d'accompagner
les aéronautes. Mais le prince Charles, doué d'un
courage et d'un sang-froid à toute épreuve, résolut de prendre part à la troisième ascension, qui
eut lieu à Lyon le 19 janvier 1784. Les voyageurs
étaient au nombre de sept : Montgolfier l'aîné,
Pilatre de Rozier, Fontaine, le prince Charles et
trois autres personnes qui voulurent monter au

dernier moment. Quoique la montgolfière fût énorme, le nombre des voyageurs était trop considérable ; de Rozier l'avait prévu et ne voulait pas permettre aux deux dernières personnes de monter. Montgolfier l'engagea à céder ; mais, à peine enlevée et après être montée à cinq cents toises environ, la montgolfière se déchira insensiblement, et ils durent redescendre précipitamment à une lieue de la ville, non sans péril. Ils furent acclamés par toute la population à leur retour à Lyon. Au mois d'avril 1784, le prince Charles fit lancer sur la place de Mons, devant l'hôtel des États, un aérostat superbe, construit à ses frais. Il avait invité, pour assister à ce spectacle, alors si nouveau, le duc et la duchesse d'Aremberg et un grand nombre de personnages de distinction de la cour de Bruxelles et de celle de Versailles, qui revinrent à Bel-Œil après l'ascension du ballon [1].

1. Voir la *Gazette des Pays-Bas*, du lundi 5 avril 1784. n° XXVIII.

VIII

Le prince Charles achète un hôtel à Paris. — Naissance de Sidonie. — L'insurrection des Flandres. — L'hiver à Vienne. — Joseph II et sa cour. — La première représentation de *Don Juan*. — Haydn et Mozart. — La comtesse de Kinsky. — Une passion du prince Charles. — Départ d'Hélène pour Varsovie.

Le prince de Ligne et sa belle-fille avaient une grande sympathie l'un pour l'autre. La jeune femme se plaisait beaucoup à Bel-Œil quand son beau-père y était ; mais elle n'aimait pas Bruxelles, leur résidence d'hiver. Nous savons déjà, d'après son propre aveu, qu'Hélène était têtue comme la mule du pape : elle ne perdait pas de vue son idée fixe de s'établir à Paris. Son mari redoutait beaucoup ce séjour peu en harmonie avec ses goûts, il n'avait jamais vécu en France et s'y sentait dépaysé.

Il redoutait la comparaison avec l'élégance su-
prême, le ton spirituel et léger des brillants gentilshommes de la cour de Versailles. Mais, comme
ce que femme veut, Dieu le veut, le prince Charles
finit par céder; il acheta, en septembre 1784, un
fort bel hôtel, situé rue de la Chaussée-d'Antin[1].

Il est inutile de dire avec quelle joie Hélène
s'installa à Paris, elle y retrouvait la plupart de
ses anciennes amies de couvent, et, présentée sous
les auspices de son beau-père, elle fut accueillie
et fêtée partout.

Admise dans les cercles les plus brillants, à
Chantilly, chez le prince de Condé, à Petit-Bourg,
chez la duchesse de Bourbon, au Temple chez le
prince de Conti, la jeune princesse se livra tout
entière au tourbillon des fêtes et à l'enivrement
du succès. Séduite par la grâce et l'amabilité des
jeunes gens qui la courtisaient, Hélène se laissa
aller à un instinct de coquetterie qui ne demandait qu'à se développer; elle ne distinguait personne, mais cherchait à plaire à tous; elle ne rentrait chez elle que pour s'occuper de sa toilette, et
voyait à peine son mari, qui, absorbé par ses travaux, ne l'accompagnait que rarement. Le carac-

1. Cet hôtel occupait l'emplacement compris entre la rue de
Provence et celle de la Victoire.

tère solide du prince Charles, son goût pour
l'étude joint au tour romanesque très allemand
de son esprit formaient un constraste complet
avec le genre léger, persifleur et superficiel des
hommes de la cour. Hélène, avec l'étourderie de
son âge, décida en elle-même que son mari était
ennuyeux, et, sans la crainte d'offenser son beau-
père, elle ne se serait point gênée pour lui adresser quelques railleries.

La position du prince Charles à Paris était difficile à soutenir, comme mari d'une femme jolie
et fort à la mode.   —

Fils d'un père étincelant d'esprit, et qui jouait
partout le premier rôle, il était forcément réduit
à un rôle secondaire et effacé, qui n'eût rien coûté
à sa modestie, s'il n'avait senti qu'il l'amoindris-
sait aux yeux de sa femme. En se mariant, il
n'éprouvait aucun sentiment d'amour pour
Hélène qu'il avait à peine entrevue, mais il s'y attacha très vite d'une affection presque paternelle.
Il l'avait laissée jouir d'une grande liberté à Bel-
Œil tout en cherchant à développer en elle des
goûts sérieux, un peu étouffés par la passion du
plaisir. Il commençait à y réussir lorsque les trois
hivers passés à Paris vinrent détruire son œuvre
ou du moins la compromettre fortement. Hélène

était trop jeune pour comprendre et apprécier ce
que valaient l'intelligence supérieure et le caractère élevé de son mari.

Cependant un événement désiré depuis longtemps rapprocha pour quelque temps les deux
époux. Le 8 décembre 1786, Hélène mit au
monde une petite fille qu'on nomma Sidonie.
Ce fut une grande joie pour le prince Charles, qui
obtint assez facilement d'Hélène de ne pas revenir à Paris et d'aller dès le printemps à Bel-
Œil. Elle consentit volontiers à s'installer de très
bonne heure à la campagne, d'autant plus que son
beau-père venait de quitter Paris et de partir
pour la Russie, où il était appelé par une invitation de l'impératrice Catherine.

Avant de partir, le prince avait eu tout le
temps de faire arranger le berceau de roses promis aux enfants de son Charles, et, dès le mois de
mars, on voyait une belle nourrice brabançonne
promener un frais poupon dans les jardins de
Bel-Œil. L'été promettait de se passer à merveille, et, sauf l'autorité un peu trop absolue de la
princesse mère sur la nourrice et le poupon, qui
impatientait la jeune mère, l'harmonie et la paix
régnaient à Bel-Œil. Tout à coup, au milieu de
l'été (1787), une insurrection grave éclata dans

les Flandres. Elle se préparait sourdement, depuis longtemps. Joseph II était atteint de la manie de toucher à tout; ses intentions étaient en général excellentes; mais, plus habile en théorie qu'en pratique, il négligeait souvent d'examiner si un système utile en lui-même ne devenait pas dangereux en l'appliquant à un terrain mal préparé. Les réformes qu'il voulut introduire dans les Flandres sont un exemple frappant de ce défaut.

Longtemps soumis à la domination espagnole, le peuple flamand était religieux jusqu'à la superstition et aussi attaché à ses anciens privilèges politiques qu'à ceux de l'Église. Joseph II, après la mort de Marie-Thérèse, commença par abolir certaines processions, certains pèlerinages et un grand nombre de confréries. Ces coutumes et institutions, à coup sûr trop nombreuses et inutiles, faisaient partie intégrante des mœurs nationales et cette abolition froissa vivement le peuple. Le clergé ne fut pas moins blessé de l'arrêté qui supprima la société des Bollandistes, de nombreux couvents et abbayes et tous les séminaires diocésains.

Enfin l'empereur, toujours animé des plus libérales intentions, jugea « qu'il était de sa charité d'étendre, à l'égard des protestants, les

effets de la tolérance civile qui, sans examiner
la croyance, ne considère dans l'homme que la
qualité de citoyen ». Il leur accorda donc une
existence civile qui leur était refusée jusqu'alors.

Les évêques s'opposèrent hautement à ces
mesures et furent sévèrement réprimandés. Non
content de toucher aux privilèges de l'Église,
Joseph II bouleversa l'organisation judiciaire et
supprima en quelque sorte la nationalité des
Pays-Bas, qui furent déclarés province autrichienne et divisés en neuf cercles, gouvernés
par un intendant et des commissaires autrichiens
qui ne relevaient que de la cour de Vienne. C'était
fouler aux pieds la *Joyeuse Entrée*, cette grande
Charte des privilèges du Brabant et autres États
des Flandres[1].

L'irritation des esprits était à son comble, et
Joseph avait trouvé moyen, par ses réformes di-
verses, de s'aliéner toutes les classes de ses sujets.

1. Les privilèges du Hainaut entre autres sont fort curieux. On
y trouve l'ancienne formule du serment que prêtait l'empereur
à son inauguration comme comte du Hainaut. On verra plus loin
les détails de cette cérémonie qui datait de Charles-Quint.

Les États du Hainaut prirent une part active à la révolte et
refusèrent, en octobre 1788, de voter les subsides demandés par
l'empereur. Ils avaient été mortellement offensés de voir un
commissaire autrichien prendre la place de leur ancien gouverneur et grand bailli, le prince d'Aremberg.

Un avocat de Bruxelles, Van der Noot, publia un manifeste d'une extrême violence où il démontrait l'illégalité des innovations introduites par Joseph II. Ce libelle fut approuvé par les États, mais l'auteur, menacé d'être arrêté par le gouvernement, s'enfuit en Angleterre. C'est au moment où se fomentait la Révolution que la famille de Ligne, effrayée de l'agitation qui régnait en Belgique, se hâta de rejoindre le prince Charles à Vienne, où il avait été rappelé par le maréchal Lascy. On organisait déjà, par les ordres secrets de l'empereur, l'armée destinée à combattre les Turcs, le printemps suivant.

Les princesses de Ligne arrivèrent à Vienne à la fin de l'été. Hélène y avait fait un court séjour au moment de son mariage et n'en conservait pas un agréable souvenir. Les mœurs et les habitudes viennoises différaient trop de celles de la France pour pouvoir lui plaire. Elle eût beaucoup préféré passer l'hiver dans son hôtel de Paris; mais elle n'osa pas le demander à son mari, que son service retenait à Vienne.

La cour de l'empereur d'Allemagne n'avait pas la représentation brillante qu'on pouvait attendre de la première puissance de l'Europe[1].

1. La maison de Lorraine avait beaucoup contribué à bannir

Son palais, d'une architecture très simple,
n'annonçait pas l'habitation d'un souverain. Un
détachement de la garnison de Vienne en avait la
garde, quelques trabans placés aux portes dans
l'intérieur veillaient au bon ordre èt à la police
des appartements. L'état de maison de Joseph II
était très peu dispendieux, il avait cependant de
grands officiers de la couronne, tels que grand
maître, grand chambellan, grand écuyer, etc. Mais
ils ne remplissaient leurs fonctions qu'aux jours
de gala.

La cour de Vienne, malgré sa simplicité et sa
bonhomie, était composée de fort grands personnages; on y voyait bon nombre de princes souverains, des frères de rois ou d'électeurs, au service
de l'empereur, et une foule de grands seigneurs,
tels que les princes de Ligne, d'Aremberg, de

de la cour de Vienne la sévère étiquette qui y régnait auparavant.

François Ier, père de Marie-Antoinette, admettait à sa table
les principaux officiers de sa couronne et y laissait régner la
plus grande liberté. Marie-Thérèse admettait dans son intimité
la plupart des dames de la cour; elle faisait même, pendant
l'été, des séjours assez fréquents chez plusieurs d'entre elles.
On la voyait se promener en tricotant dans les jardins, ou lire,
assise sous une tonnelle, sans être suivie d'une seule dame
d'honneur. Marie-Antoinette avait donc pris, dès son enfance,
les habitudes d'abandon et de familiarité qu'elle apporta en
France et qui la firent juger si sévèrement.

Lichtenstein, Esterhazi, Colorado, Palfy [1], et d'autres qui, par leur rang et leurs richesses, étaient des sujets presque égaux à leur souverain. Quand il le fallait, « l'empereur savait donner à cette cour, qui avait l'air d'un couvent ou d'une caserne toute l'année, la pompe et la dignité du palais de Marie-Thérèse ».

Hélène assista pour la première fois aux fêtes du jour de l'an à Vienne. La plupart des magnats hongrois [2] venaient à la cour, ce jour-là, dans leur élégant costume, parés de leurs plus beaux bijoux. Le prince Esterhazi entre autres avait un cheval richement caparaçonné, couvert d'une housse parsemée de diamants. L'habit du prince était d'une richesse proportionnée à celle du harnachement de son cheval : « Je ne pouvais pas le fixer, il m'éblouissait, » dit Hélène. L'empereur Joseph, simple dans la vie privée, était en grand uniforme brodé d'or, ayant, sur son habit, ses

1. La princesse Euphémie de Ligne épousa, le 11 septembre 1798, le fils aîné du comte de Palfy, Jean-Baptiste-Gabriel.

2. La garde noble hongroise n'accompagnait l'empereur que dans les grandes cérémonies. Elle était entretenue par les États de Hongrie, qui mettaient un grand amour-propre à la beauté des chevaux et à l'état des uniformes.

La garde polonaise, créée après le premier partage de la Pologne (1772) était composée de jeunes gens de la noblesse et rivalisait avec la garde hongroise.

cordons et son chapeau, pour dix-huit cent mille
livres de diamants ; les boutons, les boutonnières,
les épaulettes, la ganse et le bouton du chapeau
étaient en diamants. Ce jour-là, les domestiques de
la cour et de la noblesse avaient une livrée de soie
brodée d'or et d'argent.

Le prince de Ligne a laissé un intéressant portrait de Joseph II, qu'il a vu dans la plus étroite intimité. Lord Malmesbury lui demandait, un an
avant le règne de cet empereur, ce qu'il en pensait : « Comme homme, répondit le prince, il a
beaucoup de mérite et de talent ; comme prince
il aura toujours des ambitions et ne se soulagera
jamais ; son règne sera une perpétuelle envie d'é-
ternuer. »

L'empereur Joseph aimait la société des femmes
aimables et distinguées ; mais jamais une intrigue
d'amour ne prit naissance dans son cercle intime.
On remarquait à sa cour la princesse Kinsky,
née Hohenzollern, et sa sœur la princesse Clary[1].
La première était simple, affable, fort instruite,
douée d'un jugement sûr, et passionnée de lecture
et de conversation. La seconde, modeste, douce et
gracieuse, écoutait plus volontiers que sa sœur

1 Belle-mère de la princesse Christine de Ligne.

et apportait beaucoup de liant et de charme dans la société.

L'empereur avait fait don à la princesse Kinsky d'un fort bel appartement dans le palais du Haut-Belvédère [1]. C'est là que se réunissait, tous les jeudis, la société la plus choisie de Vienne en hommes et en femmes. Hélène y fut admise par grande faveur et elle a tracé quelques portraits de ces dames, entre autres celui de la princesse Charles de Lichtenstein, née princesse d'Œttingen, qui faisait les délices de la société du Belvédère. Elle était d'une beauté ravissante et écrivait à merveille. Ses lettres, presque toutes en français, étaient pleines d'esprit et de sentiment; elle s'exprimait avec grâce, son caractère solide et son commerce sûr, son esprit aimable et cultivé avaient gagné le cœur du prince de Ligne, dont elle était la belle-sœur favorite

La comtesse Ernest de Kaunitz [2], sœur de la princesse Charles, était laide mais spirituelle et vive, adorant la discussion, qu'elle provoquait

1. Petit palais de campagne bâti par le prince Eugène dans un des faubourgs de Vienne.

2. Belle-fille du célèbre prince de Kaunitz, chancelier de l'empire sous Marie-Thérèse. Le prince de Kaunitz avait conservé ses fonctions sous Joseph et était un des personnages les plus influents de la cour.

volontiers et qui faisait briller la vivacité et la malice de ses réparties. Enfin la princesse François de Lichtenstein, née Steinberg, complétait ce petit cercle. Seconde belle-sœur du prince de Ligne, elle plaisait moins à son beau-frère que la première ; elle avait une haute idée de son rang, de son nom et des égards qui lui étaient dus ; sérieuse et digne, mais bonne et bienfaisante, elle s'occupait sans cesse d'œuvres de charité et il était difficile d'échapper aux billets de loteries, concerts et quêtes qu'elle imposait à tout le monde.

Le seul étranger admis dans cette société était le duc de Bragance. Le maréchal de Lascy, le prince de Kaunitz, le prince de Ligne et quelques autres grands seigneurs de la cour y venaient habituellement, et l'empereur Joseph ne manquait jamais un jeudi du Belvédère.

Joseph II, dans sa jeunesse, ne promettait point d'être aimable, il le devint tout à coup à son couronnement. Ses voyages, ses campagnes, la société de quelques femmes distinguées avaient achevé de le former, et de dissiper la timidité qu'une éducation trop sévère lui avait fait contracter.

Le plus grand abandon régnait dans la société du Belvédère ; l'empereur oubliait son rang et permettait à ces dames une franchise qui dépassait parfois les bornes du respect.

« Ce que j'ai entendu dire à Joseph par les dames de sa société est inconvenable, écrit le prince de Ligne. Une d'elle lui dit à propos d'un voleur qu'il avait fait pendre ce jour-là :

» — Comment Votre Majesté a-t-elle pu le condamner après avoir volé la Pologne ? »

C'était dans les temps du premier partage.

« — Ma mère, qui a toute votre confiance, Mesdames, répondit-il, et qui va à la messe tout autant de fois que vous, a très joliment pris son parti là-dessus. Je ne suis que son premier sujet.

» L'empereur aimait les confidences, il était discret et sûr, quoiqu'il se mêlât de tout. Ses manières étaient fort agréables, il avait du trait dans la conversation, beaucoup d'esprit naturel et racontait plaisamment. Voici une anecdote qu'il contait volontiers. Lorsque Marie-Thérèse se trouva poursuivie de si près par ses ennemis, qu'il lui restait à peine une ville en Allemagne dans laquelle elle pût faire ses couches, elle se retira à Presbourg et y fit assembler les États. Elle était jeune, belle, d'une fraîcheur éblouissante, elle parut au milieu des paladins de Hongrie, vêtue d'un grand habit de deuil qui rehaussait encore

l'éclat de sa beauté; son fils âgé de deux ou trois
ans était dans ses bras : « C'est à vous que je le
confie, » dit-elle en leur présentant l'enfant, **qui** se
mit à pleurer. L'empereur, en racontant cette histoire, ajoutait que sa mère, qui connaissait la
science des effets, lui pinça ses petites fesses en
le présentant aux Hongrois : « Et voilà mes mous-
taches qui, touchées des cris d'un enfant qui avait
l'air de les implorer, tirent leurs sabres et jurent
sur leurs lames turques, de défendre, jusqu'à la
dernière goutte de leur sang, le fils et la mère[1] ! »

En dehors du petit groupe de la société du Belvédère, de nombreuses maisons étaient ouvertes
à Vienne. La princesse Lubomirska[2], appelée com-
munément princesse maréchale, avait un des salons les plus brillants. Son esprit original et imprévu, sa manière de dire piquante et distinguée
tout à la fois donnaient à son salon un cachet de
gaieté tout particulier. Elle défendait de parler

1. Fragment de *Mémoires* inédits du prince de Ligne, publiés
par la *Revue nouvelle*, 1840, et Albert Lacroix à Bruxelles.
2. La princesse Lubomirska était cousine du roi Stanislas-
Auguste. Il en parle souvent dans sa correspondance avec madame Geoffrin et la désigne sous le nom d'Aspasie. Elle était née
Czartoryiska et résidait alternativement à Vienne, à Varsovie et
dans sa magnifique terre à Lancut. Une grande partie des terres
de la princesse étaient situées dans la Galicie autrichienne.

chez elle guerre ou politique. « Point de politique
dans un salon, disait-elle, avec des hommes plus
femmes que nous. »

On donnait beaucoup de bals à Vienne, et ils
étaient très animés; car les Viennois aimaient passionnément la danse. On y dansait la valse avec
une telle fureur et une telle rapidité, qu'au début
Hélène en fut étourdie, quoiqu'elle dansât parfaitement bien. Elle finit cependant par s'habituer
comme les autres à ne pas se reposer un instant
tant que durait la valse.

Les bals de la princesse Lubomirska étaient
charmants; ils commençaient et finissaient toujours par une polonaise, espèce de marche ca-
dencée où l'on s'arrête à certains intervalles pour
exécuter un balancé très gracieux. « Si les vieux
parents veulent être pour quelque chose dans les
danses, disait le prince de Ligne, ils demandent
une polonaise : et voilà les bonnes gens qui figu-
rent, se promènent, avec un ancien sourire de
contentement qui leur rappelle leur bon temps
et la malice qu'ils y entendaient. Les jeunes s'oc-
cupent de leur bon temps présent, dont ils ne per-
dent pas un instant. » Cette danse faisait valoir
l'élégance de la taille, de la démarche et la grâce
des mouvements. Hélène y excellait et mettait

une coquetterie patriotique à l'emporter sur les Viennoises.

La princesse Charles aimait passionnément la musique, et avait une loge au théâtre de la cour. *Don Juan* venait d'être représenté à Prague avec un grand succès, en l'honneur de l'arrivée de la duchesse de Toscane, femme de Léopold. Mozart était allé en personne diriger les répétitions. L'empereur Joseph, au moment de partir pour l'armée, fit presser Mozart de revenir immédiatement pour monter la pièce à Vienne. On répéta rapidement, la représentation eut lieu devant un public nombreux. Hélène y assistait, ainsi que toute la noblesse viennoise. *Don Juan* fut admirablement chanté; mais le public demeura glacé, à quelques exceptions près, dont Hélène faisait partie. L'empereur, qui avait trouvé la musique admirable, fut piqué de la froideur des assistants :

— C'est une œuvre divine, dit-il à Mozart, qu'il fit venir dans sa loge, mais ce n'est pas là morceau pour mes Viennois !

— Il faut leur laisser le temps de le goûter, répondit modestement l'auteur; il convenait mieux au public de Prague, mais je ne l'ai fait que pour moi et pour mes amis.

En sortant du théâtre, une partie des spectateurs

s'était rendue chez la comtesse de Thun, et l'on discutait vivement l'œuvre nouvelle, quand Haydn entra. Chacun donnait son avis à tort et à travers, et, tout en convenant que la musique portait le cachet du génie, on la déclarait obscure et incompréhensible dans certaines parties. Haydn fut pris pour juge : « Je ne suis pas en état de décider dans cette savante dispute, dit-il avec une humilité malicieuse; tout ce que je sais, c'est que Mozart est le plus grand musicien qui existe. »

Les concerts étaient magnifiques à Vienne et en grand nombre. L'empereur aimait avec passion la musique instrumentale. Les symphonies de Mozart et de Haydn[1] étaient exécutées avec une rare perfection par un excellent orchestre que dirigeait Salieri[2]. Ce fut également au printemps de 1787 qu'on donna pour la première fois *les Sept Paroles d'Haydn*, oratorio considéré comme son chef-d'œuvre.

1. Mozart fut attaché en 1780 à la chapelle de l'empereur Joseph, qui l'aimait beaucoup, et, quoiqu'il n'en reçût qu'un traitement très modique, il refusa constamment les offres avantageuses qui lui furent faites par d'autres souverains, entre autres par le roi de Prusse. Haydn était également attaché à la chapelle de l'empereur.

2. Salieri, maître de chapelle et directeur de la musique de chambre de l'empereur à Vienne.

On voit qu'un hiver à Vienne pouvait se passer d'une manière très agréable, mais la société de Vienne ne plaisait pas à Hélène. Parisienne dans l'âme, elle s'y trouvait dépaysée. Son mari, en revanche, qui connaissait depuis son enfance les principales familles de la cour, s'y sentait infiniment plus à l'aise qu'à Paris. Il était intimement lié avec toutes les jeunes femmes, amies de ses sœurs. L'une d'elles, entre autres, le traitait avec la familiarité affectueuse d'un camarade d'enfance : c'était la comtesse Kinsky, née Dietrichstein, et belle-fille de la princesse qui présidait le Belvédère. On pouvait difficilement rencontrer une femme plus séduisante, et son histoire romanesque ajoutait encore au charme de sa personne. les parents du comte Kinsky et les siens avaient arrangé entre eux le mariage de leurs enfants, auxquels ils ne demandèrent point leur avis. Le jeune comte était en garnison dans une petite ville de Hongrie, il n'arriva que pour la célébration du mariage. Aussitôt après la messe, il conduisit sa jeune femme chez elle, lui baisa la main et lui dit : « Madame, nous avons obéi à nos parents, je vous quitte à regret, mais je dois vous avouer que, depuis longtemps, je suis attaché à une femme sans laquelle je ne saurais vivre, et vais la reoindre. » Une chaise de poste était à la porte de l'église, le comte y monta et ne revint jamais. La comtesse Kinsky n'était donc ni fille, ni femme, n veuve et cette situation bizarre était d'autant plus dangereuse qu'on pouvait difficilement voir une femme plus ravissante. Elle joignait à sa grande beauté un esprit aimable et un cœur excellent. Hélène la rencontrait souvent chez la comtesse de Thun, amie intime des de Ligne et rendez-vous habituel de la société.

Le frère de madame de Kinsky, le comte François de Dietrichstein[1], était l'ami intime du prince Charles, avec lequel il avait été élevé. La situation bizarre de la comtesse rendait une semblable intimité fort dangereuse et l'amitié tendre que le prince Charles ressentait pour elle ressemblait fort à de l'amour. Hélène, avec l'instinct subtil de la femme, devina très vite entre son mari et la belle comtesse un lien secret dont elle ne démêlait pas bien la nature; car les plus strictes bienséances étaient toujours observées de part et d'autre. Il

1. Le comte François-Joseph de Dietrichstein, né le 28 avril 1767, conseiller privé et chambellan de l'empereur d'Autriche. Il remplissait les fonctions de général major dans le corps du génie lors des premières guerres contre la République française; ce fut lui qui, en 1800, conclut avec Moreau l'armistice de Parsdorf.

faut reconnaître que, malgré le rapprochement passager amené par la naissance de la petite Sidonie, les deux époux étaient devenus indifférents l'un à l'autre. Le prince n'avait pas oublié l'ironie dédaigneuse avec laquelle sa femme le traitait à Paris et il n'était point fâché de lui prouver qu'à Vienne il jouait un tout autre rôle. En somme, ni l'un ni l'autre n'avait fait un mariage d'amour. Quelques rapports de goûts, les convenances sociales les avaient liés d'amitié; ce sentiment pouvait-il suffire à les défendre contre un plus vif, s'il venaient à l'éprouver?

L'hiver s'écoula ainsi. La révolution des Flandres avait pris d'inquiétantes proportions, il ne pouvait être question du retour à Bel-Œil. Le prince Charles, rappelé à son corps, servait sous le commandement du général de Lascy, et avait quitté Vienne depuis quelque temps. A peine était-il parti qu'Hélène lui écrivit pour lui demander la permission de se rendre auprès de son oncle à Varsovie, où la Diète allait s'assembler. Elle prit pour prétexte de ce voyage d'importantes affaires à régler avec le prince évêque. L'autorisation demandée fut obtenue facilement, à la condition de laisser le petite Sidonie aux soins de sa grand'mère, et Hélène partit au mois de septembre 1788.

IX

Vers l'automne de 1786, le prince de Ligne
reçut une invitation de la czarine, pour l'engager
à venir la rejoindre à Pétersbourg et à l'accompagner pendant le voyage qu'elle allait entreprendre en Crimée. Cette invitation avait pour
but secret de préparer l'entrevue qui devait avoir
lieu entre Catherine et Joseph II à Kherson.

La Porte avait cédé à la Russie, en janvier 1784,
la Crimée et le Kouban ; ces acquisitions n'avaient

fait qu'irriter l'ardente soif de conquêtes de l'impératrice ; son ambition se trahissait dans les
moindres détails : déjà l'un de ses petits-fils s'appelait Alexandre et l'autre Constantin, la Crimée
était redevenue la Tauride ; mais ses vues ambi-
tieuses ne devaient pas se borner là. Le prince
de Ligne fut reçu par Catherine comme s'il l'eût
quittée la veille ; elle le mit au courant de ses
projets et l'envoya à la fin de décembre porter à
Joseph II l'itinéraire du voyage et le résultat de
sa secrète mission.

Sous prétexte de voir de plus près ses nouveaux
domaines, la czarine entreprenait, le 18 janvier 1787, un voyage dans les provinces méridion-
nales de l'empire. Elle était accompagnée de son
favori, le comte Momonoff, des ambassadeurs de
France, d'Autriche et d'Angleterre et du prince
de Ligne qui la rejoignit à Kiew : « Je suivais,
dit-il, en qualité de jockey diplomatique. »

Elle avait, en outre, une suite considérable de
princes et de grands seigneurs russes. Sa flotte
se composait de quatre-vingts bâtiments avec
trois mille hommes d'équipage.

Le roi Stanislas-Auguste attendait la czarine
à Kanew. Elle descendait lentement le Borysthène
sur une galère aussi belle que celle de Cléopâtre.

Le prince de Ligne se détacha de la flotte dans une
petite pirogue zaporavienne pour prévenir le roi
de l'arrivée de Catherine. Une heure après, les
grands seigneurs de l'empire venaient le chercher dans une brillante chaloupe. En y mettant
le pied, il leur dit avec le charme inexprimable
de sa belle figure et de son joli son de voix :
« Messieurs, le roi de Pologne m'a chargé de vous
recommander le comte Poniatowski. » Le dîner fut
très gai ; on but à la santé du roi au bruit d'une
triple décharge de toute l'artillerie de la flotte.
Puis le roi offrit à souper à tous les seigneurs de
sa suite. La flotte avait jeté l'ancre devant son
palais improvisé ; à peine la nuit venue, un embra-
sement général des rives du Borysthène simula
une éruption du Vésuve qui éclairait les monts,
les plaines et le fleuve comme le plus beau
soleil. A la lueur des feux, on voyait se déployer
les brillants escadrons de la cavalerie polonaise.
Stanislas avait dépensé trois mois de temps et
trois millions pour voir la czarine pendant trois
heures.

Elle l'avait aimé ; mais, depuis longtemps, cet
amour avait fait place à d'autres, et maintenant
elle lui arrachait froidement et lentement les
lambeaux du royaume qu'elle lui avait donné jadis.

Ils se séparèrent de fort bon accord en apparence ; mais le roi s'était bien vite aperçu, pendant cette courte réunion, qu'il ne fallait plus songer à faire revivre le passé.

Ce fut la dernière entrevue de Catherine et de Stanislas. Huit ans plus tard, elle le détrônait de ses propres mains.

L'empereur Joseph rejoignit la czarine à Kherson, et ils continuèrent ensemble ce voyage, qui ressemblait à un conte de fées. « Je crois encore rêver, dit le prince de Ligne, quand, dans le fond d'une voiture à six places, qui est un vrai char de triomphe, orné de chiffres en pierreries brillantes, et attelé de seize petits chevaux tartares, je me trouve assis entre deux personnes sur les épaules desquelles la chaleur m'assoupit souvent et que j'entends dire en me réveillant, à l'un de mes compagnons de voyage :

» — J'ai trente millions de sujets, à ce qu'on dit, en ne comptant que les mâles.

» — Et moi vingt-deux, dit l'autre en comptant tout.

» On prenait, en causant, des villes et des provinces, sans faire semblant de rien, et je disais : « Vos Majestés ne prendront que des » misères et la misère. » L'empereur répondit en

s'adressant à l'impératrice : « Madame, nous le
» traitons trop bien, il n'a pas assez de respect
» pour nous. Savez-vous, Madame, qu'il a été
» amoureux d'une maîtresse de mon père et qu'il
» m'a empêché de réussir en entrant dans le
» monde, auprès d'une marquise, jolie comme
» un ange, et qui a été notre première passion à
» tous deux. »

Pendant le voyage, l'impératrice avait fait don
au prince de Ligne de l'emplacement sur lequel
était situé le rocher d'Iphigénie; tous ceux qui
avaient des terres en Crimée, comme les Mourzas,
prêtèrent serment de fidélité à Catherine; le
prince de Ligne fit comme eux. L'empereur vint
à lui, et, le prenant par le ruban de sa Toison d'or,
il lui dit :

— Vous êtes le premier de l'ordre qui ait prêté
serment avec des seigneurs à barbe longue.

— Sire, dit de Ligne, avec son fin sourire, il
vaut mieux, pour Votre Majesté et pour moi, que
je sois avec les gentilshommes tartares qu'avec
les gentilshommes flamands.

L'empereur venait d'apprendre, à l'instant
même, la révolte des Flandres, dont nous aurons
à nous occuper plus tard.

Au retour de ce féerique voyage, la guerre

contre les Turcs était décidée, et l'alliance austro-russe conclue.

Les préparatifs se faisaient en silence, quand tout à coup la Turquie prit l'offensive en faisant emprisonner l'ambassadeur russe, M. de Bulgakoff, au château des Sept-Tours, et, le 18 août 1787, Catherine déclara la guerre à la Porte.

L'impératrice comptait fermement sur l'alliance qu'elle venait de conclure avec Joseph II; cependant elle questionnait le prince de Ligne :

— Que croyez-vous que fera l'empereur?

— En doutez-vous, Madame? il va vous envoyer ses vœux, peut-être ses souhaits; mais, comme les uns sont plus portatifs que les autres, je suis sûr que sa première lettre en sera remplie.

Le prince se trompait, l'empereur allait entrer prochainement en campagne, avec cent mille hommes [1], et venait de le nommer général en chef (feldzeugmeister) commandant toute l'infanterie. Malheureusement la lettre qui lui apportait ces nouvelles se croisait avec une qu'il écrivait à l'empereur pour lui demander la permission de servir dans l'armée russe en qualité de général; il offrait, en même temps, de

1. Ce fut le 9 février 1788 que l'Autriche, en qualité d'alliée de la Russie, déclara la guerre à la Porte.

tenir Sa Majesté au courant des plans de campagne et des opérations militaires russes. L'empereur accorda la permission demandée.

Le prince commença ses préparatifs de départ
en octobre 1787. « L'empereur, dit-il, m'avait
écrit une lettre, pleine de bonté et de génie, sur ce
qu'il demandait à son alliée; j'en fis un extrait
qui servit de plan de campagne; car personne,
à Pétersbourg, n'avait l'idée d'un plan. On ne
savait par où commencer. » Avant de partir pour
rejoindre Potemkin[1], le prince voulait absolument

1. Potemkin (Grégoire-Alexandrowitch), feld-maréchal russe
et le plus célèbre de tous les favoris de l'impératrice Catherine II. Il naquit en septembre 1736 aux environs de Smolensk
et mourut le 16 octobre 1791.

On prétend que, pendant ce fameux voyage de la Tauride, il
faisait élever, de distance en distance, le long de la route que
parcourait l'impératrice, des décorations théâtrales représentant
dans le lointain des villages, des bourgs et des villes et organisait
des bandes de *figurants* chargés de jouer le rôle de populations
agricoles se livrant paisiblement à leurs travaux. Quoique revêtu
de fonctions et de dignités plus profitables les unes que les autres,
il puisait à pleine main dans le trésor de l'État et se faisait
soudoyer par les puissances étrangères. Joseph II et Frédéric
le Grand l'accablèrent de cadeaux et de pensions, et, par suite de
la rivalité qui s'établit entre eux pour obtenir l'alliance russe, le
premier le créa prince du Saint-Empire romain, et le second
lui offrit ses bons offices pour lui faire obtenir le duché de
Courlande. Il n'avait aucun talent comme général en chef, mais
de bons officiers sous ses ordres dirigèrent les opérations de la
guerre contre les Turcs.

donner un bal aux plus jolies femmes de la cour
qui l'en avaient prié; mais on croyait les opérations de guerre fort engagées, et on ne lui en
donna pas le temps :

« L'armée est peut-être déjà sous les murs
d'Ocsakoff, lui disait-on, cinq mille Turcs ont été
tués à Kinburn par Suwaroff. La flotte turque
va se retirer, partez bien vite! »

Il partit le 1ᵉʳ novembre 1787. « Mon Dieu, écrit-
il, quel temps! quels chemins! quel hiver! quel
quartier général! Je suis confiant, moi, je crois
toujours qu'on m'aime. Je crus que le prince,
qui m'en avait assuré, serait charmé de me voir.
Je ne me suis aperçu de l'air embarrassé qu'il
eut le jour de mon arrivée que six mois après. Je
lui saute au cou, je lui demande :

» — A quand Ocsakoff?

» — Eh! mon Dieu, disait-il, il y a dix-huit
mille hommes de garnison, je n'en ai pas tant
dans mon armée, je manque de tout, je suis le
plus malheureux des hommes, si Dieu ne m'aide.

» — Comment, lui dis-je, l'histoire de Kinburn, le départ de la flotte, tout cela ne servirait
à rien? Mais j'ai couru jour et nuit, on me disait
que vous commenciez déjà le siège!

» — Hélas! dit-il, plaise à Dieu que les Tarlares ne viennent pas ici mettre tout à feu et à sang. Dieu m'a sauvé (je ne l'oublierai point), il a permis que je ramasse ce qu'il y a de troupes derrière le Bog. C'est un miracle que j'aie conservé jusqu'ici autant de pays.

» — Où sont donc les Tartares? lui dis-je.

» — Mais partout, me répondit-il, et parmi eux il y a un séraskier [1] avec beaucoup de Turcs du côté d'Ackermann, douze mille dans Bender, le Dniester gardé, et six mille dans Choczim. »

Il n'y avait pas un mot de vrai dans tout cela. Cinq mois s'écoulèrent dans cette inaction inexplicable, si elle n'eût été voulue. Le prince de Ligne ne tarda pas à s'en apercevoir, et en avertit exactement l'empereur d'Autriche.

Pendant ces longues journées de *far niente*, le prince s'amusait à griffonner ses pensées sur de petits carrés de papier et, tout en ayant l'air de n'y attacher nulle importance, il avait soin pourtant de les conserver. Ils en valaient la peine à en juger par celui-ci :

« L'Europe est si bien barbouillée dans ce moment-ci, que c'est, je crois, le temps de réfléchir sur son compte. La France écrit; malheureuse-

---

1. Séraskier, général en chef de l'armée turque.

ment l'Empire lit. Les soldats de l'évêque de
Liège sont en pleine marche contre les banquiers
de Spa. Les Pays-Bas se révoltent sans savoir
pourquoi contre leur souverain. Bientôt, sans
doute, on se tuera pour devenir plus libre et plus
heureux. L'Autriche, menacée dans son sein
même, menace faiblement ses amis et ses ennemis qu'elle a peine à distinguer. L'Angleterre,
qui n'est jamais d'accord avec l'Angleterre! a sa
majorité en faveur de la Prusse, qui vient déjà de
tirer des coups de fusil en Hollande. La fière
Espagne, qui jadis armait l'invincible flotte, est
inquiète du premier vaisseau anglais qui sort du
port. L'Italie craint les lazzaroni et les esprits
forts. Le Danemark est aux écoutes de la Suède,
la Suède de la Russie. Les Tartares, les Géor-
giens, les Imarettes, les Abyssins, les Circassiens
tuent des Russes. Le voyage de Crimée alarme
et agace le Croissant, les Bachas d'Égypte et de
Scutari sont en guerre avec les Turcs, qui de
deux autres côtés, à mille lieues de distance,
attaquent à la fois les deux plus vastes et puis-
sants empires. On crie aux armes, j'y cours moi-
même... Je ne cesse pas d'être observateur, et,
quoique acteur de la scène qui se joue, je prends
tout ce qui se passe et ce qui se fait autour de

moi pour un coup de pied dans une fourmilière.
Sommes-nous autre chose que cela, pauvres
humains! »

Pendant ce temps, le corps d'armée du maréchal Lascy[1] était entré en campagne, l'empereur
commandait lui-même, et le prince Charles, qui
n'avait point suivi son père en Russie, servait en
qualité de major du génie.

Il ne tarda pas à se faire distinguer au siège de
Sabacz, où il fut chargé du soin d'ouvrir les tran-
chées et diriger les batteries qui attaquaient le
fort.

Le jour de l'assaut, il traversa, à l'aide d'une
planche, les fossés larges et profonds qui proté-
geaient les abords de la forteresse, il s'élança le
premier, grimpa sur la muraille, et, arrivé sur le
faîte des remparts, malgré les efforts des Turcs,
il donna la main aux soldats qui l'avaient suivi
pour les aider à monter et entra le premier dans
la ville.

1. Joseph-François-Maurice, comte de Lascy, né à Pétersbourg
le 21 octobre 1725 et élevé à Vienne. Il était colonel lorsque éclata
la guerre de Sept ans. Les services qu'il rendit le firent arriver
rapidement aux plus hautes positions; il se distingua pendant
la campagne de 1778, et fit en 1788, avec le grade de feld-maréchal, la guerre contre les Turcs. Il mourut à Vienne, le
24 novembre 1801.

L'empereur, témoin de ce beau fait d'armes, conféra au prince le grade de colonel et le décora de l'ordre de Marie-Thérèse, sans avoir rassemblé le chapitre de l'ordre, ce qui était sans exemple. La garnison de Belgrade fit, par hasard, une si forte canonnade pendant la cérémonie que l'empereur Joseph dit, en s'adressant au récipiendaire : « Les Turcs même prennent part à votre réception, en célébrant votre valeur et ma justice. »

L'empereur annonça lui-même au prince de Ligne la brillante conduite de son fils; la joie et l'émotion du père ne peuvent se peindre que par ses propres lettres. Il écrit au comte de Ségur :

« 8 mai 1788.

» Ah! mon ami, laisse-moi pleurer un instant et lis ! »

L'EMPEREUR JOSEPH AU PRINCE DE LIGNE

« Kitenack, ce 25 avril 1788.

» Nous venons de prendre Sabacz[1] ; notre perte a été peu considérable. Le feldzeugmeister Rou-

1. Ville forte de Serbie, située sur la Save, 4000 habitants.

vroy[2], dont vous connaissez la valeur, a eu à la poitrine une blessure légère qui ne l'empêche pas de s'habiller ni de sortir. Le prince Ponia-towski a reçu un coup de feu à la cuisse. qui, sans toucher l'os, est pourtant de conséquence. Mais il faut, mon cher prince, que je vous fasse part d'autre chose qui vous causera d'autant plus de plaisir que vous y reconnaîtrez votre sang; c'est que votre fils Charles a, en grande partie, con-tribué à la réussite de cette entreprise, par les peines infinies qu'il s'est données en traçant les travaux de tranchée pour l'établissement des batteries et qu'il a été *le premier* à grimper sur le parapet pour y faire arriver le monde. Aussi l'ai-je nommé lieutenant-colonel, et lui ai-je conféré l'ordre de Marie-Thérèse. Je sens un vrai plaisir à vous donner cette nouvelle, par la certitude où je suis de la satisfaction qu'elle vous donnera, connaissant votre tendresse pour votre fils et votre patriotisme.

» Je pars demain pour Semlin.

» JOSEPH. »

1. Théodore, baron de Rouvroy, né à Luxembourg en 1727, li entra en 1753 au service de l'Autriche, reçut en 1765 la croix de commandeur de l'ordre de Marie-Thérèse. Il mourut le 30 sep-tembre 1789. Il était un des meilleurs généraux d'artillerie de l'armée autrichienne.

» Quelle modestie! l'empereur ne parle pas de lui, il a été au milieu du feu. Et quelle grâce et quelle bonté dans le compte qu'il me rend! Ce morceau en le relisant m'a fait fondre en larmes. »

« 8 mai (*Suite de la précédente*).

» Le courrier a vu l'empereur envoyer des coups de fusil de bien bonne grâce dans les faubourgs de Sabacz, et le maréchal de Lascy arrachait lui-même quelques palissades pour placer un canon qui, tirant sur une tourelle d'où il partait un feu continuel sur mon Charles, protégea son assaut. Le maréchal l'aurait fait pour tout autre, à ce que je crois, mais cela avait l'air d'une bonté personnelle et paternelle.

» Le maréchal était un peu fatigué, l'empereur lui chercha un baril, le fit asseoir et se tint debout avec les généraux qui l'entouraient pour lui rendre une espèce d'hommage.

» Voici une lettre de Charles lui-même :

« Nous avons Sabacz. J'ai la croix. Vous sentez » bien, papa, que j'ai pensé à vous en montant le » premier à l'assaut.

» Votre fils soumis et respectueux

» CHARLES. »

» Qu'y a-t-il de plus touchant au monde! Que n'ai-je été à portée pour lui donner la main! Je vois bien que j'ai son estime par ces mots : *J'ai pensé à vous,* mais je l'aurais encore mieux méritée. Je suis trop ému pour continuer, je vous embrasse, mon cher comte. »

Mais c'est avec son fils que le prince se livre à l'effusion la plus vive :

« De notre quartier général de Potemkin, d'Elisabethgorod.

» Ce 12 mai 1788.

» Que te dirai-je, mon cher Charles, que tu ne saches, sur ce que j'ai éprouvé en recevant une lettre de Sa Majesté pleine de bonté et de grâce. Cette lettre te vaut mieux que tous les parchemins, vraie nourriture de rats, les titres, les diplômes et les patentes. Il y a des expressions si touchantes pour nous deux, que, quoique je commence à être un peu grand pour pleurer, il m'a été impossible de m'en empêcher toutes les fois que j'ai voulu lire cet article. Tous les généraux et officiers circassiens, zaporogues, tartares, cabardiens[1], allemands, russes, cosaques, etc.,

1. Habitants de la Cabardie, pays situé au versant nord d'3 Caucaso, qui n'était pas encore soumis à la Russie à cette époque

sont venus en foule chez moi, me dire des choses
charmantes que je n'oublierai jamais.

» Le père et l'ami le plus tendre de mon
Charles ont été assurément bien touchés de
l'honneur que tu t'es fait, et qui surpasse tout ce
que j'ai fait de ma vie. Mais le général de Ligne a
diablement souffert.

» Pouvez-vous imaginer, mon garçon, le beau
moment que c'eût été pour nous deux, si j'avais
été le premier à qui tu eusses aidé à grimper
sur ce parapet où tu es arrivé avant tout le
monde !

» Mon Dieu, qu'on est bête de loin ! Moi qui
t'aurais vu de sang-froid à Hühnerwasser recevoir un bon coup de feu dans le bras, je suis inquiet comme une femme. De cet état à celui de
ministre[1], il n'y a pas loin à la vérité. Cependant je me suis arrangé avec quelques régiments
de chevau-légers pour une bonne charge bien
vigoureuse. Je n'en ai jamais fait qu'à la tête de
dix hulans contre cinq ou six hussards prussiens
ivres. Vous m'avouerez que ce n'est pas là l'action la plus mémorable de ce siècle. Je ne veux
pas m'enfermer dans ces carrés où l'on se met

1. Le prince était à la fois général en chef sans corps d'armée
et ministre plénipotentiaire *in partibus*.

comme dans une boîte, et où l'on ouvre une
porte pour entrer et pour sortir.

» On commande toujours quand on en a envie,
un jour de bataille, de façon que je suis bien sûr
que, sans avoir un corps, il n'arrivera ce que je
voudrai que là où je serai; j'ai déjà appris tout ce
qu'il me fallait pour cela, et je commence à entendre assez bien le russe. Crois-tu maintenant, mon
Charles, que j'aie eu raison de te vouloir toujours
dans le génie? Le génie a enfin voulu être en toi,
je le savais. Mais ne seriez-vous pas aussi un peu
blessé, par hasard, quoique vous ne me l'écriviez
pas?

« Ne laissez jamais un courrier de Sa Majesté
partir pour moi sans une lettre. Mille choses à
mon camarade Rouvroy, dont j'envie le sort et
la blessure. Ce pauvre Poniatowski[1] ! je tremble
qu'il ne prenne le chemin de son père. Il y est
déjà bien pour la valeur, l'esprit militaire, l'at-

1. Le prince Joseph Poniatowski était alors lieutenant-colonel
et aide de camp de l'empereur d'Autriche. Il entra comme général dans l'armée polonaise, en 1789. Il commanda l'armée à
Varsovie en 1809. L'empereur Napoléon le nomma maréchal de
France.

A Sabacz, les Turcs le prirent pour l'empereur Joseph parce
qu'il portait le même uniforme, habit vert à revers rouge et une
brillante décoration. Il mourut frappé d'une balle en traversant
l'Elster, le 19 octobre 1813.

tachement personnel à Sa Majesté, la générosité, etc., mais qu'il n'y soit pas pour le malheur! embrassez-le pour moi. »

La nouvelle de la prise de Sabacz avait fait une heureuse diversion à l'ennui mortel qui accablait le prince père ; mais il retomba bientôt dans des accès d'humeur et d'impatience causés par l'apathie de Potemkin ; il cherchait à le piquer au vif en faisant d'incessantes allusions à l'assaut de Sabacz, mais il avait bien deviné, « que, soit politique, mauvaise volonté ou incapacité, messieurs les maréchaux étaient intentionnés de ne rien faire, même avant de commencer la campagne ».

Enfin, las de cette inaction voulue, il écrivit au prince Potemkin qu'il partait le lendemain pour se rendre au camp du maréchal Romanzoff[1], en Ukraine.

« Enfin, écrit le prince, me voici parti de ce

---

1. Romanzoff (Pierre-Alexandrowitsch), né en 1725, l'un des plus célèbres généraux russes. A la bataille de Kunersdorf, il battit Frédéric II. Nommé commandant en chef de l'armée russe en 1770, dans la guerre contre les Turcs, il obtint des succès éclatants et fut nommé feld-maréchal. En 1787, il fut si mécontent de partager le commandement avec Potemkin, qu'il n'acheva pas la campagne et donna sa démission. Ce motif peut aussi expliquer son inaction. Il mourut le 17 décembre 1796.

retranchement d'immondices, qui, par hasard,
forment quelque angle saillant qui fait croire que
c'est une forteresse; huit jours de plus et j'y mour-
rais. Potemkin me faisait donner au diable. Tantôt bien, tantôt mal, brouillés à couteaux tirés
ou favori décidé, causant ou ne causant pas, mais
veillant jusqu'à six heures du matin, pour l'engager à me dire au moins un mot de raisonnable
à mander; je ne pouvais plus tenir aux bizarre-
ries de cet enfant gâté. »

N'en pouvant plus, excédé de cette horrible
inaction, le prince alla voir pourquoi le maréchal
Romanzoff ne faisait pas plus que Potemkin.

Romanzoff, aussi aimable que Potemkin était
bourru, combla le prince de promesses et de caresses aussi fausses les unes que les autres. Au
bout de quelques jours, Ligne fut pleinement
convaincu que les deux généraux en chef de l'armée russe étaient d'accord sur un seul point :
« attraper l'empereur Joseph et ne se mettre en
campagne qu'au mois de juillet, pour que toutes
les forces ottomanes se jetassent sur les Autrichiens ».

Le prince de Ligne redoublait d'efforts pour
ébranler Potemkin, il écrivait à l'ambassadeur
autrichien à Pétersbourg, au comte de Ségur,

pour les engager à faire connaître la situation à
l'impératrice; mais lui, si bien en cour, n'écrivit
pas une seule fois à Catherine. Elle savait le motif
de ce silence qui l'irritait, mais dont elle ne voulait pas se plaindre, de crainte que, dans un accès
de franchise, le prince n'en dît trop haut le motif.
« Si j'avais voulu, dit-il, lui écrire une seule fois
du bien du prince Potemkin et de ses opérations[1],
j'aurais reçu des averses de paysans et de diamants. Catherine II eût été bien aise que je la
trompasse, c'eût été bien plus commode pour elle
de croire que tout allait bien. »

Malgré sa colère contre les maréchaux russes,
le prince de Ligne, qui s'y connaissait, admirait
sincèrement la nation et le soldat moscovites.

« Je vois des Russes, écrivait-il au comte de
Ségur, qui apprennent les arts libéraux comme

---

1. Le prince de Ligne raconte que le prince Potemkin avait
eu une idée unique, celle de former un régiment de Juifs qu'il
appelait Israelowsky. « Nous en avions déjà un escadron qui
faisait mon bonheur, car les barbes, qui leur tombaient jusqu'aux genoux, tant leurs étriers étaient courts, et la peur qu'ils
avaient à cheval leur donnaient l'air de singes. On lisait leur
inquiétude dans leurs yeux, et les grandes piques qu'ils tenaient
de la manière la plus comique faisaient croire qu'ils avaient
voulu contrefaire les Cosaques. Je ne sais quel maudit pope
a persuadé à notre maréchal qu'un rassemblement de Juifs
était contraire à la Sainte Écriture. »

le médecin malgré lui a fait ses licences; qui sont
fantassins, matelots, chasseurs, prêtres, dragons,
musiciens, ingénieurs, comédiens, cuirassiers,
peintres et chirurgiens. Je vois des Russes qui
chantent et dansent dans la tranchée où ils ne
sont jamais relevés, et, au milieu des coups de
fusil et de canon, de la neige ou de la boue,
adroits, propres, attentifs, respectueux, obéis-
sants, et cherchant à lire dans les yeux de leurs
officiers ce qu'ils veulent ordonner pour les prévenir. »

Le plus grand plaisir du général de Ligne était
d'écrire et de recevoir des nouvelles des absents.
Ses lettres sont des peintures si vives, il sait donner un tel attrait aux moindres détails, qu'on ne
se lasse pas de les lire. Celles qu'il écrit à son fils
Charles sont un véritable journal de sa vie.

« De notre quartier général du maréchal de Romanzow en Pologne

» Ce 8 juin 1788.

» Si vous me demandez, mon cher Charles,
comment je me porte, je vous dirai : Toujours de
même. Je cours les armées, les maréchaux, pour
leur faire faire quelque chose. Le diable s'en mêle
malgré tous leurs signes de croix à la russe.

» Voici ce que j'ai fait de mieux, c'est de partir de chez ce persifleur, complimenteur, mon admirateur, dit-il, pour Kaminiecz. Ah ! si j'avais encore un cœur, comme je serais amoureux ! La gouvernante[1], cette superbe Grecque, connue et admirée de toute la terre, m'a mené en berline jusqu'à demi-portée de canon de Choczim d'où l'on a tiré quelques coups par-dessus nos têtes.

« Je vous avoue que j'avais plus envie de reconnaître et de trouver son faible pour l'attaque que celui de la forteresse.

» Je loge chez elle, mais quel sabbat d'enfer ! Un bruit de chaînes toute la nuit; j'ai cru que

1. La célèbre Sophie de Witt, était une esclave grecque volée à l'île de Chio. Elle fut remarquée dans une rue de Constantinople par l'ambassadeur de France qui la fit recueillir et la fit élever. L'ambassadeur, se rendant à Petersbourg, s'arrêta à Kaminiecz, il emmenait Sophie avec lui. Le général de Witt, gouverneur de Bessarabie, reçut l'ambassadeur, et, frappé de la beauté de l'esclave grecque en devint éperdument amoureux. Pour tromper la surveillance de son hôte, il arrangea une partie de chasse fort éloignée de la forteresse et il prétexta, au moment du départ, des ordres imprévus qui l'obligeaient à rester. A peine l'ambassadeur se fut-il éloigné que Witt fit fermer les portes de la ville et célébrer son mariage avec Sophie. Le soir au retour, l'ambassadeur fut fort étonné de trouver les portes closes, on lui envoya un parlementaire qui lui apprit ce qui venait de se passer; il jugea inutile de réclamer contre un fait accompli et prit philosophiquement son parti du mariage de sa pupille.

c'était des revenants. Le fait est que le mari, commandant de Kaminiecz, n'est servi que par des gens condamnés aux travaux forcés. Quel contraste entre ces mines de scélérats et la beauté qu'ils servent par la contrainte du bâton! Il n'y a pas jusqu'au cuisinier qui ne soit galérien. C'est économique, mais c'est affreux.

» Je souhaite, mon cher Charles, qu'Oczakoff (car je retourne auprès de Potemkin, pouvant encore moins faire de cet homme-ci) me procure quelque chose de glorieux de ton genre. Tu me feras tuer, car je veux que tu aies un père digne de toi. *Tu as pensé à moi*, dis-tu! tu es sublime et touchant. Tu as travaillé pour moi, je vais travailler pour toi. Je t'envoie un tendre bonjour de cinq ou six cents lieues. »

Le prince retrouva Potemkin et son armée tels qu'ils les avait laissés, et il écrit à son fils qui lui avait recommandé un officier prussien :

« Du camp des déserts de la Tartarie, ce 30 juillet, devant Ochakoff.

» Je placerai ton officier prussien. Je ne puis faire avancer le prince Potemkin jusqu'au Liman, mais je puis avancer des officiers. J'ai fait des généraux, des majors, etc., tu as fait ta moisson de lauriers, toi, tu te moques de cela.

» Toujours la même inaction, par un tiers de peur, un de malice et un d'ignorance. Je voudrais avoir, au bout de cette guerre, le quart de ta gloire de cette campagne. Tes lettres sont gaies et braves comme toi; elles ont ta physionomie.

» Un orage affreux me force à me coucher. Un nuage a crevé en l'air au-dessus du camp et inonde les deux jolies petites maisonnettes que j'ai sous une tente turque immense, de manière que je ne sais où mettre les pieds. Oh! oh! on vient me dire qu'il y a un major tué dans sa tente par la foudre; elle tombe presque tous les jours au milieu de nous; attrape qui peut.

» L'autre jour, on a coupé les bras à un officier de chevau-légers pour une morsure de tarentule; quant aux lézards, personne ne peut mieux assurer que moi qu'ils sont amis de l'homme; car je vis avec eux, et m'y fie plus qu'à mes amis de ce pays-là.

» Quelquefois, j'entends un peu de vent, je fais ouvrir ma tente et la referme bien vite; c'est comme si ce vent passait par-dessus un brasier.

» Oh! nous jouissons ici de tous les agréments possibles. Veux-tu savoir une marque de bon goût du prince Repnin? Tu connais l'usage de ce

service-ci, la bassesse des inférieurs et la perti-
nence des supérieurs. Quand le prince Potemkin
fait un signe, ou laisse tomber quelque chose,
vingt généraux sont à terre. L'autre jour, sept ou
huit voulurent débarrasser le prince Repnin de
son surtout : « Non, Messieurs, leur dit-il, le
» prince de Ligne s'en chargera. » Bonne leçon ! Ils
ont plus de délicatesse dans l'esprit que dans le
cœur, ils l'ont senti.

» Du reste, je fais le malheureux ; mais Sarti[1] est
ici avec un orchestre excellent, et cette musique
que vous connaissez, où il y a trente *ut*, trente
ré, etc. Nous n'avons quelquefois point de pain,
mais des biscuits et des macarons ; point de
pommes ni de poires, mais des pots de confiture ;
point de beurre, mais des glaces ; pas d'eau, mais
toute sorte de vins ; point de bois pour la cuisine quelquefois, mais des bûches d'aloès à brûler et à sentir. Nous avons ici madame Michel
Potemkin, extrêmement belle ; madame Skaw-

---

1. Sarti (Joseph), célèbre compositeur italien, naquit à
Faënza en 1730. En 1785, il fut appelé à Pétersbourg par Catherine II. Protégé par Potemkin, il fut nommé, en 1793, directeur
du Conservatoire de Catharinoslaff, avec un traitement de
35 000 roubles, logement gratuit et 15,000 roubles d'indemnité
de voyage. Admis dans les rangs de la noblesse russe, il mourut
a Berlin en 1802.

rowski, autre nièce du vizir ou du patriarche Potemkin (car il arrange sa religion), charmante aussi; madame Samoiloff, autre nièce encore plus jolie. J'ai joué pour elle un proverbe dans ces déserts; et elle y prend goût, car elle m'a dit : « Arrangez encor *une énigme* pour moi. »

» J'ai présenté au prince un animal que m'a envoyé un sot. L'un s'appelle Marolles, l'autre est M. de X***, qui me le recommande comme chef du génie, destiné à prendre Ozcakoff.

» — Bonjour, général, dit-il au prince en entrant; je vous aurai cela dans quinze jours. Avez-vous ici quelques livres? Connaissez-vous en Russie ceux d'un M. Vauban, et d'un certain Coëhorn¹? Je veux m'y remettre un peu avant de commencer.

» Jugez de l'étonnement de Potemkin. « Quel
» homme! me dit-il; je ne sais pas s'il est ingé-
» nieur, mais je sais qu'il est Français. Question-

1. Coëhorn (Menno, baron de), célèbre ingénieur, contemporain et rival de Vauban. Il défendit Namur contre Vauban et repoussa pendant deux jours entiers l'assaut contre le fort Wilhelm, mais il dut céder à des forces supérieures. Il dirigea, sous les ordres du prince de Nassau-Saarbruck, les sièges de Venloo et de Ruremonde, qui, par suite de ses habiles opérations, durent se rendre. Il jouissait d'une grande renommée en Allemagne. Né en 1641 dans la Frise, il mourut le 17 mars 1704.

» nez-le un peu. » C'est ce que je fis, et il m'avoua qu'il était ingénieur des ponts et chaussées.

» Le baron de Stad fait ici mon bonheur. Il est bien Français, celui-là aussi, contrariant le prince, déplaisant à tout le monde, faisant des vers char-mants, détestant la pétulance de Roger[1], avec qui il est toujours en querelle, et allant bien au coup de canon, tout en m'assurant qu'il meurt de peur. « Voyez, me dit-il, comme nature pâtit, mon » cheval en tremble lui-même, et n'aime pas plus » la gloire que moi. » Nous avons vu un autre per-sonnage ridicule comme son nom, qui est Gigandé, lieutenant des gardes de l'abbé de Porentruy. Hier, on l'a volé. Furieux, avec son accent suisse :

1. Le comte Roger de Damas (né en 1765, mort en 1823). A quinze ans, il était déjà officier dans l'armée française; sa bra-voure, son caractère chevaleresque, la vivacité de son esprit le firent remarquer partout : « François Iᵉʳ, le grand Condé et le maréchal de Saxe auraient voulu avoir un fils comme lui, dit le prince de Ligne. Il est étourdi comme un hanneton au milieu des canonnades les plus vives et les plus fréquentes, bruyant, chanteur impitoyable, me glapissant les plus beaux airs d'opéra, fertile en citations les plus folles au milieu des coups de fusil, et jugeant néanmoins de tout à merveille. La guerre ne l'enivre pas, mais il est ardent d'une jolie ardeur, comme on l'est à la fin d'un souper,... aimable, aimé de tout le monde, ce qui s'appelle un joli Français, un joli garçon, un brave garçon, un seigneur de bon goût de la cour de France : voilà ce que c'est que Roger de Damas. »

» — Che me lèfe, che m'égorge les pieds pour aller
tout te suite faire mes blaintes à un chéneral et
il me tit : « Si c'est un soltat, che vous ferai rentre,
» mais, si c'est un officier, cela sera tifficile. »

» Un Français encore qui s'appelle M. Second
vient me consulter sur une affaire qu'il avait :
« Car, me dit-il, Monsieur, je vois bien qu'il
» faudra se battre ! » Je l'assurai que, s'il en parlait comme cela à tout le monde, il n'aurait pas
besoin d'un homme de son nom; c'est bon et
bête, n'est-ce pas?

» Voulez-vous savoir un de mes plaisirs innocents? Je mets mes dromadaires sur le chemin de
la troupe dorée, quand par hasard *Malborough
s'en va-t-en guerre*. L'autre jour, il y a eu deux
ou trois généraux à bas, et l'escadron d'escorte
a été à moitié culbuté, à moitié au diable.

» Ah! Charles, quand nous reverrons-nous à
Stamboul ou à Bel-Œil? Si l'empereur et mon
général russe ne voulaient pas faire de compliments pour passer la Save et le Bog, comme pour
passer une porte, nous culbuterions *la Sublime*,
et nous nous trouverions où j'ai dit. *Alors, mon
cher Cinéas*, etc., etc. En attendant, aimons-nous
toujours, n'importe partout où nous serons. »

La situation demeura la même jusqu'en oc-

tobre du côté des Russes, et, pendant ce temps,
les choses allaient au plus mal pour l'Autriche.
Cette campagne désastreuse lui coûtait trente
mille hommes tués en détail, quarante mille dé-
vorés par la peste, l'invasion du Banat, des défaites
en Bosnie. Joseph, malade de fatigue, désespéré de son insuccès, alarmé de la révolte complète des Flandres, rentrait à Vienne l'âme navrée.
Il résolut de demander près de lui le prince de
Ligne pour commander la campagne prochaine,
de concert avec le maréchal Laudon. Il choisit le
prince Charles pour porter cet ordre à son père.
On juge si le vainqueur de Sabacz fut le bienvenu, et avec quel transport de joie il fut accueilli.
Son père fit aussitôt ses préparatifs de départ, et
ils arrivèrent à Vienne à la fin de novembre. Potemkin s'empara d'Oczakoff quinze jours après.
On eût dit qu'il attendait le départ de de Ligne
pour se décider à l'assaut ; son caractère jaloux
peut permettre cette supposition. L'hiver s'écoula
paisiblement à Vienne, et le prince Charles, tout
entier au sentiment qui l'occupait, ne parut point
affligé de l'absence de sa femme.

Au printemps de 1789, les deux princes rejoi-
gnirent l'armée du maréchal Laudon. Le général
de Ligne commandait l'aile droite, et joua un

rôle important au siège de Belgrade, pendant lequel il déploya une activité infatigable. « J'étais tout en feu moi-même, écrit-il, pressé par cet être[1] qui tient plus du Dieu de la guerre que de l'homme. Pressé par lui, j'étais pressant pour les autres. Bolza veillait, courait. Funk tirait, Maillard[2] avançait. Je remerciais, je priais, je tonnais, je menaçais, j'ordonnais, tout allait et tout cela dans un clin d'œil. »

Le prince Charles commandait en qualité de colonel et secondait énergiquement son père, qui fut atteint d'une fièvre violente pendant le siège et retenu pendant quelques jours dans son lit, ce dont il enrageait. Il écrit au maréchal Lascy : « Les Tschaïques des Turcs vinrent se promener trop près de Krieg-Insel (mon quartier général). Oh! il faut les en corriger, dis-je à mon fils, qui travaillait tantôt à l'attaque dirigée par le maréchal Laudon, tantôt à celle dont j'étais chargé. Aussitôt Charles, avec sa gaieté ordinaire, se jeta dans une de mes barques avec mes aides de camp, et s'en alla, suivi de quarante autres petits bâtiments, attaquer les Tschaïques des Turcs.

1. Le maréchal Laudon.
2. MM. Bolza, Funk et Maillard étaient les trois aides camp du prince.

» Je dirigeai la bataille de ma fenêtre, malgré un de mes accès de fièvre diabolique, et, après m'être tué de crier à un Italien qui commandait ma frégate, *la Marie-Thérèse : Alla larga !* et des mots que je n'ose écrire, j'allai d'impatience achever et gagner ma drôle de bataille navale. »

Belgrade fut prise le 8 octobre 1789 ; le prince Charles eut encore l'honneur d'arriver le premier sur la brèche. Le maréchal Laudon, qui n'était prodigue de compliments ni de phrases, écrivit au prince de Ligne la lettre la plus flatteuse : « Plus de la moitié de la gloire de la prise de Belgrade revient de droit à Votre Altesse, » lui disait-il.

L'empereur envoya au prince la croix de commandeur de l'ordre de Marie-Thérèse, accompagnée d'une lettre froide et sèche, à laquelle Ligne ne comprit rien ; mais il était encore si malade de la fièvre, que la croix et la lettre le laissèrent également indifférent. Il eut plus tard le mot de l'énigme. Joseph II le soupçonnait à tort d'avoir favorisé la révolte des Flandres.

X

La Diète de quatre ans. — La cour de Varsovie et la princesse
 Charles. — Les fêtes des grands seigneurs polonais. — Le
 comte Vincent Potocki, ses deux femmes. — Passion de la
 princesse Charles pour le comte. — Fuite à Niemirow. —
 Double demande en divorce.

La guerre contre les Turcs semblait avoir fait
une heureuse diversion pour la Pologne, qui
jouissait, depuis deux ou trois ans, d'une tranquillité inaccoutumée. La Russie semblait l'avoir
oubliée, engagée qu'elle était dans deux guerres
importantes avec la Turquie et la Suède. L'Autriche, occupée de son côté, n'y songeait guère,
et se trouvait satisfaite de la large part qui lui
avait été assignée dans le premier partage. Mais
cette accalmie ne pouvait durer, la Prusse faisait
en secret des avances aux Polonais et cherchait

à empêcher Stanislas d'envoyer aux Russes les renforts qu'il leur avait promis.

La noblesse polonaise, toujours remuante et divisée, désirait profiter des embarras de la Russie, mais ne parvenait pas à se mettre d'accord sur le parti à prendre pour y réussir. La majorité, cependant, séduite par les promesses secrètes de la Prusse, inclinait à se rapprocher de cette puissance et à conclure avec elle une alliance défensive. Il s'agissait aussi d'élaborer une nouvelle constitution qui fût plus en harmonie avec l'état actuel de la Pologne. Les esprits étaient très agités et l'on pressentait que la Diète offrirait un intérêt particulier[1].

Le roi la convoqua pour le 6 octobre 1788. L'arrivée de tous les nonces, accompagnés d'une nombreuse suite, dont une partie venait des palatinats les plus éloignés, donnait à Varsovie un aspect d'animation inaccoutumé, et son séjour offrait alors, pour un observateur, un attrait piquant d'originalité.

---

1. Cette Diète est désignée sous le nom de grande Diète ou Diète constituante; elle dura quatre ans, et proclama l'hérédité du trône, la liberté des cultes, la levée d'une armée permanente, et une nouvelle répartition d'impôts qui s'étendait également sur la noblesse (Voy. Ferrand, *Histoire des démembrements de la Pologne*).

Les grands seigneurs polonais, qui vivaient
habituellement dans leurs terres, avaient conservé des mœurs et des habitudes d'une magnifi-
cence sauvage. Ils possédaient presque tous des
palais à Varsovie, mais ils ne les habitaient que
pendant la durée des Diètes, c'est-à-dire six semaines ou tous les deux ans; ces vastes demeures
offraient le mélange le plus singulier de luxe et
de misère. On traversait des salles démeublées où
les plafonds et les tentures moisis par l'humidité
tombaient en lambeaux, et l'on arrivait à des salons peints à fresque et à voûtes d'or et d'azur.
Les antichambres étaient encombrés de valets,
en livrées déguenillées, et de gentilshommes
pauvres, attachés aux grands seigneurs, en qualité de domestiques, mais portant fièrement l'ancien costume polonais. Si l'on ne donnait pas à
Varsovie comme dans les palatinats des festins gi-
gantesques, suivis de toasts portés au bruit du
canon, on ne renonçait pas cependant aux anciennes coutumes et l'on voyait quelquefois encore le maître du logis faire circuler à la ronde
le mignon soulier de la dame de ses pensées,
plein de champagne ou de tokay.

« Il régnait à la cour de Pologne le meilleur ton
de celle de France, joint à une tournure orien-

tale ; le goût de l'Europe et celui de l'Asie, l'ur-
banité des mœurs des pays civilisés et l'hospitalité de ceux qui ne le sont pas. »

Le règne de Stanislas-Auguste fut l'époque de
la renaissance des lettres en Pologne. Le roi
protégeait les savants et encourageait' de tout
son pouvoir la réorganisation des universités.
Après la suppression de l'ordre des jésuites, le
produit de la vente de leurs biens fut appliqué
en entier à ce but. Une commission régulière
fut formée pour veiller à l'éducation publique.
L'évêque de Wilna en était un des principaux
membres ; il fonda lui-même, à ses frais, à l'uni-
versité de Wilna, une chaire d'anatomie ; ce fut la
première qui exista en Pologne [1].

La cour de Stanislas était remarquable par les
plaisirs, les amours, et le nombre des jolies
femmes ; la grâce et la séduction des Polonaises

1. Le partage de la Pologne n'interrompit point le mouvement
intellectuel de cette nation, qui se proposa dès lors pour but de
maintenir au moins la langue polonaise, et de conserver intacts
les monuments nationaux. L'influence que le prince Czartoriski
exerça dans le cabinet de l'empereur Alexandre aida ce mouvement. Il acquit la magnifique bibliothèque du roi Stanislas-Auguste, qui, réunie à la sienne, formait le plus précieux
dépôt de l'histoire et de la littérature slaves. Elle fut confisquée
par la Russie en 1831.

étaient proverbiales. Dans la foule de ces beautés, on distinguait la princesse Lubomirska, que nous connaissons déjà sous le nom de princesse maréchale; sa belle-sœur, la séduisante princesse Czartoriska, née Fleming; la Kraiczyn Potocka, née Ossolinska et la princesse Charles de Courlande. Ces deux dern'ères étaient réellement d'une beauté parfaite, et toutes les quatre avaient de l'esprit. On prétendait que la première faisait la fortune de ceux qu'elle aimait, la seconde les dépouillait, et les deux autres aimaient à jouir sans s'embarrasser du reste. La princesse Lanckorowska et la comtesse Branicka, la princesse André Poniatowska, belle-sœur du roi, la princesse Lubomirska, née Haddik, occupaient également un rang distingué à la cour, où toutes les affaires d'État devenaient des affaires de société. Le roi, faible, bon, mais toujours amoureux, se laissait guider par la favorite du moment[1]. Le prince de Ligne, pendant son court

---

1. « Il faudrait, disait le prince de Ligne, empêcher les élégantes de faire le malheur du gouvernement par les intrigues d'amour, de politique et de société, et retenir à la cour les grands seigneurs par une chaîne de plaisirs et de distinction. On conservait ainsi dans le royaume tout l'argent que le plus petit gentilhomme, dès qu'il a coupé sa moustache et quitté son habit long et respectable, se croit obligé de porter à Paris à une

séjour à Varsovie, s'était vite aperçu du défaut de
la cuirasse, et il disait : « Le roi est trop honnête
homme avec les femmes, comme avec tout son
royaume ; il est amoureux de bonne foi et souvent inconstant de la meilleure foi du monde; c'est
ainsi qu'il s'est souvent jeté dans un parti contraire au sien, désertant et perdant ainsi sa
propre cause. »

La princesse Charles arriva dans cette cour
brillante précédée d'une réputation d'esprit, de
beauté et de coquetterie qui attirait d'avance
l'attention sur elle. Sa qualité de Polonaise, son
élégance, ses talents, le plaisir qu'elle témoignait à se retrouver dans sa patrie, enchantèrent
ses compatriotes.

Son palais inhabité fut rapidement métamor-
phosé par ses mains habiles et devint un des plus
élégants de Varsovie ; elle put déployer à l'aise ses
qualités très réelles de maîtresse de maison, si peu
appréciées par sa belle-mère. Pendant les derniers temps de son séjour à Bel-Œil, son mari,

---

fille, un tailleur, un hôtel garni, un perruquier, un tripot et à
un commissaire pour frais de police, avec laquelle on a toujours
à faire.. » Malheureusement le roi lui-même donnait l'exemple
de l'abandon des anciennes coutumes polonaises et du goût des
habitudes françaises.

craignant la faiblesse de sa santé, lui avait interdit l'exercice du cheval, elle s'en dédommagea amplement. Le prince évêque qui la gâtait beaucoup lui donna les plus beaux chevaux du monde, et, chaque matin, on la voyait partir escortée de jeunes gentilshommes, parfaits cavaliers, comme tous les Polonais. Elle fit construire une salle de spectacle dans son palais et se livra avec passion à son goût pour la comédie.

Délivrée de la surveillance qui pesait sur elle à Bel-Œil, Hélène se laissa aller sans défense à l'entraînement irrésistible de cette vie de plaisir. Elle oublia le passé, son mari et sa fille ; la princesse Charles de Ligne même n'existait plus, il ne restait qu'Hélène Massalska.

L'hiver s'était rapidement écoulé, sans que la princesse songeât à retourner à Vienne; la famille de Ligne, offensée à bon droit de cette absence prolongée, gardait un silence dédaigneux.

Le prince évêque était reparti pour Wilna pendant les vacances que la Diète venait de prendre, et sa nièce, avant de le rejoindre, voulait jouir de la saison d'été qui commençait; elle resta donc seule à Varsovie.

Le roi, sa famille et les principaux personnages de la cour possédaient d'élégantes maisons de plaisance dans les environs de la capitale; ils y donnaient des fêtes originales et somptueuses. Un luxe inouï régnait dans ces réceptions, où l'on recherchait surtout les surprises et les effets imprévus. La première à laquelle la princesse Charles assista se tint chez la princesse André Poniatowska. « La chaleur de la journée avait été suffocante, le prince conduisit ses invités jusqu'à une grotte formée par un rocher artificiel, duquel tombait une cascade dont le bruit donnait déjà une sensation agréable et fraîche; puis on pénétra dans la grotte, garnie de bancs de mousse sur lesquels on se reposa quelques instants; puis le prince proposa une promenade dans le parc. On entra dans une allée sombre à l'extrémité de laquelle était une porte, cachée par le feuillage; il poussa un ressort, la porte s'ouvrit et laissa voir un superbe salon en rotonde tout illuminé, avec un plafond voûté et peint à fresque, représentant des allégories mythologiques; des niches pratiquées tout autour de la salle contenaient des sofas à la turque, recouverts de riches étoffes; le fond des niches était doré mat, et faisait merveilleusement ressortir les cheveux noirs et le teint délicat des belles dames polonaises qui vinrent s'y asseoir. A peine y avaient-elles pris place, qu'une musique mystérieuse se fit entendre, semblant descendre du ciel. Le milieu du plancher s'entr'ouvrit et une table superbement servie s'éleva lentement comme par un coup de baguette de fée. » Le roi y prit place et désigna les convives qui devaient y figurer, la princesse Hélène était du nombre.

Stanislas fut d'une amabilité charmante, il aimait à causer et mettait chacun à l'aise. Il parlait volontiers arts et littérature; son esprit cultivé et gracieux, mais sans profondeur, se montrait sous son meilleur jour dans ces réunions. Paris et la France furent le sujet de la conversation; le roi en avait gardé un souvenir délicieux, et il prit plaisir à questionner Hélène sur les personnages qu'il avait connus.

Le souper terminé, on parcourut encore le parc éclairé par un beau clair de lune, et on ne rentra à Varsovie que fort tard dans la nuit.

Hélène s'était particulièrement liée avec la princesse Czartoriska, si passionnément aimée par Lauzun, et dont il nous a laissé le séduisant portrait[1]. La résidence de la princesse était d'un

---

1. Voir les *Mémoires* de Lauzun, dont on ne peut cependant affirmer la complète authenticité.

genre absolument différent de toutes les autres,
on avait fait à Powinski ce que nous appelle-
rions aujoud'hui *du réalisme*.

Chaque membre de la famille habitait une cabane de paysan tout à fait semblable, en dehors,
aux plus rustiques habitations; elles étaient con-
struites avec des troncs d'arbres, couchés les uns
sur les autres, et joints ensemble par un mélange
de paille et de terre : « La cabane de madame
la princesse était très grande, les enfants et les
domestiques habitaient de plus petites. Ce groupe
de chaumières figurait un village situé dans un
parc immense; mais, lorsqu'on pénétrait dans
l'intérieur des cabanes, les appartements les plus
riches frappaient la vue; ils étaient décorés avec
une recherche et une élégance dont un simple
détail donnera la mesure : la salle de bains de la
princesse était revêtue, de haut en bas, de car
reaux de porcelaine de Dresde peints avec la dernière finesse; chacun représentait un petit tableau : on prétend qu'il y en avait trois mille.

» En quittant ces prétendues chaumières, on
traversait une partie du parc, où se trouvait une
tente turque immense, magnifique et singulière :
c'était celle du vizir, prise dans la guerre entre
les Russes et les Turcs. Elle était ornée à l'intérieur

d'étoffes orientales, de trophées d'armes turques d'une beauté rare. Par terre, on voyait de riches tapis, et des piles de coussins brodés d'or servaient de sièges pour compléter l'illusion; une musique turque, masquée par de lourdes portières, se faisait entendre, et des serviteurs, vêtus à l'orientale, apportaient des pipes et du café sur de petits guéridons bas incrustés de nacre. »

Chaque jour de réception, on illuminait le parc, les pièces d'eau, les rivières, les ponts; un souper était servi, pendant toute la soirée, dans un grand pavillon couvert de plantes grimpantes et ouvert de tous côtés. De nombreuses petites tables y étaient dressées, une dame présidait chacune d'elles. Un bal était organisé dans la cabane de la princesse, où l'on dansait une partie de la nuit.

Après avoir joui de ces plaisirs pendant quelque temps, Hélène rejoignit son oncle à Werky. Sauf quelques vacances, la Diète, contre l'usage ordinaire, siégea sans interruption et sans élection nouvelle jusqu'en 1792. Pendant ces quatre années et malgré la gravité des questions politiques qui se débattaient, la cour de Stanislas offrit un éclat qu'on ne lui connaissait pas et qu'on ne devait plus lui revoir.

Durant la Diète, tous les officiers de la cou-

ronne résidaient à Varsovie, obligés au service
régulier de leur charge; parmi ceux qu'on remarquait le plus, figurait le comte Vincent Potocki, grand chambellan. Il appartenait à une
des familles les plus illustres de la Pologne, qui
possédait des terres immenses et des palais d'un
luxe royal. Son père Stanislas Potocki, palatin
de Kiew, était neveu et filleul du roi Stanislas
Leczinski, et par conséquent cousin germain de
la feue reine de France.

Quoique, à l'époque où en est arrivé ce récit le
grand chambellan eût près de trente-huit ans, il
passait pour un des hommes les plus séduisants
de la cour. Doué d'une grande finesse, fort attaché
à ses intérêts, heureux auprès des femmes, toujours en bons rapports avec les hommes influents,
il connaissait l'art de réussir auprès de chacun.

Il avait épousé en premières noces Ursule Zamoyska[1], propre nièce du roi Stanislas-Auguste;
ils n'eurent pas d'enfants et divorcèrent au bout

1. La sœur aînée du roi, Louise Poniatowska, avait épousé le
comte J.-J.-Michel Zamoyski dont elle avait eu une fille, Ursule
Zamoyska. Madame Geoffrin écrivait au roi Stanislas, le 25 mars
1776 : « Le monde de Varsovie est plus brillant que jamais; je
vois du moins qu'on s'y marie beaucoup : mademoiselle Ursule
Zamoyska, votre nièce, s'y marie avec un comte Potocki, beau-frère
d'une comtesse Potocka, qui est ici. »

de quelques années. Les divorces étaient chose
si fréquente en Pologne et tellement ancrée dans
les mœurs, que cet événement n'apporta pas le
moindre changement dans la position du comte
auprès du roi. Peu après son divorce la princesse
Zamoyska épousa le comte de Mnizech, et le comte
Vincent lui-même se remaria en 1786 avec la
comtesse Mycielska qui lui donna deux fils. C'est
précisément au moment de la naissance du second
que le comte fut appelé par ses fonctions à Varsovie. La comtesse dut rester en Ukraine dans
une terre voisine de Niemirow qui était leur résidence habituelle, sa santé ne lui permettant pas
encore de voyager.

Le grand chambellan, a peine arrivé à Varsovie rencontra la princesse Hélène chez mesdames Jean et Severin Potocka, ses cousines; il se
fit présenter à elle et devint bientôt un fidèle habitué de sa petite cour. Jusqu'alors Hélène, en
véritable coquette, s'était occupée de tous ses
adorateurs sans paraître en distinguer aucun ;
mais bientôt on s'aperçut qu'elle accueillait le
comte Vincent avec une faveur marquée. Un grand
changement s'opéra dans ses habitudes, elle sortit
beaucoup moins et on ne la vit plus que dans les
salons que le comte fréquentait habituellement.

Celui-ci apportait une extrême réserve dans sa conduite avec la princesse. Soit calcul, soit prudence, il ne marquait aucun empressement, et affectait même d'éviter de trop fréquentes rencontres; cependant il était facile, pour un observateur attentif, de voir qu'il était flatté de la distinction avec laquelle le traitait une femme jeune, belle et d'un esprit séduisant.

Hélène, qui aimait pour la première fois, se livrait tout entière au sentiment qui envahissait son cœur. Elle souffrait, sans se l'avouer, de la froideur du comte, et s'efforçait d'en découvrir la cause; elle avait cru remarquer qu'il blâmait sa vie mondaine, elle espéra lui plaire en y renonçant : les parties de plaisir, les brillantes cavalcades furent abandonnées. Elle rechercha la solitude, et, dans les lettres qu'elle écrivait à ses amies, elle trahissait, sans s'en douter, ses secrètes pensées; car voici une réponse de la princesse Henri Lubomirska, alors à Paris, qui prouve que la passion d'Hélène n'était plus un secret.

« Paris, 15 octobre 1789.

» Enfin, mon chat, j'ai reçu une lettre de vous, en date du 24 septembre. Il y avait mille et cent mille ans que je n'en avais eu; j'avais même un

peu d'humeur, il faut que je vous l'avoue. Mais,
depuis les grands mots *situation actuelle, fixée
pour jamais ici*, etc., que je trouve dans votre
lettre, je me radoucis, parce que, comme Germain
de *la Feinte par Amour* [1] : « Ce qu'on ne me dit
» pas, je ne le sais pas moins. » Savez-vous que je
suis désolée de ne pas vous voir dans *cette nouvelle situation qui vous rend la solitude si précieuse?* Vous devez être très drôle, non que je
croie que le genre sensible vous messied ; il est
des êtres privilégiés que tout pare, et vous êtes
plus que personne dans ce cas ; mais je ne puis
me défendre d'un peu de curiosité, pardonnez-la
moi donc, mon chat. Je fais des vœux pour votre
bonheur, je suis plus intéressée que jamais à le
désirer, puisque plus il durera, plus probablement vous nous resterez. Dites-moi comment vous
êtes avec madame de Mnizech [2], j'ai mes raisons
et vous les devinez pour vous le demander ; mais
ne parlez pas de ma question et, si vous voyez le
grand chambellan, faites-lui mes compliments.

» Est-il vrai qu'il est irrévocablement établi à
Varsovie et renonce à Niemirow?

1. Comédie en trois actes et en vers de Dorat, jouée pour la
première fois en 1773 (31 juillet).
2. Ursule Zamoyska, première femme du comte Potocki.

» A propos, pourquoi avez-vous été étonnée
que, dans une lettre datée de Paris, je vous aie fait
des compliments de la part du comte Auguste[1]?
C'est non pas sur les grands chemins, mais ici,
où il est député aux états généraux, que je l'ai vu.

» Je ne vous parle pas de ma santé, ce sujet est
trop ennuyeux. Je ne vous parle pas d'ici, les
nouvelles politiques vous intéressent peu, et,
d'ailleurs, vous les avez dans tous les bulletins.
Ainsi adieu, mon chat; écrivez-moi souvent, vous
savez que vos lettres me font toujours grand plaisir. Comment va le goût du cheval et du spectacle? j'ai bien peur qu'il n'en soit plus question.
Passez-moi mes aperçus; à cinq cents lieues, on
peut être quelquefois en défaut et mal voir;
mais il n'est point de distance qui diminue le
tendre intérêt que vous m'inspirez, c'est de quoi
vous devez être bien persuadée. »

Évidemment l'amie d'Hélène était fort au courant de la situation, sa question à propos de la
comtesse de Mniseck le prouve. Elle désirait
savoir dans quels termes les deux jeunes femmes
étaient ensemble. Tout naturellement Hélène

1. Le comte Auguste de la Marck, second fils de la duchesse
d'Aremberg. Ami de Mirabeau, il joua un rôle intéressant au
début de la Révolution.

s'était liée avec elle. Madame de Mnizech ne demandait pas mieux que le comte fît une infidélité à celle qui l'avait remplacée. On a vu plus haut qu'Hélène était inquiète de la froideur et de l'extrême réserve du comte; elle ne put s'empêcher d'en parler à madame de Mnizech, qui, chose qu'on ne voyait qu'en Pologne, était restée dans des relations courtoises avec son premier mari. Il va sans dire que le mot *amour* ne fut point prononcé; on ne parlait que d'amitié de cœur, et Hélène supplia son amie de chercher à découvrir le motif de la conduite du comte. Madame de Mnizech exécuta de bonne grâce cette singulière commission et rassura si bien Hélène, que celle-ci écrivit au comte :

« Madame de Mnizech vient de me dire que vous lui avez parlé de moi avec amitié, que vous vous reprochez de m'avoir laissée pendant trois mois dans le doute sur vos sentiments.

» Tout cela me touche bien vivement, votre amitié m'a été chère et me le sera toujours, et, comme je ne me sens aucun tort, j'étais bien sûre que votre bon cœur vous ramènerait à moi, tôt ou tard. »

On voit que peu à peu l'intimité du comte et d'Hélène allait augmentant. Subissait-il le charme très grand de la jeune femme? Voyait-il dans l'immense fortune de l'évêque de Wilna une ressource précieuse propre à libérer ses terres obérées? Il est difficile de le démêler; car, dans cette circonstance, comme dans toutes celles où nous le verrons désormais, le mobile auquel il obéit demeure à l'état d'énigme.

Quoi qu'il en soit, il accepta la responsabilité délicate de prendre la direction des affaires d'Hélène, fort embrouillées depuis longtemps. La capacité du comte à ce point de vue était indiscutable et très rare chez un grand seigneur polonais, qui savait en général mieux dépenser sa fortune que l'administrer.

Les conseils qu'il donnait à la princesse servaient de prétextes à de fréquentes visites qui avaient lieu toujours en présence d'un tiers, secrétaire ou demoiselle [1]. Un jour cependant, Hélène reçut un billet du comte qui sollicitait un entretien particulier. Surprise et émue à la lecture de ces quelques lignes, Hélène, sans réfléchir à l'interprétation qu'elle leur donnait, répondit au

1. Les grandes dames polonaises avaient toujours avec elles quelques jeunes filles ou jeunes femmes appartenant à la petite noblesse pauvre. Elles remplissaient les fonctions de dames de compagnie et quelquefois de première femme de chambre.

comte qu'elle accordait l'entretien demandé, à la condition qu'il n'oublierait pas qu'elle était la femme d'un autre.

Le comte arriva à l'heure indiquée et, au bout de quelques instants de la conversation la plu banale, Hélène, tremblante et agitée, lui demanda, sans se rendre compte de la portée de ses paroles, dans quel but il avait sollicité ce tête-à-tête. Il répondit assez froidement qu'elle paraissait l'avoir deviné d'avance et lui fit une déclaration dans les règles. La jeune femme, entraînée par la violence d'un sentiment qu'elle ne pouvait maîtriser, lui avoua qu'elle l'aimait comme elle n'avait jamais aimé, mais qu'il ne devait rien espérer de plus que cet aveu, tant qu'ils n'auraient pas l'un et l'autre reconquis leur liberté.

Le comte répondit avec calme qu'il était fier de la distinction que la princesse voulait bien lui accorder, qu'elle suffisait à le rendre heureux et qu'il saurait lui prouver, par son respect et sa réserve, qu'il était homme d'honneur; puis il salua profondément et se retira, laissant Hélène dans un trouble difficile à décrire.

Elle se sentait plus humiliée que satisfaite de ce qui s'était passé; car, par un sentiment très humain, elle voulait bien rester sage, mais elle entendait en avoir l'honneur à elle seule; elle s'était préparée à lutter contre un amant passionné, et elle se trouvait en face d'un homme parfaitement maître de lui-même et plus raisonnable qu'elle.

Mécontente d'elle, de lui et de l'imprudent aveu qu'elle venait de faire, elle écrivit et déchira trois ou quatre lettres après son départ; enfin voici celle qu'elle envoya.

« Voilà trois fois que j'essaye de vous écrire, sans qu'il me soit possible de vous bien exprimer toute l'agitation de mon cœur. Combien la journée d'hier a fait de changement dans mon sort! Je me trouve avilie, humiliée... Je vous ai accordé la première demande que vous m'avez faite, mais j'ai voulu mettre entre nous une barrière que votre délicatesse vous empêcherait de franchir. A présent que j'y réfléchis, je vois que cette capitulation ne faisait qu'ajouter à mon imprudence. Je vous ai fait voir ma faiblesse, et vous m'avez donné l'exemple du pouvoir que l'honneur a sur vous; je me suis oubliée, vous vous êtes souvenu. Ce n'est pas le moment de prétendre à votre estime; la suite seule peut vous forcer à me la rendre. »

« P.-S. J'ai la tête si remplie des événements de la journée d'hier, qu'il m'a été impossible de fermer les yeux. Comment est-il croyable qu'une seule journée influe sur le reste de ma vie, car je le sens, désormais, vous seul ! »

Hélène disait vrai, et cette affection, déjà si profonde, ne devait s'éteindre qu'avec sa vie.

Le comte répondit, à ce qu'il paraît, de manière à dissiper l'inquiétude de la jeune femme; car voici le petit billet que nous trouvons soigneusement classé dans ses papiers[1] :

« Les quatre petits mots que vous m'avez écrits m'ont comblé de joie, je les ai relus dix fois, pendant ma toilette, et ce temps m'a paru doux. A vous revoir ce soir chez madame Jean[2]. »

Nous n'avons point de lettres du comte à cette époque; mais, à en juger par les réponses d'Hélène, il devait se montrer despote et jaloux. Elle subissait ses exigences avec une soumission extraordinaire. Il exigea et obtint d'elle de brûler toutes les lettres de son mari et toutes celles de ses amis; il fit lui-même un choix dans les nombreuses relations de la princesse à Varsovie, et finit peu à peu par la confiner dans un petit cercle où il régnait en maître absolu. Hélène accepta tout.

---

1. Tous les billets d'Hélène, dont un grand nombre sont tout à fait insignifiants, ont été classés et conservés par le comte.
2. Madame Jean Potocka, nièce du comte.

« Je vous ai écrit hier au soir, et je comptais vous envoyer le billet ce matin, écrit-elle, mais il était trop tard quand je me suis éveillée.

» Qu'est-ce qui vous chagrine? Dites-le-moi promptement. Si le sacrifice le plus entier de tout ce qui vous peut déplaire doit vous calmer, vous n'avez qu'un mot à dire, il ne me coûtera rien. Je croirais gagner en renonçant à tout, si je parviens à vous rendre heureux et tranquille.

» Si ces dames ne m'avaient pas tourmentée pour venir avec elles, je serais restée volontiers chez moi...

» Auprès de vous, je trouve assez à occuper mon cœur et mon esprit sans avoir besoin d'autres personnes. »

Sur ces entrefaites, c'est-à-dire vers la fin de 1790, la comtesse Vincent, tout à fait rétablie, quitta l'Ukraine et vint rejoindre son mari à Varsovie. Il était impossible de l'en empêcher et tout aussi difficile de lui cacher l'intimité croissante du grand chambellan et de la princesse de Ligne, dont la réputation de coquetterie et de beauté lui était déjà parvenue.

La comtesse Anna adorait son mari, et, quelle que fût l'adresse de celui-ci à lui dissimuler la

vérité, elle la découvrit bien vite, et refusa nettement de recevoir la princesse : « Je ne me rési-
gnerai jamais, dit-elle à son mari, à recevoir une
femme qui m'a dérobé votre affection, quelque
soit la nature de vos relations. » Le comte, fort
surpris de cette résistance inattendue, chercha
inutilement à dissiper les soupçons de sa femme,
et Hélène trouva la porte fermée quand elle se
présenta chez la comtesse. Mortellement blessée
de cet affront, elle se laissa aller à toute la violence
de son caractère; elle déclara au comte qu'elle
exigeait de lui d'obliger sa femme à la recevoir;
ajoutant qu'elle n'accepterait jamais une telle
insulte, qui la déshonorait aux yeux du monde.
Le comte, après avoir cherché en vain à l'apaiser,
finit par s'emporter lui-même, et, après une scène
terrible, il la quitta brusquement.

Bouleversée de la manière dont le comte l'avait
quittée la veille, Hélène lui envoya dès le lendemain matin ces quelques lignes écrites avec un
trouble qui les rends presque indéchiffrables :

« Je vous écris sans savoir par où commencer :
Quelle scène! Je n'en suis pas encore remise;
vous m'avez quittée, abandonnée, et il ne me
reste rien pour soulager ma peine. Je suis seule
au monde. J'ai négligé mes amis, rompu mes

liaisons, j'ai brûlé à vos yeux les témoignages de l'amour que j'avais autrefois inspiré à mon mari. J'ai brûlé les secrets, les confidences les assurances de tendresse des amis de mon enfance; hier, vous m'avez ôté les quelques mots d'amour qui vous sont échappés. Qui me soutiendra dans mon affliction? c'est à vous à imaginer ce qui me reste. Adieu, mon cher Vincent; de toute façon, vous serez toujours l'objet éternel de mon amour si je vous revois, de mes regrets si rien ne vous ramène à moi. De toute façon vous seul occuperez mes idées, et posséderez mes affections jusqu'à la mort.

» Si vous êtes décidé à ne me plus revoir, renvoyez-moi mes lettres et ajoutez à la fin de celle-ci : *Adieu.* Cet arrêt de votre main sera la seule faveur que je sollicite encore. »

Cette lettre fut rapportée quelques instants après à la princesse par le messager auquel elle l'avait confié. Elle n'était pas décachetée[1], mais deux lignes tracées de la main même de la comtesse Anna contenaient ces mots : « Le comte est parti ce matin pour Neimirow. » Cette nou-

---

1. Nous avons retrouvé cette lettre dans les papiers du comte. Hélène la lui avait probablement envoyée avant de se décider à le rejoindre.

velle mit le comble au désespoir d'Hélène ; elle
vit la comtesse riant de sa peine, triomphant de ce
départ et se préparant à rejoindre son mari et
ses enfants. Une idée folle traversa son cerveau :
elle sonna brusquement et donna l'ordre de faire
atteler immédiatement une chaise de poste. Une
demi-heure après, la princesse s'élançait en
voiture, suivie d'une seule de ses femmes, et après
un voyage d'une rapidité vertigineuse, elle arrivait à Niemirow quelques heures après le comte.

Celui-ci avait quitté Varsovie pour échapper à
une situation insupportable, mais sans résolution
bien arrêtée. L'arrivée inopinée d'Hélène acheva
de le troubler ; sa beauté, sa tendresse, son désespoir, l'acte insensé qu'elle venait de commettre en lui sacrifiant sa réputation, tout se
réunit pour émouvoir le comte, et le souvenir de
la pauvre comtesse Anna ne put lutter contre
tant de séduction : Hélène l'emporta, et, lorsque
l'émotion des premiers instants fut calmée, ils
décidèrent d'un commun accord de demander
immédiatement le divorce, chacun de son côté.

La princesse, tremblant de voir revenir le
comte en arrière, pressa vivement l'exécution
de leurs projets, et, dès le lendemain, trois lettres
partaient de Niemirow, l'une adressée à la com-

tesse Anna, la seconde au prince de Ligne, et la troisième à l'évêque de Wilna. Le comte proposait à sa femme de lui rendre ses deux fils en échange de son consentement au divorce et lui offrait, en outre, une pension considérable. La princesse redemandait sa fille Sidonie et remettait le règlement de ses affaires d'intérêt avec les Ligne au prince évêque et à un mandataire, désigné par elle et revêtu de ses pleins pouvoirs; puis, dans sa lettre à son oncle, elle l'informait de son projet de divorce, lui demandant de ne point lui retirer ses bontés, et de vouloir bien lui aider à régler ses affaires.

La comtesse Anna ignorait ce qui venait de se passer, la triste vérité lui fut révélée par la lettre de son mari. La malheureuse femme ne pouvait croire encore à la réalité du coup qui la frappait; mariée depuis quatre ans à peine, son caractère d'une douceur inaltérable, sa conduite à l'abri de tout reproche auraient dû attacher solidement ce mari qu'elle adorait, et dont les vœux avaient été comblés par la naissance de deux fils. Elle voulut encore espérer que cette liaison ne serait qu'une fantaisie passagère, et refusa toute proposition de divorce.

Sa réponse fut simple et touchante :

« Avez-vous oublié, disait-elle, que nous nous sommes mariés par sympathie mutuelle, et non seulement par le consentement, mais le désir de nos parents?

» Ces nœuds devaient durer toujours, le bon Dieu les a approuvés en nous donnant des enfants. Cependant vous avez été faible dans les occasions et, moi, je persévère et je persévérerai encore, persuadée que c'est mon devoir autant que mon bonheur...

» Je me rappellerai toujours que lorsque je mettais au monde François, vous étiez à genoux dans la chambre voisine, priant Dieu pour moi et pour notre enfant. Vous nous aimiez alors, et, si vous cherchiez bien dans votre cœur, vous y trouveriez encore ces deux sentiments, car ils sont ineffaçables selon moi.

» Vous voyez mon âme et mon cœur à découvert, lisez dans les vôtres; un mot, un seul, j'oublierai tout, je l'attends avec la plus vive impatience.

» Votre très humble et très obéissante servante.

» ANNA POTOCKA. »

Cette lettre et bien d'autres encore demeu-

rèrent sans effet; le grand chambellan était irrévocablement décidé. Non seulement il subissait le
charme d'Hélène; mais, comme nous l'avons dit
plus haut, la perspective de la fortune immense
qu'elle devait posséder plus tard l'affermissait
singulièrement dans sa résolution.

XI

La révolte des Flandres. — Mort de Joseph II. — Le prince Charles au service de Russie. — Assaut d'Ismaïl. — Retour à Vienne. — Hélène à Kowalowka. — Voyage du comte à Paris. — Les Ligne refusent d'accorder le divorce. — Maladie du comte.

Tandis que ces aventures romanesques se passaient en Ukraine, des événements plus sérieux s'accomplissaient dans les Flandres. Van der Noot, unissant ses efforts à ceux de Vonck et de Van der Mersch, lançait un manifeste engageant le peuple brabançon à se révolter, et, le même jour, 24 octobre 1789, la petite armée des patriotes réunis à Hasselt envahissait le territoire belge[1].

1. Van der Noot, avocat actif et zélé, doué de plus d'ambition que de lumières, dirigeait, avec le grand pénitencier Van Eupen, le parti des états qui voulaient le maintien de l'an-

L'empereur, alarmé trop tard, avait essayé
d'enrayer le mouvement par d'inutiles conces-
sions, et, sous l'empire de l'irritation violente que
lui causait la défection des Flandres, il soupçonnait tous les Flamands de faire partie des révoltés.
Le prince de Ligne lui-même, occupé au siège de
Belgrade, ne fut pas à l'abri de son mécontentement; c'est alors qu'il lui écrivit la lettre si dure
que nous avons rapportée plus haut. Mais Joseph
ne tarda pas à reconnaître l'injustice de ses
soupçons et rappela près de lui le prince de Ligne.
Celui-ci se hâta d'obéir et écrivit à l'empereur
cette lettre charmante :

« Belgrade, novembre 1789.

» Je suis comblé de joie de la permission que
Votre Majesté vient de m'accorder d'aller me
mettre à ses pieds et de rester à Vienne jusqu'à
ce que je mène, en Moravie ou en Silésie, l'armée
qui revient de Syrmie. Je suis plus sensible, Sire,
aux grâces qu'aux disgrâces. Les soins que je n'ai
cessé de donner au siège de Belgrade et la fièvre

cienne constitution aristocratique et sacerdotale, tandis que
Vonck, autre avocat, distingué par ses talents, et le général
Van der Mersch dirigeaient la faction populaire.

que le quinquina n'a pu vaincre m'ont empêché
d'éprouver le chagrin qu'on aurait dû ressentir
de cette terrible phrase : « Attendez-vous aux
» preuves de mon mécontentement, n'ayant ni le
» goût ni l'habitude de me laisser désobéir. » Je
m'étais bien trouvé de ma conduite, Sire, il y a
onze ans dans la guerre de Bavière, et vous m'en
aviez remercié : cette fois-ci, Votre Majesté m'avait
ordonné de ne lui envoyer que des estafettes, et, si
j'ai fait partir des aides de camp, c'est parce que
le comte de Choiseul a écrit de Constantinople de
faire passer sûrement et bien directement sa dé-
pêche très importante au marquis de Noailles. Les
estafettes dorment, s'enivrent ou sont assassinées.

» Je vous demande pardon, Sire, de n'avoir pas
été inquiet de votre colère ; c'est que je connais
encore mieux votre justice : je me suis dit qu'un
voyage qu'un de mes aides de camp a fait mal à
propos dans les Pays-Bas, au plus fort de la révolte, a fait croire peut-être à Sa Majesté que j'y
étais pour quelque chose et que j'avais quelques
rapports avec les mécontents[1]. »

---

1. Les Belges avaient toutefois adressé au prince des propositions brillantes. Van der Noot le conjura de venir se mettre
à leur tête. « Je vous remercie des provinces que vous m'offrez,
répondit-il, avec son ton de plaisanterie habituel, mais je ne

Pendant que le prince de Ligne revenait à
Vienne, les insurgés s'emparèrent de Gand et de
Bruxelles, et, le 2 décembre 1789, ils déclaraient
Joseph II déchu de la souveraineté des Pays-Bas.
Deux mois après, l'empereur succombait à une
maladie chronique aggravée par le chagrin et
l'inquiétude[1]. Le prince de Ligne écrivit à l'impératrice Catherine : « Il n'est plus, Madame, il
n'est plus, le prince qui faisait honneur à l'homme,
l'homme qui faisait le plus d'honneur au prince.
Il me dit, peu de jours avant sa mort, et à mon
arrivée de l'armée de Hongrie que j'avais menée
en Silésie : « Je n'ai pas été en état hier de vous
» voir. Votre pays m'a tué... Gand pris a été mon

révolte jamais en hiver ». Le prince, d'ailleurs, qui n'aimait pas
les révolutions, avait été indigné de celle des Flandres. « Si
j'y étais, écrivait-il, je parlerais en patriote, mot qui commence
à me devenir odieux, en citoyen, autre mot défiguré, et, si je
ne réussissais pas, je parlerais en général autrichien, en faisant
enfermer un archevêque, un évêque, un gros moine, un professeur, un brasseur et un avocat. »

1. L'impératrice Catherine écrivait à Grimm : « Joseph Second s'est tué avec ses audiences à la centaine ; elles sont au
moins inutiles et font perdre beaucoup de temps. C'est ce que
je disais au défunt. Il savait tout, excepté la disposition des
esprits à la révolte aux Pays-Bas. J'ai été témoin de son étonnement en recevant la première nouvelle ; il vint me consulter,
voulant traiter la chose de bagatelle ; mais je pris la liberté de
lui conseiller d'y porter l'attention la plus sérieuse. » Joseph II
mourut le 20 février 1790.

» agonie et Bruxelles abandonnée ma mort. Quelle
» avanie pour moi! (Il répéta plusieurs fois ce
» mot.) J'en meurs; il faudrait être de bois pour
» que cela ne fût pas. Je vous remercie de tout ce
» que vous venez de faire pour moi. Laudon m'a
» dit beaucoup de bien de vous. Je vous remercie
» de votre fidélité. Allez aux Pays-Bas, faites-les
» revenir à votre souverain et, si vous ne pouvez
» pas, restez-y : ne me sacrifiez pas vos intérêts,
» vous avez des enfants... »

On trouva sur la table de l'empereur quelques
lettres écrites la veille de sa mort. L'une d'elles,
en français, était adressée aux princesses François
et Charles de Lichtenstein et aux comtesses Clary,
de Kinsky et de Kaunitz.

AUX CINQ DAMES QUI ONT EU LA BONTÉ
DE M'ADMETTRE DANS LEUR SOCIÉTÉ

« Il est temps que je vous dise un éternel
adieu, et que je vous témoigne la gratitude dont
me pénètre la condescendance et la douceur que
vous m'avez montrées pendant un si grand
nombre d'années. Il n'est pas un seul de ces jours
dont le souvenir ne me soit cher. L'idée d'une telle
séparation est le seul acte qui coûte à mon cœur.

» Plein de confiance dans la bonté de la Providence, je me soumets entièrement à ses décrets. Conservez ma mémoire et souvenez-vous de moi, dans vos prières. Mon écriture vous fera juger de l'état où je suis. »

Le prince de Ligne fut profondément affecté de cette perte, dont il ne tarda pas à ressentir les pénibles effets. Léopold II, qui succéda à son père, témoigna une froideur significative à tous ceux auxquels Joseph avait montré de l'attachement. Au reste, la politique du nouveau souverain ne devait rappeler en rien celle de son prédécesseur. Le 27 juillet 1790, l'Autriche signait à Reichenbach une convention avec la Prusse, par laquelle elle s'engageait à conclure la paix avec la Porte, sur la base du *statu quo* avant la guerre.

Le prince Charles, prévoyant une inaction forcée, sollicita et obtint la permission d'entrer au service de la Russie. Il partit laissant son père à Vienne, assez mal en cour et désolé de se séparer de lui.

C'est en Bessarabie sous les ordres de Souvarof que le prince Charles fit la campagne. Il fut désigné pour diriger une partie des opérations du fameux siège d'Ismaïl[1].

1. **Ismaïloff,** ville de la Russie d'Europe (Bessarabie), sur le

Depuis le 19, Souvarof battait cette ville en brèche; il dirigea lui-même l'attaque du côté de la terre, tout en la faisant attaquer du côté du fleuve. Les Russes furent repoussés trois fois par un feu terrible : deux colonnes demeurèrent trois heures dans les fossés sous une pluie de mitraille. Enfin un incendie qui éclata dans la ville permit aux Russes de pénétrer; l'assaut avait duré dix heures. Le prince Charles s'élança des premiers, et, sur ses traces, on vit monter, comme simples volontaires, le duc de Richelieu, le comte Roger de Damas, le comte de Langeron, etc., etc. Quinze mille Turcs furent massacrés et la ville livrée au pillage. Le prince Charles reçut à la jambe une blessure qui ne l'arrêta point.

Le général Ribas, qui commandait la flottille sur le Danube, écrivit au prince de Ligne :

« Ismaïl, 15 décembre.

» Mon prince, permettez qu'en me rappelant au souvenir de Votre Altesse sérénissime, j'ose la

---

Danube. L'assaut d'Ismaïl est un des plus célèbres dans l'histoire. Les Russes, au nombre de trente mille, s'emparèrent de la ville le 22 novembre 1790; elle fut livrée au pillage pendant trois jours. Les Russes, exaspérés par la résistance qu'ils avaient rencontrée, massacrèrent les deux tiers des habitants.

féliciter de la gloire que le prince Charles s'est
acquise, à l'assaut d'Ismaïl, où il a commandé
une colonne de descente, qui a été la première
à mettre pied à terre en suivant l'exemple de son
intrépide chef. Malgré une assez forte blessure à
la jambe, il a sauté le premier hors de la chaloupe, et a escaladé les remparts de la place sous
le feu le plus meurtrier. Il s'en est emparé après
avoir brûlé une frégate turque, qui nous faisait
beaucoup de mal, et avoir établi et dirigé celle
de nos batteries qui a fait le plus de mal à l'ennemi. »

Au momont où le prince Charles pénétrait dans
Ismaïl et au milieu du pillage, de l'incendie et de
l'effroyable massacre des Turcs, il aperçut un enfant de trois ou quatre ans seul, sous le portique
d'une maison de belle apparence ; cet enfant jetait
des cris déchirants ; sa beauté, ses riches vête-
ments attirèrent les regards du prince ; il enleva
l'enfant dans ses bras ; celui-ci cessa de crier, le
regarda avec de grands yeux étonnés ; puis, effrayé
du tumulte et des scènes d'horreur qui se passaient autour de lui, il cacha son visage dans la
poitrine de son sauveur, en serrant son cou de
toute la force de ses petits bras. Le prince ému
se hâta d'emporter l'enfant en lieu sûr, et le fit

interroger par quelques prisonniers échappés au
massacre. Tout ce qu'il put dire, fut qu'il s'appe-
'ait Norokos, et qu'on avait tué sa mère et les
`emmes qui le gardaient. Le prince choisit parmi
les prisonniers un homme et une femme turcs, les
plaça auprès de l'enfant et ordonna qu'il fût entouré de tous les soins imaginables, étant décidé
à l'adopter, et à l'emmener avec lui à Vienne
lorsqu'il y rentrerait.

Aussitôt après la prise d'Ismaïl, l'impératrice
Catherine écrivit au prince Charles pour lui annoncer, elle-même, sa nomination au grade de
colonel et la croix de commandeur de l'ordre de
Saint-Georges. C'est à Vienne que le prince de
Ligne reçut la nouvelle de la prise d'Ismaïl et des
honneurs que l'impératrice venait d'accorder à
son fils. Il venait d'éprouver lui-même un passe-
droit et une injustice flagrante de la part de Léopold II; mais il oublia tout devant les succès de
son Charles et il écrivit le même jour à la tzarine :

« Madame,

» Mon cœur qui va toujours le premier, et si
vite que je ne puis jamais l'arrêter, saura-t-il
exprimer toute sa reconnaissance du bienfait ac-

cordé par Votre Majesté impériale à mon excellent et heureux Charles ? Je ne publierai point la
lettre que vous avez daigné m'écrire, je me con-
tenterai de ne l'oublier jamais. Il faudra la paix,
pour que Votre Majesté se remette même à avoir
de l'esprit : car voilà quatre ans qu'elle n'a que de
l'âme et du génie. Mon Dieu, qu'il y en a dans la
lettre à mon bon Charles! J'ai peur qu'il n'en
devienne fou... »

Mais c'est avec son fils que le prince se livre à
l'effusion la plus vive.

« Vienne, ce 25 novembre 1790.

» Tu me fais donc finir la guerre comme je l'ai
commencée, en mourant de peur pour le plus
intrépide des mortels, de joie de t'avoir fait, d'attendrissement de ce que tu fais, et de regret de
n'avoir jamais approché de ton mérite dans tous
les genres[1]! Mon cher Charles, malgré ces quatre
morts-là, je vis fort bien et le plus heureux des

---

1. La modestie du prince Charles était extrême ; son père
écrivait à madame de Coigny : « Je n'attaque pas ma valeur,
elle est peut-être assez brillante ; mais je ne la trouve pas assez
pure : il y entre de la charlatanerie, je travaille trop pour la
galerie. J'aime mieux la valeur de mon cher bon Charles, qui ne
regarde pas si on le regarde. »

hommes, de ce que je vais te revoir. Mon **Dieu,**
bon Charles, brave Charles ! quelles peines tu m'as
données ! · C'est moi qui joue toujours gros jeu.
Si l'on t'avait *néboïssé*[1] comme quelquefois, et
Jeux ou trois nuits surtout j'y ai songé au lieu de
dormir, dis-moi, je te prie, ce que j'aurais fait
au monde ? Si j'avais pu y survivre, aurais-je été
une minute sans me reprocher la force et la faiblesse que j'ai eues de ne pas m'opposer à ton
départ ?... »

Presque aussitôt après la paix d'Ismaïl, l'impératrice entama secrètement des négociations pour
traiter avec les Turcs. Préoccupée de ce qui se
passait en France et surtout en Pologne, elle voulait en finir avec une guerre qui occupait la plus
forte partie de son armée. Le prince Charles, au
courant de ce qui se passait, demanda et obtint
son congé. Il annonça à son père son retour à
Vienne ; il revenait escorté d'une suite nombreuse :
il ramenait le petit Norokos et ses serviteurs, une
musique turque composée de douze musiciens, et
rapportait des cadeaux superbes d'armes et de
chevaux que lui avaient offerts le maréchal Souvarof et le prince Potemkin.

1. Expression turque indiquant l'acte de couper la tête aux
morts sur le champ de bataille.

LE PRINCE DE LIGNE A SON FILS

» Dieu, Dieu, Dieu, cher Charles ! tu reviens, toi !
mais, moi, je n'en reviens pas. Je te jure qu'avec
le bonheur que tu as eu d'échapper à de pareils
dangers, tu seras immortel au physique comme
au moral. Je ne sais pas comment je ferai pour
t'embrasser, où je me mettrai, où ira ton grand
nez et où je fourrerai le mien. Je compte bien
aussi baiser ton genou blessé en me mettant peut-
être à genoux moi-même devant toi ou devant le
ciel. »

P.-S. AU PLUS BRAVE ET AU PLUS JOLI
DES VOLONTAIRES[1].

« Pour vous, cher duc, je ne chercherai pas
à vous exprimer ce que j'ai éprouvé aussi à
votre égard. On n'a jamais été plus petit-fils du
maréchal de Richelieu, on n'a jamais été plus

---

1. Le comte de Chinon, Armand-Emmanuel-Sophie-Septimanie
Duplessis, duc de Richelieu, petit-fils du maréchal, né le 25 septembre 1766, mort le 16 mai 1822. Il avait épousé, à l'âge de
quatorze ans, mademoiselle de Rochechouart, dont il n'eut point
d'enfants. Le duc émigra en 1790; il se rendit à Vienne, où il
fut accueilli avec distinction, de là à Saint-Pétersbourg où il ne
fut pas moins bien reçu. « Il était, dit le prince de Ligne, d'une

charmant et intrépide compagnon d'armes. Vous
et Charles avez également contribué à l'honneur
l'un de l'autre.

» Sûrs de votre estime naturelle, vous cherchiez à l'augmenter. Quel bonheur pour moi, cher
duc, de vous savoir plein de vie et d'ardeur et
de vous avoir aimé tendrement presque aussitôt
que vous êtes venu au monde, dont vous étiez
déjà l'ornement.

» Que je vous conte donc à tous deux : ah ! le bon
homme que le roi de Naples. Il m'a embrassé dix
fois, c'est-à-dire autant de fois qu'il m'a rencontré au bal chez son ambassadeur Gallo[1]. Il me
menait à tout le monde en disant. : *Suo figlio !
ah ! bravo juvene ! è férito*[2]. »

La révolte des Flandres touchait à son terme.
Le premier acte des Flamands, après avoir secoué

beauté ravissante et d'une douceur parfaite. S'il n'annonçait pas
l'esprit supérieur de son grand-père, il avait un sens droit, des
vertus naturelles, un ardent amour du bien; il était moins dis-
sipé que ses jeunes compagnons, quoiqu'il aimât les dames et
ût fait pour leur plaire. » Le duc de Richelieu fut président
du conseil des ministres sous la Restauration.

1. Le marquis del Gallo, ambassadeur de Naples à Vienne,
donnait ce bal en l'honneur des fiançailles des deux filles du
roi de Naples avec deux des archiducs fils de l'empereur Léopold.

2. « Son fils, ah ! brave jeune homme ! il est blessé. »

la domination de l'Autriche, avait été de se diviser
en deux factions hostiles, dont l'une voulait le
maintien de leur ancienne constitution aristocra·
tique et sacerdotale, pour laquelle on avait opéré
la révolution, tandis que l'autre professait les
opinions nouvelles de l'Assemblée constituante
de Paris. Léopold, habile politique qui avait appris en Toscane l'art des négociations, profita
adroitement de cette division, et promit, à son
avènement au trône[1], de rendre aux Flandres leurs
anciens privilèges; mais, en même temps, il leur
envoyait une armée assez forte pour les soumettre au besoin. Le pays ne fit aucune résistance[2].

Le 2 décembre 1790, Léopold accordait une
amnistie générale, et, au bout de peu de mois,
toute trace de trouble avait disparu des Flandres.

Après avoir donné quelque temps à la joie de
revoir son fils, la princesse de Ligne partit
pour Bruxelles et Bel-Œil, afin de faire réparer les

1. 30 septembre 1790.
2. « Le comte de Browne reprit Bruxelles aux patriotes belges
avec quelques compagnies de grenadiers et quelques housards,
et, à force de soins, de fermeté et de ducats, qu'il savait semer
à pleines mains, il mit tant d'ordre et de confiance dans la ville,
que jamais elle ne fut si soumise, si tranquille et si heureuse. »
(*Mémoires inédits du prince de Ligne.*)

dégâts causés par la révolution dans leurs rési-
dences, abandonnées depuis 1787. C'est précisément à cette époque que les lettres d'Hélène
demandant le divorce parvinrent à son mari.

La famille de Ligne avait, à plusieurs reprises,
exprimé le mécontentement qu'elle éprouvait du
séjour prolongé de la princesse Charles en Pologne. Celle-ci avait d'abord répondu évasivement;
puis, après avoir demandé des nouvelles de la
petite Sidonie, elle avait fini par ne plus écrire
du tout.

Le départ subit et le séjour prolongé d'Hélène
en Ukraine avaient fait sensation à Varsovie. La
princesse maréchale et d'autres grandes dames
polonaises, qui passaient l'hiver à Vienne, ra-
contèrent cette aventure, avec force commen-
taires. Les Ligne, comme on peut le croire, se
montrèrent gravement offensés de l'imprudente
escapade d'Hélène, et, loin d'accueillir favorable-
ment sa demande de divorce, ils refusèrent nettement d'y consentir. On peut supposer que, si
la femme que le prince Charles aimait eût été
libre, la réponse n'eût pas été la même; mais
évidemment il y avait un obstacle invincible à
leur union. Sur ces entrefaites, le comte, qui dirigeait toutes les affaires d'Hélène, était parti

pour Paris muni de ses pouvoirs, pour traiter
avec les Ligne; car la princesse Charles, encore
pleine d'illusions, ne doutait pas qu'ils ne con-
sentissent à ses désirs. Arrivé à Paris, il eut une
première entrevue avec l'intendant du prince de
Ligne père, et lui remit une copie de ses pleins
pouvoirs.

L'intendant repartit pour conférer avec le
prince sur ces graves questions et quand il revint
à Paris, le comte, ayant appris directement par
Hélène le refus catégorique du prince Charles,
était déjà parti.

Voici la lettre que lui apportait l'intendant.

LETTRE DU PRINCE DE LIGNE PÈRE

a Vienne, 15 janvier 1791.

» Comme nous ne savons plus si la princesse
Charles de Ligne existe, et qu'il semble qu'elle est
morte pour nous et pour la petite Sidonie, nous
ne pouvons faire aucun arrangement avec elle.

» Une femme enfermée par un sot tyran polonais ne peut pas empêcher que le grand-oncle de
Sidonie paie les lettres de change pour lesquelles
il nous a donné toutes les sécurités possibles

et qui sont destinées, de l'avis du prince Charles, du prince évêque et même de sa mère, à libérer les terres de la Galicie. Elle ne peut ni ne doit les administrer, puisqu'elle est sous le pouvoir d'un homme qui mène publiquement ses affaires; elle pourrait faire tort à sa fille.

» Quand elle quittera le joug sous lequel elle vit, pour vivre à Paris ou à Varsovie, ou dans quelque terre à moi, si elle veut, elle jouira de trente mille livres de France, que son mari lui destine pour le moins, quand il jouira lui-même du plein de ses revenus.

» Comme, si la princesse Charles épousait le comte Potocki, elle serait encore plus malheureuse qu'elle n'est, son mari, par intérêt pour elle et pour sa fille, n'y consentira jamais.

» LIGNE. »

« Il faut rendre tout de suite à la princesse ses diamants et ce qui lui appartient et qu'elle envoie à Pradel des dessins que je crois qu'elle a encore à son mari. »

Le prince Charles voulait qu'on renvoyât sur-le-champ tous les diamants, meubles et effets laissés par Hélène à Bel-Œil ou à Bruxelles, et il écrivit à sa mère pour presser cet envoi. Mais on se sou-

26

vient qu'Hélène avait quitté précipitamment
Bruxelles, au moment de l'insurrection des Pays-
Bas. Elle n'avait pas eu le temps d'acquitter
quelques dettes contractées pour sa dépense
personnelle. La princesse de Ligne écrivit à sa
belle-fille la lettre suivante :

« Bruxelles, 24 février 1791.

» Comme votre mari m'avait écrit, Madame,
qu'il avait consenti qu'il vous fût renvoyé tous
les effets vous appartenant, à l'exception des livres
dont beaucoup font déjà partie de la bibliothèque
de Bel-Œil et les autres sont achetés avec la condition de les y envoyer, j'allais en ordonner l'embal-
lage, lorsque vos créanciers, en ayant eu vent,
sont venus mettre opposition, n'ayant, disent-ils,
jamais eu de réponse aux lettres qu'ils vous ont
fait parvenir. Ils ne veulent pas être dessaisis
des effets qui leur servent de nantissement; ce
n'est qu'à ma considération, et sur la promesse
que je leur ai faite de vous écrire moi-même,
qu'ils veulent bien encore patienter, jusqu'au
terme qu'il faut pour que cette lettre vous par-
vienne et que votre réponse puisse arriver.

» Je vous prie donc, Madame, si vous ne voulez
pas vous exposer à voir vos effets vendus publi-

quement, de me faire passer une lettre de change
ou un ordre à quelque banquier pour que, vers
la fin d'avril, j'aie de quoi les satisfaire.

» Les mémoires que j'ai pu rassembler, joints
à ceux dont j'ai connaissance, se montent environ
à cinq mille florins de notre monnaie. Comme je
ne compte pas être à Bruxelles passé le 15 de mai,
je vous avertis que, si le 1er je n'ai pas d'argent,
je remets vos effets à un crieur public pour qu'il
en fasse l'estimation et s'arrange avec les créanciers et je ne m'en mêle plus. Assurément vous
ne gagnerez pas à cet arrangement; car j'aurais
mis plus d'économie et plus d'intérêt à vos affaires
qu'il n'en mettra.

» Sidonie se porte à merveille, elle devient fort
gentille, et, quoique vous ne vous occupiez guère
d'elle, elle parle souvent de vous; elle ne manque
jamais dans ses petites prières de nommer sa
maman.

» En attendant avec impatience votre réponse
car suivant les précautions que je prends, je suis
bien sûre que cette lettre vous parviendra, je
suis, Madame,

» Votre, etc.

» LA PRINCESSE DE LIGNE. »

Pendant ces négociations, Hélène vivait à Kowalowska, dans une profonde retraite. Cette lettre lui parvint dans un moment où il lui était impossible d'envoyer de l'argent à Bruxelles. Cette femme mondaine, habituée au luxe le plus recherché, était réduite presque à la gêne, et, par une fierté bien naturelle, ne voulait rien accepter du comte, sauf l'hospitalité. Elle lui écrivait :

« Votre lettre m'a rendue bien triste. Pas plus question de votre retour que s'il ne devait jamais avoir lieu. MM. de Ligne ne veulent entendre à rien ; que faire ? quel parti prendre ? Que veulent-ils de moi ? quel est leur but ? Ils veulent apparemment que le besoin me fasse condescendre à leur volonté, et croiront me faire une grâce en me renfermant dans un couvent avec une pension[1]. Mais, quand ils voudraient me recevoir dans le sein de leur famille, jamais je n'y retournerais ; tout est dit entre eux et moi, et je préférerais encore le couvent à la peine de vivre avec des gens que je n'aime pas, et dont je serais méprisée ; ce mot seul me fait frémir.

» Quant à la fortune, il me serait bien pénible

---

1. Cette phrase prouve que le comte n'avait pas envoyé à Hélène la lettre du prince de Ligne qui lui offrait un de ses châteaux comme retraite.

d'être à charge à qui que ce soit au monde, je voudrais plutôt vivre du travail de mes mains et ne balancerais pas à commencer par renvoyer tous mes gens et ne garder qu'une seule servante.

» Quant à mes effets, le peu que j'en ai, tels que livres, musique, quelques meubles, je ne les regarde plus comme à moi ; vous voudrez bien les prendre à compte de ce que je vous dois pour table, blanchissage, etc; car, pour de l'argent, je ne peux pas vous en donner. J'ai fait une grande dépense ce mois-ci, que j'aurais tâché de ne pas faire si j'avais cru mes affaires en si mauvais état. J'ai acheté pour quarante ducats de toile pour faire des chemises, car j'en avais besoin, et il était difficile que je m'en passe; on m'a fait voir de la belle toile, les occasions d'en trouver sont rares, j'en ai donc acheté. Si je me vois tout à fait en butte au malheur, j'aurai le courage nécessaire pour le supporter; vous m'aimerez avec un four- reau de toile, comme avec un habit de soie et je me trouverai heureuse. Je ne me soucie pas de rentrer jamais dans le monde, j'ai connu de bonne heure tout ce qu'il avait de plus brillant, et je m'en suis lassée; je ne me lasserai pas d'une vie modeste, même dans l'indigence, si vous m'aimez. »

La princesse Charles était en proie à des inquiétudes de tous les genres ; son imagination lui montrait partout des dangers : « Je suis bien éloignée
d'être tranquille, écrivait-elle au comte, il me
semble au contraire que chaque instant redouble
ma peine et mes inquiétudes ; on m'a dit que le
krajézy revenant de Vienne était à Dubus. Si vous
le voyez au retour, je crains qu'il ne veuille vous
porter à vous séparer de moi ; il aura sûrement
connu MM. de Ligne à Vienne, leur cause l'inté-
ressera, et il voudra les obliger, en vous engageant à m'abandonner. Cet idée me tourmente
à un point extrême. Répondez-moi promptement
là-dessus. Depuis jeudi, je suis livrée sans consolation à la tristesse de mes réflexions ; je crains
qu'on ne profite de cette absence pour vous persuader de renoncer à notre union ; ne comptez
jamais sur un consentement de ma part ; je vous
rendrais vos serments si cela devait être utile à
votre bonheur, mais rien ne me fera rompre
ceux que j'ai faits de vous aimer toujours. »

La princesse avait reçu une réponse fort brève
à la lettre qu'elle avait adressée au prince-évêque.
Il n'avait point écrit lui-même, mais avait fait
répondre par son intendant qu'il réfléchirait et
refusait pour le moment de traiter avec le man-

dataire de sa nièce. Hélène écrivit au comte et ajouta :

« Si mon oncle ne veut pas tenir la transaction, il n'y a qu'à l'annuler et à me rendre mes terres; mais me prendre mes terres, et ne rien me donner, est aussi par trop injuste, et il n'est pas possible que mon oncle me laisse mourir de faim. Il serait odieux qu'avec la fortune immense que je devrais avoir, je sois réduite à rien, par une injustice criante, et aux mépris de toutes les lois. Dieu veuille que je me tire des griffes de Silvestrowicz[1] avec un revenu suffisant pour n'être à charge à personne.

» Mais où est mon oncle? pourrai-je lui envoyer quelqu'un, pour lui apprendre ma situation et la mauvaise volonté de Silvestrowicz? Je vais me trouver sans un sol; que ferai-je, dites-moi? Mais comment se peut-il que mon oncle me dépouille entièrement sans qu'il y ait du remède à cela? Il n'y a que dans ce pays-ci où cela se puisse. Je suis en vérité bien malheureuse; mais je suis si affectée de votre absence, qu'elle m'empêche de m'occuper de mes autres chagrins, qui ne sont en ce moment que la moindre partie de

---

1. L'intendant de l'évêque de Wilna.

ma peine. Adieu, Vincent ; aimez-moi, car votre amour est le seul bien qui me reste. »

Le comte venait d'arriver en Pologne, mais il ne se pressait point de regagner l'Ukraine.

Il écrivit à Hélène que ses propres affaires le retenaient encore loin d'elle, mais qu'elle n'avait rien à craindre des influences dont elle lui parlait dans une lettre précédente. « Je me trouve bien soulagée, lui répond-elle, d'apprendre enfin que vous êtes en Pologne, et de savoir que je n'ai rien à redouter du krajczy ; sa femme, sa fille, ses fils, sont tous des amis intimes des MM. de Ligne, et j'avais peur qu'il ne voulût se mêler de de nous renvoyer chacun chez nous. Quant à moi, je regarde l'engagement qu'on nous a fait prendre si jeunes, où il ne se trouvait aucune autre convenance que celle de la naissance et de la fortune, comme une erreur du destin ; c'est vous seul qui avez mon serment, mon véritable amour, le plus chaste et le plus sacré des liens. »

Peu de temps après, une nouvelle inquiétude vint troubler Hélène. « Imaginez-vous, écrivait-elle au comte, que j'ai lu dans la *Gazette de Hambourg* que le prince Charles allait revenir de l'armée russe, par Léopol ; il faut qu'il passe par Niemirow ou au moins tout près. Je vous assure

que vos Cosaques ne sont pas de trop pour rassu-
rer une poltronne comme moi[1]. » Mais le prince
passa sans s'inquiéter d'elle.

Enfin le comte s'annonça. « Comme le cœur
me bat, écrit Hélène, quand je pense que le moment approche, qui va vous ramener près de moi.
Que vous ayez bien ou mal fini mes affaires, je
suis si occupée de votre retour, que je ne m'en
affecte pas comme je le ferais dans tout autre
temps. Je calcule les minutes, je ne fais que penser à quelle heure vous serez parti, à quelle
heure vous pourrez arriver, et il me semble qu'il
y a encore des siècles à attendre.

» J'espère que vous recevrez cette lettre sur les
grands chemins; je viens d'en recevoir une de
mon oncle : il paraît qu'*il n'est pas fâché contre
moi et qu'excepté de m'aider de son pouvoir*

1. Les Cosaques habitaient les plaines de l'Ukraine et les rives
du Borysthène (Dniester). Ces hordes féroces, qui ne vivaient
que de rapines et de pillage, se nommaient autrefois Zaporogues (habitants des cataractes). La plupart des gentilshommes
polonais de ces contrées avaient à leur solde quelques cen-
taines de ces brigands qui faisaient trembler tout le monde. Ils
appartenaient à ceux qui les payaient le mieux, et les cruautés
commises par les Cosaques à la solde de Catherine, dans les
massacres de l'Ukraine, dépassent *tout ce que l'imagination
peut créer de plus horrible (Voy. le *Voyage en Ukraine* du
comte de la Garde, pour plus amples détails).

et de son argent, il m'est entièrement dévoué.
Quelle ironie ! mais qu'est-ce que cela me fait ? Si
je suis indifférente à ma famille, elle me l'est
bien aussi ; pourvu que vous m'aimiez toujours,
je ne désire rien au monde ; je n'ai ni vanité, ni
ambition, je n'ai que de l'amour. »

Le comte arriva à Niemirow fort mécontent de
son voyage et fort inquiet de l'avenir. Il avait cru,
d'après Hélène, qu'il ne rencontrerait aucune
difficulté du côté des Ligne pour obtenir le divorce ; et, au lieu du consentement qu'il attendait,
il n'avait reçu qu'un refus très net, accompagné
de l'appréciation la plus sévère de sa propre conduite et des mobiles intéressés qu'on lui suppo-
sait à tort ou à droit.

Il croyait aussi venir facilement à bout d'obtenir le consentement de sa femme en lui
rendant ses deux fils ; au lieu de cela, il rencontrait partout de sérieux obstacles à ses projets.

D'autre part, la situation de la princesse, vivant
isolée et, pour ainsi dire, cachée dans une habitation du comte, voisine de Niemirow, ne pouvait
se prolonger sans de graves inconvénients. La
comtesse Anna était fort aimée dans le pays, ses
deux enfants habitaient Niemirow, et chacun

s'étonnait déjà de son absence prolongée : que
serait-ce donc après le retour de son mari? Toutes
ces pensées assombrissaient l'esprit du comte; il
fit une courte apparition à Kowalowka, et Hélène
fut bouleversée de la froideur et de l'embarras
qu'il témoigna à leur première entrevue: il lui
raconta brièvement les résultats peu satisfaisants
de son voyage, lui laissant entrevoir qu'il ne
pouvait séjourner à Niemirow, et l'engageant à se
rendre auprès de son oncle pour y attendre
une solution probablement fort éloignée.

Cette déclaration, quoique faite avec ménage-
ment, produisit un effet terrible sur la princesse. Elle était persuadée, de bonne foi, qu'obtenir le divorce et se marier aussitôt après,
serait la chose la plus facile; son mariage devait
faire oublier sa fuite imprudente, et les consé-
quences que le public avait pu en tirer. Tout à
coup elle voyait ses plus chères espérances lui
échapper, son honneur compromis, et l'homme
auquel elle avait tout sacrifié lui proposer froide-
dement de le quitter peut-être à jamais. Toutes
ces idées se heurtèrent à la fois dans sa tête, avec
une confusion et une violence telles, qu'elle
perdit connaissance. Quand elle revint à elle, ses
femmes seules étaient auprès de son lit, le comte

avait regagné Niemirow. Elle lui écrivit aussitôt :
« Vous m'avez laissée dans le désespoir le plus
affreux, sans qu'un mouvement de pitié vous soit
échappé. Il me reste à présent à vous dire que la
vie m'est odieuse, si vous persistez dans le dessein
de m'abandonner ; je vous demande à vous-même
compte du sort que j'ai remis entre vos mains.
Seriez-vous capable d'en disposer avec autant de
légèreté ? »

Hélène attendit en vain une réponse toute la
journée, le comte ne répondit pas. Le lendemain,
elle reçut quelques lignes, lui annonçant qu'il
était malade. La princesse ne quittait pas Kowalowka, elle n'était jamais entrée dans le château
où habitaient les enfants de la comtesse Anna.
Mais l'inquiétude lui faisant oublier toute prudence, elle écrivit : « Je suis au désespoir de vous
savoir malade ; si vous me l'aviez écrit plus tôt,
j'aurais peut-être trouvé quelque moyen pour
aller vous voir. Et, si vous ne le pouvez pas,
envoyez-moi la clef de la petite porte du jardin,
et Saint-Charles pour me suivre, et j'irai vous
trouver, car il m'est impossible de passer ce
jour sans vous voir ; je suis au supplice, j'ai des
lettres à vous communiquer. »

La maladie du comte n'était que trop réelle :

les soucis de tout genre qui l'avaient assailli pendant son voyage, l'embarras de sa position, la fatigue en étaient peut-être la cause; au bout de trois jours, une fièvre putride des plus graves se déclara, et il demeura pendant trois mois entre la vie et la mort.

La malheureuse Hélène n'osa pas s'installer auprès de lui, elle ne pénétrait dans sa chambre qu'en cachette et pour s'assurer que tous les soins nécessaires lui étaient prodigués. L'évêque de Wilna, apprenant ce qui se passait, se décida à écrire lui-même à sa nièce. Il l'engageait à venir auprès de lui s'établir à Werky, et lui promettait d'oublier ses *imprudences passées* si elle renonçait à sa *folle passion pour le comte.*

La princesse répondit :

« Mon cher oncle,

» Vous aurez sûrement appris la maladie du grand chambellan; mais ce que personne ne saurait vous dire, et ce que, moi-même, je ne saurais vous exprimer, c'est l'état affreux et le désespoir où j'ai été, en voyant sur le point d'échouer les seules espérances de bonheur que je puisse et que je veuille désirer sur la terre.

» Mais, enfin, après tant d'alarmes, il est hors d'affaires, et, quoiqu'il ait été dans un danger extrême de perdre la vie, je puis assurer en vérité, qu'il ne revient pas de plus loin que moi.

» C'est au moment où nous commencions à reprendre courage et à nous flatter de voir encore notre union possible, que votre lettre est arrivée ; jugez de ma consternation, en voyant qu'il n'y est question que de séparation.

» Je connais la bonté de votre cœur, mon cher oncle, je suis persuadée que vous n'avez jamais fait un projet où vous ne vous soyez proposé pour but ma tranquillité et mon bonheur ; je vous supplie donc, mon cher oncle, de ne plus regarder comme possible aucun plan qui tende à me séparer ou à m'éloigner du choix que j'ai fait. Quelque reproche qu'on ait à me faire, je suis bien assurée de ne pas mériter celui de manquer de caractère et de constance. Je suis décidée avec fermeté à ne rien changer à ma manière d'être, quand même les obstacles devraient durer autant que ma vie. Je vous prie donc, mon cher oncle, de me donner quelques mots de consolation. Dites-nous que vous désirez voir notre bonheur, mais ne nous dites pas que nous devons le chercher, éloignés l'un de l'autre.

» Adieu, mon cher oncle; recevez l'hommage du profond respect et des tendres sentiments que je vous ai voués pour la vie.

» HÉLÈNE LIGNE. »

Le comte, après une convalescence aussi longue que la maladie, partit pour la Galicie. Il avait été touché du désespoir et du dévouement d'Hélène; il lui promit, avant de la quitter, de tenter de nouveau tous les efforts possibles pour obtenir ce divorce si ardemment désiré, et la laissa, sinon tranquille, au moins plus rassurée.

XII

Rentrée des princes à Mons. — L'émigration en Belgique. — Une représentation de *Richard Cœur de Lion*. — Le prince Charles rentre dans l'armée autrichienne. — Il représente l'empereur pour son inauguration comme comte du Hainaut. — Guerre de France. — Dumouriez en Champagne. — Affaire de la Croix-aux-Bois. — Le prince Charles est tué. — Désespoir du prince de Ligne.

L'apaisement des Flandres étant un fait accompli, le prince de Ligne, en 1791, rentra officiellement à Mons en qualité de grand bailli du Hainaut, accompagné par le prince Charles. Un superbe banquet suivi d'un concert et d'un bal, au grand salon de l'hôtel de ville, leur fut offert par les États du Hainaut[1].

1 Les dépenses du banquet s'élevèrent à 9895 livres (*Archives de Mons*).

Plusieurs pièces de vers furent présentées au prince de Ligne par les étudiants du collège d'Houdain et par des particuliers. Il va sans dire que, dans toutes, on célébrait les vertus du prince et la gloire de son fils.

Cependant il y eut une note discordante dans ce concert d'éloges; un certain avocat de Nivelle, nommé Masson, publia un libelle à cette occasion : « Parmi plusieurs traits que j'ai oubliés, écrit le prince, il disait qu'à mon entrée de gouverneur du Hainaut, j'avais l'air d'un vieux sultan, entouré de filles dont je m'occupais uniquement, et que j'avais été assez bête pour prendre de bonne foi des acclamations de « Vive le prince » *patriote!* » Ce dernier point est vrai. C'était dans une église, où je prêtais, je crois, ou faisais prêter serment. J'acceptai ce vivat avec les autres, ne me doutant pas que son crieur y entendît malice. Pour le sultan, il m'a fait trop d'honneur. Il est vrai que, pendant la marche ennuyeuse de l'entrée, des filles très jolies me jetaient des bouquets dans ma voiture, et que, la foule les arrêtant près de la portière, je les remerciai beaucoup, et leur dis que je les trouvais charmantes. Le seul reproche qui pouvait n'être pas tout à fait mal fondé est celui qui concerne mon entrée. La

27

guerre venait de finir et la révolution des Pays-Bas, qui m'avait coûté cher aussi. J'aurais pu faire des dettes en galonnant mes gens sur toutes les coutures ; je crus au contraire que le peuple me saurait gré de ne pas établir trop de faste. Et, comme j'avais deux Turcs, quatre housards, des Russes avec leur barbe, un Tartare avec deux dromadaires et une musique turque, cela pouvait lui procurer sa comparaison ingénieuse avec Tamerlan ou un empereur de la Chine ; car je ne me souviens plus bien à qui il trouvait que je ressemblais. »

Les princes furent reçus avec une vive satisfaction par les habitants de la bonne ville de Mons, où ils étaient fort aimés ; le lendemain, ils partirent pour Bel-Œil avec leur famille.

Le premier soin du prince père, une fois installé à Bel-Œil, fut de faire élever à son bien-aimé Charles un monument qui perpétuât le souvenir de sa brillante conduite à Sabacz et à Ismaïl ; il le dessina lui-même, choisit et disposa l'emplacement de manière à rappeler un site des jardins de l'impératrice à Czarskoë-Celo. « En suivant la rivière, dit-il, on trouve sur la rive gauche un obélisque dédié par l'amitié à la valeur. Ce n'est pas ma faute si Charles en est l'objet, ce n'est pas ma faute si Charles s'est distingué à la guerre, ce n'est pas ma faute si j'ai donné le jour à une créature aussi parfaite. Le père disparaît, l'homme reste et le héros est célébré; qu'on ne m'accuse donc point de partialité, mais d'orgueil je conçois qu'on le peut.

» Cet obélisque en marbre est de quarante-cinq pieds. Sur un côté, il y a en lettres d'or : « A mon « cher Charles pour Sabacz et Ismaïl. » Sur la seconde face : *Nec te juvenis memorande silebo;* et sur la troisième : « Sa gloire fait mon orgueil, son » amitié mon bonheur. »

Les Ligne passèrent l'été à Bel-Œil, heureux de se retrouver réunis et tranquilles dans ce pays qu'ils aimaient tant; mais, pour des yeux attentifs, cette tranquillité dont jouissaient les Flandres ne devait pas être de longue durée, des symptômes menaçants s'élevaient de toute part à l'horizon; la marche effrayante de la Révolution française, la présence des émigrés dans les Pays-Bas préoccupaient bien des esprits.

La Savoie, la Suisse, le Brisgau, Liège, Trèves, Luxembourg et les Pays-Bas furent les premiers refuges des émigrés; ce ne fut que plus tard que, perdant l'espérance d'un prompt retour, ils gagnèrent Vienne, Londres, la Pologne et la

Russie. L'archiduchesse Marie-Christine, régente des Pays-Bas, était sœur de la reine de France, il paraissait naturel qu'elle protégeât les émigrés; mais Léopold ne leur était point favorable, et, dès le début de son règne, il invita l'archiduchesse Christine, les électeurs de Mayence, de Cologne et de Trèves à empêcher les émigrés et les princes de faire des coups de tête. « Ne vous laissez induire à rien, écrivait-il, et ne faites rien de ce que les Français et les princes vous demanderont, hors des politesses et des dîners; mais ni troupes, ni argent, ni cautionnement pour eux. » Il séparait absolument la cause du roi de France de celle de l'émigration[1].

Le prince de Ligne était fort mal disposé pour l'empereur Léopold; il lui reprochait d'avoir sucé le lait de la dissimulation italienne et n'entrait point dans ses calculs politiques et intéressés. Il adorait la reine et son cœur bondissait d'indignation à la pensée des dangers qui la menaçaient chaque jour davantage.

Il avait vainement sollicité un commandement dans l'armée autrichienne. Léopold s'était bien

1. Voir l'intéressant article de M. Albert Sorel, VARENNES et PILNITZ, *Revue des Deux Mondes*, 15 mai 1880.

gardé de le lui accorder, redoutant les imprudences auxquelles sa vivacité, ses opinions et son
dévouement chevaleresque pouvaient l'entraîner.

Nous devons avouer que le prince de Ligne
n'était pas un amant passionné de la liberté ; il
prévit de bonne heure les entraînements de la
Révolution, et écrivait en 1790 au comte de Ségur
à propos de l'Assemblée nationale : « La Grèce
avait des sages, mais ils n'étaient que sept ; vous
en avez douze cents, à dix-huit francs par jour,
sans mission que d'eux-mêmes, sans connaissance
des pays étrangers, sans plan général, sans
l'Océan qui peut, dans un pays dont il fait le tour,
protéger les faiseurs de phrases et les lois. »

Le prince ne laissait échapper aucune occasion
de donner des marques publiques de sa sympathie
pour la famille royale. Il assistait un jour à une
représentation de *Richard Cœur de Lion* sur le
petit théâtre de Tournai. Le public se composait
en grande partie d'émigrés français qui, pleins
d'espérances et d'illusions, attendaient l'heure
de rentrer dans leur patrie. Le prince ne put entendre sans émotion l'air de : *O Richard ! ô
mon roi ! l'univers t'abandonne.* Des larmes
s'échappèrent de ses yeux ; le public, qui s'en
aperçut, applaudit à tout rompre : « Au moment,

dit le prince, où l'on promet de venger le pauvre
roi prisonnier, je m'avançai en applaudissant avec
l'air de vouloir y contribuer. Je le croyais alors et
il était vraisemblable qu'on m'employât. A ce moment, les vieilles et les jeunes Françaises se jettent
hors de leur loges; tout le parterre, composé de
jeunes officiers français, sautent sur le théâtre,
criant : « Vive le roi ! vive le prince de Ligne ! » et
les battements de mains ne finissent que pour
essuyer des yeux inondés de larmes. »

Parmi les jeunes officiers émigrés, un des mieux
accueillis à Bel-Œil fut M. de Villeneuve La
roche. « Le prince de Ligne, dit-il dans ses *Mémoires*[1], était alors avec toute sa famille dans sa
terre de Bel-Œil, à une lieue de la ville d'Ath; il
se plaisait à s'entretenir avec nous sur les principes d'honneur dont nous avions suivi l'impul-
sion, il nous applaudissait avec enthousiasme.

» Il voulut bien m'engager plusieurs fois à dîner dans son magnifique château : J'y formai une
liaison intime, j'ose le dire, avec son fils aîné,
le prince Charles, militaire de la plus grande espérance, colonel-major d'artillerie qui venait de
se distinguer dans la guerre contre les Turcs...

1. **Villeneuve La** roche, *Mémoires sur Quiberon.*

»Le fils n'entrait pas moins que le père dans nos sentiments. Il me dit, un jour, qu'il venait d'écrire à l'empereur pour demander d'être employé dans la guerre de coalition et que, si sa demande ne lui était pas accordée, il servirait comme simple volontaire avec la noblesse de France. »

Le prince Charles sollicitait, en effet, sa rentrée dans l'armée autrichienne avec le grade de colonel du génie, et, après la mort de l'empereur Léopold, qui survint le 27 février 1792, le prince fut nommé dans le corps d'armée du général Clairfayt. Le général en chef des Autrichiens était le duc Albert de Saxe-Teschen, mari de l'archiduchesse Christine.

La campagne était commencée contre les armées de la République française; dès le 27 mai, le prince Charles se signala par sa bravoure audacieuse dans un combat livré près de Condé, mais aucune grande bataille ne se préparait. On se bornait à des engagements d'avant-poste, le quartier général du duc Albert était à Mons et l'inauguration du nouvel empereur François II comme comte de Hainaut devait se faire dans cette ville. Le prince Charles de Ligne fut désigné pour représenter le souverain à cette cérémonie [1].

1. Le 11 juin 1792, eut lieu à Mons l'inauguration de l'empe-

On lit dans le *Journal du palais et historique* du conseiller Paridaens ce qui suit :

« Du 7 juin 1792.

» Aujourd'hui, fête du Saint-Sacrement, S. A. R. Mgr le duc Albert de Saxe-Teschen, gouverneur général des Pays-Bas, vint à la procession. Plusieurs généraux étaient à sa suite, entre autres le prince de Lambesc, de la maison de Lorraine, passé du service de France à celui d'Autriche et le prince de Ligne fils. »

« Du 9 juin.

» Aujourd'hui samedi, le prince de Ligne fils, quoique depuis longtemps au quartier général de Mons, a fait son entrée en cette ville en qualité de commissaire de Sa Majesté, pour l'Inauguration fixée à après-demain. On a tiré le canon, quoique

reur François II. Par lettres patentes données à Vienne le 19 mars, le nouvel empereur avait conféré au duc Albert de Saxe-Teschen le pouvoir de le représenter à cette solennité et de prêter en son nom les serments accoutumés. Le duc Albert ayant chargé à son tour le prince de Ligne, grand bailli de Hainaut de s'acquitter de ce devoir, cet officier souverain se fit remplacer par le prince Charles, son fils aîné (Note communiquée par M. Deviller, archiviste de Mons).

au centre de la guerre. Il a fait son entrée à cheval par la porte d'Havré, il a traversé la place et remonté la rue Neuve, et de là à l'hôtel de Ligne[1] au son de la grosse cloche et du carillon. Il était suivi des officiers de dragons du régiment de Cobourg et de gens à sa livrée.

» Cependant les Français, dont le camp était à Maubeuge, ayant témoigné vouloir troubler la cérémonie de l'Inauguration et s'étant approchés depuis quelques jours jusque vers Petit, Quévy et même Bougnies, on fait le 10 juin au soir, des dispositions pour les attaquer, ce qui s'effectue à deux heures du matin; il y a choc et une rude canonnade jusque vers cinq heures du matin[2].»

Le prince Charles, qui n'eût voulu pour rien au monde manquer ce combat, partit au milieu de la nuit, en tête de son régiment, malgré la résistance de l'archiduc Albert. Il se battit avec sa bravoure accoutumée, faillit être fait prisonnier en s'aventurant imprudemment au milieu des ennemis, et, à sept heures du matin, noir de pou-

1. L'hôtel de Ligne était à front de la rue de la Grosse-Pomme. C'est à présent l'hospice des Incurables.

2. Nous devons à l'inépuisable obligeance de M. l'archiviste Deviller la communication du programme officiel et fort rare de cette solennité. Nous le reproduisons à l'Appendice en entier, n° 7.

dre, échauffé du combat, il arrivait à franc étrier juste à temps pour revêtir son grand uniforme et monter dans son carrosse.

Cette cérémonie de l'inauguration de l'empereur comme comte de Hainaut remontait' à Charles-Quint et cette vieille et traditionnelle coutume fut célébrée, ce jour-là, pour la dernière fois. On a vu, lors de l'insurrection de Flandres, l'importance qu'y attachaient les états du Hainaut.

A huit heures et demie, tout le clergé de Mons, les dames du chapitre de Sainte-Waudru suivant la châsse de cette sainte, patronne de Mons, tous les magistrats, les députés du conseil de la ville, le conseil souverain de la province en robe, et les vingt-six députés des bonnes villes du Hainaut précédés des superbes bannières de toutes les paroisses, brodées d'or et de soie, vont se placer dans le théâtre. A neuf heures, S. A. le prince Charles de Ligne sort de son hôtel dans un carrosse à six chevaux, précédé d'un détachement de dragons, des membres de l'ordre de la noblesse, chacun dans un carrosse à deux chevaux; d'un héraut d'armes, le sieur O. Kelly, vêtu de sa cotte d'armes, le caducée en main, la toque en tête, à cheval, et suivi des gardes et officiers de sa maison. Son Altesse arrivée au théâtre prend place sous un dais, sur un fauteuil au-dessus duquel est le portrait de Sa Majesté !

Tous les différents ordres étant placés et assis, les trompettes sonnent ; le régiment de Murray fait une décharge de mousqueterie, l'artillerie des remparts y répond par une salve de canons, puis le héraut d'armes s'avance sur le bord du théâtre et crie trois fois : *Silence !* Alors le prince se lève, et la main sur les Évangiles, prête d'abord serment au chapitre de Sainte-Waudru, dont il est reçu abbé. La princesse de Croy, première dame du chapitre, lui apporte la crosse ; une salve d'artillerie, musique, trompettes, etc., annoncent au peuple le premier acte de la cérémonie ; puis le prince prête serment aux états de la même manière, et enfin, en troisième lieu, à la ville de Mons. Après quoi, il reçoit solennellement les serments desdits chapitres, états et ville.

« Pendant la cérémonie, nous dit le conseiller Paridaens, on avait amené sur la place des gardes nationaux pris dans l'affaire de la nuit, et, au moment où le cortège s'en allait à Sainte-Waudru, étant à l'entrée de la chaussée, il s'est rencontré avec les généraux revenant d'avoir combattu les Français. Le duc Albert de Saxe était à la tête de

ces généraux, avec son neveu l'archiduc Charles,
qui venait de se trouver au feu pour la première
fois. On apprit dans cet instant que M. de Gou-
vion, commandant en chef de l'armée française
avait été tué. On sait vaguement que les Français
ont été repoussés, après avoir néanmoins, pour la
première fois, tenu longtemps ferme. En effet, on
a entendu le canon depuis deux heures jusqu'à
six heures. Le 12 juin, S. A. R. Madame arrive
vers dix heures et demie du matin. En entrant
dans les salons du gouvernement, elle embrasse
de bon cœur et à plusieurs reprises son neveu,
l'archiduc Charles, comme un ami que l'on revoit
pour la première fois, après qu'il a couru un grand
danger. C'est ce que je vois de ma salle à manger
à travers les fenêtres. » Le prince offrit le soir un
grand banquet dans son hôtel aux principaux
personnages de la ville : les archiducs, le prince de
Lambesc et d'autres généraux y assistèrent. Puis
il rentra le lendemain au camp, heureux d'en
avoir fini avec un rôle si opposé à sa modestie
habituelle. Deux mois s'écoulèrent, les événements
se succédaient en France avec une rapidité

1. L'archiduc Charles Louis, né en 1771, frère cadet de l'empereur François, devint, pendant les guerres de Napoléon, un
des meilleurs généraux de l'armée autrichienne. Il est assez
curieux de voir ses débuts militaires.

effrayante, la situation de la famille royale s'aggravait de moment en moment, et la terrible journée du 10 août décida le duc de Brunswick, généralissime des coalisés, à changer son plan de campagne. Il arrêta que l'armée se porterait vers les gorges de l'Argonne, afin d'entrer en Champagne par Sainte-Menehould et marcher par Châlons sur Paris, et donna l'ordre au général Clairfayt de se rapprocher de lui avec vingt-cinq mille hommes pour former l'aile droite de son armée. Le mouvement du comte de Clairfayt décida Dumouriez, alors au camp de Maulde, à se porter avec la plus grande partie de ses troupes vers les plaines de la Champagne.

Pendant les trois mois qui s'étaient écoulés depuis l'inauguration de Mons, aucune bataille importante n'avait permis au prince Charles de se signaler; mais, doué d'un esprit juste et observateur, il avait mis le temps à profit pour se rendre compte des illusions des émigrés et de l'inexactitude du tableau qu'ils avaient tracé de l'état de la France. Il écrivait du camp de Boux une lettre qui tomba au pouvoir des républicains et fut lue en pleine séance de la Convention[1].

1. *Moniteur*, SÉANCE DE LA CONVENTION, jeudi soir 27 septembre 1792.

« Nous commençons à être assez las de cette guerre, où MM. les émigrés nous promettaient plus de beurre que de pain. Nous avons à combattre des troupes de ligne dont aucune ne déserte, des troupes nationales qui restent toutes. Les paysans, qui sont armés, tirent contre nous, ou nous assassinent quand ils trouvent un homme seul ou endormi dans une maison... Le temps, depuis que nous sommes en France, est si détestable que tous les jours il pleut à verse et les chemins sont si impraticables que, dans ce moment, nous ne pouvons tirer nos canons; de plus, la famine. Nous avons tout le mal imaginable pour que le soldat ait du pain, et la viande manque souvent; bien des officiers sont cinq ou six jours sans trouver à manger chaud. Nos souliers et capotes sont pourris et nos gens commencent à être malades; les villages sont déserts et ne fournissent ni légumes, ni eau de vie, ni farine, je ne sais comment nous ferons et ce que nous deviendrons. »

Cette lettre exprime un découragement qui devait être général, et Dumouriez se préparait à l'attaque dans de bonnes conditions; mais il devait à tout prix empêcher l'armée des coalisés de s'emparer des défilés de l'Argonne. Cette forêt était impénétrable pour une marche d'armée, excepté

par cinq passages qu'il fallait garder et disputer
à l'ennemi. Ces passages étaient le Chêne-Populeux, la Croix-au-Bois, Grand-Pré, la Chalade et
les Islettes. Il fallait par un camp placé aux Islettes et une position à la Chalade fermer les deux
grands chemins de Clermont et de Varennes. Le
général Dillon en fut chargé; Dumouriez s'établit
à Grand-Pré pour fermer les chemins de Reims et
de la Croix-au-Bois. Il fit donner l'ordre au général Duval, alors à Pont sur-Sambre, de lever
immédiatement son camp et d'arriver à marche
forcée au Chêne-Populeux.

Dumouriez comptait sur le succès; une imprudence déjoua ses espérances.

Le passage de la Croix-au-Bois avait été jugé
d'importance médiocre, il n'était défendu que par
deux bataillons et deux escadrons. Dumou riez
surchargé d'affaires, n'avait pas eu le temps de
s'assurer par ses propres yeux de l'utilité de ce
défilé; mais des espions allemands chargés d'examiner les différents postes français révélèrent au
duc de Brunswick l'importance de ce passage mal
gardé. Clairfayt en confia l'attaque au prince
Charles de Ligne, qui partit le 13 septembre à la
pointe du jour pour s'en emparer. Les abatis qui
devaient barrer le chemin avaient été faits avec

négligence et sans que les branches à demi en-
terrées présentassent des pointes à l'ennemi, les
Impériaux les écartèrent très vite pour se frayer
un passage et les chemins avaient été si peu gâtés,
qu'ils y passèrent facilement. Ils s'emparèrent du
poste presque sans résistance. Les hommes qui
le gardaient se replièrent en hâte sur le camp de
Dumouriez, qui, fort inquiet, envoya sur-le-champ
deux brigades et six escadrons au général Chazot, avec l'ordre de s'emparer à tout prix du passage. Chazot passa la journée sans attaquer ; mais,
recevant de nouveau l'ordre précis de tout
tenter, il ouvrit le feu le 14 au matin.

L'attaque et la défense furent vives, six fois le
poste est pris par les Français et repris par les
Autrichiens. Le prince Charles voit que, pour conserver la position, il faut se rendre maître d'une
batterie française, habilement placée et meur-
trière pour les Autrichiens. Une charge vigoureuse est nécessaire, le prince commande lui-
même l'assaut de la batterie ; huit hommes sont
tués raides au premier rang. Il s'élance, lui neu-
vième, et, atteint à la tête par un boulet, il chan-
celle une seconde sur son cheval et tombe foudroyé.

Les Français s'emparèrent de nouveau du poste
et relevèrent le corps du malheureux prince. Ils

trouvèrent à son cou deux chaînes d'or et un médaillon, puis dans ses habits une lettre inachevée.

Clairfayt, apprenant avec désespoir la perte cruelle que l'armée venait de faire, accourut la venger et se rendit maître de la Croix-au-Bois.

Il s'empressa de réclamer le corps du prince aux Français et l'obtint aisément. Une messe fut célébrée au camp le lendemain matin, et le cercueil partit pour Mons. M. de Villeneuve-Laroche, l'hôte de Bel-Œil, l'ami du prince Charles, arrivait au même instant. « Sur le champ de bataille, dit il, où la veille les républicains avaient été battus, je rencontrai un convoi funèbre escorté par quelques troupes étrangères et qui se dirigeaient vers le Hainaut. C'était le corps du jeune prince de Ligne, tué dans ce combat; on le portait au malheureux père dans sa terre de Bel-Œil. »

La mort du prince Charles fut un deuil général; ses brillantes qualités militaires le firent regretter de toute l'armée; le baron de Breteuil écrivait de Verdun au comte de Fersen : « Hier, l'armée de Clairfayt a eu une vigoureuse affaire d'avant-poste de laquelle pourtant elle est sortie victorieuse... L'armée de Clairfayt a perdu dans cette attaque

cinq ou six cents hommes, et, ce qui m'afflige
sensiblement, le prince Charles de Ligne a été
tué. Je l'aimais depuis son enfance, c'était le sujet
le plus distingué de son âge parmi les Autrichiens. C'est une perte affreuse pour son père ! »

Le corps du prince Charles fut en effet porté à
Bel-Œil, après avoir traversé Mons[1] pendant la
nuit; mais son père n'y était plus, il venait d'être
rappelé à Vienne, ainsi que le maréchal de
Lascy.

Quand arriva la terrible nouvelle, personne ne
voulut se charger de la lui apprendre; le maréchal seul eut le courage de remplir cette dou-
loureuse mission. Il fit annoncer au prince qu'on
avait de mauvaises nouvelles de l'armée de Clairfayt, ajoutant qu'il allait venir lui-même l'en infor-
mer. « Mon fils est blessé ! » dit le prince en voyant
entrer le maréchal. Celui-ci se tut. « Mais parlez,
grand Dieu !... » — « Hélas! je ne voulais pas
comprendre, écrit-il, quand il me dit cet affreux
mot : *Mort!* ou je ne pouvais pas... Je tombai
anéanti et il me porta presque entre ses bras. Je
le vois encore, l'endroit où le maréchal m'apprit

1. A Mons, il y a quarante ans, les vieillards rappelaient la
mort du prince Charles comme un événement douloureux qui
avait affecté toute la ville.

que mon pauvre Charles avait été tué; je vois
mon pauvre Charles lui-même, m'apportant tous
les jours son heureux et bon visage sur le mien!
J'avais rêvé quelques jours auparavant qu'il avait
reçu un coup mortel à la tête et qu'il était tombé
de cheval, mort. Je fus inquiet cinq ou six jours,
et, comme on traite toujours de faiblesse ce qui
est souvent un avertissement ou peut-être un
sentiment de la nature, lorsqu'il y a quelque
analogie dans le sang, je chassai cette fatale
pensée, qui ne se vérifia que trop ! »

Le prince ne se consola pas de la mort de son
fils, il perdit à jamais tout le plaisir qu'il prenait
à vivre. La grande, l'incurable plaie qu'il portait
au cœur était ce cruel souvenir. « Cet homme si
léger, dit le comte Ouvaroff, si éprouvé par la vie,
si insouciant du malheur, vous l'eussiez vu, dix
années après cette catastrophe, s'attendrir au
nom de son fils chéri; on n'osait prononcer ce
nom en sa présence, et, quand il lui arrivait d'en
parler, sa voix trahissait sa douleur et ses yeux se
remplissaient de larmes. » Il y avait quelque chose
de singulièrement émouvant dans ce vieillard tout
à l'heure voltairien et viveur, comme on dirait aujourd'hui, et qui ne *voulait pas être consolé,* parce
qu'il pensait à l'enfant de son cœur qui n'était

plus. « Il y a, disait le prince lorsqu'il perdit toute sa fortune peu de temps après, avec une admirable philosophie, il y a une manière terrible d'être supérieur aux événements. Cela s'achète par un grand malheur de sensibilité. Si l'âme a été émue par la perte de tout ce qu'elle a de plus cher, je défie tous les chagrins d'arriver. Fortune perdue, ruine totale, persécution, injustice, tout semble insignifiant. »

XIII

Le malheureux prince de Ligne avait envoyé
sur-le-champ à Bel-Œil les ordres nécessaires
pour que les dernières volontés de son fils
fussent exécutées ; mais la victoire de Jemmapes
qui livrait aux Français toute la Belgique empêcha la famille de Ligne de rentrer à Bel-Œil, qui
tomba au pouvoir de l'ennemi. Les volontés du
prince Charles étaient exprimées dans un testament écrit peu de temps avant sa mort. On
verra qu'il était persuadé, d'avance, de suc-
comber dans cette guerre. Peut-être, las de la
vie, cherchait-il cette mort qu'il semblait braver ;

mais en tout cas une teinte de profonde mélancolie est répandue dans ces dernières pages :

TESTAMENT DU PRINCE CHARLES DE LIGNE

Comme probablement je serai tué, si ce n'est
dans cette guerre, du moins dans quelque autre,
je veux qu'on ait bien soin de retrouver mon
corps et qu'on fasse mon enterrement avec tous
les honneurs de la guerre et dans la plus grande
pompe, *militaire*, s'entend.

Je veux qu'on transporte mon corps à Bel-Œil
après l'avoir fait embaumer (car je ne veux in-
commoder personne), car je tiens à être avec mes
bons aïeux, qui ont tous été honnêtes de père en
fils.

Je veux que mon cœur soit mis à part dans un
mouchoir qu'aura porté celle que j'aime et que
je la prie de donner à cet effet. Comme elle a
toujours eu mon cœur pendant ma vie, je veux
qu'il soit, après ma mort, aussi content qu'un
cœur peut l'être dans l'absence de celle qu'il
chérit, c'est-à-dire avec quelque chose qui lui a
appartenu. Je la prie de faire broder sur le premier coin du mouchoir. *Alona*, sur le second,

Tendresse délicieuse, sur le troisième, *Indisso-luble*, sur le quatrième, du 21 septembre 1787 jusqu'à la date de ma mort.

J. — Toute ma collection d'estampes, ma collection de dessins originaux et généralement tout ce qui est en portefeuille sera vendu au plus offrant. Il faudra voir alors dans quel pays on pourra faire cette vente le plus avantageusement, soit à Paris, Vienne, Londres, ou Amsterdam.

Nota bene. — Si quelqu'un de ma famille voulait l'avoir, il pourra la prendre au prix de l'estimation qui ne pourra pas être moins de cent mille florins d'Allemagne. Car, n'ayant rien de médiocre et les dessins étant reconnus originaux, ils sont vraiment sans prix. Cela fera donc une somme claire et nette de cent mille florins, qui sera tout à fait à moi et indépendante de la succession que mes héritiers naturels doivent avoir et que je leur laisse suivant les lois. Ces cent mille florins seront partagés en deux parts, quatre-vingt mille seront mis à fonds perdu sur la tête de Christine, ma fille bâtarde; de façon que cela fera huit mille florins par an sur lesquels on prendra la dépense de son entretien, qui pourra être jusqu'à l'âge de quinze ans de **cinq** cents florins et de mille jusqu'à vingt ans, époque à laquelle elle sera probablement mariée et alors dépensera son argent comme elle voudra. De façon cependant qu'elle ne jouira pas de huit mille florins et que tout l'argent qui aura été épargné jusqu'à l'âge de vingt ou vingt-cinq ans, si elle ne se marie pas avant, soit placé à intérêt à quatre ou cinq pour cent, ce qui serait le bien de ses enfants, faisant toujours attention de joindre les intérêts au capital.

II. — Si elle mourait sans enfants, Norokos serait son héritier. Comme je suis le père adoptif de Norokos, cet enfant turc que j'ai trouvé abandonné pendant la guerre, la somme de vingt mille florins restant des cent mille de vente sera mise de même à fonds perdu sur sa tête et suivra les mêmes arrangements que pour la petite Christine. S'il meurt sans enfants, Christine sera son héritière. Je les engage à se marier ensemble pour peu qu'ils aient du goût l'un pour l'autre, c'est la chose que je désire le plus et que je prie le plus ma sœur Christine de faire naître. Je l'établis leur tutrice ; à défaut de ma sœur Christine, je nomme madame la comtesse Thérésa Deitrichstein, ci-devant mariée au comte de Kinski. Je lègue en outre à la petite Christine le portrait de sa mère peint par Le Clerc et la chaîne que je

porte au cou, où il y a écrit sur le fermoir : « Ces
» liens me sont chers. » Je la prie de ne jamais
la quitter et de la porter pour se ressouvenir de
moi et de la personne qui me l'a donnée.

III. Dispositions pour les domestiques.

Je lègue à Norokos [1], mon fusil turc damas-
quiné et monté en or ainsi que mon sabre à corbeille d'acier, qui est celui que je portais pendant
cette guerre, afin qu'il se rappelle que c'est à la
guerre qu'il doit son état et qu'il doit regarder
le métier des armes comme sa fortune, son élément, et l'armée comme sa patrie.

IV. — Je lègue à mon père le petit tableau de
Le Clerc et le dessin de M. Duvivier représentant
tous les deux l'affaire de Pösig [1], auxquels je prie
qu'on suspende ma croix de Mérite et celle de
Saint-Georges, puisque c'est à l'exemple que mon
père m'a donné que je dois de les avoir gagnées
et en écoutant tout ce que le lieutenant Wolff lui
a dit en mourant, et m'en ressouvenant toute ma
vie que je dois le bonheur de m'être acquis quelques amis dans l'armée.

V. — Je lègue à ma sœur Christine tous mes
dessins encadrés avec les miniatures et camées
et petits cadres.

1. Voir le récit de cette affaire, Ch. III, 2° partie.

VI. — Je lègue à ma fille Sidonie le portrait de sa mère, afin qu'elle se ressouvienne de ne pas l'imiter, et mon sabre turc donné par le prince Potemkin, qu'elle doit toujours avoir dans sa chambre pour faire savoir à ses enfants que mon intention est qu'ils soient tous militaires; et, à sa première bataille, où j'espère que son fils se distinguera, elle le lui donnera de ma part.

VII. — Je lègue à madame de Kinski, née comtesse Ditrichstein, toutes les estampes encadrées que j'ai à Bel-Œil dans mon appartement, de plus la chaîne que j'ai au col et qui me vient de sa meilleure amie; c'est à cause de cela que j'ose la prier de la porter tout le temps de sa vie en pensant qu'elle vient de quelqu'un qui a mis tout son bonheur dans celui de madame de Kinski, ce que je suis bien convaincu de pouvoir assurer...

VIII. — Je lègue à madame la princesse de Lichtenstein, née Mandesch, différentes choses que j'ai à Bruxelles et qui seront désignées, de plus ma montre, comme le signe que les plus heureuses heures qu'elle a indiquées étaient celles que je passais avec elle et que jusqu'à la dernière j'ai pensé à elle comme a une amie qui suivait dans mon cœur celle que toujours j'adorai!

IX. — Je lègue à la princesse Jablonowska, née comtesse Czaski, différentes choses que j'ai à Bruxelles et qui seront désignées, de plus la bague que j'ai toujours portée avec la devise « Indissoluble », le petit portefeuille, avec la chaîne et les autres portefeuilles ou cassettes où j'ai des lettres et des papiers que j'ai écrits moi-même. Je lui donne cette dernière preuve de ma confiance comme à celle pour qui j'ai le plus de reconnaissance de toutes les bontés qu'elle m'a témoignées, comme à celle qui a toujours le mieux compris tout ce que je sentais et éprouvais de pensées et de peines, enfin comme à une vraie amie que je suis bien sûr de ne pas oublier même dans l'autre monde.

X. — Je lègue à la princesse Linowska, née Thun, la belle édition des œuvres de Shakspeare, et le meilleur cheval anglais de mon écurie à condition qu'il ne dépendra que d'elle seule.

XI. — Je lègue à mademoiselle Caroline de Thun mes huit beaux chandeliers d'argent avec ma belle cafetière, de plus une rente de vingt ducats par an, pour se procurer partout où elle sera et même dans la maison où elle va ordinairement le meilleur fauteuil ou chaise longue qu'on pourra jamais inventer.

XII. — Je lègue à madame de Woina[1] une table et assortiment pour le thé, afin qu'elle se rappelle du plaisir que j'avais d'en aller prendre chez elle; de plus, deux sabres turcs pour Maurice et Félix, ses enfants.

XIII. — Je lègue à mon bon ami Poniatowski mon sabre avec la pierre du maréchal Laudon et le baudrier, le priant de le porter s'il avait une affaire devant l'ennemi, en l'honneur de quelqu'un qui aurait bien voulu donner sa vie pour sauver la sienne. De plus, mon beau cheval Winer afin qu'il en ait soin toute sa vie.

XIV. — Je lègue à mon frère Louis mon sabre du roi de Pologne et mes pistolets de Marlborough.

XV. — Je lègue à mon ami François, comte de Dietrichstein, les armes que j'aurai sur moi lorsque j'aurai été tué ou que j'aurai à moi si je meurs tout simplement, excepté celles données dans des legs particuliers, et je le charge de rassembler et de distribuer les legs ci-dessus, étant bien sûr qu'il ne laissera pas mon corps à l'ennemi. Si cependant il y avait quelque événement comme par exemple s'il était blessé lui-même, il n'épargnera rien pour le ravoir avec les chaînes et autres objets que je porte sur moi.

1. Ces trois dames étaient sœurs.

XVI. — Les portraits de mesdames de Kinski, Lichtenstein, Jablonowska, Linowska et Caroline, celui de Poniatowski et celui que je prie qu'on me procure de madame de Woina seront mis à Bel-Œil dans la tour de mon appartement où sont les estampes en couleur qui appartiennent à madame de Kinski. On aura bien soin d'ôter celui de ma femme qu'on mettra au garde-meuble. Cette chambre devient un temple de l'amitié, dessus la porte il y aura : *Chambre des indissolubles.*

Je prie qu'on fasse mon buste qu'on mettra au milieu de la tour sur un piédestal, il sera tourné du côté du portrait de madame de Kinski, et je prie mon père de composer et de faire graver sur ce piédestal des vers qui disent le bonheur dont j'ai joui dans cette société ; mais qu'il ne fasse pas d'éloge de moi, et au-dessous de chaque portrait il écrira le portrait en vers de chacun.

XVII. — Dispositions pour les gens (non copié).

XVIII. — Je donne à madame de Kinski mon bon chien Tristan, afin qu'elle en ait bien soin ; il a été pour moi ce que j'étais pour elle, traité comme un bon chien toujours fidèle.

Note de la comtesse Dietrichstein. — On a em-
baumé le corps, on l'a fait partir pour Bel-Œil, en
poste vu les circonstances. On a dit une messe au
quartier général de Boux, à laquelle tous les
offfciers assistaient et les ordres ont été donnés
pour lui rendre tous les honneurs à son passage
à Mons, où il était connu.

Le mouchoir, pour lui obéir autant que possible, pourra être mis dans son cercueil, la date
qu'il demande sera malheureusement du 21 septembre 1787 au 14 septembre 1792.

Ce testament révèle bien des choses, et, malgré
la délicatesse mystérieuse avec laquelle le prince
s'exprime, il est difficile de ne pas croire que
madame de Kinski était l'objet secret de sa profonde affection. On se demande, en lisant ses dernières volontés qui portent l'empreinte d'une
âme si élevée, d'un cœur si tendre et si généreux, comment Hélène avait pu le méconnaître
et le forcer pour ainsi dire à porter ailleurs sa
tendresse. Peut-être n'était elle pas tout à fait
responsable de leur désunion, une mère ou une
amie comme madame de Rochechouart auraient
pu la préserver au début de bien des impru-

dences. On ne pouvait demander à une enfant de
quinze ans l'expérience et la sagesse. Elle commençait depuis deux ans à savoir ce qu'il en
coûte pour les acquérir.

Au moment où nous sommes, Hélène était toujours seule à Kowalowka, en proie à une tristesse
que rien ne pouvait vaincre.

Quelques graves imprudences que sa passion
lui eût fait commettre, Hélène n'avait jamais
admis une minute la pensée de devenir la maîtresse du comte. Or elle savait, à n'en pas
douter, que chacun lui prêtait ce rôle désho-
norant. La douleur que lui causait cette opinion
était redoublée par la crainte de l'effet qu'elle
pouvait produire sur le comte. C'était un nouvel
obstacle à une union déjà si difficile à accomplir.
Au moment où, désespérant de l'avenir, Hélène
s'abandonnait aux idées les plus sombres, elle
apprit tout à coup la nouvelle de la mort de
son mari. Ce passage subit du désespoir à la joie
la frappa d'abord d'une sorte de stupeur, mais
bientôt un seul sentiment envahit son âme, celui
de la délivrance ; elle traça en hâte quelques mots
à l'adresse du comte.

« Un boulet vient d'emporter le prince
Charles, je suis libre, c'est la volonté divine :

ce canon était chargé depuis l'éternité¹. » Et, tout
entière à l'égoïsme de sa passion, elle ne donna
pas un regret au premier compagnon de sa vie,
pas une larme au père de son enfant. Cette fin
glorieuse et émouvante ne lui causa pas un mouvement de pitié.

Puis, comme si la mort eût réellement reçu de
Dieu la cruelle mission d'abattre les obstacles
qui s'opposaient au bonheur d'Hélène, peu de
jours après, le second fils de la comtesse Anna
succombait à un mal de gorge gangreneux sans que
sa malheureuse mère eût eu le temps de le revoir,
enfin pour qu'il ne manquât rien à ce roman in-
vraisemblable, la princesse apprenait presque en
même temps la mort du prince Xavier, son frère,
qui la faisait héritière de six cent mille livres de
rente.

Le comte était arrivé à temps à Niemirow pour
revoir son fils, auquel, il faut le dire, Hélène
effrayée avait prodigué tous les soins imaginables; il se hâta d'écrire à la comtesse Anna pour
la prévenir du malheur qui venait de les frapper,
puis, dans une lettre suivante, il lui annonça la

1. Cette phrase est de madame de Sévigné. Elle l'écrivait à
Bussy-Rabutin à propos de la mort de Turenne.

mort du prince Charles, offrant de lui rendre
immédiatement son fils aîné François en échange
de son consentement au divorce. La pauvre
femme ne résista plus, elle promit tout ce qu'on
voulut, à la condition toutefois qu'on observerait
les formes légales pour obtenir le consentement
de la cour de Rome; elle savait que cela exigeait
de longs délais et espérait que son mari reviendrait peut-être à elle durant cet espace de temps.
Aussitôt après la réponse de sa mère, le petit
comte François partit pour la rejoindre accompagné de sa gouvernante et de ses domestiques.

Hélène sans perdre de temps écrivit aussitôt à
son oncle dont elle connaissait bien le caractère;
elle lui annonçait la mort de son mari et le con-
jurait de lui venir en aide pour la liquidation des
affaires de son frère, et lui demandait enfin de
consentir à voir le comte Vincent qui se charge-
rait de lui expliquer des questions importantes,
difficiles à régler par lettres; elle fit porter cette
missive au prince évêque par le major Hoffmann,
gentilhomme polonais attaché au service du grand
chambellan.

Cette ambassade réussit à merveille. Le prélat
calculant que le comte Vincent Potocki vivant.
lui serait infiniment plus utile que le prince de

Ligne mort engagea le comte à venir auprès de
lui à sa prochaine arrivée à Varsovie ; en attendant
il offrait à sa nièce elle-même l'hospitalité à
Werky. Hélèue lui répondit :

« Décembre 1792

» Mon très cher et très honoré oncle,

» C'est avec la plus infinie gratitude que j'ai
appris de M. le major Hoffmann vos bontés pater-
nelles pour moi. Elles ont produit en moi les sentiments les plus véhéments et les plus sensibles.
Recevez en, mon très cher oncle, mes compliments et mes remerciements. J'ai dans ce moment
des empêchements qui me mettent dans le cas de
ne pouvoir vous faire ma révérence comme je le
voudrais, mais aussitôt que la grâce de Dieu le
permettra, j'aurai l'honneur d'aller me présenter
en personne à vous et de vous réitérer, en cette
occurrence, le profond respect avec lequel j'ai
l'honneur de me dire, mon très cher et très
honoré oncle,

» Votre très humble et très obéissante servante
et nièce.

» HÉLÈNE MASSALSKA,
» princesse douairière de Ligne.»

Puis elle écrivit au comte Vincent : « Je ne vous conseille pas d'attendre l'arrivée du prince-évêque pour lui écrire, car il est un peu de ces gens qui, à deux ou trois mois près, ne savent pas quand ils partiront ou arriveront. Vous pouvez envoyer un courrier à Werky qui attend la réponse, cela hâterait peut-être les choses; mais si le prince-évêque vous voyait, il ferait tout ce que vous voudriez et nous serions heureux. » Le comte ne se décidant pas à aller à Werky et Hélène redoutant son irrésolution et son caractère capricieux s'y rendit elle-même. Elle supplia son oncle d'agir auprès du pape pour hâter les formalités nécessaires au divorce, car elle tremblait sans cesse de voir échouer les projets qui lui tenaient si fort au cœur.

Tout marcha selon les désirs de la princesse et *trois mois* après la mort du prince Charles de Ligne le mariage d'Hélène et du comte Potocki était célébré à minuit dans la chapelle du couvent des Bernadins près de Werky. Le motif apparent de ce mystère était le deuil de la princesse trop récent pour permettre un mariage officiel; mais il faut dire qu'en réalité la permission du divorce n'avait pas encore été expédiée de la cour de Rome et n'arriva que trois mois après. Il fallut l'in-

fluence du prince-évêque pour qu'un prêtre con
sentît à célébrer un mariage dans de telles conditions."

En entrant dans la chapelle, au moment d'atteindre à ce bonheur si ardemment souhaité,
Hélène éprouvait une émotion profonde, mêlée
d'un vague sentiment d'angoisse. Elle s'agenouilla
auprès du comte, immobile, les yeux fixés en
terre, absorbée dans ses pensées. Au moment de
monter à l'autel, le comte lui offrit la main pour
l'y conduire; elle se releva, mais tout à coup
regardant devant elle avec terreur, elle s'arrêta
court, en proie à une hallucination terrible. A la
lueur vacillante des cierges elle crut voir devant
elle trois cercueils couchés qu'il fallait franchir
pour arriver à l'autel. Le comte, effrayé, de l'air
égaré d'Hélène, lui en demanda la cause à voix
basse; le son de cette voix la rappela à elle-
même, et, chassant par un effort de volonté cette
horrible vision, elle monta d'un pas ferme les
trois marches de marbre noir qui avaient pris
à ses yeux ce sinistre aspect. Les époux rentrèrent à Werky et cet instant d'angoisse fut vite
oublié.

Après un séjour assez prolongé en Lithuanie,
pendant lequel le grand chambellan visita les

propriétés considérables de sa femme, ils revinrent tous deux en Ukraine, et Hélène rentra triomphante dans l'habitation du comte où elle n'avait pénétré qu'en tremblant au moment de sa maladie. Le passé et ses peines étaient oubliés et elle écrivait radieuse à son mari, absent pour peu de jours : « Demain je vais te revoir et te revoir de même, car je ne veux pas que tu changes jamais en la moindre chose : vertus, agréments, esprit, défauts, caprices, tout m'est précieux; si tu étais plus parfait tu ne serais plus le Vincent pour lequel j'aurais fait toutes les folies possibles, si le ciel miséricordieux n'avait pas permis que tout cela aboutisse à la sagesse. »

APPENDICE

N° 1.

Nous extrayons des cahiers de la princesse Hélène les détails suivants sur l'Abbaye-aux-Bois :

DESCRIPTION DE L'ABBAYE ROYALE
DE NOTRE-DAME-AUX-BOIS

RUE DE SÈVE, FAUBOURG SAINT-GERMAIN,

A PARIS

An de grâce 1778.

DEHORS.

Une grande cour extérieure avec une grille. Deux logements d'étrangers, composés de trois grandes chambres remplies de tableaux dont quelques-uns des plus grands maîtres, salle à manger, etc.

Quatre appartements pour les quatre directeurs, une chambre pour le prédicateur.

La cuisine abbatiale et offices.

L'ÉGLISE EXTÉRIEURE.

Très grande, pavée de marbre blanc et noir à carreaux. Au maître-autel, un tableau représentant saint Bernard prêchant la croisade, par Eustache Lesueur.

Six chapelles dans l'église : 1° celle de la Transfiguration par Le Moyne ; 2° celle de la Vierge, où il y a une Assomption par M. Pierre ; 3° celle de Saint-Sébastien ; 4° celle de Saint-Benoît ; 5° celle de Saint-Louis ; 6° celle de la Pentecôte. Il y a, dans le milieu de l'église, le tombeau de cuivre de Jean de Nesle et de sa femme Anne d'Entragues, fondateurs du couvent sous Louis VI dit le Gros. Il y a aussi différents tombeaux en marbre de la famille de Mailly.

L'ÉGLISE INTÉRIEURE.

Elle est aussi pavée de marbre, le siége abbatial couvert d'un tapis de velours violet à franges d'or ; des stalles de bois brun pour les religieuses et six rangs de banquettes pour les pensionnaires. Il y a deux chapelles : l'une dédiée à saint Antoine ; l'autre, à sainte Bathilde. Il y a six grands tableaux dans le chœur représentant toute la vie de la reine Blanche et de saint Louis, peints par Eustache Lesueur. Aux côtés, sont les tombeaux d'Adélaïde de Lannoy, de Julienne de Saint-Simon, de Marie de Mailly, de Louise de Mesmes, de Françoise de Mornay, de Cécile de la Rochefoucauld, d'Adélaïde d'Orléans et de Marie de Richelieu, qui ont gouverné ce monastère.

LA SACRISTIE.

Elle est partagée par une grille, dont l'autre côté donne dans le dehors. Il y a de grandes armoires où sont les chapes, chasubles, étoles, aubes et devants d'autel.

Dans la chambre à côté est le trésor, où il y a beaucoup de châsses, reliques, croix, etc., en or, argent et pierres précieuses. A côté est une chambre à cheminée où les sacristines travaillent.

LE CHAPITRE.

Il est boisé; un trône abbatial et des stalles pour les religieuses; au bout est une porte qui donne dans la chambre des confessionnaux, qui sont au nombre de quatre.

LE RÉFECTOIRE.

Un rang de colonnes au milieu, les tables à droite et à gauche; à droite, une chaire pour faire la lecture.

LES DORTOIRS DES RELIGIEUSES.

Quatre côtés à perte de vue, il y a plus de quatre-vingts cellules; au milieu est un dôme, d'où pend une lampe

DESCRIPTION D'UNE CELLULE.

Un lit, blanc l'été, bleu l'hiver; un prie-Dieu, une commode, des chaises tapissées de nattes; un parquet bien ciré, des patins pour marcher, une table, une tablette pour mettre des livres. On peut décorer les cellules, d'images, de reliquaires, etc.

LES CLOITRES.

Ils sont immenses, voûtés, au milieu est le préau qui est le cimetière des religieuses. Au milieu du préau est une croix, d'où pend une cloche qu'on nomme le marteau de saint Benoît et qu'on ne sonne que pour l'agonie; les fenêtres sont cintrées, et toute la vie de saint Louis est peinte en vitraux de couleur.

LE DÉPOT.

1° Une grande chambre, toute en tiroirs, pour les archives. 2° Une autre chambre où est la bibliothèque du dépôt. 3° La chambre où se tiennent les dépositaires.

LA SALLE DE COMMUNAUTÉ.

Très vaste et toute tapissée de portraits d'abbesses. Deux cheminées.

LA CELLÉRERIE

Où se tient la cellérière, à côté du garde-manger.

LES CUISINES.

Sont immenses et souterraines.

LA BOUCHERIE.

Très vaste et dallée en pierres.

LES INFIRMERIES.

Six chambres à cheminées, quatre lits blancs dans chacune.

L'APOTHICAIRERIE.

Une grande chambre toute garnie de planches, sur lesquelles sont les remèdes. Une seconde chambre immense avec deux cheminées et quatre alambics.

LE TOUR.

Une chambre.

LA PORTE.

Uné seule chambre.

LE NOVICIAT.

Une grande chambre à cheminée, voûtée, des fenêtres cintrées en vitraux de couleur.

LA BIBLIOTHÈQUE.

Elle occupe trois chambres. Elle est fort complète en livres de théologie et contient quinze à seize mille volumes.

L'OUVROIR.

Une chambre où l'on travaille. Elle est garnie d'armoires.

LES JARDINS.

Un potager avec des serres chaudes, un de promenade. Un grand tapis de gazon avec deux grandes allées de marronniers et des bosquets de lilas, avec des charmilles, au bout.

LE THÉATRE.

Au fond du jardin, la salle est très jolie et il y a beaucoup de beaux décors.

LES CLASSES.

Trois grandes salles. La chambre de musique à côté.

LES DORTOIRS DES PENSIONNAIRES.

Douze chambres immenses aux mansardes. Dans chacune, il tenait vingt lits ; à un bout, une petite chambre pour la maîtresse des pensionnaires, et, à l'autre, une même chambre où couchaient deux sœurs converses.

LES COMMODITÉS.

Immenses, on pouvait y aller seize personnes.

L'ABBATIALE.

Une grande chambre à coucher, deux salons, une salle à manger très grande, deux antichambres, deux cabinets, deux parloirs, une tribune, des logements pour toutes les personnes de la suite de l'abbesse

Il y avait à l'Abbaye-aux-Bois, en 1778, soixante-treize dames religieuses.

Cent quatre sœurs converses;

Cent soixante-dix-sept pensionnaires;

Huit novices;

Quatre directeurs;

Dom Constance, qui confessait l'abbesse et les vieilles religieuses, — trente et un ans;

Dom Thémines, qui confessait les pensionnaires, — quarante ans;

Dom Rigoley, qui confessait le noviciat et les jeunes religieuses, — soixante-deux ans;

Dom Giron, qui confessait les sœurs converses, — vingt-six ans.

Pour le service de l'église, les fêtes solennelles, aux enterrements, aux processions, les Bernardins du collége desservaient l'Abbaye.

———

Nous avons pensé intéresser le lecteur en donnant ici un tableau de la dépense faite pendant un an dans le couvent de l'Abbaye-aux-Bois. Nous extrayons ces documents des papiers séquestrés des Archives nationales, carton H. 3837. Nous avons choisi les comptes de 1778-1779.

	Livres.	Sols.	Deniers.
Impositions pour une année des décimes......................	1.414	12	
Gardes-françaises pour leur logement........................	300		
Procureur au Châtelet, frais de procès......................	1.298	6	
Au sieur Vatinelli, orfèvre........	899		
Journaux, gazettes et ports de lettres.	232		
Honoraires du directeur et des trois chapelains....................	950		
Honoraires de l'organiste.........	200		
A reporter................	5.293	18	

	Livres.	Sols.	Deniers.
Report............................	5.293	18	
Pour les sermons et musique de la semaine sainte.................	246		
Au cirier suivant son mémoire.....	177	11	
Aumônes (remises de loyer).......	313		
Aumônes (apprentissages).........	272	19	
Médecins et chirurgiens..........	500		
Frais d'infirmerie................	179		
Frais de bureaux, et achats de livres..	686	16	
Marchands de bois.....,........	5.339		
Blanchissage.....................	512		
Dépenses de bouche, épicier, traiteur, marchand de vins.........	45.848	12	6
Étrennes et gages des domestiques.	2.200		
	61.568	4	6

Il ne s'agit, comme on le voit, que de la dépense de l'intérieur de la maison, — les réparations et l'entretien des bâtiments de tout genre forment un compte à part.

Les comptes mentionnent, comme sources principales de revenu, les suivantes.

	Livres.	Sols.	Deniers.
Pensions alimentaires et loyers intérieurs des *dames pensionnaires*...	47.277	10	9
Loyers d'hôtels et maisons hors de la la clôture.....................	18.033	13	8
Fermage des biens de Picardie, etc..	20.316	13	4
Location des appartements des jeunes pensionnaires................:..	7.350		
	92.977	13	9

Les papiers qui existent aux Archives ne mentionnent pas le revenu considérable que devaient apporter les pensions payées pour l'éducation des élèves, qui étaient au nombre de cent soixante en 1778. L'abbesse rendait, chaque année, ses comptes à sa communauté, « capitulairement assemblée au son de la cloche » et à l'abbé de Clairvaux l'un des quatre premiers pères de l'ordre de Cîteaux, supérieur immédiat de l'abbaye royale de Notre-Dâme-aux-Bois.

On voit figurer, dans les comptes des fermes de Picardie, des sommes assez considérables, employées en réparations d'églises ou chapelles de villages, de presbytères et même de marchés publics.

Nº 2.

Mademoiselle de Montmorency arriva à Genève le 7 octobre 1774. Le Magnifique Conseil envoya sur le champ complimenter la princesse sa mère. Le lendemain, la princesse fit demander l'autorisation d'*atteler son carrosse pendant la nuit,* pour aller chercher le médecin, ou prendre des médicaments chez l'apothicaire, chose défendue par les lois somptuaires. La permission lui fut aussitôt accordée.

L'état de la jeune fille s'aggrava rapidement, et, à la carie des os dont elle était atteinte, vint s'ajouter une tumeur gangreneuse.

24 janvier 1775. Registre du Conseil, p. 63.

Sur le rapport fait, que Mlle de Montmorency est très mal, il a été arrêté d'envoyer le Sautier[1] à M. le Prince et à Mme la Princesse de Montmorency pour leur témoigner l'intérêt que prend le conseil à son état et leur exprimer ses vœux pour elle.

1. Sorte d'huissier chargé des messages du Conseil.

Le Sr Sautier a rapporté que, s'étant acquitté des ordres du conseil, Mme la Princessse de Montmorency l'avait prié de témoigner au Conseil la sensibilité de cette attention, et de l'assurer de sa reconnaissance de tous les égards qu'on a pour elle et pour M. le Prince de Montmorency.

Vendredi 27 janvier à dix heures du soir.

Très haute et très illustre demoiselle Mademoiselle Madeleine-Angélique de Montmorency Luxembourg, de Paris, catholique romaine, fille de feu très haut et très puissant Anne-François de Montmorency Luxembourg, duc de Montmorency, premier baron de France, premier baron chrétien etc., etc., et de très haute et très illustre dame de Montmorency Luxembourg, de Tingry, etc., âgée de 15 ans et 4 mois, morte d'un dépôt gangreneux dans les viscères du bas ventre, rue des Chanoines, transportée par permission de M. le Syndic de la Garde, au Grand Sacconex.

(Registre des morts de la ville de Genève.)

Sur le rapport fait que la Princesse de Montmorency est morte, il a été arrêté de charger le Sr Sautier d'aller témoigner à M. le Prince et à Mme la Princesse le chagrin qu'en ressent le Conseil, et les prévenir qu'il a nommé les nobles J. Sarasin, Sr ancien syndic, et Thélusson, Seigneur Cer pour aller leur faire un compliment de condoléance. Le Sr Sautier, y étant allé, a rapporté que M. le prince et Mme la Princesse étaient partis le matin. M. le Syndic de la garde a dit qu'on enterrera la Princesse lundi prochain, au grand Sacconex qu'il y aura dix carrosses, et qu'on a demandé un huissier ayant

son manteau pour chaque carrosse, ce qui a été accordé,
et il a été arrêté de joindre trois carrosses qui ferme-
ront le convoi, et de nommer deux Seigneurs Cons⁰ʳˢ et
quatre membres du M. Conseil des 200, pour aller jusqu'à
la frontière, les nobles Cramer et Thélusson en ont été
chargés.

Reg. du M. C. Samedi 28 J. 1775.

N° 3.

Nous avons retrouvé aux Archives, dans les papiers de
Ligne, la note des habits commandés par le prince de
Ligne père à l'occasion du mariage de son fils.

Fourni à M. le prince de Ligne père par Normand
et Cⁱᵉ, tailleurs à Paris.

1779. Pour S. A. le prince Charles :

	L.	S.
Une habit pou de soie bleu, veste blanche, le tout brodé argent et diamants très riche, le plein de l'habit semé en paillettes...... Un garniture de boutons à paillons et diamants................. 7 aunes taffetas d'Angleterre blanc.	1.606	10

Pour Mᵍʳ le prince de Ligne père :

	L.	S.
Un habit pou de soie carmélite brodé en diamants............ 6 aunes taffetas d'Italie blanc.... Posé garniture de boutons tout diamants.................... 8 aunes taffetas d'Italie noir......	1 126	30

On voit que le luxe des habits d'homme atteignait, s'il ne dépassait, celui des habits de femme.

N° 4.

Tous les bibliophiles connaissent les ouvrages sortis des presses de Bel-Œil et de Bruxelles, appartenant au prince de Ligne. Nous avons trouvé dans les papiers de la princesse Charles quelques renseignements nouveaux sur ces livres si rares et si recherchés.

Nous pouvons affirmer que l'imprimerie de Bel-Œil fut installée à l'automne de 1780 par le prince Charles, qui s'en occupa avec beaucoup plus de suite et d'intérêt que son père. Le nombre des ouvrages connus jusqu'à ce jour est de onze, comprenant quinze volumes; mais nous croyons qu'il doit en exister un plus grand nombre; car l'imprimerie de Bel-Œil a fonctionné de 1781 à 1787, et les exemplaires cités dans les catalogues portent les millésimes de 1781, 1782, 1783, 1786, et 1787, et pas un n'est daté de 1784 et 1785, or, pendant ces deux années-là, le prince Charles a habité longtemps Bel-Œil, et a travaillé souvent à son imprimerie. C'est en 1784 que la princesse fit à Bel-Œil une lecture de ses mémoires d'enfant, dont son mari s'amusa beaucoup et dont il imprima quelques fragments.

Nous donnons la liste complète des ouvrages sortis des presses de Bel-Œil et de celles de l'hôtel de Ligne à Bruxelles :

1° *Colette et Lucas*, comédie en un acte mêlée d'ariettes. De l'imprimerie de l'auteur, chez l'auteur, 1781, in-8° de 42 pp., frontispice, vignettes et culs-de-lampe. Un exemplaire de cet opuscule mis en vente en 1762, catalogue Van Trigt, a été acheté par Mgr le duc d'Aumale. Cette pièce a été composée en 1779, en l'honneur de l'arrivée de la princesse Hélène à Bel-Œil.

2° Coup d'œil sur Bel-Œil, à Bel-Œil, de l'imprimerie du prince Charles de Ligne, MDCCLXXXI, in-8°, papier fort, six pages non cotées, 130 pp. chiffrées.

3° *Chansons de l'abbé P.* (Payez), aumônier du prince de Ligne. A Bel-Œil, 1781. (Le maréchal parle de l'abbé Payez dans une lettre à son secrétaire Lagra. « Vous souvenez-vous, dit-il, de la malice et de la promptitude des saillies de mon aumônier; car il fallait qu'il dit la messe encore, pour être plus piquant, ce cher abbé Payez? »)

4° *Recueil de poésies*, par le chevalier de B. (Boufflers). Bruxelles, de l'imprimerie du P. Charles de..., 1781, petit in-8' de 24 pp.

5° *Recueil de poésies*, par le chevalier de*** (l'Isle). A Bruxelles de l'imprimerie du P. Charles de..., 1781, in-8° de 24 pp.

6° *Poésies du chevalier de l'Isle*. De l'imprimerie particulière du prince Charles de Ligne, 1782, petit vol. format Cazin, pp. 96. Ce second recueil ne contient pas une pièce de celui de 1781.

7° *Recueil de poésies légères*, du prince de Ligne, en trois parties in-18, de 168 pp., 219 pp., et 82 pp. Ces trois minces volumes, tirés à très petit nombre, n'ont pas de titre et ne doivent pas en avoir; car le premier commence par ces mots : « Point de titre, point de préface. »

8° *Mélanges littéraires: A Philosopolis*, 1783, 2 vol. in-18 de 162 pp. et 147 pp.

9° *Amusements, gayetés et frivolités poétiques*, par un Lon Picard. Londres, 1783 [1].

1. Ce « bon Picard » était Pierre-Antoine de la Place, secrétaire perpétuel de l'Académie d'Arras, né en 1707, mort en 1793.

M. Victor Tilliard dit, dans *le Bibliophile belge* [1] :

« J'ai sous les yeux un exemplaire qui a appartenu à La Place lui-même et en tête duquel il a écrit : « Imprimé par M. le prince de Ligne et par le prince Charles, son fils, à leur imprimerie du château de Bel-Œil, » sur un petit manuscrit escamoté à l'auteur ; — mais dont quelques exemplaires également escamotés par un valet de chambre, et envoyés à Paris pour y être vendus, ont été saisis à la requête de l'auteur et mis au pilon. » On reconnaît facilement l'identité des caractères et des fleurons de ce volume avec ceux qui ont servi à l'impression du *Coup d'œil sur Bel-Œil*.

10° *Coup d'œil sur Bel-Œil et une grande partie des jardins de l'Europe*, par le prince Charles de... Nouvelle édition, revue et corrigée, et augmentée par l'auteur. A Bel-Œil et se trouve à Bruxelles, chez Payez, imprimeur-libraire, Haute-Rue, MDCCLXXXVI.

11° *Instruction secrette*, dérobée à S.M. le roi de Prusse, contenant les ordres secrets expédiés aux officiers de son armée, particulièrement à ceux de la cavalerie, pour se conduire dans la circonstance présente, traduit de l'original allemand par le prince de Ligne. A Bel-Œil, et se trouve à Bruxelles chez Payez, imprimeur-libraire, Haute-Rue, MDCCLXXXVII.

Cette production est la dernière qui soit sortie des presses de Bel-Œil.

N° 5.

M. de Reiffemberg, dans sa *Notice sur le prince de Ligne*, avait attribué à celui-ci les gravures signées par son fils. Une réclamation du comte Maurice de Dietrichstein

2. 1re série, t. IX, p. 297.

a rétabli la vérité. L'œuvre du prince Charles, qui existe à
la bibliothèque de Bruxelles, se compose de quatorze
pièces très imparfaites. Il a gravé également, dit M. François Brulliot, six eaux-fortes petit in-folio en travers, qui
portent son chiffre formé d'un C et d'un L et ont pour
titre : *Recueil de six paysages. Premier essai d'un amateur.*

Plusieurs des gravures du prince Charles ont été faites
d'après les dessins de sa merveilleuse collection. Vorans
a une idée de sa valeur en sachant qu'elle contenait
quarante-huit dessins authentiques de Raphaël, onze de
Michel-Ange, sept de Léonard de Vinci, cinq du Titien,
vingt-sept de Rubens, vingt-six de Rembrandt, onze
d'Albert Dürer, etc., etc.

D'après Brulliot et Bartsch, le prince Charles était un des
plus fins connaisseurs de son temps, il dessinait en amateur distingué et aimait passionnément les arts.

Voici le catalogue des pièces gravées par le prince
Charles :

1° Un paysage oblong, d'après le Guerchin : simples
contours, cinq figures;

2° Paysage plus petit au trait, une chaumière et trois
figures; à droite dans la marge, on lit : *Hélène;* au-dessous : *Dédié à ma femme,* n° 85;

3° Esquisse d'un tableau du Guerchin, représentant
deux femmes, un enfant et un homme du peuple; fond
sale, quelques ombres en manière noire en bas : « Guercino da Centa »;

4° Une tête d'apôtre, quelques ombres sales en manière
noire ; à gauche dans l'encadrement : « Léonard de Vinci ; »
à droite dans la marge : *Dédié à M. Hazard. De la collection du prince Charles de Ligne;*

5° Un homme couché qui sonne de la conque marine;

un autre homme debout. Épreuves sans encadrement et sans monogramme; au bas : « Guercino da Centa »;

6° Épreuve de la même gravure avec encadrement et monogramme;

7° Épreuve *idem*, avec une hachure qui coupe l'encadrement à droite ;

8° Une tête de vieille en médaillon, tournée à gauche du spectateur; en haut : *Dédié à ma femme;*

9° Épreuve retouchée, point de millésime ;

10° Une tête d'homme dirigée vers la droite et coiffée d'un bonnet; ombres noires et sales; en haut, dans le coin à droite : « Alolidor. f. »;

11° Épreuve moins barbouillée sous le n° 5;

12° Paysage oblong de la grandeur du n°1 ; au fond, un clocher; à droite, un bouquet d'arbres; sur le premier plan, trois hommes dont l'un fait tenir un chapeau à un chien; dans la marge : « Guercino da Centa »;

13° Deux têtes en rouge, dans deux médaillons en forme de baisoir; au bas : « *Annibal Carrache dèl.* De la collection du prince Charles de Ligne; » cette légende est en lettres bien formées, ce qui ne s'observe pas dans les autres;

14° Une tête de femme tournée vers la droite ; elle respire un lys qu'elle élève jusqu'à la hauteur du nez (d'après le Guerchin). Toutes ces gravures, excepté le n° 5, portent le monogramme de l'auteur.

Elles sont à la Bibliothèque royale de Bruxelles[1].

Il faut encore ajouter six gravures d'après les dessins in 8° de Jean-Chrétien Brand, peintre viennois, gravées

---

1. Voir Brulliot, *Dictionnaire des monogrammes*, 1re partie, p. 173, qui donne les quatre monogrammes du prince Charles de Ligne.

par le prince Charles et qui ne sont pas les eaux-fortes
dont parle Brulliot. Ces dessins sont minutieusement dé-
crits dans le catalogue de la collection du prince, dressé
par Bartsch (page 171). Plus un grand dessin du Guerchin qui représente deux jeunes gens, cachés derrière un
bocage et épiant deux filles qui vont se baigner. Cela
porte à vingt-sept le nombre des gravures du prince
Charles connues jusqu'ici, y compris les six eaux-fortes
indiquées par Brulliot.

N° 6.

Nous donnons ici le détail complet de la cérémonie dans
laquelle le prince Charles représenta l'empereur François II, d'après la brochure rarissime qui nous a été
communiquée par M. Deviller, archiviste de Mons.
Cette cérémonie, instituée par Charles-Quint, avait été
abolie par Joseph II ; cette suppression fut une des principales causes de la révolte du Hainaut à l'époque de
l'insurrection des Flandres en 1787. Léopold la rétablit, et
François II fut le dernier empereur d'Autriche qui la cé-
lébra. Elle emprunte à ces circonstances un intérêt historique particulier.

DIRECTION POUR LA SOLENNITÉ DE L'INAUGURA-
TION DE SA MAJESTÉ LE ROI DE HONGRIE ET DE
BOHÊME, FRANÇOIS Iᵉʳ, COMME COMTE DE HAINAU,
FIXÉE AU 11 JUIN 1792.

Le dit jour 11, à sept heures et demie du matin, la solennité s'annonce au peuple par le son de la grosse cloche
et du carillon.

A 8 heures, Messieurs les Magistrats en robe se ren-

dent de l'hôtel de ville à l'église de S^{to} Waudru, pour
recevoir, des Dames du Chapitre, la châsse des Reliques et
le Chef de leur Patrone, qu'ils accompagnent jusques sur
le Théâtre placé pour la solennité sur la grand'place.

A 8 heures et demie, on sort de l'église, au son de la
grosse cloche et du carillon, dans l'ordre suivant :

1. Les Curés et les Vicaires des Paroisses de la ville,
tous en chape, précédés des bannières et Bedeau de
S^{to} Waudru.

2. Les Prévôt, Doyen et Chanoines de St Germain et
leurs Vicaires, tous en chape, précédés de leur Bedeau.

3. Les cinq Ordres mendiants.

4. Les Dames du Chapitre de S$^{t.}$ Waudru et leurs
officiers.

5. La Chasse de S^{to} Waudru, entourée de six gardes
du chœur en habits de livrée, portant des flambeaux, et
suivie du dais.

6. Le Chef de cette Sainte, sous un dais, accompagné
des Distributeur et grand Clerc de S^{to} Waudru : le premier en chape, le second en surplis ; à côté, deux personnes à la même livrée, portant flambeau.

7. La Dame Bâtonnière et les deux premiers officiers du
Chapitre.

8. Messieurs les Magistrats.
La marche se dirige vers la rue de la Poterie : lorsque

le cortége arrive à l'entrée de la Grand'Place, Messieurs
de l'Ordre du Clergé, tous en chape, les Prélats en habits
pontificaux et mitres, la crosse à la main, accompagnés de
leurs porte-mitres et crosses, précédés des Huissiers et
Messagers des États et de quelques-uns du serment de
S¹ Michel, sortant de la chapelle de S¹ Georges par
la cour de l'hôtel de ville; où les joignent les deux
Députés ordinaires du Conseil de ville, et les quatre
autres nommés pour la solennité, ainsi que les 26 Députés des Bonnes-Villes ; ils sont précédés, jusqu'à la
rampe du Théâtre, de la compagnie de la maréchaussée, à
pied, les Capitaine, Lieutenant et Sous-Lieutenant, l'épée à
la main; cette compagnie se range en haie aux deux côtés
de la rampe.

Messieurs du Clergé vont se placer sous la galerie à la
droite du trône, laissant un espace entre eux et le trône
pour les Pairs de la Province. Les Députés des Bonnes-
Villes à la partie du théâtre vers la rue de Nimy, sur une
ligne ; les Députés du Conseil de ville sur une seconde
ligne faisant face à la rue de la Chaussée.

Les Ordres religieux entrent dans le parquet en avant
du théâtre.

Les Curés des Paroisses, le Chapitre de St Germain,
les bannières et Bedeaux se placent au bout du théâtre,
du côté de la rue de Nimy, derrière les Députés des
Bonnes-Villes.

Les Dames Chanoinesses et leurs Officiers à la droite
de l'autel placé sur le théâtre.

Derrière l'autel, les prêtres tenant les flambeaux, qui, pendant la marche, furent portés par la livrée du Chapitre.

Les dais se placent au bout du théâtre, du côté de l'hôtel de ville.

Messieurs les Magistrats se rangent sur une même ligne en avant de Messieurs les Députés du Conseil de Ville.

Le Conseil souverain de la province en robe, venant de l'hôtel de ville, se place en face du trône, à peu de distance du parquet, M. le Président au milieu de la compagnie sur une ligne, et les Huissiers derrière.

A neuf heures *Son Altesse le Prince Charles de Ligne, commissaire de Sa Majesté*, sort de son hôtel pour se rendre au théâtre par les rues du Séminaire, de la Guirlande, des Capucins, de la Grand'Rue et de la Chaussée, dans l'ordre suivant :

1. Un détachement de Dragons du régiment de la Tour avec ses Officiers, qui se range sur la Grand'Place, devant l'hôtel de *la Couronne.*

2. Les Membres de l'Ordre de la Noblesse, chacun, en carosse attelé de deux chevaux, arrivés près de la rampe du théâtre, descendent de leurs voitures, qui défilent le long du parquet par la rue de Nimy.

3. Un Héraut d'Armes, le sieur O'Kelly, vêtu de sa cotte d'armes, le caducée en main, la toque en tête, à cheval.

4. Le Capitaine de chasse et des bois de *Son Altesse.*

5. Ses gardes de chasse, sa livrée et ses officiers de maison marchent deux à deux, chapeau bas.

6. Ses deux Secrétaires dans un carrosse attelé de deux chevaux.

7. Son Aumônier et son Intendant dans un pareil carrosse.

8. *Son Altesse*, dans un carrosse attelé de six cnevaux.

9. Un second détachement de Dragons ferme la marche et s'aligne avec le premier sur .a Grand' Place.

Dès que *Son Altesse* parait sur la Grand'Place, les timbales et trompettes placés dans la galerie au-dessus du théâtre sonnent des fanfares auxquelles répond la musique turque. Le bataillon de Murray, rangé le long des cassés, et la grand'garde le drapeau déployé présentent les armes, et les tambours battent aux champs. On sonne le carillon, la grosse cloche du château et toutes celles de la ville.

N. — La musique turque a sa place entre la rampe du théâtre et du parquet.

Son Altesse, arrivée au théâtre précédée du Héraut d'Armes, et suivie des membres de l'Ordre de la Noblesse qui attendent à l'entrée, se place sous le dais, dans un fauteuil, au-dessus duquel est le portrait de *Sa Majesté* : les Nobles se mettent à sa gauche sous la galerie, sur une ligne.

Tous les différents Ordres étant placés et assis, les Huissiers et Messagers des États, les Huissiers et Sergents de MM. les Magistrats sur la rampe, la Livrée de *Son Altesse* et du Chapitre de Ste Waudru et d'autres vis-à-vis de l'hôtel de ville ; les timballes et trompettes de dessus le théâtre se font entendre ; une division du régiment de Murray placée près des Boucheries fait une décharge de mousqueterie; l'artillerie des remparts y répond par une salve de canons, et toutes les cloches de la ville sonnent.

Peu après, le Héraut d'Armes, qui est debout à quelque distance et à la droite du trône, après avoir reçu l'ordre, s'avance vers le bord du théâtre, le long du parquet, et crie trois fois à haute voix : « Silence ! » puis retourne à sa place.

Alors le Conseiller Pensionnaire de la Ville, Auquier, faisant fonction de Pensionnaire des États, se présente à *Son Altesse* et fait ensuite lecture, vers le milieu du théâtre de la copie authentique des lettres des pleins pouvoirs et des lettres de substitution.

Cette lecture achevée, *Son Altesse* va à l'autel. Tous les Ordres des États et autres corps se lèvent et restent debout à leurs places. Madame de Croy, première aînée des Dames Chanoinesses, s'approche aussi de l'autel avec les Baillis et Greffiers du Chapitre, où elle lit l'acte de réception de *Sa Majesté* à Abbé et plus grand Avoué du Chapitre, et à Seigneur et Prince du pays, et à sa mise en possession des patronages de leur Église, ainsi que des Seigneuries du château, des paieries de la ville, etc.; après quoi, le Bailli prend la crosse abbatiale des mains du petit-clerc, qui se trouve sur la rampe du théâtre ; la même Dame prend cette crosse des mains du Bailli, et la présente à *Son Altesse ;* ensuite le Greffier du Chapitre, qui est à la gauche de l'autel, lit le serment accoutumé, que *Son Altesse* prête, les mains posées sur le St Chef et le livre des Évangiles.

Ce serment prêté, une fanfare de timbales et trompettes qui sont dans la galerie du théâtre, et à laquelle répond la musique turque, le son du carillon, de la grosse cloche et de toutes celles de la ville, une décharge de la mousqueterie et une salve de l'artillerie des ramparts annoncent au peuple ce premier acte.

Son Altesse retourne à son fauteuil, sous le dais, la crosse à la main, et tous les Ordres rassis, le Conseiller-Pensionnaire des États va lui demander la permission de faire lecture du serment à prêter aux États ; cette permission accordée, elle retourne à l'autel ; le Président du Conseil s'en approche aussi, et les Ordres debout, le Pensionnaire lit à genoux, sur la marche de l'autel, le serment de *Sa Majesté* aux États.

Ce fait, *Son Altesse* appose la main sur les saints Évangiles, et prête serment.

Alors le même Conseiller-Pensionnaire, à la semonce du président, fait lecture de celui à prêter au Souverain par les États, et dit après l'avoir prêté en leur nom : *Ainsi nous aide Dieu, le benoit corps de Ste Vaudru et tous les autres Saints du Paradis.*
Ce second acte s'annonce au peuple comme le précédent.

Immédiatement après, MM. les Magistrats et les six Députés du Conseil de la Ville s'avancent vers l'autel, où le Conseiller-Pensionnaire et Greffier du chef-lieu, à genoux contre la marche, fait lecture du serment à prêter à a ville au nom de *Sa Majesté.*
Ce fait, *Son Altesse* met la main sur l'Évangile. Puis le même Conseiller-Pensionnaire et Greffier, à la semonce du Président, lit le serment à prêter de la part de la Ville, et le faisant en son nom, dit : *Ainsi nous aide Dieu et tous*

les Saints! Aussitôt les timbales et trompettes, la musique
turque, l'artillerie, le son du carillon, de la grosse cloche
et de toutes celles de la ville l'annoncent au peuple.

Son Altesse va se replacer dans son fauteuil sous le
dais, toujours la crosse en main, et tous étant remis
à leurs places le Héraut d'Armes va au bord du théâtre en
face du trône crier trois fois : *Vive François I, Roi de
Hongrie et de Bohême et Comte de Hainau;* ce qui se
répète quantité de fois par le peuple, et s'annonce également par des fanfares, décharges de mousqueterie, salves
d'artillerie, grosses cloches et carillon.

De suite le Conseiller-Pensionnaire des États se fait
apporter un sac de velours cramoisi garni en or, rempli
de médailles d'or, d'argent et de cuivre, ayant cette
légende du côté du buste de *Sa Majesté : Franciscus,
Hung. Boh. Rex, Com. Hann.* Le revers représentant un
autel surmonté de deux mains jointes avec cette devise :
Fides publica, et cette inscription : *Hæc ara tuebitur
omnes,* et va les jeter au peuple, aux acclamations
redoublées de *Vive Sa Majesté;* et au bruit des timbales
trompettes et de la musique turque.

Cette solennité achevée, les différents Ordres et Corps
se rendent à la Collégiale de S\[te\] Waudru, par la rue de
la Chaussée, celle Samson, la Terre du Prince et le
cloître du Chapitre, dans l'ordre suivant :

1. Un escadron de la Tour ouvrant la marche.

2. Les Curés des Paroisses, le Chapitre de S\[t\] Germain,
et les Religieux des Couvents mendiants.

3. La musique turque.

4. L'Ordre du Clergé précédé des Huissiers et Messagers des États, suivi de l'huissier du Clergé, et ayant à ses côtés le Capitaine de la Maréchaussée, l'épée à la main, avec une partie de sa Compagnie.

5.. Les Dames Chanoinesses et leurs Officie.'s.

6. La Châsse de Sᵗᵉ Waudru.

7. Le Chef de cette Sainte.

8. La Maison de *Son Altesse*.

9. Le Héraut d'Armes.

10. *Son Altesse* la crosse en main, ayant à ses côtés les deux Dames aînées et les deux premiers officiers du Chapitre.

11. L'Ordre de la Noblesse.

12. Les Magistrats.

13. Les six Députés du Conseil de Ville.

14. Les Députés des Bonnes-Villes.

15. Les Lieutenant et sous-Lieutenant de la Maréchaussée, l'épée à la main, avec la seconde partie de la compagnie.

16. La division du régiment de Murray.

17. Les carosses ferment la marche. Au moment que *Son Altesse* entre dans l'Église de Ste Waudru, les timbales et les trompettes sur le jubé exécutent des fanfares. Parvenue au chœur, *Son Altesse*, la crosse en main, va à l'autel, sur lequel est posée la benoîte Aflique de Ste Waudru, faire les reliefs usités des fiefs de *Sa Majesté* en mouvants.

Les Dames Chanoinesses se rangent en haie du côté de l'Évangile, et les Officiers du Chapitre, aussi en haie, du côté de l'Épitre.

Le Clergé se place sur des chaises que les Dames Chanoinesses font préparer dans le sanctuaire du côté de l'Évangile.

La Noblesse se met dans les stalles de la gauche en entrant.

Les Magistrats sur leurs bancs ordinaires. Les Députés du Conseil de Ville et des Bonnes-Villes sur des bancs placés en devant et à côté de ceux des Magistrats.

Après les reliefs, *Son Altesse* va, la crosse en main, embrasser les Dames Chanoinesses, puis se place dans la stalle abbatiale, qui est décorée.

Les Dames Chanoinesses vont aux stalles de la droite.

Les officiers du Chapitre et les Chanoines de St Germain prennent leurs places ordinaires. Le Héraut d'Armes est placé dans le milieu du chœur sur un tabouret.

Le Prélat de St Denis, comme premier chapelain du comté de Hainau, assisté de deux autres Prélats .en qualité de Diacre et de sous-Diacre, avec un troisième comme Maître de cérémonie, tous avec leurs porte-mitres et crosses, célèbre pontificalement la messe votive du St Esprit, qui est suivie du *Te Deum*.

Au *Gloria*, la division du régiment de Murray paradant sur la place de Ste Waudru fait une décharge de mousqueterie, qui est suivie de salves de l'artillerie du rempart, du son de la grosse cloche et du carillon, et de la musique turque.

Ce qui se répète à la consécration, à la communion et au *Te Deum*.

Après le *Te Deum*, le cortège, accompagnant *Son Altesse* jusqu'à son hôtel, passe par les rues Samson, de la Terre-du-Prince, des Cinq Visages, de la Grosse Pomme, au son de la grosse cloche, du carillon et de toutes les cloches de la Ville.

FIN DE L'APPENDICE

TABLE

PREMIÈRE PARTIE

CHAPITRE VIII

DEUXIÈME PARTIE

CHAPITRE PREMIER

CHAPITRE II

CHAPITRE III

CHAPITRE IV

Imprimeries réunies, B, rue Mignon, 2.